文春文庫

インパール

高木俊朗

文藝春秋

戦いの日の回想――序にかえて――

日本の戦争責任者を、絞首刑にする極東軍事裁判の判決の声が、ラジオから聞えていた。それでも、私の胸中にわだかまっているものは消えなかった。私は戦争責任者とはなんだろうか、と考えた。私が見聞きしてきたインパール作戦の無謀を強行した愚将らと、それを〝補佐〟したという幕僚らは、国民に対して責任をとらなくともよいのだろうか。

私は、そうした心のなかの怒りを一つ一つ、つかみだすようにして、インパール作戦の記録を書いた。何もかも、とぼしい年の暮であった。家人は、朝早くから、食糧を手に入れるために、こみあう列車に乗って、どこかへ行った。

私は、北向きの部屋で、毛布をかぶりながら、書きつづけた。まだ、焼跡の防空壕のなかで暮している人が多かった。昭和二十三年から二十四年の冬であった。

私が、インパール作戦に従軍するようになったのは、ビルマの第五飛行師団に配属になったからである。私の任務は、映画の報道班員として、航空作戦の実況を、映画に撮影、記録することであった。

私が、最初に行ったのは、インドネシアのジャワ島であった。

熱帯の風物や、インドネシアの生活は、強烈な魅惑となった。私はひまがあれば、胸をふくらませるようにして、歩きまわった。だが、私は、あすにでも、ニューギニアに行くことになっていた。その飛行機がないので、一日のばしになっていた。

飛行機は、爆弾よりも野菜をはこぶのに急で、私みたいな者をはこんではいられない、というのだ。ニューギニアでは食糧が欠乏して、早くもそれほどの危機がせまっていた。

そのうち、急に、ビルマへ行け、という命令がきた。大変な方向ちがいだ。そのころ、ビルマは、一番ひどく、あぶない、という話が、報道班員なかまにひろがっていた。ビルマは戦争は激しいし、生活の物資は不足しているというのだ。

報道班員たちのいい分では、ジャワにいるのは天国にでもいるようなもので、ビルマに行くのは、地獄に行くようなものであった。報道班には大宅壮一氏などがいた。彼らは私をあわれんで、送別の宴を催した。そして鹵獲《ろかく》品のキング・ジョージという立派なびんのウィスキーを一本、持たせてくれた。それはよいのだが、

「ビルマへ行ったら、のめんだろうからな」

と、いやなことをいった。あとになってみれば、地獄のビルマに行ったので、よかったともいえよう。予定どおり、ニューギニアに行ったら、とても無事ではすまなかったようだ。

それにしても、ビルマはひどかった。飛行場について、はじめて、ビルマの赤い土をふんだとたんに、爆撃されたのだから、大いにあわてさせられた。飛行師団に行くと、もっと、おどろいた。大変な苦戦である。まもなく、師団の飛行機は、ほとんど、なくなってしまった。

そのうち、ビルマの雨季がきた。日本の夕立のような雨が、半年近く、降りつづくのである。これでは、映画の撮影もできない。一度、帰りたいというと、参謀が、待て、という。「そのうち、大きな作戦がはじまるから」と、はなしてくれない。

それが、インパール作戦のことだった。

飛行師団の司令部で、地上部隊の展開状況を調べてみると、意外な人の名があった。ビルマ＝インドの国境方面に出ている歩兵部隊に、第三十三師団の第二百十四連隊がある。連隊長は、作間《さくま》喬宜《たかよし》大佐である。

作間大佐とは、陸軍省宣伝班のころからの古なじみである。その後、作間大佐が北支派遣軍の報道部に転出になると、私も、その部の報道班員になった。

中国の魅力の、みちあふれた北京《ペキン》である。私はしばしば、中国風の赤い門のある公館に作間大佐を訪ねて、酒をくみかわした。その人が、今、密林と酷熱のなかで苦闘している、という。

酒ずきの大佐も、酒をのめずにいるだろう。

私のかばんには、ジャワでもらったキング・ジョージがいれてある。私は、それを、何かの機会にあけるつもりで、大事にとっておいたのだ。

私は、作間大佐を陣中みまいに行こうと考えた。久しぶりに会って、うまい酒を、のませてあげたいと思った。

北京の、酒の借りをかえすのは今である。

私は、装甲自動車に便乗して、辺境の陣地に向った。

途中の渡河点で、私の乗った小舟は、英軍の飛行機に見つけられた。舟底に伏した私の背を、機銃弾がかすめた。飛行機のあおりで、小舟は大きくゆれた。私はキャメラとキング・ジョージを抱きしめて、いきを殺していた。敵機にキャメラを向けるどころではなかった。

私が訪ねて行ったことは、作間大佐には、思いがけないできごとだった。大佐の目には光るものがあった。連隊長の居室で、われわれは再会を喜び、乾杯をした。その時、情報主任という若い中尉が、いっしょに席についた。それが、長一雄《ちょうかずお》中尉であった。山砲連隊長の福家政男《ふけまさお》大佐も席に加わった。

「こんな所には、報道班員なんて人はきたこともありません」

と、ぼやいた長中尉は、連隊の情報主任で、報道も担当するということだった。

日本酒が、たくさん、出た。

「さすがに、連隊長ですね」

とおどろくと、

「いや、いつも、ビルマ酒をのんでいる」

と笑った。歓待のしるしであった。私は、キング・ジョージを、兵隊の作ったらしい食卓の上においた。そして、ジャワから持ってきたものであることを、話した。

作間連隊長は、居ずまいを正すようにして、礼をいわれた。そして、目をつぶって、小さなグラスをかたむけた。しみじみと、味わったようであった。

私が、さらに一杯をすすめると、連隊長はグラスをふせてしまった。そして、意外なことをいった。

「こんなうまいウィスキーを、ここで、のもうとは思わなかった。これで、作間はおみやげを全部、いただいたことにする。そして、大事にとっておいて、これからの戦場で、てがらをたてた兵隊に、一杯ずつ、のませてやるつもりだ」

と、静かに、びんをかたわらにおいた。

私の胸には、あついものが、しみるようだった。

それは、将たるものの、兵を愛する気持である。そしてまた、本当に酒をのみ、酒を愛する人の心である。

私が、しばらく、言葉も出ないでいると、連隊長は、笑っていった。

「さあ、このびんを見ながら、のもう」

ランプの光に照らされた連隊長の顔は、別人のように、黒く、やせていた。

翌日から、多忙な連隊長に代って、私をひきまわしてくれたのは、長中尉である。

のちにインパールの戦場で、悲劇の人となった第三十三師団長柳田元三《やなぎだもとぞう》中将に会ったのも、この時である。穏やかに話す人であった。軍人の大声を聞きなれた私には、意外な印象が残った。

インパール作戦のために、各新聞社の報道班員は、頭の髪を短くきられて、軍隊教練をうけさせられた。それほど、ビルマ方面軍司令部は異常に興奮していた。同時にまた、前途の困難が予測されていた。

インパール作戦には、地上部隊について、約六十名の記者と連絡員が従軍した。生還した時には、ほとんどは、マラリアと、激しい下痢におかされていた。私といっしょに行ったキャメラマンの二名は、飛行機とともに帰らず、連絡員一名は、地上で消息をたった。

私は、飛行師団司令部で、毎日、戦況をノートにとっていた。もはや、映画の撮影できる状況ではなかった。

大きく、ひろげられた『ウ号作戦』（インパール作戦）の地図は、暗い敗色におおわれていた。

私は、それを見ながら、作間連隊長や長中尉などの顔を思いうかべ、したしくなった兵隊のことを思い、ただ、無事なることを祈った。

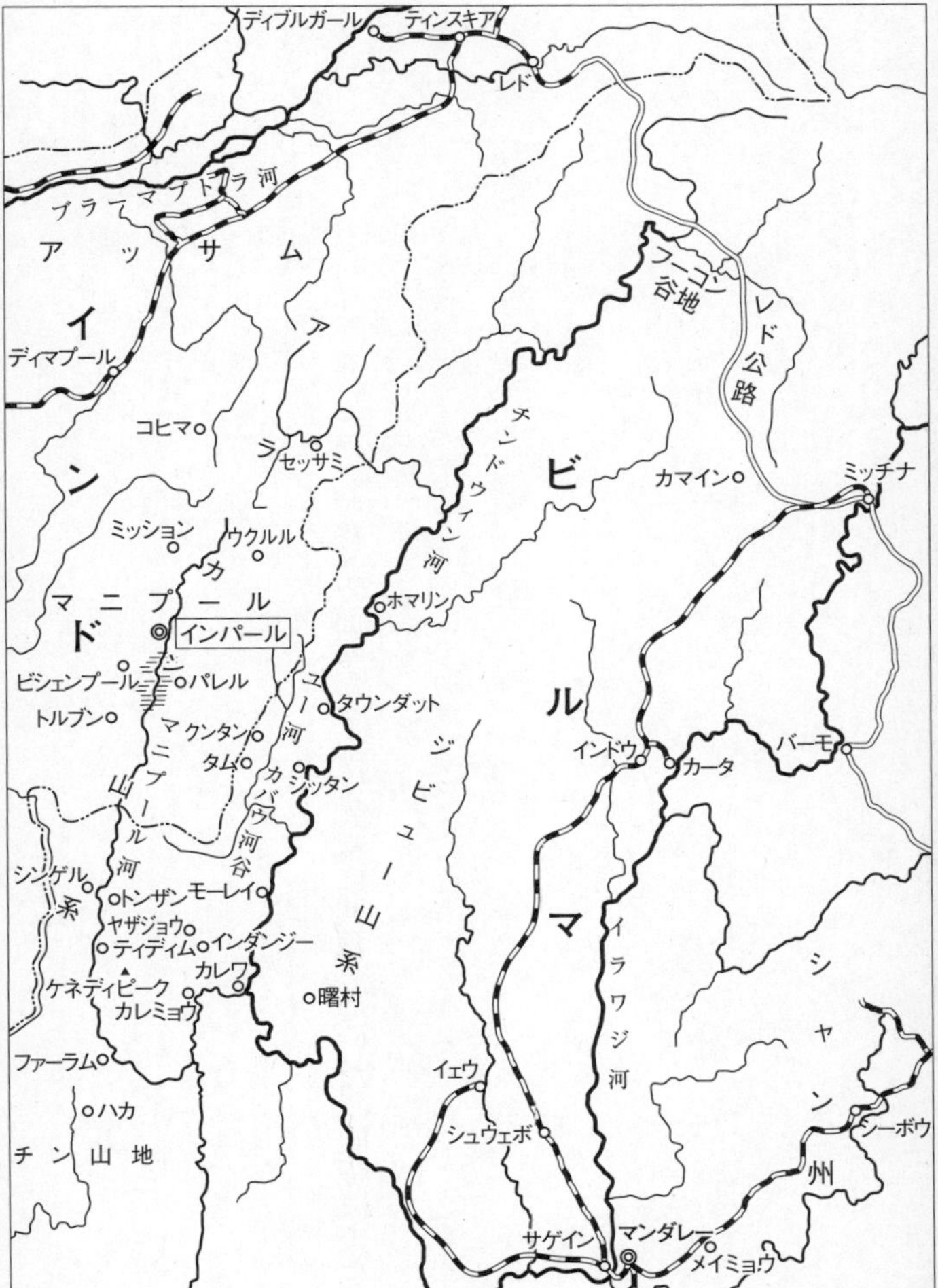

ディブルガール
ティンスキア
レド
ブラマプトラ河
アッサム
インド
ディマプール
コヒマ
セッサミ
フーコン谷地
レド公路
チンドウィン河
ビルマ
カマイン
ミッチナ
ミッション
ウクルル
マニプール
インパール
ホマリン
ビシェンプール
パレル
トルブン
タウンダット
ユー河
ジビュー山系
クンタン
タム
シッタン
カバウ河谷
マニプール河
インドウ
カータ
バーモ
シンゲル
トンザン
モーレイ
ヤザジョウ
ティディム
インダンジー
ケネディピーク
カレワ
カレミョウ
曙村
ファーラム
ハカ
チン山地
イラワジ河
シャン州
イェウ
シュウェボ
シーボウ
サゲイン
マンダレー
メイミョウ

目次

インパール

インド征服の夢

一

水垣兵長は薪《まき》をわる手を止めて、

「おい志賀、たばこないか」

「ないよ」

からだの小さい志賀兵長が、そっけなく答える。

「きさま、参謀長の当番のくせに、たばこを持っておらんというのは要領が悪いぞ。おやじの白いたばこを適当にもらっておくもんだ」

志賀兵長は小心そうな眼をそらせて、

「このごろは、おやじの方までシケてて、てんで、だめだよ」

「だいたい待遇わるいぞ。使役に行けっつうから、衛兵中隊からわざわざきてやれば、薪をわらせやがって」

水垣兵長はビルマ刀を放り出して、

「こう暑くてはかなわん、まあ一服やろう」

むき出しの上半身の、渋色になった肌に汗が流れている。二人は菩提樹《ぼだいじゅ》の木かげに行って腰をおろす。水垣兵長は、薪にする木を運んでいる兵隊の方をじろりと見てから、ポケットからケースを取り出して、

「ま、同年兵のよしみだ、一本やろう。きさまからもらおうと思ったら、逆になった」

「なんだ、持っているのか。——おや、白いたばこじゃないか。どこから持ってきた？」

「色男は違うというもんじゃ。偕楽園のレイ子が、水垣さんに、つうて」

「うそをつけ」

「うそなもんか。参謀長はあまいから、レイ子に『てっちゃん、てっちゃん』いわれて、うむ、うむとかいって、幾箱でも出しよる。——きさまら当番にはくれんだろうが」

「くれるどころか、おれたちは、レイ子が泊りにくると、ふろまでたいていれてやらにゃならん。くそ！　おれは涙が出たよ」

「実際、参謀なんて、けしからん。偕楽園の女を、ひとりずつ独占して、兵隊にゃ遊ばせん。毎晩、酒をのんで、さわぎたてている。だから、ろくな戦さをせんのだ」

風が少しもない。暑熱が地面の上に、水のようによどんでいる。

「レイ子の腕時計はてっちゃんがやったって、本当か」

「うん、ラングーンで幾つも買いしめていた奴だよ」

「ラングーンていやあ、高級副官はラングーンまで自動車出して、ロンジイ（ビルマのスカート）を集めてきて、偕楽園の女にわけてやったってな」

「きさま、よく知ってるな」

「そこが色男さ」

水垣兵長は半分になったたばこを消して、ケースにいれ、あおむけに寝ころんで、

「暑いなあ。内地なら、松がとれたばかりで、こたつにはいっているっつうになあ」

急に言葉の調子を低くして、

「いよいよ始まるらしいな」

「そうらしい。あしたは団隊長会同があるからな」

「それじゃ、あすの晩は大酒盛りで、また、てっちゃんの裸おどりか」

昭和十九年一月九日、ビルマの、チンドウィン河に近いムウタイ部落の夕暮である。

二

ムウタイ部落のはずれには、にわか造りの日本軍の兵舎が幾棟か集っていた。竹の柱。ニッパぶきの屋根。青竹をそいで組み合せた壁。――それが宇都宮第三十三師団の師団司令部の所在地だった。ここを曙村《あけぼのむら》と通称したのは、師団司令部の無線の呼出し符号が『曙』であったからだ。また、師団の通称部隊名は弓《ゆみ》であった。いずれも、防諜《ぼうちょう》のため

につけた秘匿名であった。

師団長柳田元三中将の宿舎も、そのなかにあった。青竹づくりの小さな家。青竹をわって敷きつめた土間。部屋《へや》のなかには、青竹のにおいが、さわやかにただよっていた。

柳田師団長は竹の椅子《いす》に腰かけて、覆《おお》い戸を押しあげた窓の外を見ていた。明るい夕暮の光のなかに、大きなコッコベンの木から、しきりに、こまかな葉がこぼれる。それが、暑いばかりのビルマの、季節の移り変りを告げる。――半年の間は雨の降らない乾季が、すでに半ばをすぎて、暑さの激しい時になっていた。炎熱と乾燥にたえかねて、木の葉はおちはじめ、草は黄色く枯れてきた。

部屋のなかでは、参謀長田中鉄次郎大佐が、無遠慮な大声で、

「いよいよインパールに行くか。これで、待望のインドの土を踏める。痛快だなあ。しかし、どうして、うちの師団はこう使われるのかな。ほかの師団より一週間早く出発しろ。所在の敵を撃破してインパールに突進せい。軍司令官は、弓を目のかたきのように使いおる」

と、いいながら、柳田師団長の方を見て、

「これは、閣下がたびたび、慎重にやれなんて意見具申をされた、たたりかも知れんですよ」

柳田師団長は、青白くひきしまった顔を窓の外にむけたまま、返事をしなかった。

「チン山地の敵など、一挙に押しつぶして、うちの師団でインパール一番乗りをやって、

牟《む》田《た》口《ぐち》さんの、あのでっかい眼をむかしてやる。あすの会議にゃ、連隊長どもに大いに気合をかけてやろう」

豪傑笑いをして立ち上った。そばで、輸送計画の書類を整理していた後方主任参謀三浦祐造少佐が礼儀正しく目礼した。激しい暑さのなかであるが、柳田師団長も三浦参謀も、上着をつけて、服装を正しくしていた。田中参謀長は、シャツに半ズボンで、むき出しの太い足につっかけたビルマの皮ぞうりをならして、外へ出て行った。

頤《あご》のながい、がんじょうな顔をした三浦参謀は、かざり気のない態度で、

「参謀長殿は、ふたこと目には一番乗りといって、中国の城でもとるようなつもりでいます。こんなことを、参謀長殿などがさかんにいうのも困りますが、軍の作戦計画もいかんと思います。インパールに行ってから、どのように攻撃するのか、この点が全然きまっていないから、早く飛びこんで一番乗りの功名をあげればいいように考えてしまうのです。軍の計画では、国境までのことしかきまっていなくて、それから先のことは、全然できていない。こんな、出たとこ勝負のやり方で、インパールに行くなんて、随分危険だと思います」

持ち前の、のびのびとした大声であった。柳田師団長は静かに、

「軍には、そんな緻密《ちみつ》な頭はないよ。少し慎重に考えたら、今度の戦さをやろうとはいえなくなるはずだ」

柳田師団長は、この誠実な参謀にだけは、自分の本当の気持を語ることができた。

「わしが、どんなに無謀だということを説いても、牟田口は、わしのいうことをとりあげない。わしは、現在の戦力ではむりだから、チン山地の敵をインド領内に追いはらって、あとはマニプール河の線を確保すべきだ。でなければ、むしろ、やめるべきだとさえ申し上げた。それを、むり押しに押して、しかも、今になってやる。今は時期が悪いよ」

柳田師団長の静かな声のなかに、押えがたい忿懣《ふんまん》がこもる。

「軍の計画では、三週間でインパールをとるという。わしは、三週間などでは、とてもとれないと思う。部隊がインパールに行くだけでも、三週間はかかるよ。それも、今すぐにやるならともかく、今度の命令でも、作戦発起の日がまだきまっていない。今月中には、恐らく準備ができまい。インドは五月には雨季になる。インドにはいった、雨季になった、では、どうにも動きがとれなくなる。自分から泥沼にはまりこむようなものだ」

「あれほど問題にされた後方補給の計画が、すこしも改善されないままだから、乱暴な話です。ところが、軍の方では全然考え方が違うんです。雨季になることを十分計算に入れてある、というんです。インパールを押えたところで雨季になれば、敵も攻撃に出られない。その間に、こちらは戦力を充実させ、一方、チャンドラ・ボースの自由インド仮政府をインパールに出して基礎を作らせる。だから、時期は今が一番いい、と大変な自信です」

「いろんなことをいうものだな。それを誰がいったか」

三浦参謀は、柳田師団長の言葉に、けわしいものを感じた。——まだ、そのことを柳田師団長は知らされていない。

「はあ、参謀長殿が、軍の会議から帰ってきた時に、いっておられましたが」

柳田師団長は、うすく皮肉な笑いを浮べて、

「このごろは、わしよりも参謀長の方が事情をよく知っておる」

柳田師団長がインパール作戦について反対の意見具申をしてから、第十五軍司令官の牟田口廉也《むたぐちれんや》中将は師団長を嫌って近づけないようになった。作戦に必要な準備や連絡には、柳田師団長を通すことをしないで、田中参謀長に直接に命令した。

もともと、柳田師団長は田中参謀長とまったく肌が合わなかった。師団長は精緻な頭脳型であり、参謀長は粗放な豪傑型である。牟田口軍司令官は田中参謀長を腹心のように重用したが、このふたりには共通する性行があった。田中参謀長は、直接、牟田口軍司令官の意図のままに動いて、柳田師団長をないがしろにするようになっていた。今度の作戦発起の時期という重大な問題についても、田中参謀長は、師団長に詳しい報告をしていないのだ。

三浦参謀は、その間の事情をよく知っていた。無視されている師団長の気持に、それ以上ふれないために、いそいで話題を変えた。

「インパールを取ろうなんて、話としては景気がいいですがね。何しろ、インド遠征で

すからな」

と、大きな顔に、人のいい笑いを浮べて眼を細くする。その、たくましい顔だけ見ていると、このような細かい神経や思考の働く人のようには見えない。

柳田師団長は、身動きもしないで、静かな声で、

「図上作戦にすぎないよ。ビルマの防衛を強化するのと、援蔣《えんしょう》ルートの基地を押えて、蔣介石《しょうかいせき》の戦力の根源を断つ、そのためにはインドへ出なければならん、というのだからね。――それも、第一案、第二案とあって、第一案はインドのカルカッタまで行く。しかし、それをやるだけの兵力もなく、補給もできない。そこで第二案がインパールとなった。あすこは、インドの東北角で、アッサム州の援蔣空輸路の飛行基地の近くだから、というのだ」

「インド征服の夢ですね」

「夢でなければ、野望だ。牟田口はやれると思いこんでしまっているから、ひとがなんといっても、いうことをきかない。方面軍の参謀が、計算してみると困難が多いから、というと、牟田口がどなりあげる。方面軍も腰が弱いからな」

「大本営では、準備不足とか時期尚早といって許さなかったのを、どうして、今ごろになって、やらせるつもりになったのですかかね」

「大本営は危いと思っているのさ。勝算ありや、といってくるくらいだからね。しかし、大本営がやるつもりになったのは、去年、東条が南方をまわって、昭南（シンガポー

ル）にきた時かららしいな」

柳田師団長が『東条』という名を口にする時には、東条英機をきらう軍人の間に共通した反感を現わして、ことさらに呼びすてにする。

「ちょうど、インド国民軍が結成されて、チャンドラ・ボースが閲兵式をした。東条も、いっしょになって閲兵をやったが、その時、ボースは自分の政権と領地を要求した。ボースは、自分は日本軍の傀儡《かいらい》になるのはいやだ、自分は本当にインド独立のためにやっているんだから、という。それで東条は、ボースにインドの土地をやると約束した。そして、例のアンダマン島をやると、今度は、島では困るから、陸つづきの所をくれという。そこで、そのうち、インドにはいるからといったのを、ボースの方では、まだか、まだかとせめたてる」

「チャンドラ・ボースのあの熱に押されたんですね。――ちょっと、たち打ちできないですからね、あの男の祖国愛の熱には」

「ところが、ガダルカナル以来、中部太平洋の形勢が悪くなった。ことに十一月、ギルバート諸島のマキン、タラワを取られてから、内地では、アメリカはだんだん近よってくる、軍は何をしているか、ということになってきたらしい。そこで、大本営としては、どこかで、はなばなしい戦果をあげて、国内の士気をもり返さねばならなくなった。そこへ、ボースは早くやれ、と東条をせめる。ビルマ方面軍は、牟田口にせっつかれて、大本営に『勝算あり』というようなことをいう。それで東条も、それじゃやれ、ということになったのだな」

「大本営としても、確信があるわけではないでしょう」

柳田師団長は無言でうなずいて、

「確信がないから、一年近くも、のびのびにしておいた。大本営は最初から、大兵団を出してやるならやれる、という考えだ。ところが事実は逆に、太平洋方面の形勢が悪くなると、ビルマからニューギニアに兵力をまわしてしまう。ビルマの戦力はいよいよ少なくなる。そんな時になって、やれというのだから、確信はないよ」

「確信を持っているのは、牟田口閣下だということになりますか」

「牟田口のは、確信じゃないよ。あれは神がかりだからね。わしがこの前、この作戦は慎重にやれ、という意見を申し上げた時には、頭ごなしに、戦争の経験のない奴が何をいうか、とどなりつけられた。そこでわしは、閣下には失礼でありますが、中国やマレーの戦さと違って、今度は本物の米英軍ですし、航空兵力は恐るべきものがあります、と申し上げたら、牟田口はいったね。神霊我にあり、神様が必ず助けてくれる、……」

三浦参謀が、思わず笑うと、

「いや、大まじめでいうんだ」

「奇蹟を信じているんですね」

「奇蹟、――牟田口は本気で信じているが、どうやら、大本営あたりも、奇蹟を待つ気持になったのじゃないか。……こう全般の形勢が悪くなると、ね」

柳田師団長は、前の話を思いかえして、

「雨季になって、インパールで対陣するというが、補給をどうするつもりだ。北の方では、チンドウィン河まで道を作っておるそうだが、そんなものは、雨季になれば、いっぺんに流されてだめになる。もっとも、後方補給のことをいい出すと、また牟田口の逆《げき》鱗《りん》にふれて、小畑参謀長の二の舞にされるが」

第十五軍の参謀長小畑信良少将は、インパール進攻のための作戦計画の研究を命ぜられると、後方補給が困難だという理由で、牟田口軍司令官に反対の意見をのべた。小畑参謀長は輜重《しちょう》出身であり、後方補給にくわしかった。小畑参謀長は自分の立案と要求を示して、それが実現されない限り、インパール進攻は、困難というより、むしろ不可能だと主張した。

牟田口軍司令官は、そんな大げさな準備がなくては戦争ができんようでどうするか、日本軍はいかなる困苦欠乏にもたえられる、——と一蹴した。そして、口実を設けて、ビルマ方面軍に参謀長の更迭を要求した。

その結果、小畑参謀長は満洲奉天の関東軍情報部支部長に左遷《させん》された。後任者は、牟田口軍司令官が特に指名した久野村桃代《くのむらとうだい》少将であった。前の年、昭和十八年五月のことである。久野村少将は陸軍士官学校幹事であった。

「補給の負担を軽くするために、今度は、ほしいい（乾飯）を持って行くそうです」

「ほしいい？　ほしいいを牛の背中につけて、か。牛や羊を引張って行くから大丈夫だと、牟田口がジンギスカンの真似をして得意になっているなんて、ばかばかしい話だ。その上、今度はほしいか。三浦参謀、それは本当にやることになったのか。参謀長がいっておったか」

——これも師団長は知らされていない、と思うと、三浦参謀は気まずいものを感じた。参謀長と師団長とが、大作戦を前にして、このように一致しなくては、どうしたものであろうか。

師団長は眼を窓の外に移した。コッコベンの荒い幹に、大とかげが駈けあがってかくれた。そのあとを見つめながら、……つぶやいた。

「無謀だよ」

三

昭和十九年一月十日。——

曙村の司令部に、師団の大隊長以上の部隊長が招集された。名目は、合同慰霊祭にかねて、射撃、銃剣術会を行なうというのであった。しかし、真の目的は、団隊長会同を開き『ウ号作戦』と呼ぶ、インパール進攻作戦について、研究と打合せをすることであった。

二十坪ばかりの平屋だて、テッケ草の葉をふいた屋根に竹柱の会議室の小屋には、師団の幹部将校が集り、緊張した空気が充満していた。——柳田師団長と、田中参謀長以下の幕僚。歩兵団長山本募《つのる》少将。第二百十三連隊長代理伊藤新作少佐。第二百十四連隊長作間《さくま》喬宜《たかよし》大佐。第二百十五連隊長笹原政彦大佐。各連隊の作戦主任と大隊長。師団配属の戦車、各種砲兵、工兵、輜重の各連隊長。通信及び衛生の各隊長。それに兵器、経理、衛生などの関係将校などが、姿勢を正していた。このほかに、第十五軍の高級参謀木下秀明大佐が、とくに指導のために派遣され、出席していた。

畳二枚ほどの台の上には、大きな地図がひろげてある。ビルマ＝インドの国境付近から、インドのアッサム州マニプール土侯国までの、十二万五千分の一の地図。英軍の製作したこの地図が、その時、日本側の持っていた最も精密なものであった。

台を前にして、柳田師団長、その隣に田中参謀長が席をしめていた。参謀長の、黒い、押しの強い顔が、師団長の小がらな青白い顔と、はっきりした対照を見せている。参謀長は、さすがに、参謀懸章のついた上着をつけて威儀を正しているが、近くにいる者には、それとわかるほど、酒くさい息をはいている。昨夜、飲みふけった酒の気がぬけないのである。

各種の兵科の記号を、厚紙に切りぬいたこまが、地図の上に配置される。

田中参謀長が立ち上って、

「ただ今よりウ号作戦に関して、あらかじめ各部隊長の腹を合わせるために、兵棋演習を行う。細部の事項は、印刷物によるとして、先に要点を申し上げておく。……今回の作戦は、印緬《いんめん》（インド＝ビルマ）国境を越えて、インドに進攻し、所在の敵を撃破しつつ、マニプール王領の都インパールを攻略する。参加兵力は第十五軍の全力三個師団。これに高《たか》第五飛行師団が協力する。作戦計画の概要を申し上げると、烈《れつ》第三十一師団、祭《まつり》第十五師団がチンドウィン河の上流ホマリンおよびパウンビン付近において渡河する。烈師団はインパール北方コヒマに進出して、インパールの後方を遮断する。祭はインパールの東北から攻撃する。わが弓師団は、チン山地の英印軍を撃破して後、南方よりインパール盆地に進出、敵の本拠に突入する。このようにして、三方面から進撃して、敵をインパールの周辺において殲滅《せんめつ》する。作戦発起日は、烈、祭のチンドウィン渡河をX日、弓の発起日はXマイナス七日とする。インパール攻略までの予定日数は三週間、……」

室内の空気が、緊張の度を加えた。参謀長は、酒くさい息を大きくはいて、一呼吸いれてから、

「今回の作戦においては、急速突進を主眼とする。そのためには、できうる限り軽装備で行く。ことに国境付近では、アラカン山系中の三千メートルに達する高峰を越え、かつ、大密林のなかを行くのであるから、軽装でなければならない。糧秣《りょうまつ》は二十日分を用意する。それも兵が各個に携行できる範囲にして、その後は、後方補給にたよらず、敵の糧秣弾薬を奪って使うようにする。また、インパールを攻略してからは、現地自活を旨とし、そのためには、別に、牛馬、羊を送り、種子なども十分に用意する。要は、できうる限り急速に突進し、敵が混乱して防備を固めないうちに、インパールを攻略する

にある。従って、糧秣ばかりでなく毛布、外套の如き、重荷になるものは携行しない。また、傷病患者、捕虜などは、進撃の妨げになるから、監視をつけて途中に残し、あとから収容する。砲は、各連隊とも、なるべく少なくする。要すれば、山砲五門程度、それも、三八式でなく、三一式を持って行く」

――それでは、まるで裸で飛びこむようなものだ、と柳田師団長は腹のなかで怒りを押えつける。……砲は、もっとたくさん必要だ。

山本歩兵団長が気ぜわしく質問した。

「作戦発起日がまだきまっていないが、いつごろになる予定であるか」

「約一カ月後、と予測しています」

「どうして、そのようにおくれるのか」

「それは祭師団の準備ができないからであります。祭の準備完了を待って、作戦を開始します」

「二月じゅうに発起できればいいが、それ以上遅れると、雨季にかかって、非常に困難な状況になると考えられるが、この点はどうか」

「インパールを攻略して雨季を迎えれば、敵も出てこられなくなるから、かえって好都合であると予想しています」

「しかし、それでは、補給や連絡に支障をきたすことになるではないか」

「それは今も申した通り、インパールを確保するために、自給自活することをたてまえとし、その準備をして行く方針であります」

うす暗い部屋のなかに、全員の、開襟《かいきん》の上着に折りかえしてあるシャツの襟《えり》もとが、白々と浮き上っている。

「敵状はどうなのか」

山本歩兵団長は柳田師団長に対しては、陸軍士官学校二十六期の同期生のよしみがあった。その反対に、田中参謀長に対しては、牟田口軍司令官の代弁者と見ていたから、無遠慮な態度で質問をつづけた。

「敵の主力は、インパールを根拠とする第四軍団であります。その麾下《きか》の英印軍（インド兵で編成した英軍）第二十、第二十三師団が北部に、第十七師団がチン山地に出ています」

「それは、昨年来の敵状である。何か新しい情報はないか。アラカン山系を越えた向う側の状況は、我々は何もわかっていない。兵力の配置についても、地形についても、もっとくわしいことがわからないのか」

田中参謀長は度の強い目がねを光らせながら、

「遺憾ながら、全然わかっていません。国境から先の敵状捜査は、地上からはほとんど不可能であります」

窓の外から、蒸気のような熱風が吹きこむ。部屋のなかには暑熱と緊張の空気が重苦しくよどみはじめた。

山本歩兵団長は骨ばった上体を乗り出させながら、

「参謀長は敵状の詳細は不明だといわれる。しかし、昨年九月から十一月にかけて我々がチン山地攻略作戦を実施して以来、この方面に敵はさかんに兵力を増強している。ことに従来はインドのグルカ兵、チン土民兵を主としていたのが、最近では英本国や豪州などの白人兵が第一線に出てきている。戦車、火砲などの数も非常にふえた。また、飛行機がさかんにきて、砲爆撃をやる。——これらの状況は、敵の戦力が増大したばかりでなく、積極的な戦意をもっていると判断される。敵はビルマ奪還を企図して、近く大規模な行動に出ようとしているのは明らかだ。これに対して、参謀長はどういう見解を持っておられるか」

「敵の兵力が増大し、戦意が積極的になったのは、印緬国境線の全般に見られる状況であります。自分も、敵のビルマ反攻が、いよいよ本物になったと判断しております。しかし、それは、国境線付近の状況であって、インパール周辺までが同じように充実しているとは考えられません」

「インパール方面については、地上の偵察は困難としても、航空部隊から情報は得られないのか」

「航空部隊は昨年十月以来、偵察のために司偵《してい》（司令部偵察機）を出していますが、出て行った飛行機は敵にくわれるのが多くなって満足な結果を得ていないようであります」

「高性能を誇る百式司偵が帰ってこないというのは、敵の飛行機の性能がよくなったのと、航空戦力が強化されたためであると思う。わが方のインパール進攻がはじまれば、敵の飛行機の攻撃が相当あることを予想しなければならないが、これについてはどう考えておられるか」

「印緬国境は山岳と密林であり、わが方は密林間をくぐって行くのですから、敵の飛行機の脅威をうけることは少ないでしょう。もし、攻撃をうけるとすれば、インパールの盆地に進出してからでしょうが、この部分はわずかにすぎません。敵の航空戦力はあなどりがたいが、全般の地形は我に有利だと思われます」

柳田師団長は、腹のなかで反論する。——敵の航空作戦を無視して、勝つことはできない。

山本歩兵団長は頬ぼねの張った顔を戦車連隊長の上田信夫中佐に向けて、

「戦車はどのくらい持って行けるのか」

「戦車は少しも補給してくれんもんですから、少ないので弱っています。連隊として八十車持っていますが、可動実数は約六十車です。作戦開始までには、もう少し使えるように準備したいと思っています」

山本歩兵団長は不満の色を浮べた。

「六十車では少ない。チン山地で我々の正面に出てきた戦車だけでも、二個連隊の勢力があった」

それを田中参謀長が、胸をはって、さえぎる。

「自動車道のある方面には、敵の戦車も出るでしょうが、わが方は、あくまでも密林を利用して進撃するから、戦車はかえって足手まといになります。それ故、要点に配置できる程度で十分であると考えます」

「密林を利用するのはいいが、最近、敵は、飛行機から焼夷《しょうい》カードを降らせて、密林を焼き払うような戦術に出ている。密林といえども、必ずしもたのみにはならない」

山本歩兵団長は陰気なねちねちとした調子で、追及をやめない。部隊長の多くは、同感の気持をあらわしていた。

田中参謀長は、自信満々とした態度である。酒くさいにおいは、まだ消えない。

「敵の科学兵器や物量については、わが軍の到底及ばないことは、すでに明らかであります。しかし、戦闘の最後は、歩兵の肉弾突撃によって決することは申すまでもありません。わが歩兵のもつ精神力と白兵の威力こそ、敵の兵器物量をしのぐものであることを、自分は信じて疑いません。今次の作戦においても、白兵の威力を発揮して、皇軍の精華を輝かす、――万事はここに帰結します」

だれも口を開こうとしなかった。よそよそしい沈黙がつづいた。その沈黙の固さは、各自の心のなかにある、反発を感じさせた。

田中参謀長は臆する色もなく、結論を下すようにいった。

「インパール進攻には、多少の困難はありましょう。しかし、一気に押せば勝を制しうると確信しています。牟田口閣下も、それについて、特にいわれています、——断じて行えば鬼神も避く。閣下のこの所信に従って勇往邁進《まいしん》されんことをお願いします」

つづいて、兵棋を使っての作戦研究がはじまった。——十二万五千分の一の地図の上に動く、部隊記号を示すこまは、輝かしい勝利の計画に従って進んだ。

この間、柳田師団長は、黙々として、ついに一語も発しなかった。——自分の考えていることと、全く反対の計画が、具体化されて行くのを、どうすることもできない。気持は苦しくなり、頬は青白さを加える。……

参謀長の口を通して説明されるウ号作戦計画には、全然、賛同することができない。——しかも、師団長の意見と、師団長の存在までが、その計画から除外され、無視されている。

だからといって、これ以上、反対することは許されない。いったん、命令となって下達されれば、どのように反対であり困難であっても、それに従わなければならない。命令は『天皇陛下のご意志』で、絶対である。それが、日本軍の規律である。柳田師団長の心のなかにも、軍人としての宿命的な決意が動く。しかしまた、多くの将兵を無益に殺さないためには、妥協点を探さなくてはならない。

図上の兵棋が動くにつれて、室内は奇妙な空気になった。いつもの兵棋演習ならば、論争がおこり、怒声が飛んでさわがしくなるところである。それが、この日はひっそりとしていた。各部隊長や将校は元気がなく、口をきくことも少なかった。昭和十七年三月、ビルマ進攻作戦の時、首都ラングーンを攻略した時の弓師団の元気さを知る者には、意外と思われる情景であった。大声をあげているのは、田中参謀長ひとりであった。こうした雰囲気は、田中参謀長以外の者が、ウ号作戦計画に不信を持ち、絶望していることのあらわれのように見えた。

このようにして、弓師団の、そして林《はやし》集団第十五軍の将兵八万五千余の運命がきまって行った。

長靴《ちょうか》の音が近づいてきた。師団の通信係の菅頭正明《かんとうまさあき》中尉が、気がついて見ると、柳田師団長であった。うつむきがちに歩いているのが、いつもと違った動作であった。菅頭中尉は姿勢を正して、声をかけた。

「もう昼食でありますか」

正午近い時刻だったので、菅頭中尉は兵棋演習が昼休みになったのかと思った。柳田師団長はあいまいに顔をふって、行きすぎようとした。菅頭中尉は、師団長が兵棋演習をぬけ出してきたように感じた。

「兵棋は、まだ、終らないのですか」

柳田師団長は力のない声で、

「いや、おれはいいんだよ」

と、いい捨てて去った。

柳田師団長は、その日の午後の兵棋演習にも出席しなかった。菅頭中尉は師団長の胸中がわかるように思った。師団長は田中参謀長と同席をさけるほど、不快なものを感じていた。牟田口軍司令官の威光をたのむ田中参謀長は、それほどまでに、柳田師団長をないがしろにしている。これでは、師団の作戦を危くすることにならないだろうか。

その夜、兵棋演習の参加者のために、会食が催された。柳田師団長は出席しなかった。第二百十四連隊長の作間大佐と、第二百十五連隊長の笹原大佐はならんで腰かけていた。酒がまわって、座が乱れかけてきた。田中参謀長とならんで上座にいた第十五軍の木下高級参謀は、席を離れて、杯のやりとりをしてまわった。

木下高級参謀は一番はしにいた増田良繁中尉の所にもきて、杯を突きだした。

「さあ、飲め」

増田中尉は第二百十五連隊の情報主任であったが、乙副官同様に、いつも笹原連隊長についていた。若い増田中尉は、軍の高級参謀で大佐といったえらい人から、杯をすすめられたので、感激して、姿勢を正しくした。

木下高級参謀は酒に酔っていた。たてつづけに酌をしてから、増田中尉の肩に手をまわして、叩いた。増田中尉が、いよいよ感激していると、木下高級参謀が問いかけた。

「どうだ、きさまは今度のインパール作戦は成功すると思うか」

増田中尉は笹原連隊長から話を聞いて、この作戦が無謀であり、成功の見込みはないことを知っていた。しかし、幹部候補生あがりの若い中尉が、口にしてよいことではなかった。答えに困っていると、木下高級参謀が先にいいだした。

「きさま、今度は覚悟しろよ。奇蹟のおこらない限り、この作戦は絶対に成功できないぞ」

意外な言葉であったが、それを、酔いのまわった大声で、はっきりといってのけたことに、増田中尉はいっそうおどろいた。思わず、笹原連隊長の方を見た。笹原連隊長も、増田中尉をじろりと見た。その目には、おれのいう通りだろうといった、共感と確信の色が浮んでいた。

軍の高級参謀までが、作戦に希望を持っていないことは、増田中尉の心に大きな衝撃を与えた。それにしても、そうしたことを口走るのは、高級参謀としては軽率にすぎるように思われた。しかし、必勝の信念に燃えているのは、牟田口軍司令官ただひとりではあるまいか、と思われてきた。

田中参謀長が立ち上って、大声をあげた。

「さあ、美人のいる所へ突撃だ。覚悟はできておるか。おれが裸踊りを見せてやる」

曙村には、芸者と称する日本人の慰安婦がきていた。将校専用であった。その女たちのいる偕楽園という家に、田中参謀長が先に立って出かけて行った。

四

ビルマの首都ラングーンで。――

鬱蒼《うっそう》とした熱帯樹の森のなかに沈んでいるヨーロッパ風の大きな建物と、ビルマ人の竹と木の小さな家の市街。その中央のあたりに、三百七十二フィートの黄金の大仏塔《パゴダ》がそびえ立ち、強烈な日の光をあびて、まばゆく輝いている。

ビルマ娘の漆黒の髪にかざした、真白なジャスミンの花。インド人の真黒な、やせたすねと、はだしの大きな指。ビルマ人が、かんでは吐き捨てるキンマの赤い唾液のあと。そして、爆撃に破壊されたコンクリートの建物と石だたみの道を掩《おお》いかくす、たくましい雑草の緑。……

日本の兵隊が、道の両側に柱を立て、針金を網のように張りわたして、その上に、偽装網や木の枝を並べている。プローム路の、ラングーン大学の前である。道路のわきには、この大都市の交通機関である『サイカー』がならんでいる。サイドカー式の三輪自転車である。車夫が、客のないままに、のんびりと兵隊の作業を見ている。

ラングーン大学には、ビルマ方面軍、森《もり》集団の司令部がある。昭和十八年十月以来、連合軍の空襲がいよいよさかんになり、毎日のように爆撃がある。道路を偽装網で掩いかくそうとしているのは、司令部を空襲から守るためであった。

ラングーン大学の隣に、ジャドスン・カレッジがある。巨大な樹林のしげみに掩われた英国風の典雅な学園である。そこには、ビルマ方面の唯一つの航空部隊、第五飛行師団高《たか》の司令部がある。

森の司令部に作戦協定に行った高の参謀長鈴木京大佐が帰ってきて、二階の師団長室にはいった。広い、大学の教室で、窓の外に熱帯樹の葉がかぶさり、その向うにヴィクトリア湖の水が光っている。

　——昭和十九年一月十五日。

「インパールは、まだ当分は始まりそうもありません。後方の準備ができていないから、作戦発起は全然きまらんというのです」

　肉づきの厚い、首の太く短い鈴木参謀長は、怒ったような声を出す。

「すぐにでも始めるようなことをいっていたじゃないか」

　師団長田副登《たぞえのぼる》中将がおだやかにいう。

「すぐにでもやる、といってさわいでいるのは牟田口軍司令官だけですよ。森の方じゃ、いよいよアキャブ方面で始めます。インパールをやる前にかたづけるつもりなんです。牽制の意味でしょうが、軽く考えています」

「飛行機などはきてもらわんでいいといっていたが、どうなんだ」

「それも、よく、いってやりました。インパールをやるというから、ないところをむりして集めておくと、ニューギニアの方が危なくなったから出せ、といって二個戦隊を持って行かれてしまう。そのあとで、今度は目の前のインド洋に敵が出そうだから、そっちの哨戒《しょうかい》もやれ、とくる。そんな状況だから、アキャブでインパールの陽動作戦をやるのはいいが、高としては大きな任務は引きうけられん」

　鈴木参謀長はむきになっていう。怒ったような、ぶっきらぼうの調子はいつものことだが、その日は本当にむかついているらしかった。

「そうしたら森の参謀ども、飛行機はいらん、というのです。――いまだに、航空の重要なことに気がついておらんのです」

「森はいつもそうだ。はじめはいらんといっておいて、形勢が悪くなると、すぐに飛行機を出せ、何をしているか、と、まるで隷下《れいか》部隊のようなことをいってくる、――」

第五飛行師団は、シンガポールの第三航空軍からビルマに派遣されて、ビルマ方面軍に協力している部隊である。そうした立場と、航空作戦の見地から、独自の判断を持つことができた。

「とにかく高としては、インド洋から敵が出てくる動きが濃厚だから、その方をやれと、三航軍からいわれている。だから海の方を主として、一部をもってインパールに協力する、それよりできない、といっておきました」

師団長は無言でうなずく。

「使える飛行機は戦爆合せて百機ぐらいしかないと現状を説明しますと、インパールの方は、作戦発起の日に烈と祭を、チンドウィン河だけ無事に渡してくれればいいというのです。作戦発起の前後三日間だけ、渡河掩護をしてくれれば、あとは飛行機などはいらんというのだから、恐れいったごあいさつですよ。森の方じゃ、さすがに、そうは行くまいといったらしいが、牟田口閣下が、密林作戦に飛行機はいらんと、てんで受けつけんそうです」

「チンドウィンの渡河だって、夜やるんだろう。それこそ飛行機はいらんが」

師団長は温顔に似あわず、単刀直入な言い方をする。それが直接、人に迫る力をもっている。

「そうです。だから、どうせ使うのなら、敵の飛行機を叩いた方がいい、といったのですが、それには及ばん、という」

「牟田口さんは蘆溝橋以来、支那軍と戦争をし、マレーの緒戦でも勝っているから、飛行機はいらんように思っているが、大いに違うよ。マレーの時は、日本が絶対に制空権を押えていたし、相手は植民地軍だった。今度は、そうはいかん。飛行機だけでも、比較にならんほど性能のいい奴が千五百もいる所へ出て行こうというんだ。――これだけ全般に押されて、形勢が悪くなっているのに、まだ、緒戦の夢がさめない。この点、アメリカは恐るべきだ。飛行機でも、悪い所があると、すぐに改良して新しい奴を出してくる。去年、二十ミリの備砲ができたといっていたら、じきに、三十七ミリになったじゃないか」

田副師団長は円満な顔をくもらせる。アメリカに滞在した経験から、アメリカの恐るべきことをよく知っている。

「日本は貧乏だから、古い兵器を大事にしまっておいて使わにゃならんというところもあるが、どうも、考えることまで実に頑迷で姑息《こそく》だ。アメリカと正反対だ」

「レド公路も、それですよ。インパールに手をのばしている間に、レド公路がビルマに出てきたら、どうするかといったら、森の連中は落ちついたもんですよ。あれは敵の宣伝じゃないか、というんです」

「とんでもない。アメリカは公表したことは必ず実行している。日本では、宣伝というと、うそか誇大だということになっている。アメリカの宣伝は必ず事実だ。この相違は、考えるべきだと思う」

レド公路というのは、インドのレドから中国雲南省昆明《こんめい》に、軍事物資輸送のために敷設しようとする軍用路である。その主要な目的は、北インドの油田地帯レドのガソリンを、中国大陸に送ることにあった。

日本軍のビルマ占領によって、ビルマ・ルートの輸送路をうしなった連合軍は、インドの東北部、インパールに近い、シルチャール、シブザガール、ティンスキアなどの飛行場を基地として、インドから中国へ、飛行機で輸送をつづけた。C47を主体とする大型輸送機の大群が、毎日、ティンスキア方面から昆明へ、千二百余キロの空を飛んで、月に二、三万トンの軍需物資を中国大陸に送りこんでいた。

しかし、空輸量には限りがあった。ことに輸送の主要物であるガソリンは、空輸する飛行機自身が積載ガソリンの半分を消費してしまう。加えて、その航空路が、ヒマラヤ山系の支脈を越えるために、濃霧と悪気流に妨げられて、世界有数の難コースとなっている。ことに昭和十八年九月の雨季あけ以後は、フーコン谷地の上空で、日本軍の戦闘機が『辻斬り』と称して邀撃《ようげき》に出て、相当の犠牲を出すようになった。

そこで連合軍は、インドから中国へ、日本軍の占領している北ビルマを通過する地上輸送路を計画し、その建設工事を急いでいた。地上輸送路は、トラックを走らせるに十分な舗装をするばかりでなく、大鉄管を平行して敷設しようとしていた。それは、レド油田のガソリンを、昆明地区に、直接、流しこもうとするためであった。

かくて、昭和十七年十二月、日本軍のビルマ占領後半年にして、レド＝昆明間千二百キロメートルにわたる道路を建設する大工事がはじまった。アメリカは、アラスカ公路二千五百キロをわずか八カ月で完成したアロースミス工兵部隊を、レドに急派した。重慶は、鄭洞国《ていどうこく》将軍の指揮する三個師をインドに空輸し、スティルウェル将軍麾下の米式重慶軍として、レド公路建設作戦に当らせた。昭和十八年雨季あけには、工事が本格化し、数千のインド人、黒人、中国人が、作業に従事していた。

インパール作戦の開始直前には、レド公路はすでに、ビルマのフーコン谷地を抜けて、北ビルマの出口に達しようとしていた。

連合軍はこれを『東京への道』と呼んだ。日本側では軽視していた。しかし、高飛行師団では、ビルマの防衛のためには、インパール攻略よりも、レド公路をふさぐことが緊急だと考えていた。田副師団長は濃い眉をひそめて、

「敵側の宣伝によれば、今年の雨季までには、ビルマに出てくるという。してみれば、厳重な警戒を要すると思う。インパールをやるよりも、フーコンの手当をする方が緊急の要があるのじゃないか」

「インパールまで手をのばすのは、どうも見当違いですな。見当違いといえば、――」

鈴木参謀長は肥った短いからだをゆすって、苦笑を浮べていう。

「森の司令部の前の道路上に偽装網を張っているんです。日よけかときいたら、偽装だ。空襲よけだというんです。道路に網を張っておけば、ラングーン大学が飛行機からわからなくなると思っている。方面軍がこの程度の航空知識ですから、ろくなことをせんですよ」

五

昭和十九年二月四日。

第二十八軍所属の壮《そう》第五十五師団の主力は、攻撃を開始した。敵は、インド＝ビルマ国境に近いアキャブ北方に進出していた第五、第七の両インド師団である。

二月九日、英印軍の主力五千は、マユ山系中のシンズウェヤ盆地に包囲された。日本軍得意の戦術、包囲殲滅《せんめつ》の典型的な態勢が完了した。

二月十五日、英印軍主力は、依然、東西一・五キロ、南北三キロの盆地のなかに包囲されたままの戦況がつづき、ビルマ方面軍は、さかんに『敵の殲滅近し』と宣伝した。

そして二十日すぎになると、日本軍は包囲をといて後退した。糧食弾薬がなくなり、疲労衰弱しきって〝殲滅〟されたのは、包囲した方の日本軍であった。まことに奇妙な殲滅戦であった。

英印軍は盆地に包囲されると、戦車と火砲をならべて円形陣を作って、柔軟で強力な防御をつづけた。そして大型輸送機を飛ばして、糧食弾薬から飲料水までを、落下傘につけて投下した。同時に、多数の戦闘機が日本軍を反覆攻撃して、戦力を奪い後方補給を断った。

英印軍のこの作戦は、戦車と火砲で固めた円形陣に、上空から糧食弾薬を流しこんだので、日本軍は円筒陣地と呼び、連合軍側ではアドミン・ボックス（管理箱）と称した。シンズウェヤを包囲した日本軍が壊滅して敗走した時、それが、間近かに行わるべきインパール作戦のための教訓となることを、軍の首脳者は考えねばならなかった。そうしてこそ、インパールの支作戦としての目的を達することができたのである。しかし、事実は、最初に負けたばくちの損を取り返そうとして、さらに大きな賭金《かけきん》を同じあなに張る結果になった。

だが、この連合軍の恐るべき力を知っていた者があった。それは高の田副師団長とその幕僚である。航空部隊の司令部であるだけに、飛行機による立体的な円筒作戦の効果を、じかに体得したのである。

――インパールで、再びこれをくり返させてはならない。もし、インパールに行けば、さらに大規模な立体作戦が行われるだろう。すでにインパールの背後、レドからシルチャールにかけては、航空要塞ができ上っている。

田副師団長は考える。――インパールに行けば、いったんは包囲しても、逆に殲滅される公算が多い。シンズウェヤのような小区域の戦闘に出てくる連合軍の飛行機さえも、くいとめることができないほど、高の航空戦力は劣弱である。よしまた、十分な航空戦力があるとしても、立体要塞に飛びこむには、非常に慎重にやらねばならない。航空戦力をともなわないでインパールに行くのでは、まず勝利を望むことはできない。

二月二十六日。

高の師団長機、コバルト色に塗ったMC輸送機は、ラングーンのミンガラドン飛行場を出発して、マンダレー東方のメイミョウに向った。インパール作戦の打合せのために、牟田口軍司令官の所に行こうとする田副師団長は、輸送機の柔かい座席に長身を托しながら、考えつづけた。――牟田口中将は人の意見をうけつけないが、会って率直に話をしてみよう。なんとかして、ウ号作戦の計画を変えるか、延期させねばならない。あらゆる状況から判断して、今は、このような大作戦を行うべき時でない。

ことに、――田副師団長が、最も恐れていることが一つある。その恐るべき正体については、第三航空軍と高飛行師団の幕僚の、ほんの少数の者だけが知っている。連合軍が、その手を打ってきたら、ほとんど防ぎようがない。そのような戦術を、連合軍が用意し、完成し、時機を待っていることを、ほかの誰もが、知らないか、またはまったく理解していない。

それは、連合軍の空挺作戦だ。それが実現する危険のある時に、無謀としか思えないインパール作戦を実施したら、求めて敵に機会を与えることになる。

しかし、事態はすべて手遅れの所にきていた。

インパール作戦を断行して、その奇蹟的な勝利を期待しているのは、もはや、牟田口軍司令官だけではなかった。二月にはいって、中部太平洋の戦況が悪化すると、大本営の苦悩は深くなった。――二月六日には、マーシャル群島中のクェゼリン、ルオットの二島が全滅し、日本の陸海軍将兵四千五百、軍属二千が戦死した。二月二十一日には、アメリカの機動部隊がトラック島を空襲し、翌二十二日には、マリアナ諸島のサイパン、テニヤン、グアムに戦艦十隻、航空母艦数隻が攻撃してきた。

東条首相は、敗勢をたてなおすために内閣の改造を行った。二十一日、東条大将は首相兼陸相に、さらに参謀総長を兼ねるに至った。東条首相は独裁権を強大にして、この難局をのりきろうとしたのである。

さすがに国民の常識は、戦局に不安を感じ、同時に、東条独裁に不信を抱きはじめた。東条首相は何よりもまず、国民の衰えた戦意をたかめ、独裁への信望と人気を集めなければならなかった。このとき彼の眼に映じたのは、狂信ともいえるほどの自信をもつ牟田口軍司令官の存在であった。戦略上重要となってきたインドを背景にして、踊らせる役者としては申し分がない。牟田口の無鉄砲作戦なら、インドに飛びこめるかも知れない。牟田口が成功すれば、人気と敗勢を一挙に挽回することができる。

東条英機参謀総長は、このような政治的な必要にかられて、インパール作戦に期待をかけるようになったものと見られた。

中部ビルマの美しい高原の町メイミョウ。——英国人の避暑地。英国風のバンガロウや赤い屋根が、森のしげみや、町はずれの湖水のほとりに並んでいる。空気はさわやかに澄みとおり、森のなかや、物かげまでが明るい。どの道も傾斜して白く光り、野生の蘭《らん》のにおいがただよっている。

秋のような静寂のなかに、時々、サイレンが鳴り、寺の鐘がけたたましく響く。ビルマ人やインド人が、犬のように飛び出して、防空壕にかくれる。やがて、町じゅうが息をころしている気配《けはい》のなかに、虻《あぶ》に似たうなり声が過ぎる。ビルマ人やインド人は、そこにいる日本人のおよびもつかない鋭敏な聴覚で、それが連合軍の飛行機か、日本機かを区別し、その数と方向を判断してしまう。……緊張がとけると、高原の町はもとの静けさにかえり、湖のほとりには、濶葉樹の葉が光りながら舞いおちる。

坂になった舗道の横手に、ヨーロッパ風の白壁と、ビルマ風の屋根をつけた大きな二階建があった。二本の門柱には、彫刻の鳩が平和の翼をひろげている。それが林集団第十五軍司令部であった。——平和の鳩の門かざりのある死と地獄の作戦室。

奥の司令官室で、田副飛行師団長が腰かけている。それと向きあって、大きくはないが、からだの逞《たくま》しい将官がいる。陽にやけた赤黒い光沢のある顔。威圧するような鋭い大きな眼。——それが、今、いろいろの意味で注目の的になっている第十五軍司令官牟田口中将であった。

田副師団長は、インパール作戦の無謀さに反対するが、牟田口軍司令官には反感を持たないのである。ふたりは、同じ熊本の幼年学校の出身であり、田副師団長は牟田口軍司令官の三年後輩である。学校当時の記憶では、牟田口生徒は融通のきかない、くそまじめな男であった。それなのに同期生は『牟田口の茶坊主』といった。

牟田口軍司令官に追われた小畑参謀長は、ビルマを去る時に、田副師団長に語った。

——あの男は実に虚栄心が強い。陸軍大将になりたがっている。だから、是が非でも、インパール作戦を実行して、勝たねばならないと思いつめている。

田副師団長は、目の前にいる、尊大で頑固な感じの男の、どこにそのような気持がひそむかと考える。——昔から、自分のうける印象と、ひどく違った世評のある相手。だが、先輩後輩の関係から、したしみやすい気持が先に立つ。

「シンズウェヤでは包囲をやりそこなったかも知れんが、インパールがそうなるとはいえんよ」

牟田口軍司令官は強い視線を田副師団長に向け、

「わしは昨年の八月以来、インパールをどうやって攻めるか、自分でも研究し、参謀にも研究させた。わしは絶対に自信があるんだ。敵の飛行場や物量の多いことにおどろいておったら、今度の戦さはできんよ」

「それは、もとより、十分に確信を持っておやりになることは承知しております。ただシンズウェヤの戦闘を見て、最も痛感するのは、戦闘方法が一変していることです。日本の今までの戦術の眼目は、分進合撃と包囲殲滅にありました。満洲事変以来、幾多の大作戦は、ことごとく、この戦法によって勝利を得ることができました。ところが、最近では、シンズウェヤがいい例でありますが、包囲してからが戦争になっています。これは大学校（陸軍大学校）でも教えていない敵の新戦法です。これに対処するには、何よりも航空機が必要ですが、残念ながら私の所には、それだけの戦力がない。とすれば、次策としては、砲をたくさん持って行くことです。閣下は、どれだけの砲を持って行かれる予定ですか」

「貴官は砲兵出身だから、すぐ大砲のことをいい出す。しかし、今度は砲は持って行かんつもりだ。密林の山道を越えるのに、あんな重いものを持って、ひまどってはいかん。それよりは、軽装第一で、すみやかにインパール平地に進出してしまう。そこで敵の砲兵陣地に直接ぶつかって、敵の砲を奪って使うつもりだ」

「しかし、敵は砲をたくさん持っているだけでなく、実に砲を大事にする。今度のシンズウェヤでも見られたが、砲の外側は必ず戦車を出して固める、その間には歩兵を配置して、砲兵陣地によせつけないようにしてある。そのために、近づくことができなかったのです」

「そりゃあ、そのくらいの防備はやるだろう。しかし、手もとに飛びこんで、一つでもつぶしてしまえば、こっちのものさ」

「お言葉でありますが、一つの砲兵陣地に対して成功すると、必ず周囲の砲が撃ってくる。それも、めちゃめちゃに撃つ。一度に二千も三千も撃ちこんできますから、どうしてもつぶされてしまいます。陣地と陣地とは、強力に連携ができているようです。とにかく、今までにない強さをもった戦法であります」

「そりゃあ撃たれるよ、――」

牟田口軍司令官は少しも動じない。

「わしもシンガポールにはいって、ブキテマ高地で撃たれた時はおどろいた。何しろ、あの島じゅうにある砲が、ブキテマ高地に弾《たま》をおとすんだからな。あの時、さんざん撃たれて、わしまで負傷したが、あれ以来、大砲なら、いくらきても大丈夫だという自信を持つようになった。貴官は砲兵から航空に行ったから、遠くから手をのばすことばかりしか知らん。まあ、わしにまかせておけ」

田副師団長は、それ以上押してもむだだと思う。そこで問題を変える。

「シンズウェヤのもう一つの問題は、包囲された敵が補給を十分にうけていたのに、包囲したわが軍が補給を断たれたことです。これは航空機による空中輸送と、従来の地上補給の違いです。インパールは非常に長大な補給線をもたねばならず、加えて、アラカン山系の道もないような山や谷を越えなければなりません。後方補給はどのように準備されますか」

牟田口軍司令官は、わが意をえたというように胸をそらして、

「補給線をもとうとするから苦労しなければならん。貴官はよく空中輸送のことをいわれるが、インパールのような山や密林では、飛行機では輸送もできん。嶮難《けんなん》な山道だから、地上の輸送もあてにすることはできん。それで、わしはジンギスカン遠征の故智《こち》にならって、牛と羊をいっしょにつれて行く。すでにビルマじゅうに手配して、各師団ごとに三万頭の牛と羊を集め、チンドウィン河の線に集結させてある。向うへ行けば、草があるから、飼料には不自由しない。糧秣《りょうまつ》がなくなれば、牛や羊を殺して食う。また、ほしいを十分に用意して、それを牛の背に積んで行く。ほしいは、かさは少なくても、水につければ立派な飯になる。このようにして行けば、相当長期にわたる糧秣も簡単に持って行くことができる。これはすでに準備させてある」

アジアからヨーロッパに遠征した蒙古《もうこ》中世の英雄ジンギスカンの夢が、今この将軍の胸中によみがえっている。

「それにしても、ある程度の補給線は確保しなければなりますまい。これに対して、敵は飛行機で相当しつこく妨害に出るでしょう。現在、ビルマに出てくる飛行機だけでも、一月には延《のべ》二千五百機以上に達しています。これを一々追い払うことは、とてもできかねます。現在、私の所の飛行機は戦闘機が二個戦隊、重爆が二個戦隊、軽爆、司偵各一個戦隊ですが、実際に動ける飛行機は合せて百機ぐらいなものです」

牟田口中将は手を前に出して、押えるようにしながら、

「いや、いいよ、いいよ。貴官には、チンドウィンの渡河の掩護《えんご》だけやってもらえば、

あとは心配せんでいい。飛行機が少なかろうと、弾薬糧秣がなかろうと、わしは、乗りかかった船だから、断じてやる」

そして、逞しいからだを椅子にゆっくりともたせて、

「大東亜戦争は、いわば、わしの責任だ。蘆溝橋で第一発を撃って戦争を起したのはわしだから、わしが、この戦争のかたをつけねばならんと思うておる。まあ、見ておれ」

勝利の成算はわが胸中にあり、の自信満々であった。

先手後手《せんてごて》

一

インパール戦争についての、弓の師団命令が出たのは、昭和十九年二月二十五日であった。

そのすこし前に、笹原連隊で機密に関する重大な事件がおこった。そのために、笹原連隊長が自決するのではないか、といううわさがひろまった。

笹原連隊本部では、師団の作戦準備の命令を伝えるために、各大隊の副官を呼んだ。普通の命令ならば、各大隊から連隊本部に出している命令受領者に渡される。とくに副官が呼ばれるのは、重要な命令の場合である。

第一大隊からは、副官の井浦徹郎中尉がきた。重要命令の受領であることはわかっていたので、井浦中尉は当番兵のほかに、護衛の下士官をひとり、つれてきた。三人とも馬に乗ってきた。道は自動車の通らない山道であった。

井浦中尉は連隊本部で命令書を受取ると、皮製の図嚢《ずのう》におさめ、ふたりの部下をつれて帰った。

翌日になって、第一大隊から連隊本部に問合せがあった。それによって、井浦中尉ら三名が大隊にもどっていないことがわかった。大隊では、事の重大さにおどろいて、すぐに将校斥候を出して、連絡路一帯を捜査した。

当時、連隊本部はカレミョウの西方十キロメートルのシインにあり、第一大隊はその西方十五キロのドーランに出ていた。連絡路は樹林のなかをぬけ、起伏の多い山の間をたどっていた。シインを出発すると、しばらくしてセジ川の渡渉点をすぎて、山にはいる。渡渉点の付近は、小休止して行く者が多かった。

将校斥候は、とくにその付近をさがした。だが、三人を発見することはできなかった。遺留品も、格闘などの跡もなかった。セジ川に流されたか、投げこまれたかした場合を考えて、下流まで調べたが、手がかりはなかった。

チン山地のこの地方は、日本軍と英印軍部隊と接触している前線で、両方の斥候、諜者も出没した。井浦中尉らが、英軍の斥候に襲われたものとすれば、ことは重大であった。最悪の事態をも予測しなければならなかった。三人の身柄とともに、ウ号作戦についての準備命令書を、英軍に奪われたのではなかろうか。

笹原連隊本部でもおどろいて、手をつくしたが、三人のゆくえは、ついにわからなかった。連隊本部としては、このことを師団に報告するかどうかが、大きな問題となった。

作戦開始をひかえて、命令書を失ったとすれば、師団ばかりでなく、全軍の死命にかかわることだ。しかしまた、命令書を奪われたという証跡はないことだ。それを報告して、師団をさわがせるのも、思慮にとぼしいことである。

笹原連隊長は苦悩して、とりあえず、この事件は極秘に付してしまった。このころ、連隊本部では、笹原連隊長が自決するのではないか、と、うわさをし、警戒もした。笹原連隊長は熊本の〝もっこす〟（頑固者）だから、責任をとって自決もしかねない、と思われたのだ。

笹原連隊で命令書を奪われても、奪われなくても、すでに英軍は、日本軍インパール進攻の計画から、作戦発起の日時まで知っていた。そのことが日本軍にわかったのは、かなりあとになってからである。連合軍はこの時には、インパール周辺で日本軍を撃破する計画をたて、準備をはじめていた。牟田口軍司令官の壮大な夢は、早くも察知されていた。

ウ号作戦の第三十三師団の作戦命令は、次のようであった。

弓作命甲第…号

第三十三師団命令　二月二十五日一二〇〇「インダンジー」

一　敵英印軍ハ新編第一軍（中国軍）ノ北部「ビルマ」進攻ニ策応シ「ビルマ」ニ対ス

ル全面的反攻ヲ企図シアルモノノ如ク其ノ策源ヲ「インパール」及「チタゴン」付近ニ推進シ「アラカン」高原ヲ開拓シツツ前進中ニシテ「チン」山地「フォートホワイト」正面ニ於ケル其ノ活動活潑化シツツアリ

軍ハ主攻撃正面ヲ「チンドウィン」河西方地区ニ保持シツツ一般方向ヲ「インパール」ニ向ケ攻勢ヲトリ成ルヘク我ニ近キ地帯ニ於テ一挙ニ英印軍ノ捕捉撃滅ヲ図《はか》リ爾《じ》後《ご》国境付近所在ノ英軍ヲ撃破シタル後「インパール」付近ノ策源ノ覆滅ヲ企図シ『烈』及『祭』兵団ヲシテX日「チンドウィン」河ヲ渡河シ『烈』兵団ヲシテ「ホマリン」周辺ヨリ「ウクルル」付近ヲ経テ「コヒマ」付近ニ突進セシメ『祭』兵団ヲシテ「トンヘ」付近ヨリ「インパール」東北方地区ニ突進セシム

X日ハ三月十五日ト予定スルモ別命ス

二　師団ハ極力企図ヲ秘匿シツツ作戦準備ヲ整備強化シx−7日一斉ニ行動ヲ開始シ一部ヲ以テ「ヤザジョウ」＝「タム」＝「パレル」道ニ沿フ地区ヲ主力ヲ以テ「トンザン」＝「チッカ」＝「インパール」道ニ沿フ地区ヲ「インパール」ニ向ヒ突進セントス

之カ為先ツ「ティディム」「トンザン」周辺ノ英印軍ヲ捕捉撃滅シ爾後国境付近所在ノ英軍ヲ突破シ「インパール」ニ向ヒ突進ス

三　右突進隊ハ極力企図を秘匿シツツx−7日主力ヲ以テ「モーレイ」北方地区ヨリ一部ヲ以テ「ヤザジョウ」付近ヨリ行動ヲ開始シ当面ノ敵ヲ撃破シ「ウィトウ」「モレー」付近ノ敵ヲ撃滅シタル後「パレル」付近ヲ経テ「インパール」ニ向ヒ突進スヘシ

又歩兵一大隊ヲ基幹トスル部隊（砂子田《いさごだ》大隊）ヲ以テ「ヤザジョウ」北方地区ヨリ「ムアピ」付近ヲ経テ「インパール」南方地区ニ突進セシメ状況ニヨリ「ヘンタム」方向ニ突進シ中突進隊方面ノ戦闘ニ協力セシムルノ準備ニアタラシムヘシ
企図秘匿ノ為戦車連隊ノ「チンドウィン」河西方地区ヘノ進出ハ三月一日以降トシ其ノ昼間行動ヲ禁止ス

四　中突進隊ハ「カレミョウ」付近ニ集結シ極力企図ヲ秘匿シツツ「ヤザジョウ」南方地区に転移シx−7日同地ヨリ行動ヲ開始シ先ツ「トンザン」付近ニ突進シテ同地区ノ敵ヲ撃滅シタル後「トンザン」＝「インパール」道東側地区ヲ「インパール」ニ向ヒ突進スヘシ
密ニ右突進隊ノ「ムアピ」方面前進部隊及「フォートホワイト」守備部隊ト協力スヘシ

五　左突進隊ハ極力企図ヲ秘匿シツツx−7日夜「ムアルベン」（「フォートホワイト」西方）付近ニ於テ「マニプール」河ヲ渡河シ同河西岸地区ヲ「シンゲル」付近ニ向ヒ突進シテ「トンザン」付近ノ敵ノ退路ヲ遮断シ爾後「シンゲル」＝「インパール」道西側地区ヲ所在ノ敵ヲ撃破シツツ「インパール」ニ向ヒ突進スヘシ
又一部ヲ「トンザン」北方「マニプール」河橋梁ニ突進セシメ該《がい》橋梁ヲ確保スヘシ
「マニプール」渡河ノ為「フォートホワイト」守備部隊ヲ協力セシム

六　「フォートホワイト」守備部隊ハ現任務ヲ続行スルト共ニ左突進隊ノ「マニプール」

渡河ニ協力シ爾後正面攻撃部隊トナリ中突進隊ノ突進ニ策応シ「ドウラン」「ピンピー」「フォートホワイト」ヨリ攻撃ヲ開始シ正面突進隊トナリ先ツ「トンザン」ニ向ヒ突進スヘシ
攻撃前進ニ方《あた》リ砲兵隊ヲ協力セシムルモ敵ノ反攻阻止ノ為ニハ状況真ニ止ムヲ得サル場合ノ外協力セシメス
又突進ニ方リテハ「フォートホワイト」＝「ティディム」＝「トンザン」道ヲ開拓シ砲兵隊ノ前進ヲ容易ナラシムヘシ
七 南「チン」山地守備部隊ハ現任務ヲ続行スルト共ニ「フォートホワイト」守備部隊ノ攻撃前進開始後一部ヲ以テ「フォートホワイト」付近ヲ占領スヘシ
八 師団砲兵司令官ハ各突進隊配属砲兵ノ弾薬補充ニ任スルト共ニ現任務ヲ続行スヘシ
九 砲兵隊ハ随時敵ノ反攻阻止ノ為射撃ヲ準備スルト共ニ「フォートホワイト」守備部隊ノ攻撃前進ニ協力スヘシ 敵ノ反攻阻止ノ為ノ射撃実施ニ就テハ別命ス
十 通信隊ハ師団司令部ト各突進隊及「フォートホワイト」守備部隊トノ無線連絡ニ任スルト共ニ「フォートホワイト」＝「ティディム」＝「トンザン」＝「インパール」道ノ有線連絡ヲ確保スヘシ
十一 輜重兵連隊ハ其ノ動物輜重ヲ以テ中突進隊ノ後方ヲ前進シ中及左突進隊ノ補給ニ任スルト共ニ其ノ自動車輜重ヲ以テ右突進隊ノ補給及主力方面ノ集積ニ任スヘシ 又其ノ自動車収集利用班ヲシテ「ティディム」「トンザン」付近鹵《ろ》獲《かく》自動車ヲ収集整備

シ其ノ輸送力ヲ増強スヘシ
十二　病院ハ左ノ如ク開設スヘシ　爾後ノ前進ニ関シテハ別命ス
第一野戦病院「カンタ」付近
第二野戦病院「インダンジー」付近　第一患者療養所ト交代後主力ヲ以テ中突進隊ノ後方ヲ前進シ「トンザン」付近ニ開設準備
第一患者療養所「インダンジー」付近
第二患者療養所「第三ストッケード」付近
十三　物資収集利用班ハ各突進隊後方ヲ前進シ鹵獲物資ヲ収集利用シ師団ノ戦力増強ヲ図ルヘシ
十四　各突進隊及各隊ハ行李《こうり》ヲ含ミ十四日分ノ糧秣ヲ携行スヘシ特ニ現地物資鹵獲物資ノ収集利用ニ勉《つと》メ戦力ヲ保持増強スヘシ
十五　予ハ「インダンジー」ニ在リ作戦ノ進捗ニ伴ヒ中突進隊ノ後方ヲ「トンザン」付近ニ向ヒ前進ス
情報主任参謀ハ中突進隊ト同行シ情報ノ収集ニ任シ後方主任参謀ハ左突進隊ノ「マニプール」渡河ヲ指導シタル後「フォートホワイト」守備部隊ト同行シ該方面ノ指導ニ任スヘシ

師団長　柳田元三

下達法　各隊長ニ口達後印刷交付

この作命には、次のような軍隊区分がつけ加えられてあった。これが、インパール攻撃戦に参加を命ぜられた、第三十三師団の全兵力であった。

『ウ』号作戦命令ニヨル
第三十三師団　軍隊区分

右突進隊（後ニ山本支隊トナル）
長　歩兵団長　山本募少将
　歩兵団司令部
　歩兵第二百十三連隊
　歩兵第二百十五連隊第五中隊
　戦車第十四連隊（軽装甲車四輌欠）
　独立速射砲第一大隊
　山砲兵第三十三連隊第二大隊
　野戦重砲兵第三連隊（第二中隊、第二大隊及連隊段列二分ノ一欠）
　野戦重砲兵第十八連隊第二大隊及連隊段列二分ノ一
　工兵第三十三連隊ノ一中隊

衛生隊三分ノ一

中突進隊

長　歩兵第二百十四連隊長　作間《さくま》喬宜《たかよし》大佐

歩兵第二百十四連隊（第三大隊欠）

山砲兵第三十三連隊第一大隊

工兵第三十三連隊ノ一小隊

衛生隊（三分ノ二欠）

左突進隊

長　歩兵第二百十五連隊長　笹原政彦大佐

歩兵第二百十五連隊（二中隊欠）

山砲兵第三十三連隊第三大隊

工兵第三十三連隊ノ一中隊

衛生隊三分ノ一

「フォートホワイト」守備部隊

長　工兵第三十三連隊長　八木茂大佐

歩兵第二百十五連隊ノ一中隊

戦車第十四連隊ノ軽装甲車四輛

工兵第三十三連隊（二中隊ト一小隊欠）

独立工兵第四連隊
特種臼砲中隊
南「チン」山地守備部隊（「ハカ」「ファーラム」守備部隊）
長　歩兵第二百十四連隊第三大隊長　田中稔少佐
歩兵第二百十四連隊第三大隊
師団砲兵司令部
長　山砲兵第三十三連隊長　福家《ふけ》政男《まさお》大佐
山砲兵第三十三連隊本部及臨時編成段列
砲兵隊
長　野戦重砲兵第十八連隊長　真山勝大佐
野戦重砲兵第十八連隊（第二大隊及連隊段列ニ分ノ一欠）
野戦重砲兵第三連隊ノ一中隊
通信隊
輜重兵連隊（独立輜重兵第五十二中隊ノ一小隊属）
第一野戦病院
第二野戦病院
第百五兵站病院第一第二患者療養所
物資収集利用班
（以下略）

二

昭和十九年は閏《うるう》であった。

二月二十九日。——作間、笹原の両連隊長は、師団司令部に招かれた。司令部は、作戦発起にそなえて、『曙村』から五十キロの西方、カレミョウ平原にあるインダンジーに前進していた。

師団作命にある右突進隊長は山本歩兵団長。中突進隊長は作間連隊長。左突進隊長は笹原連隊長であった。突進隊と名をつけたのは、牟田口《むたぐち》軍司令官の急進撃の意図によるものであった。牟田口軍司令官はウ号作戦を『鵯越《ひよどりごえ》作戦』と呼号していた。源義経の一ノ谷の急襲にならって、インパールに一気に突進することを考えていた。

すでに山本歩兵団長は前進をはじめ、その指揮下にはいった第二百十三連隊長温井親光大佐はマラリアのために後送され、いずれも、参集しなかった。

作間、笹原両連隊長が呼ばれたのは、ウ号作戦の発起の日がきまったからであった。

——X日、烈、祭の両師団がチンドウィン河を渡る日が、三月十五日。

——x–7日、弓師団が行動を起すのは、三月八日。

柳田師団長が、特にこのふたりの連隊長を、わざわざインダンジーに呼びよせたのは、作戦発起の日を伝達する理由のもとに、それとなく、訣別の杯をくみかわすためであった。このふたりは、師団長とことに親しかった。笹原連隊長とは、大佐と中将の差はあっても、山本歩兵団長と同じく、陸軍士官学校二十六期生であった。作間連隊長は、二期後輩で、よく気持が通じていた。

「ようやく、作戦発起の日がきまりました。今度の作戦は、なみたいていの困難ではないと思われる。軍では、三週間でインパールを取るといっておるが、恐らく不可能と思う。五月上旬には、アッサム州は雨季にはいる。そうなれば、豪雨のなかで戦うことになる。困難は、むしろ想像以上だと思われる。——連隊長各位は、ご苦労ですが、万全の努力をつくしていただきたい」

柳田師団長の静かな視線と、作間、笹原両連隊長の視線が交互に結びかわされ、それぞれの心の奥底にあるものに通じた。

「早くやらんと雨季になるので、心配しておりました」

作間連隊長の穏やかな言い方のなかに、作戦発起の時期が遅れていることへの非難が遠回しにふくまれている。この人は、第一線の部隊長には珍しい穏健な性格で、いつも低い声で静かに話す。中国大陸にいた当時、北支派遣軍の報道部員、南支派遣軍の報道部長であった経歴があるだけに、知識人らしいもの柔かさがある。それでいて、戦闘になると別人のように強さを現わす。

「いや、えらい手遅れだよ。戦さが予定通り行かんからといっても、雨季の方では雨を降らすのを待ってはくれんからの」

笹原連隊長はふだん無口だが、師団長と同期生という気やすさからか、珍しく冗談めいたことをいった。柳田師団長も、自分の気持をかくす必要がなかった。

「どっちにしても、今ごろになって始められたんじゃ、第一線は苦労するばかりさ」

師団の次級副官青砥大尉が、酒の用意をととのえた。青光りする清酒が杯にみたされた。

「折角きていただいて、なんのご馳走もできませんが」

柳田師団長は杯をとりあげる。勝つ見込みのない戦さのために、ふたりの親しい人と、多くの部下を失うことを思うと、心苦しくなった。

柳田師団長は杯を目の前にさしあげ、ふたりの連隊長に交互に視線を移して、静かにいった。

「ご健闘を祈ります」

三

三月一日。自由インド仮政府首席スバス・チャンドラ・ボースを乗せた飛行機がメイミョウの飛行場に着陸した。ボースは牟田口軍司令官と会見して、インパール作戦について打合せをすることになっていた。ボースのひきいるインド国民軍は、インパール作戦に参加して、故国に進撃しようとしていた。

突然、飛行場にサイレンが鳴り響き、鐘を乱打する音が、けたたましく起った。空襲警報である。ボースを乗せた飛行機のプロペラが、とまるか、とまらないかの時である。

飛行機の周囲に集っていた整備兵たちは、我がちに走って退避してしまった。

飛行場には、ボースの乗用機だけが置きざりにされていた。いま英軍機が来襲すれば、たちまち発見されて、砲爆撃をあびせられるに違いなかった。乗用機のとびらが開いて、まっ先に飛び出したのは、日本の将校であった。胸に参謀懸章をさげていた。地上に飛びおりると、あとも見ないで、一目散に走り去った。

その参謀は、第十五軍の作戦主任、平井文中佐であった。ラングーンに行って、ボースを迎えてきたところであった。

平井参謀が逃げ去ったあとに、体格のりっぱなインド人将官が飛行機からおりてきた。ボースであった。空襲警報の鐘が響いているのに、ゆうゆうと落ちつき払った態度であった。接待役の平井参謀の誘導を待つつもりらしかった。ところが、接待役が客を捨てて逃げ去ったので、ボースはどこにも行きようがなくなった。

もともと、平井参謀の空襲を恐れる度合には、異常なものがあった。ボースを迎えに行く時には、自動車で行った。昼間は英軍の戦闘機に襲われるから、夜間しか走れなかった。平井参謀は夜間の走行中でも、運転兵に車をとめさせては、飛行機の来襲を警戒させた。その、車をとめるのが、あまりにも頻繁《ひんぱん》に過ぎていた。平井参謀は車が二百メートルも走ると、あわてて声をかけてとめさせた。

メイミョウからラングーンまでは、約六百キロメートルあった。運転兵は、車を走らせることより、とめることに疲れはてた。

それほどの平井参謀だから、空襲警報を聞くと、ボースも何もかも捨てて逃げ去った。

この時、司令所の方から走ってくる将校がいた。ボースの一行に声をかけて、防空壕のある方に誘導して行った。ボースを出迎えにきた、第十五軍の情報主任参謀藤原岩市少佐であった。

その直後、飛行場に英軍戦闘機が来襲して、機関砲弾を乱射した。ボースにとっては、あぶないところであった。

ボース首席と牟田口軍司令官の会見は、インパール作戦の開始を目前にした時であるだけに、大きなニュースであった。当時、メイミョウには、内地の新聞社の記者が、報道班員となってきていた。そのひとりである朝日新聞社の藤井重夫は、ボース、牟田口の会見状況について、次のように書いている。


牟田口とボースとその取巻たちが会同している一室に、待つほどもなく彼らは通されたが、それは、単なるジャーナリスティックな通り一遍のインタヴューで、こんど始まるインパール作戦に関する話題には、出来るだけ触れぬこと、と初め会見を申込んだとき、牟田口の副官から藤井たちは、そう念を押されていた。

向井潤吉画伯がスケッチ・ブックを膝にのせて、牟田口とボースを中心にした、その会見風景を描いている隣りで、作家の火野葦平《ひのあしへい》も、小型の手帳を兵隊服のポケットから取出して、二大惑星の口を出る閑談を丹念にメモをしていた。やがて、そのメモから、内地の一流新聞や雑誌を通じて、火野葦平の従軍記が一億国民に伝えられることを、十分に計算した牟田口は、閑談の途中で、

「何しろわしは、支那事変の導火線になったあの蘆溝橋の一発当時、連隊長をしていたんでね。支那事変最初の指揮官だったわしには、大東亜戦争の最後の指揮官でなければならん責任がある。やるよ、こんどのインパールは五十日で陥してみせる」

にんまりと口辺をほころばして、そういった。藤井は、おや、と思う。こんどで牟田口中将に会うのは三度目だが、このせりふを牟田口の口から聞くのも三度目である。

〽牟田口閣下のお好きなものは
　一にクンショー
　二にメーマ（ビルマ語の女）
　三に新聞ジャーナリスト

誰がいい出したのか、どうせ毒舌好きの報道班あたりから出たのだろう。当時、藤井たちの間で、こんな数え唄が酒の席でよく飛び出した。

新聞記者である報道班の連中は、一、二度会見しただけでは、将校たちの誰でもが陰でいうように、牟田口中将がどうして雷親爺《おやじ》であり、〝ビルマの小東条〟であるのか、ちょっと分らない。じつに、人をそらさぬいつ会っても機嫌のよい好々爺《こうこうや》なのだ。

しかし、その疑問は牟田口中将が、この数え唄になっているほどジャーナリスト好きであるということを知ると、容易に解ける。彼はたいへんな宣伝家であった。蘆溝

橋の一発で一文字山の勇猛連隊長として、牟田口廉也の名を日本全土に拡めたのは、新聞だった。さらに四年経ってシンガポール攻撃で、最高指揮官山下奉文《やましたともゆき》の名とともに、ブキテマ一番乗り部隊長として、再び彼の名を天下に喧伝したのも、新聞であった。新聞活字の寵児になるたびに、彼の胸間には勲章の数がふえていった。新聞は、もはや彼の出世とは切れぬ重要な利用機関であり、最も有力な論功名簿であった。

ビルマで第十五軍司令官になり、インパール作戦の覆面指揮官という責任の大きな位置に身をおいてからも、報道班員の共同会見とあれば、どんな忙しいときでも会見室に必ず顔を見せた。マッチ箱ほどの新聞見出しの大きな活字に躍ったこれが〝猛将〟の素顔かと思われるほど穏やかな閣下ぶりで、気軽に報道班員に応対し、会見の席にはきまってコーヒー、紅茶のほかに上等の和菓子を出した。

舞台稽古に念の入った俳優のせりふである。前に二度会見したときに聞いた同じ文句を、藤井は三度目の会見でも耳にしたのである。言葉の上では豪語めいているが穏やかな彼の顔からその予定されたせりふを聞くと、一語一語が身についた実感として響くのである。宣伝上手な彼の処世術がそこにあった。

官邸の庭に出て、芝生の上にいすを並べ、牟田口とボースを中央に、その両側と後列に参謀長以下が、両惑星の偉大さを証明する雰囲気《ふんいき》として居並び、記念写真を撮ることになった。カメラを持っていたのは藤井だけだった。彼は二、三枚つづけてシャッターを切った。撮り終って、再び官邸のなかに一同が引き返すとき、ボースは通訳を介して牟田口中将に、眼鏡の奥からにこやかに微笑みかけながら、巧みな英語を操った。

「閣下とご一緒に写真に入るのはこれが最初です。この次はインパールで、再びこうしてカメラの前に並ぶ光栄をにないたいと思います」

牟田口中将は、周囲の誰にも聞えるだけの声で、それに答えていった。

「五十日待ってください。貴官のご期待を必ず私は実現させるでしょう」

参謀長たち取巻のなかから、拍手の代りに豪傑笑いが上った。まるで牟田口の、その会心のせりふに唱和するように。

五十日でインパールを陥すという話も藤井たちはかねて聞いていた。

三月八日の大詔奉戴日を期し、作戦発起をして、インパール攻撃の火蓋を切る。攻撃五十日でインパール原頭に日章旗を翻し、全軍の態勢を整えて二日目の四月二十九日、めでたい天長節を卜《ぼく》して堂々の入城式を挙行する。——牟田口中将は、作戦軍司令官の権威にかけて、この五十日説を景気よく声明した。

暦の大安吉日を選んで攻撃を開始し、各種の国家的祝祭日を期して入城式を挙行するしきたりは、満洲事変以来、日本の陸軍につねに行なわれてきたことだ。この笑止なしきたりを言挙《ことあ》げすることは易しいが、これまでの作戦では、ほとんど予定日の入城を番狂わせなしに実行されてきたし、いつか国民もまた戦況の推移と睨み合せて、それに近い祝祭日に日本軍が目的地を陥し入れることを、めいめい勝手に期待するようになっていたほどである。インパール攻撃が五十日で終って天長節に入城するという牟田口中将の声明は、額面通りに一応は信頼を持たれた。

しかし、インパール作戦が、その作戦計画の当初において牟田口中将のただならぬ野望達成のために、万障を排して企てられた一大賭博であることを、うすうす感づいている藤井たちは、これまで百の作戦で可能だったことが、こんどの作戦では覆るのではないかと疑惑があり、五十日説を、素直にのみこめぬものがあった。

支那大陸は戦線を縮小し、北と南の島に日本軍の全員戦死が相次いで、本土の空襲必至が国民の実感として迫る不利な戦況にしだいに日本が見舞われはじめていたときだったので、首相、陸相、参謀総長を兼摂する東条英機は自己の名誉にかけても、ここで国民の士気を振い立たせ、軍部への信頼を再燃させる一大作戦を国民のまえに提供したかった。牟田口中将は東条閥の秘蔵将官であった。

支那事変最初の指揮官であったおれは、大東亜戦争最後の指揮官の名誉をにぎらねばならぬという牟田口の野望が、もし実現されれば、それはそのまま、東条が国民の前に提供する一大作戦の捷報《しょうほう》ともなったわけである。牟田口中将が、一作戦軍司令官でありながら、彼の上に直接位置するビルマ方面軍司令官河辺中将も、南方総軍司令官寺内元帥も、そして参謀本部をも半ば黙殺して、日本最高の独裁者である東条に、直接提携する有利な条件を得たのは、このように二人の利害が一致していたからであった。『インパールの悲劇』の第一ページはこのような〝日本の東条〟と、〝ビルマの小東条〟の握手から始まっている。

ビルマ方面軍『森集団』司令官河辺中将が反東条派であることは、同じ陸大の同期生のなかで彼の大将進級がいちばん最後まで放っておかれた事実でも窺われよう。ビルマ戦場の最高責任者である彼は、インパール作戦が絶対日本軍にとって不利であることを、あらゆる戦略的条件から抽出した公算の上に立って、誰よりもよく知りぬいていた。しかし、強引に作戦を主張する牟田口を押えてその不満を買うことは、牟田口を通じてその直系東条の怒りを、そのまま自身に刎《は》ね返らせることになるという弱気から、自己の一身を賭してまで、牟田口に反対することを狡《ず》るく避けた。——三個師八万五千余の日本軍を夥《おびただ》しい鉄量と飢餓と、ジャングルの泥濘《でいねい》に白骨化せしめたインパールの悲劇はこうした軍部の、きわめて少数者の反目や野心の犠牲であったともいえる。


同じ三月一日。

夕方、連合軍の飛行機が出てこない時間になって、作間連隊長はインダンジーを出発して、その西北六十キロにある、連隊の根拠地カンタ部落に帰った。

作戦発起の三月八日には、連隊の発起点ヤザジョウ部落に出ていなければならない。ヤザジョウはカンタからカバウ河谷を四十キロ北にさかのぼったところにある。作間連隊長は、連隊本部をひきいて、三月五日に出発することになっていた。それまでに、対戦車や密林の戦闘の演習をしなければならない。その間には、ヤザジョウを中心として、四十キロにわたって展開している麾下の各中隊を巡視して、準備と激励をする。——緊張と多忙の日程がつづいていた。

また、この日。——第五飛行師団長田副《たぞえ》中将は鈴木参謀長以下の幕僚をつれて、ラングーンのミンガラドン飛行場から、中部ビルマの東側、シャン高原のヘホ飛行場に飛んだ。インパール作戦に備えて、高の師団司令部は高原の町カロウに前進した。

三月五日。日本軍の航空部隊は、インド、アッサム州のシルチャール飛行場を攻撃した。——インパール作戦における、高師団の第一撃であった。

田副師団長の企図は、五日から十五日までの間、インド東北部の飛行場群をくり返し攻撃することにあった。レド油田地帯は援蔣公路の起点であり、燃料の補給基地なので、飛行場群に守られていた。その方面を先制攻撃すれば、連合軍は防衛のために、その周辺の飛行場に、戦闘機群を集結させる。連合軍航空部隊の警戒をその方面に集中させておいて、手薄になった所に乗じて、弓、烈、祭の三兵団の作戦発起を掩護する。……

牟田口軍司令官の〝勝利の自信〟を動かすことのできないのを知った田副師団長は、劣弱ではあるが高の全力をあげて、協力をすることに決心して、このような作戦に出た。だが、田副師団長以下の高首脳部の策謀も、戦機にしばしばつきまとう〝不運〟の伏兵だけは、いかんともすることができなかった。

〝不運〟の伏兵は、その日のうちに、田副師団長の企図を破壊したばかりでなく、日本軍のインパール作戦そのものに大きな打撃を与えた。

その日。

高師団の軽爆第八戦隊の九機は、戦闘機隊第五十、第六十四の二個戦隊合せて三十機に掩護されながら、シルチャール飛行場の攻撃に向った。

しかし連合軍の優秀な電波探知器は、早くも日本軍飛行機の近接を知った。シルチャール飛行場の戦闘機は一斉に飛び立って待ちかまえていた。日本機の編隊は、目標を見つけ出す前に、三段に網をはった連合軍の戦闘機のため攪乱《かくらん》されてしまった。

田副師団長は、この攻撃を指揮するために、シャン高原のカロウから、中部の古都マンダレーの西、シュウェボ飛行場に前進していた。

目的を達することのできなかった攻撃部隊が、傷つきながら帰還し、シュウェボに着陸して、まだ掩体《えんたい》に行かないうちに、突然連合軍の戦闘機隊が低空で襲撃していた。

「空襲……」

の叫び声が聞えた時には、Ｐ51戦闘機が目の前に現われ、機関砲弾が降りかかってきた。戦闘指揮所にいた田副師団長も、退避するひまがなかった。師団長は排水溝の土管のなかに倒れこんで、かろうじて難をのがれた。

着陸したばかりの戦爆十余機は、かくすひまもなく破壊され、黒煙をあげて燃え出した。

この連合軍の奇襲は、日本機を追尾してきたものではなかった。同じ日、同じ時に、連合軍もまた、ビルマの航空基地に攻撃してきたのである。シュウェボの空襲と前後して、中部ビルマに散在する日本軍の飛行場、マグウェ、メイティラ、メイミョウ、ヘホなどが空襲された。おびただしい損害であった。

この日、一日じゅう、ビルマの空のどこかには、連合軍の飛行機が飛んでおり、飛行場の航空情報は間断なく、その行動を伝えねばならなかった。田副師団長の計画では、五日につづいて、六日も攻撃を行う予定であった。しかしこの計画は、ついに不可能になってしまった。

師団長は、その日、シャン高原の基地に帰る予定であったが、空襲がひんぱんなため、やむなく、シュウェボに滞在した。

あわただしい空襲のさわぎがおさまり、静寂にかえった夕方。空には、地上から千メートルの高さまで、薄黒い幕をはりまわしたように、煙霧が立ちこめていた。炎熱に乾ききった平原の、灰のような土が舞い上るためである。夕焼の光は黒く濁り、太陽はひときわ大きく、らんらんと燃えながら、綿のような煙霧のなかに沈みつつあった。乾季が終りに近づいた時に見られる現象である。

田副師団長は、喧騒と緊張から解放されて、奇怪な夕ばえの空を眺めていた。この日の連合軍の空襲を、いろいろに考えているうち、ふと、これはおかしいぞと、思い当った。――この日の攻撃に、自分が別な目的を持っていたように、連合軍の出撃にも、何か新しい企図があるに違いない。あの執拗《しつよう》な攻撃のしかたは、普通ではない。田副師団長は不安なものを感じた。

そのころ。——三月五日十八時。

弓の作間連隊長は、カバウ河谷のカンタ部落を出発した。三月八日作戦発起点ヤザジョウに集結するために、前進を開始したのである。

密林に掩われた河谷の底は、乾季のために河水が乾きあがっている。悪気が満ち疫病がはびこる——と、平野地方のビルマ人が恐れるカバウ河谷である。

ビルマ人は、この谷に行けといわれると、最も大事な財産である牛車を捨てても逃げ出すという。

谷の河床が、そのまま行軍の道になる。暗かった谷底が次第に明るくなり、空には、月齢十三の月が出る。ビルマで見る月は、大きく、まぶしいほど黄金色《こがねいろ》の光を放つ。

二十四時。行軍する作間連隊本部の隊列の上を、飛行機の爆音が通りすぎる。重い、圧力のある爆音。大型機の大群。……

——ラングーンを爆撃に行くのだろう。

作間連隊長は、そのように考えながら、馬を進めた。

また、爆音が響いてきた。大型機の大群らしかった。そして、また爆音。……

——今夜は、えらく数が多い。

連隊長は、それ以上に注意しなかった。——それが、のちに、インパール作戦を破滅に導く一因となるものであることには、気のつくはずがなかった。

同じ夜。——

ビルマのほぼ中央のマンダレーと、北の終点ミッチナとの中間の、幹線鉄道の西側にあるインドウ飛行場。

飛行場中隊長楢林《ならばやし》中尉は空襲警報のサイレンで起された。昼間の空襲さわぎで忙しかったので、からだが疲れていて痛い。元気ではあったが、四十五の年齢には、広い飛行場の勤務が骨身にこたえた。

——今ごろの時間なら、この辺にくるはずがない。

中尉は宿舎の部屋を出ないつもりでいると、飛行場の方から兵隊の声が聞えた。

「編隊爆音……飛行場西方……大型機編隊……」

——これはいかん。

楢林中尉はあわてて飛び出す。明るい月に照らされてしろじろと浮び上った飛行場の平面。兵隊の姿が黒い。光をふくんだ夜の空気がびりびり揺れている。——こっちへくる。……

「退避……」

中尉は防空壕に走りながら叫ぶ。それでも、壕のなかにははいらない。爆音が近づく。

星の少ない空に、ひとかたまりの星座が動いてくる。――赤と青の翼灯。――爆撃なら、もう爆弾の落下音の聞える位置にくる。音がしたら壕に飛びこもうと思っていると、そのまま通過して行く。大型の十二機。

また、爆音。――赤と青の星座。――かすかな十二の黒影。……

真上を飛んで行くのだが、どうすることもできない。この飛行場には、一機の戦闘機も、一門の高射砲もない。

夜空のどこかで爆音がなりつづける。遠ざかり、……消え、……また、新しく近づく。

「えらく、今晩はしつこいぞ」

そのうちに、爆音が西進するのが聞えた。これで、いよいよ、お帰りか、と楢林中尉が安心して引上げようとすると、新しい編隊爆音が東進してきた。

――これは、ただごとでないぞ。

ついに楢林中尉と兵隊が、飛行場を離れることができないうちに、空が紫色になり、次第に明るくなってきた。

爆音がまた近づいてきた。

「飛行場西方！　大型機！」

大型機の一群が、飛行場の真上に現われてきた。ごうごうという爆音。楢林中尉は、大型機の間にまじって、小型機がいるのを見つける。……掩護の戦闘機だ。――いや、それにしては、おかしな編隊だ。……大型一機のうしろに、二機ずつの小型機がついている。

突然、楢林中尉は、水をあびたような恐怖におそわれた。

「グライダーだ！」

はじめて見る新兵器！　楢林中尉は少しうわずった声で叫んだ。

「グライダー！　グライダー！」

兵隊も飛び出してきて、珍しそうに空を仰ぐ。

夜半からの、おびただしい爆音の正体がわかった。往復の時間から判断すれば、そう遠くない所に、連合軍はグライダーをおろしたに違いない。……グライダーで降下した部隊は、この飛行場にも襲撃してくるかも知れない。

飛行場中隊の緊急通信系の無電が、あわただしく鳴り出す。……

まもなく。――シャン高原のカロウにある高の航空通信中隊が、恐るべき内容をもった暗号の乱数を翻訳した。

寝ていた鈴木参謀長が起された。

《――グライダー多数、降下の兆《きざし》あり》

「きたか！」

不屈な参謀長の顔には、明らかに、やられた、という表情が動いた。

「悪い時にきた。選《よ》りに選って、今くるとは、……」

高の参謀部が、すでに予期していたことが、ついに事実となってあらわれた。

空挺攻撃の兆候は、一年前に現われていた。昭和十八年二月中旬、日本軍の占領しているビルマの北部に、突然、英軍部隊が出現し、日本軍と戦闘をまじえた。その後も、諸方に出没し、騒乱を起させて、四月下旬になって消えてしまった。これが英軍のウィンゲート准将のひきいる特殊部隊、遠距離挺進旅団であることがわかった。

この部隊は、インドから国境を越えてビルマに潜入し、チンドウィン河を渡って東進し、マンダレー＝ミッチナ間の鉄道沿線の要地をかき乱した。この時の兵力は特殊訓練をうけた歩兵三千二百余名ということであった。

ウィンゲート旅団が退去したあとに、密林の間に飛行場が残されてあった。そして諜《ちよう》者《じや》とおぼしい者が、多数、部落や密林に残留出没した。

――なんのために、飛行場を急設して行ったのか。

この謎《なぞ》を解決する有力な情報が、インドへ潜入させてある日本軍の諜者から送られてきた。

《カルカッタ付近の飛行場では、今、木製の飛行機を作っている。しかも、非常に多数である》

木製の飛行機！　それはグライダーに違いない！

まもなく、インド国民軍からの情報で、事情が明らかになった。

《カルカッタ飛行場に多数のグライダーが集結している》

これで、連合軍側は、空挺部隊による攻撃を計画していることが察知された。それがビルマにくるとしたら、どの辺におろすだろうか。――そこで、かの密林間に急設された飛行場が、見すごすことのできない存在となった。

連合軍は、マンダレー＝ミッチナ間の鉄道沿線の平野をねらっている！

以来、高の参謀部は警戒をつづけていた。そして、来襲した連合軍機が爆撃するだけで帰って行くと、空挺部隊の侵入ではなかったとして、ひそかに安心していたのであった。

六日の朝。――

田副師団長はシュウェボ飛行場からメイミョウに飛んだ。MC輸送機の十五分の飛行。田副師団長はカロウの師団司令部に帰る前に、メイミョウにたちよって、牟田口軍司令官に会おうとした。――五日の夕方、赤黒く染った煙霧のこめた空を見ながら考えたことが、心配になったからである。

――敵は何か新しい企図に出ようとしている。

それを牟田口軍司令官に警告しようと考えた。

田副師団長がメイミョウ飛行場につくと、何かあわただしい空気であった。兵隊が走りまわり、自動車がしきりに動いている。飛行場の一隅で、黒い煙をあげて飛行機が燃えている。その付近の草が、山火事のように燃えているのを、兵隊が叩き消している。

――師団長機が着陸する三十分前に、メイミョウは空襲された。

「またきたか。きょうも敵は攻撃をつづけるつもりか」

そこへ、飛行場大隊長が、師団司令部からの緊急情報をもってきた。

《マンダレー北方のカータ付近数カ所に、敵空挺部隊降下せり》

《カータ北方マウル付近の鉄道は、空挺部隊に破壊され、守備隊は目下交戦中なり》

田副師団長が恐れていたものは、意外にも早く到来した。前日来の敵の来襲は、空挺部隊を降下させるための先制攻撃だった！

田副師団長と専属副官の飯塚勝雄中尉は第十五軍司令部に行く。——高原の明るく澄んだ光のなかで、門柱の白鳩が、むなしい羽ばたきをしている。

田副師団長は牟田口軍司令官に昨日以来の戦況を説明した。——連合軍の航空部隊が、非常に積極的に行動している。それは大規模な空挺作戦を実施するものと判断される。五日の深夜から降下をはじめた空挺部隊を、そのまま放置しておけば、数日のうちには、恐るべき強力な部隊に成長するだろう。そして、マンダレーとミッチナの中間にがんばってミッチナを孤立させてしまう。——そこには軍と一般居留民合せて約五千人の日本人がいる。

連合軍はミッチナをねらっている。ミッチナは援蔣公路のレドと昆明の、中間にある要衝だ。ミッチナをとれば、レド公路はたちまち完成する。……公路に敷設された送油管は、レド油田のガソリンを、昼夜たえまなく昆明に送り出す。中国大陸のアメリカ空軍は戦力を増強する。大陸の日本軍は制圧をうけ、日本内地は直接空襲にさらされることになる。――

今にして空挺部隊をつぶしてしまわねば、この結果は恐るべきものとなる。あるいは、とり返しのつかないことになろう。そのためには、インパール作戦を延期してでも、空挺部隊を叩くべきである。

田副師団長は温顔を赤く染めて、熱意をこめて説いた。牟田口軍司令官はその言葉を押えて、

「わざわざ心配して、きてくれたことはありがたい。だが、まあ、そう心配するな。貴官は航空の専門だから重大に考えるのはむりはない。しかしだ、――」

牟田口軍司令官はおちついていた。空挺部隊の降下を気にとめていないようであった。飛行師団の航空通信は、いち早く空挺降下を伝えたが、地上部隊の通信は、それについて、第十五軍司令部に何も伝えてはいなかった。このために牟田口軍司令官は、なおさら関心を持たなかった。

「空挺、空挺といって、一体どれだけの兵力がおりるものか。グライダーが百や二百きても、たかが知れている。放っておくと危いというが、おりた連中は補給をどうするか。空挺がうろうろしている間には、こっちがインパールからレドを押えてしまう。そうなりゃ放っておいても、ひぼしになるさ」

牟田口軍司令官は豪快な調子で笑った。

田副師団長は、今は真剣であった。この前、牟田口軍司令官に迫って、インパール作

戦の再考をうながした時には、将軍の絶対の自信のために退けられた。今、敵が空挺作戦に出たのは、かえって幸いであると思われた。失われた説得の機会が、再びきた。

「空挺作戦の戦力については、軽視しているのは閣下ばかりではありません。昨年来、私の方では情報をえていますので、森（ビルマ方面軍司令部）の方に進言して、警戒するように申したのですが、ほとんど相手にされません。しかし空挺作戦は、有力な実戦価値をもっていることが、すでに明らかにされています。ドイツがクレタ島で空挺作戦に大成功をして以来、米英は真剣に研究して、大部隊を作りあげています」

牟田口軍司令官は、再び手をあげてさえぎった。

「大部隊というが、貴官の判断では、今度の空挺はどのくらいおりる見込みか」

「現在、インドには二個師団の落下傘とグライダーの部隊があります。これを一度に投入するとは考えられません。しかし、一個師団は送ってくるでしょう」

「一個師団。――一個師団や二個師団が裸でビルマのまんなかにおりたところで、たいしたことはないよ」

「閣下はそういわれますが、――」

田副師団長はあとにひかない。力のこもった声で、

「優秀な空軍の掩護下に活躍する輸送機の能力は、実に想像以上であります。現在、連合軍が使っているダグラスC47輸送機の有効搭載量は六トンであります。一日の就航機を三百とすれば、一日に千八百トンを輸送することができます。ただし、これは最大限

でありますから、七〇パーセント動くとして、一日の平均輸送量千トン、月に三、四万トンは運べます。これは、機材人員を満載した、百輌編成の貨物列車を、毎日、空から一本ずつ送りこむことになります。空輸する内容も、山砲、高射砲などの重火器から、戦車まで運びます。空挺部隊がおりると、おどろくべき速度で、航空要塞を作りあげます。現にビルマでも、二月のハ号作戦では、連合軍は急進撃しながら、急設滑走路用の鉄網をおろして、二十四時間で飛行機を発着させています」

牟田口軍司令官は、師団長の説明する数字を聞き流していたが、次第にいらいらした表情をあらわし、ついに威圧するような声でさえぎった。

「しかしだ、要するにそれは数字の問題にすぎんじゃないか。数字におどかされてどうするか。空挺は空挺でやらせておけば、そのひまには、わしがレド公路の根もとをたちきってやる」

牟田口軍司令官の性格を形づくっている我執と頑迷は、動揺しなかった。悠然とした態度にかえって、

「まあ、安心せい。わしは、戦さに負けたことがないんだ。わしは、その点、実に運がいいと思っている。……」

そして、急に顔をひきしめて、いずまいを正し、

「わしには神様がついておる。わしは、ありがたいと思っておる。——わしにまかせておけ」

牟田口軍司令官は立ち上った。

「それはそうと、貴官の飛行機は大分やられたそうだが、渡河掩護は大丈夫か」

余計な心配をしないで、自分の頭の蠅《はえ》を追え、――という調子である。

「チンドウィンだけは無事に渡すようにしてくれ。それだけは、くれぐれもたのむ」

――ほかのことに用はない。そんな気持を残して、牟田口軍司令官は部屋を出て行った。

田副師団長の胸中に、熱意を一蹴された余憤と、論争の興奮が渦まく。師団長を見すえて、真剣にいい放った牟田口軍司令官の一言が、それだけが、はっきり残っている。

――わしには神様がついている！

なんという神がかりだ。

田副師団長の努力と機会は、再び、むなしく潰《つい》えた。

四

田副師団長とその幕僚が、恐れ、警戒していたことが、ついに事実となって現われた。

三月五日午後八時。連合軍の空挺部隊は、インド、アッサム州ハイラカンディ飛行場を発進した。グライダーを二機ずつ曳航したダグラスC47輸送機が六十一機、折からの月明の空を利して、北ビルマ、マンダレー＝ミッチナの中間カータ付近に飛来した。そのうちの三十五機はカータ南方二十キロメートルの林間にグライダーをおろした。また、別の一隊はカータ東北方八十キロの地点に、空挺部隊を降下させた。

六日午後にもひきつづき、大型輸送機とグライダーで、兵員、迫撃砲、高射砲、多数の弾薬、糧食、燃料、機材を送った。

七日、高の戦闘機が攻撃に行った時には、カータの南方および北方の拠点には、飛行場の滑走路ができ上っていた。その滑走路は全長一千メートルに達し、その付近には数機の飛行機とグライダーがあった。上空には、スピットファイア戦闘機が哨戒しており、日本軍戦闘機と交戦した。

連合軍が使用したグライダーは、翼の長さ百フィート、機体の長さ四十五フィート、全搭載量二千キロ、人員は操縦者二名のほかに武装兵十八名を乗せることができた。

この二日の間に、カータ付近に降下した空挺部隊は、グライダー部隊二個旅団、落下傘部隊若干、合せて五千名に達した。ほかに、レドを出発した遠距離挺進部隊が地上からカータ北西五十キロの地点に進出、占拠していた。

数日のうちに、数カ所に飛行場ができ上り、輸送機、戦闘機が自由に発着した。毎日、この上空に飛来するC47輸送機は、六十機ないし百機に達した。兵力は、まもなく三個旅団九千名となり、飛行場の周囲は堅固な陣地となった。また、一千百頭の動物を空輸していた。

付近の日本軍守備隊は攻撃をうけて壊滅、あるいは敗走し、幹線鉄道は破壊され、マンダレー＝ミッチナ間は連絡を断たれた。空挺部隊は、短時日の間に、勢力を拡張し、ついに、イラワジ河両岸の平原の、インドウ、バーモ、モニインの三地点を結ぶ広い地域を、完全に占領確保するようになった。

間もなく。——北のフーコン谷地からミッチナに向けて浸透をつづけていたレド公路建設作戦の先遣部隊、米式重慶軍は、空挺部隊と呼応し、連絡をとりはじめた。——北ビルマの要衝ミッチナは、腹背を断たれ、次第に孤立の悲境に追いやられる。

空挺部隊の降下以来、P38、P40、P51などの連合軍の戦闘機は、連日、日に数回にわたって、ビルマの主要飛行場に来襲した。低空を這ってきて、突如として、飛行場の真上に姿を現わす。対空監視も発見することができない。この巧妙な襲撃は防ぎようがなくて、数日の間に、高師団のなけなしの飛行機の半数を撃破された（高師団の三月中の損害は六十機に達した。これは、昭和十八年十月に雨季があけて以来、二月までの五カ月の損害と同数であった）。

高の参謀部には、焦躁《しょうそう》と苦悩の色が濃くなる。空挺部隊の陣地が強大になれば、インパール作戦に大きな支障をおよぼす。烈第三十一師団と祭第十五師団は、すでにチンドウィン河のホマリン＝タウンダット付近の河岸に集結して渡河の時を待っている。空挺部隊の占拠したナミ＝モウルからチンドウィン河の両師団の渡河点までは、約百五十キロメートルの距離にすぎない。すでにこの両師団への補給部隊の交通路は、空挺部隊のために切断されている。

北ビルマが、このような深刻な戦場となって三日目。——三月八日、インパール作戦の幕あけの日がきた。第三十三師団の作間、笹原の両連隊は、ただひたすら、インパールを目ざして進撃を開始した。

連合軍の、この三日間の先手は、インパール作戦の勝敗に、大きな影響を残した。

同じ三月八日。――

田副師団長は、最後の機会を求めて、シャン高原のヘホ飛行場から、ラングーンに飛んだ。――重大化した事態を救うためには、ビルマ方面軍司令部を動かさねばならない。ミンガラドン飛行場から、軍司令部に行く街路を、両側から覆いかぶさるように繁っている火焔木の並木が、真赤な色に変りはじめた。この木が、燃えあがる焔の色に染ると、半年の乾季は終り、やがてマンゴウの実をあまくする雨が降り出す。……

田副師団長はビルマ方面軍司令官河辺正三中将と方面軍参謀長中《なか》永太郎中将に会見して、状況を説明した。

「北ビルマにおりた空挺部隊は、非常な速さで成長しています。偵察写真をとってくると、そのたびに変化しています。インドからは、毎日、百機以上が補給と攻撃に出ています。空挺陣地には、防空戦闘機隊と高射砲がきています。こうなると高の戦力では、とてもつぶすことができないどころか、このままで行けば、高の方がつぶされてしまいます。そのうちには、ミッチナがあぶなくなりますし、レド公路が延びてきます。空挺部隊は、ビルマの命とりになるだけではありません。日本の全戦局を危くする恐れがあります。今ならば、インパールの主力部隊が動いていません。インパールをやめても、空挺部隊をたたくべきだと考えます」

河辺軍司令官の厚い眼鏡が、冷酷な光を放つ。顔が小さく、しまっているのに、不調和に大きな八字ひげが、頬の外側にはみ出している。

「インパールをやめる、というわけにはいかんよ。よしんば森がやめるといっても、大本営が、もはやお許しにはならんだろう」

「しかし、このままでやれば、最悪の場合、インパール作戦部隊は、帰るに帰られなくなって、インドで自滅しなければなりません」

「インパールのことは、――」

河辺軍司令官の大きなひげが動く。

「牟田口が確信をもっていると思うから、牟田口にまかせておいたらいいと思う」

昭和十二年七月七日。日華事変の第一夜。中国の北京郊外の蘆溝橋で、最初の戦闘をした牟田口連隊は、河辺旅団の隷下部隊であった。その時のふたりは、今ビルマにあって、方面軍司令官と、その麾下の集団司令官として、インパール作戦を決行しようとしている。

「それでは、森は空挺をそのままにしておいて、インパールをやるつもりですか」

田副師団長も平静に説得をつづけようとした。中参謀長がとりなした。ふたりは陸軍士官学校第二十六期の同期生であった。

「雨季が近いから、インパールは早くやらなければいかん。空挺は空挺で、手を打つ。今、近い所の部隊から兵力をぬいて、さしむける手配をした。とりあえず二個大隊は出せるだろう」

田副師団長の気持は暗くなった。——地上部隊の司令官や、幕僚には、空挺部隊の認識がまったくない。あの、科学兵器の装備をもった三個旅団の空挺部隊に対して、わずか歩兵を二個大隊！　それも、今、手配したところだというのだ。

田副師団長は、諦めなかった。——

航空作戦に無知な地上部隊の首脳部は、もはや、たのみにならない。あとは、高の直属する第三航空軍を動かすことだ。——田副師団長はシンガポールに急電を発した。

第三航空軍は、電文の内容の重大なことをすぐに諒解した。

三月十日。——第三航空軍の高級参謀佐藤直大佐が、シンガポールからシャン高原へ、飛行機で急行してきた。高級参謀を派遣したことは、第三航空軍司令官木下敏中将とその幕僚が、空挺降下を重大に見ているあらわれであった。また、派遣の処置も敏速であった。

「空挺を肥らせたら大変なことになる。一刻も早くつぶしてしまわねばならない」

佐藤高級参謀は高の鈴木参謀長に、第三航空軍の意見を伝えた。

「しかし、ビルマに飛行機をまわすことは全然できない。——昨年来、ビルマから取りあげて、ニューギニアにやった二個戦隊は、向うへつくと、すぐに空襲されて全滅してしまった。中部太平洋方面は、今年になって、非常に悪くなった。アメリカはマリアナと、フィリピンに出てくる動きが活発になったから、その方面に飛行機を出してやらなければならなくなっている。三航軍としても、少ない飛行機を分散させるので、戦力が稀薄になることを心配しているが、どうにもならん。といって、空挺はほうっておくわけにはいかない。とりあえず、総軍、大本営には、三航軍からも進言しておいた。しかし、ぐずぐずしていることはできないから、この際、森の尻をたたいて、積極的にやらせるほかはない。牟田口閣下を、もう一度、説得して見よう」

「牟田口はだめだよ。何しろ、こんなことを書かしておるんだからな」

鈴木参謀長が綴り込みを見せる。参謀長は佐藤高級参謀と陸士三十五期の同期の親友なので、うちとけていた。

「十五軍の会報だよ。高の悪口を書いとる」

佐藤高級参謀がとりあげて見る。

《最近、若干の空挺部隊が北ビルマに降下した。これにおどかされて、弱音をはく奴がある。一体、飛行機で人員を運び補給したところで、その量たるや見えすいたものではないか。わが林集団の将兵は、このようなゲリラには意を介するところなく、全力をインパール作戦に致すべきである》

「弱音をはく奴というのは、高のことをいっているのかな」

「そうらしいよ。閣下がラングーンに行って、河辺閣下に話をされたのを、十五軍の参謀でも聞きこんだのだろう」

「困ったものだな。航空が大事だといいながら、何も知ってはおらんじゃないか」

「いや、実際、地上の奴らときたら、航空作戦のことは何も知らんで、そっくり返ってばかりおる。牟田口にしても河辺にしても、同じですよ。――東条でもそうだ」

鈴木参謀長は憤慨している時には、一層、口が悪くなる。

「三人とも、よく似ている。――頭のいい奴が思いあがると、神がかりになってしまって、処置なくなる。――東条などという奴が首相、陸相で、今度は参謀総長を兼任した。名目は三役をかねても、実行は不可能だ。権力だけを独占したにすぎん。これは危険な独裁だ。報道班の新聞記者がいっておったが、内地で竹槍訓練をさせとるので、そんな阿呆なことをしてなんになるかと新聞が書いたら、東条が発禁にして、書いた記者を召集にして軍隊にいれたそうだ。こんなのが参謀総長じゃ、戦さは勝てんよ」

田副師団長は、三たび、メイミョウに飛んだ。――平和の白鳩を飾った門柱のある司令部に。

三月十一日。――烈、祭の主力部隊がインパールを目ざしてチンドウィン河を越える日まで、あと四日しかない。恐らく、これが、最後の機会になるだろう。

同行した佐藤高級参謀が、牟田口軍司令官に、第三航空軍の見解を説明した。

「レド公路啓開作戦は、連合軍としても、非常に大規模な珍しい性格をもった作戦です。——敵中を通過して千二百キロメートルの輸送路を作る。この大胆な作戦の一翼として、今度の空挺が用意されたと考えられます。すでに一年も前から準備していたところから見ると、相当なことをやるに違いありません。その目的と規模から見て、現在の世界大戦の全戦線を通じて、有数の、めざましい空挺作戦になる公算があります」

牟田口軍司令官は、最初から不機嫌であった。鋭い眼は、偏狭と狂信の色をたたえていたが、次第に高慢な怒りがあふれる。ついに、たまりかねたように口をきった。

「いや、お話はよくわかった。いかにも今度の空挺は大規模であるかも知れん。だが、牟田口の確信には、少しも変るところはない。大規模な空挺が、ビルマの友軍地域内におりたことは、実に天佑《てんゆう》であり、神助である。敵は、みずから求めて、袋の鼠となった。包囲殲滅には絶好の機会だ。また、敵が、わが方のインパール作戦開始の直前に、虎の子の空挺をおろしてきたことも、実に、これ以上の幸いはない。わが方は今や一挙に、敵の根源と、レド公路建設に出てきた部隊とを、同時に壊滅させることができる。このことを思い合せると、牟田口は幸運だと、つくづくと、考える。恐れ多いことだが、——」

牟田口中将は少し頭をさげた。

「これぞ、皇祖皇宗の神霊が、われらを助け給うにほかならない」

そして、田副師団長に向って、

「貴官がたびたび心配してきてくれるのはありがたいが、これ以上の心配は無用である。それよりも、十五日の渡河掩護だけを十分かつ確実にやって頂きたい」

と、極めて不機嫌な調子でいい捨てると、急に立ち上って、ふたりの顔も見ないで、部屋の外に出て行った。

ちょうど昼食の時間であった。参謀、師団長などがきた時には、軍司令官は宿舎に招いて、食事をともにするのが儀礼的な習慣となっていた。だが、その日は、牟田口軍司令官からなんの音さたもなかった。それは、田副師団長に会いたくないという、牟田口軍司令官の怒りを無言のうちに伝えたものであった。

田副師団長と佐藤高級参謀を乗せた自動車は司令部の外に走り出した。——門柱の鳩の彫像の、むなしい平和の羽ばたき。

「大変な神がかりだ」

佐藤高級参謀が押えかねたようにいうと、田副師団長もうなずいた。

「牟田口閣下は神がかりだから困る。確信のあるのはいいが、非科学的な精神主義だけではだめだよ」

沈痛な顔であった。

機会は、このようにして、永久に去った。——日本の敗戦は、すでに動かしがたい所にきているとしても、インパールの悲劇だけは回避することができた最後の機会が。

その日の夕方。——連合軍の戦闘機が帰ったあとの時刻。コバルト色の師団長機は、メイミョウからヘホ飛行場へ、シャン高原の上空を飛んでいた。

雄大な地表の起伏。高原の空気は、水のように澄んでいるが、ビルマ平原のかなたは、赤黒い煙霧ににごっている。……まぶしいほど明るい夕方の斜光線が、高原の上に流れている。限りない丘陵の波。長くひろがっている、斜面の美しい陰影。……

——今晩も、空挺部隊の輸送機が飛ぶだろう。

「困ったなあ！」

佐藤高級参謀が、ため息のような声を出し、首を左右にふる。困った時の、この人の癖である。

「やむを得んよ。あとは、森の方でがんばってもらうよりしかたがない」

田副師団長は、窓の外を見ながらいう。——雲は一つもない、乾季の夕方の空。

「鈴木参謀長のいいぐさではないが、牟田口という人は、小型の東条だ。東条は気にいらない奴は、みんな第一線に追い出してしまう。第一線には牟田口のようなのがいて、また、追い出す。祭の山内にしても、弓の柳田にしても、わが陸軍の有数のアメリカ通だ。それが、現地に追い出されてきて、意見をいうと、今度は牟田口に叱りとばされる。神がかりになると、人のいうことは全然きかなくなるらしい」

よく、ねれた人がらで、温厚な師団長が、このようなことをいうのは、よくよく、腹にすえかねたからであった。

「山内がわしの所へきて、いっておったが。――インパールの作戦計画が不安だ、と牟田口にいうと、何をいうかと叱られる。インパールをやるには、これだけの準備がいる、というと、その次には、師団長を呼ばないで、牟田口が直接、兵器部長を呼んで命令する。兵器部長が、間に合わん、と本当のことをいうと叱られる。しかたがないから、大丈夫だ、というと、ご機嫌がいい。――弓の柳田も同じことをいっていた。山内も柳田も、今では、牟田口から相手にされない。こんな調子で戦さをはじめたら、だめだよ」

「三航軍にも、そんなうわさが出ていましたが、やはり、事実ですか」

「東条、河辺、牟田口、このような同じ型の人物が上にいてはだめだよ。頭がよすぎて、偏狭で頑迷になっている。ことに東条などは、悪いことに人一倍猜疑《さいぎ》心が深い。憲兵司令官ぐらいにはいいかも知れんが、総理大臣のうつわにゃならん。一日も早くやめさせにゃ戦さは危いというのに、今度は参謀総長になったという」

「あれには、みんなおどろきましたよ。三航軍でも、とんでもないことになったといっています」

「わしは、いつも反省していることだが、――」

田副師団長の言葉はしみじみとしていた。

「人間、地位を得ると、わがままになる。そして、その地位以上に自分をえらいものに考えるようになる。それを押えることができれば、本当にえらいのだが」

澄んだ夕ばえの空。起伏の波の美しい光と影。——田副師団長の気持に、ひしひしとした寂しさがわく。

——万事は終った。

三月十五日、夜二十時。チンドウィンの河岸に集結していた烈、祭の両兵団は、渡河を開始した。——田副師団長の予期したように、渡河時刻には、連合軍の飛行機は出てこなかった。第一の難関とされていたチンドウィン渡河は無事に終った。さいさきよしと河辺方面軍司令官、牟田口軍司令官が喜ぶうちに、両兵団は進撃をはじめた。

インパールへ！　死の地獄へ！

五

作間連隊の進路の前方にあるトンザンには、第十七インド師団が陣地をかまえていた。トンザンの村は千四百メートルの山上にあり、その北側にはマニプール河が深い谷を作って流れていた。守るには絶好の要害であった。日本軍が作戦を開始したので、英印軍はインパールに撤退しようとしているところへ、弓が衝突してきた。

中突進隊の作間連隊は、小川忠蔵少佐のひきいる第二大隊がトンザンの南方に迫り、斎藤満大尉の第一大隊がトンザンの北のトイトムを攻撃した。

また、正面突進隊はインパールの本道上を進んで、南からトンザンに向っていた。隊長は工兵第三十三連隊長八木茂大佐であった。

左突進隊の笹原連隊は、マニプール河の右岸の山中をぬけて、トンザン北方のシンゲルに進出した。これによって、トンザンの英印軍の後方を遮断する態勢ができあがった。第十七インド師団を包囲したという報告を、柳田師団長がうけたのは、三月十四日であった。

翌三月十五日。柳田師団長は戦闘司令所をカムザンに進めた。この夜、祭第十五師団、烈第三十一師団が作戦を開始して、チンドウィン河を渡った。これに先んじて、弓師団は早くも勝利に恵まれるかのように見えた。弓の司令部に派遣されていた第十五軍の情報参謀藤原岩市少佐は、戦況の進展を喜んで、牟田口軍司令官に報告するためにメイミョウに帰った。

そのあとから、戦況は急に悪化した。トンザンの背後にまわった作間連隊の斎藤大隊は、トイトムの攻撃で苦戦におちいった。十五日の昼間には、迫撃砲の猛射をあび、山頂からは歩兵の攻撃をうけて、大きな損害を出した。夜になって、大隊は英印軍の山頂陣地を襲撃しようとして、山腹の一本道を進んだ。その行軍縦隊を、横から機関銃で掃射された。死傷者が続出して混乱し、逃げ場を失った者が多数、谷の下に転落した。まぬかれた将兵は山中に四散して、すぐには連絡がつかなくなった。

このため、トンザンの第十七インド師団の退路は開放された。

左突進隊の笹原連隊も、三月十七日には、南北から挟撃をうけることになった。笹原連隊は、入江増彦中佐のひきいる第一大隊をシンゲルの北に、末木栄少佐のひきいる第三大隊を南の六三七三（フィート）高地付近に出して、インパールの本道を、二カ所で遮断していた。末木大隊の陣地に、英印第四十八旅団が衝突してきた。激烈な戦闘がつづき、末木大隊の第九、第十二中隊長、第三機関銃中隊長が戦死、大隊の半数が死傷した。

さらに英印軍の増援部隊がインパール方面から南下してきて、入江大隊を攻撃した。この増援部隊は第三十七、第四十九のインド旅団で、戦車連隊を先頭に立て、飛行隊が協力していた。

笹原連隊は南北から圧迫されて、悲惨な状況に追いこまれた。

この苦境を打開しようとして、田中参謀長、堀場作戦参謀のふたりが、作間連隊本部にかけつけて督戦にあたった。そして、三月十八日、小川少佐の第二大隊は、再び夜襲を強行した。だが、途中で撃退され、四散するに終った。

三月十九日。朝から雨が降りだした。激しい雨であった。激戦に疲れ果てて、動く力もなくなった将兵は、死体とともに横たわって雨にうたれていた。

夕方になって雨がやんだ時、柳田師団長は幕舎を出た。カムザンの谷の流れは、水かさを増して、急流に変っていた。柳田師団長は木の株に腰をおろした。顔色が、いつもより一層青白くなっていた。

情報係の北島吉二中尉と菅頭《かんとう》中尉が柳田師団長に従ってそばに立っていた。柳田師団長の顔色が青白さを加えたのは、明らかに苦悩のためであることがわかった。師団の主力である作間、笹原の両連隊が、作戦発起したばかりで、大きな打撃をうけてしまった。インパール作戦の計画に、最初から反対をつづけてきた柳田師団長としては、苦悩にたえがたいのは当然と思われた。

もう一つの衝撃があった。この朝、雨が降りだした時、柳田師団長はおどろいて空を仰いだ。

「雨か。もう、雨がきたか」

柳田師団長はつぶやいた。取り返しのつかないことをした、といった声であった。柳田師団長がインパール作戦に反対した理由の一つは、インドの雨季の激しいことにあった。雨季の始まるのは、インドとビルマでは違うし、ビルマのなかでも、かなりの差があった。北ビルマのフーコン谷地では十一月から二月までが乾季で、あとの八カ月は雨が降りつづいている。南部の首都ラングーンでは、四月はまだ乾季で、水をかけ合って水祭を祝うのである。

それにしても、インパール作戦が始まったばかりで、早くも雨が降りだした。雨季の先ぶれに違いなかった。柳田師団長はいたたまれない思いであった。

菅頭中尉と話をしていた柳田師団長は、急に口をつぐんだ。何か、妙な動作であった。つめたい風が吹きぬけた。その時、柳田師団長の声が聞えた。

「うさぎがいるよ」

菅頭中尉はわけがわからないので、問い返した。

「なんですか、閣下」

柳田師団長は答えなかった。その目が、いつもとは違って、異様に光っていた。菅頭中尉には、それが金属の光のように感じられた。だが、すぐに柳田師団長は平常の声で答えた。

「いや、いなかったな」

それから、しばらくの間、思いにふける様子であった。菅頭中尉は、柳田師団長が幻覚で、うさぎを見ていたのだろう、と思った。そして、柳田師団長の優れた頭脳に異常のないことを、心のなかで願った。それでも、不安であったので、あとで、副官部に警戒を促した。

「閣下の軍刀とピストルを、目につかない所にしまっておけ」

三月二十日。
ビルマの首都ラングーンに進出していたチャンドラ・ボースは、インパール作戦の開始に呼応して、次のような声明を発表した。
——自由インド仮政府声明
自由インド仮政府の統率下のインド国民軍は、日本帝国陸軍の密接なる協力により、聖なる使命に発足せり。……インド人諸君、いまや待望の自由を実現すべき絶好の機会なり。諸君にしてこの機会に乗じその任務を遂行せば、自由は遠からず達せられん。この重大なる時に当たり、インドは、全インド人がその任を尽さんことを期待してやまず。

ジャイ・ヒンド！（インド万歳）

自由インド仮政府首班
インド国民軍最高指揮官

三月二十二日。

八木工兵連隊長のひきいる正面突進隊は、トンザンを越えて、北のトイトムの攻撃に向った。この部隊には戦車第十四連隊の軽装甲車中隊が加わっていた。六輛の軽装甲車は、夕やみのなかを、攻撃隊の先頭に立って進んだ。トイトムに行く道は、途中から向うさがりにくだっていた。全車輛が高地の向うにかくれた時、激しい爆発音がつづいて起った。戦車地雷にかかって、六輛とも破壊された。攻撃は中止になった。

作間連隊は、再三の夜襲で四散した兵が、ようやく集った状況であった。一度、夜襲すれば、兵を集めるのに二日かかる、と戦術書は教えている。作間連隊は、それ以上に兵の掌握に苦労していた。攻撃には出られなかった。

笹原連隊の第三大隊は、三二九九（フィート）高地で、危急な状況におちいっていた。

この日には、暗号書を焼き無線機を破壊する用意をしている旨を、笹原連隊に打電してきた。

弓師団の主力は、トンザン＝シンゲル間で、全滅寸前の惨状となっていた。

同じ日。

東京では、首相兼陸相兼参謀総長東条英機が、次のような談話を発表した。

《そもそも帝国の目的とする所は、敵勢力を撃砕し、インドを完全にインド人の手に委ねんとするものであって、国民軍の進撃する祖国インドの地は、これを悉《ことごと》く自由インド仮政府の行政下に置かるべく、進撃を迎うるインド民衆の祖国愛の燃ゆるところ、その解放地域は急速に拡大し、ついにインド独立の必成を見るに至るべきこと誠に期して俟《ま》つべきものがある》

優れた政略家であったチャンドラ・ボースは、日本軍の傀儡《かいらい》となることをきらって、強硬に、政権と領土を要求した。また、東条首相を動かして、インド進撃を推進させた。

大本営とボースとは、互いに駈けひきをし、互いに利用しようとした。

三月二十二日の東条声明は、ボースに与えた誓約の仮証文であった。同時に、日本軍の真の底意を、美しい言葉で表現したものであった。——当時、日本軍の首脳部が、大本営から森方面軍まで、インパール作戦に期待していたのは、実に奇蹟的な勝利であった。その奇蹟は、インド国民軍にかけられていた。当時、森や高の情報参謀が、これを次のような表現で発表したことでもわかる。——インドの地に、インド国民軍を進撃させる。それは、雪の坂道に、雪のかたまりを投げるにひとしい。もし雪のかたまりがうまくころがれば、次第に大きなかたまりとなり、なだれを起すことにもなる。しかし、うまくころがらなければ、雪のなかに埋まってしまう。

ともあれ、チャンドラ・ボースにとっては、待望の好機が到来したのだ。

同じ日。

酷熱のラングーンで、チャンドラ・ボースは、前線に出発するインド国民軍を閲兵した。婦人部隊の、黒い女兵士までが銃をかついで、前線を行くのだ。

「チャロウ・デリー！（デリーへ進め！）」

「ジャイ・ヒンド！（インド万歳）」

意気さかんにして、盛大な閲兵式であった。

この時、広場の上空に爆音がひびいた。インド兵の間に動揺がおこった。濃緑色の飛行機が鋭い音をたてて突っこんできた。機関砲弾がインド兵の頭上にふりまかれた。見る間にインド兵は逃げ去り、あとには、数名が土の上に倒れていた。

英軍の戦闘機が飛び去って、しばらくして、空襲警報のサイレンが鳴った。

閲兵式を空襲されたことは、インド国民軍にとっては、悪い前兆でもあった。果して、インド国民軍は、インパールの、もう一つの悲劇となった。同胞が互いに殺し合い、そして、飢餓と悪疫と豪雨のなかに壊滅する。……雪のかたまりは、雪のなかに消える。

……

三月二十三日。

シンゲル北方の陣地で、笹原連隊の第一大隊長入江増彦中佐が英軍の戦闘機の砲爆撃のなかで倒れた。笹原連隊長が最も信頼していた大隊長であった。入江大隊長の戦死は、わずかに残っている連隊の気力を失わせた。生き残りの将兵は、山にはいり、林のなかにかくれた。

三月二十五日。

三二九九高地の末木大隊長が重大な電文を発した。

《大隊は暗号書を焼き、無線機を破壊す。大隊は現在地において玉砕せんとす》

最後の決意を示す電文であった。笹原連隊長も、もはやこれ以上、戦闘をつづけることはできないと考えた。

笹原連隊長は作戦主任の片山亭中尉に命じて、入江、末木両大隊に英印軍の退路開放の命令を伝えさせた。だが、これは、師団命令に違反する独断の処置であった。笹原連隊長は、そのやむない状況を、無電で師団に報告した。そして、軍旗を焼いて、玉砕を覚悟して任務遂行にあたるという、重大な決意を告げた。そのあと、笹原連隊長は本部の将兵を集めて、決意を告げた。

「いよいよ最後の時がきた。敵が来襲したら、連隊長を先頭に突撃をする。みんな、いさぎよく玉砕してくれ」

笹原連隊長は日本酒を飯盒《はんごう》の中蓋《なかぶた》についで、ひと口飲んで、部下の将兵にまわした。別れの杯であった。

そこは山の斜面で、しゃくなげに似た桃色の花が咲き乱れていた。本部の増田中尉は、山岳地帯の花のなかで死ぬのは、すがすがしく悔いのないように思った。

笹原連隊長の電報をうけとった柳田師団長は、これ以上退路遮断をつづけるのは、主力を全滅させることだと判断した。すぐに笹原連隊長に、道路開放を命じた。

そのあと、柳田師団長は、かねての考えを実行することにした。

柳田師団長は自分で電文を書いた。そして電報班長の斎藤中尉を呼び、極秘で発信することを命じた。あて先は、第十五軍の牟田口軍司令官であった。これがインパール作戦の中止を勧告する、意見具申の電報であった。その内容は、状況から判断して、三週間でインパールを攻略することは絶望であり、雨季の到来と補給の困難とは、悲惨な結果を招来することを説いた。また、空挺部隊の降下は、北ビルマの防衛を危くする、というのであった。

牟田口軍司令官は怒り立った。激しい字句をならべて、弓師団の進撃を厳命した。また、再び藤原参謀を派遣して、直接、柳田師団長を説得させることにした。

このころ、師団の三浦後方参謀はトンザンにいて、正面突進隊の作戦を指導していた。

この部隊の無線に、笹原連隊長の決意を伝える電文がはいった。三浦参謀は心配になって、戦況を確かめようとした。

トンザンの村の中央には、高さ十五メートルほどのやぐらがあった。三浦参謀はそこに上った。トンザンは高地の頂上にあるので、そこのやぐらに上ると、四方がよく見えた。三浦参謀は双眼鏡を目にあてた。

遥か西北の高地に、シンゲルをさがしたが、山のかげで見えなかった。山の斜面には本道が見えたが、日本兵の姿は双眼鏡にうつらなかった。三浦参謀は不安に感じた。さらに東の方を見ながら、三二九九高地をさがした。だが、間の山にさまたげられて、三二九九高地の西側の斜面が少し見えるだけであった。そこに白煙があがり、山砲の発射光がひらめいていた。彼我の火砲が撃ち合っているのは、末木大隊ががんばりつづけていることである。

夕方になるのを待って、三浦参謀は、この報告をするために、師団の戦闘司令所に帰った。戦闘司令所はカムザンから五キロばかり進出していた。

参謀部の幕舎に行くと、田中参謀長と堀場参謀がいた。ふたりとも、暗い顔をしていた。戦況が悪いというだけではないように感じられた。三浦参謀が報告を終ると、田中参謀長が不快そうにいった。

「師団長が、意見具申をしたよ。やめれというのだ。ばかな話だ。ここまで師団の兵隊を動かしてきて、まわれ右ができるか。牟田口閣下から、さんざんなお叱りがきた。そのたびに、こっちが叱られるから、かなわん」

三浦参謀も、ここまできては、やめることはできまいと思った。

「閣下に報告をしてきます」

田中参謀長が、にがにがしくいった。

「師団長の泣きごとなぞ聞かんでいいぞ」

柳田師団長は幕舎のなかにひとりでいた。おきざりにされているようなさびしさがあった。柳田師団長の顔は、いつもより険しく、青白く見えていた。三浦参謀が報告するより先に、柳田師団長が口を開いた。待ちかねていたようであった。

「おい、末木が玉砕したそうだな」

三浦参謀はおどろいたが、

「冗談じゃありません。末木はいますよ」

三浦参謀は三二九九高地の状況を報告してから、

「どうして末木は玉砕したことになっているのですか」

「無線でいってきた」

柳田師団長は沈痛な顔で話をつづけた。

「笹原連隊長が玉砕するといってきた。これはいかんと思った。とにかく、笹原を助けてやろうと思って、退路開放せよと命令を出しておいた。結局、予想したような状況になってきた」

三浦参謀は不審なものを感じた。トンザンで受けた笹原連隊長の電文には、玉砕するという意味はなかった。三浦参謀は、それを調べることが必要だと思った。すぐに電報班に行って、斎藤中尉にひかえの電文を出させて、読んでおどろいた。

「違う」

三浦参謀がトンザンで受けた電文は、次の内容であった。

《連隊は軍旗を奉焼し、暗号書を焼く用意をし、全員玉砕を覚悟で任務に邁進《まいしん》す》

師団の電報班で受けた電文は《全員玉砕》の所で終っていた。

「このあとはどうした」

「そこで終っているのです」

だんだん調べて行くと、師団の無電は、そのあとを受けとっていないことが明らかになった。その理由には、二つのことが考えられた。一つは電報班の場所が谷底で、受信に不適当であったこと。一つは、交信の時刻に、電報班が移動していたこと。

いずれにしても、電文が途中できれているため、それだけを読めば〝玉砕する〟としかとれないのは、当然であった。柳田師団長の鋭敏になった神経には、それが大きくひびいたに違いなかった。

柳田師団長は、その翌日にも、作戦中止の意見具申をした。牟田口軍司令官との対立は、ますます激しいものになるのは明らかであった。これは、柳田師団長にとっても、師団にとっても不幸なことであった。

柳田師団長の意見具申に対して、牟田口軍司令官からは、かさねて、インパールに急進することを命じてきた。三月二十六日、その電文を読んだ時、柳田師団長の顔には悲痛の影が濃く浮んだ。だが、すぐに気をとりなおしたようであった。そして、同席していた田中参謀長、堀場参謀、三浦参謀に明言した。

「もう、さいは投げられたのだ。あとは、やるだけのことだ。さあ、前進しよう」

三月二十七日。

作間、笹原、その他の部隊に対し、第三十三師団長命令が伝えられた。それは、トルブン隘《あい》路《ろ》口を目標に、追撃せよ、というものであった。その二日後には、笹原連隊が、さらに二日おいて作間連隊が前進して行った。

インパール見ゆ

一

ビルマからインドへ。――

国境を越えると、今までの赤土の道が小石をしいた舗装路となり、路幅も十二メートルにひろまった。

道の左側に、高さ四十センチのコンクリートの柱が、一マイルごとに立っている。インパールを起点としたマイル道標である。インパールから七十二マイルの地点が、インド＝ビルマの国境である。道は山ひだの間を走り、次第に下りになる。……インドのアッサム州マニプール土侯国の都インパールが、次第に近くなる。

インパール南道を北に向って進んだ弓の主力は、四月六日から八日の間に、三十八マイル道標の地点に出た。

道はいよいよ山の下に向い、あと十キロメートルでインパールの盆地に出る。盆地へのおり口は山あいがせまって隘路《あいろ》になっている。そこに、トルブンという部落がある。

連合軍は、この隘路口を押えて、日本軍が盆地に出るのを封じようとしている。弓の先遣部隊、第二百十五連隊の第一大隊は、前夜、隘路口に突入した。そのあたりに、黒い煙があがっている。

ごうごうと鳴りひびく砲声。――三十八マイル道標の付近でも、空気が、びりびりと振動し、地鳴りのような音が伝わってくる。

三月八日に進撃を開始した弓は、一カ月を経過して、まだインパール盆地にはいれなかった。しかも、この時には、師団の兵力は、約半分になっていた。牟田口《むたぐち》軍司令官としては、少なくとも、神武天皇祭（四月三日）にはインパールにはいるぐらいの予定であった。それだけに、柳田師団長に対する不満と怒りを、ますます大きくした。牟田口軍司令官は、弓の進出のおくれたのは、柳田師団長が〝統制前進〟を行なって、わざとおくれたと見ていた。

このころ、祭師団は、インパールの東北十キロの地点に進出した。烈師団はインパールの北百キロのコヒマを押えて、補給路を遮断した。

そこへ、とにかく弓師団がインパールの周辺に出てきたので、最初の予定よりおくれたとしても、牟田口軍司令官の作戦は、成功したかのように見えた。ことに烈師団がコヒマを占領した時には、牟田口軍司令官は得意の絶頂にあった。

大本営も自信を得て、次のような発表をした。

大本営発表（昭和十九年四月八日十七時十分）

一、我新鋭部隊は印度国民軍と共に四月六日早朝インパール＝ディマプール道上の要衝コヒマを攻略せり。

一、カーサ（カータ）付近一帯の敵空挺部隊に対する攻撃は順調に進捗しつつあり。

この第二項が〝順調〟であったかどうかは別の問題としても、この発表は、確かに、日本内地の人びとには大きな期待を与えた。

三十八マイル道標の地点で。——師団司令部の天幕のなかで、田中参謀長が作間《さくま》連隊長に計画を伝えた。

「軍の方からは、弓は何をぐずぐずしておる。早くインパールへ行け、といってきている。だが、隘路口を突破するには、まだ一日や二日はかかりそうだ。いそがにゃならんから、隘路口の敵は相手にせんことにした。本道はやめて、山のなかを行く。作間連隊は、盆地の西側の山伝いにインパールに出るようにしてもらいたい。西側の山、——」

と、地図の上を、太い指で押えて、

「モロウ高地、——ここに笹原の主力が出ている。これといっしょに出てもらいたい。少し北に、ビシェンプールからシルチャールに行く道がある。笹原はビシェンプールに出すつもりだから、作間連隊の方は、シルチャール道を越えて、インパールの西側に出るようにする。シルチャール道の北に出ていれば、インパールを衝くこともできるし、敵がインパールを逃げ出してくれれば、シルチャール道で捕捉することもできる」

南道を突進する部隊に先まわりして、盆地西側の山つづきの道を通って、インパールに出ようというのである。

田中参謀長は、自信ありげに、

「なお、要すれば、だ。――モロウの道は、細い山道で、多数の兵隊が一度に出ることはできまい。すでに、笹原が先に出ている。作間連隊は、一個大隊ぐらいを、さらにその西側に迂回させて、一刻も早く、インパールに到達させる方策を講じてもらいたい」

――一刻も早く！　それは、牟田口軍司令官の要求であった。

「モロウ方面の敵状はどうですか」

作間連隊長が静かにきく。田中参謀長は至極無造作に、

「うん、敵状はよくわかっておらんが、笹原は今のところ、衝突もしていないし、異状もないらしい。シルチャール道に出した先遣中隊の報告でも、シルチャール道は吊橋のあるような田舎《いなか》道で、重要な役には立ちそうにない、といっている。その程度だから、敵は、この方面には、あまり防備していないようだ。まあ山道だから、歩くのに苦労する程度で、案外、作間連隊などが、一番先にインパールにはいるかも知れん」

田中参謀長は、豪放らしく笑った。作間連隊長の慎重な頭脳は、参謀長の指示をそのままは受けいれない。しかし、一刻も早くインパールに行くために、西側の山地を迂回

することは、当然の行動だと考える。

その日、四月十日の夜。——

作間連隊は、第二大隊、連隊本部、第一大隊の順にならんで、モロウ高地に向った。高地といっても、標高千五百メートルの山つづきである。

山の斜面をのぼりつくすと、稜線の上に出た。下弦の月の光だが、まぶしいほど明るい。眺望がにわかに開けた。地形を偵察するために、小休止になる。

ごうごうという砲声が、山の斜面の下から響いてくる。夜になっても、間断なく撃ちつづけている。火が燃え上っている。トルブン隘路口の付近である。赤い閃光の輝き。吹きあげる煙。きらきらと飛び散る破片。——巨大な仕掛け花火が燃えているようである。

少し離れて、たくさんの電灯をたえず明滅させているように見える所が、モイラン付近の連合軍の砲兵陣地だ。

広い盆地が明るい月の光に照らされている。盆地の中央に青く大きな水面が光っている。ログタ湖だ。——目ざすインパールは、その湖の北にある。湖の半ばから先は、白い水蒸気が立ちこめている。インパールの方面は、月の光と靄《もや》にかすんで見えない。何か、蛍火《ほたるび》のように、赤い光が点滅している。砲火の閃きではない。たくさんの電灯が、イルミネーションのように、明滅をくりかえしている。

「何かな、あれは？——信号でもしているのかな」

作戦主任の末田光大尉が、敏捷《びんしよう》な眼をそそいでいる。作間連隊長が、長身をのびあがらせるようにして見ていたが、

「あれは信号じゃあるまい。明滅の間隔が同じだ。……標識灯だよ、きっと。——飛行場じゃないか」

「そうですね、飛行場です」

「向い側の山の峰に火が燃えています。火災のようです」

作戦の山守恭《やまもりきよう》大尉が指さす。第一中隊長のまま、連隊本部に作戦要員としてきている優秀な将校である。

盆地の向い側の黒い山の上が、一個所、かすかに明るくなっている。

「あれがパレルだ、——」

末田大尉が、目測するように首をかしげながら、

「山本支隊が衝突しているんです。だいぶひどくやられているそうですが」

「いやあ、山本支隊だけじゃない。どこも大変らしいね」

作間連隊長が静かにいう。戦闘の最中でない限り、連隊長の言葉は、いつも静かである。軍人の物の言い方につきまとう騒々しさはなくて、学者のようにおちついている。感情を表に出さないが、うれしい時は、一倍、人なつこい調子になる。

間断ない砲撃。——静かな、青い月夜。

強い風が吹きおろしてくる。西の風だ。湿った、なまぬるい風。台風の前ぶれの風のようである。

兵隊は、はじめのうち、少しの間は、珍しそうに、戦闘の行なわれている盆地を眺めていたが、すぐに、赤土の上に寝てしまった。

明るかった天地が、うっすらと暗くなる。鏡のような光をたたえていたログタ湖の水面が、やみのなかに沈んだ。

情報主任の長一雄《ちようかずお》中尉が空を見上げる。

――月が傾いたのかも知れない。

空には、いつか、薄雲がひろがっていた。月は、その中に包まれていた。

――雲！

長中尉の鋭敏な感覚が、大空の変化にただならぬものを見出す。美術学校を出た二十六歳のこの青年は、自然の微妙な変化に、特に敏感であった。

「連隊長殿、妙な雲が出ています」

「ほう……」

連隊長も空を見上げて、うなずく。

「この雲と、この、湿った風、――これは雨季の前兆ですね」

長中尉は、きれながな眼をあげていう。戦闘帽をかぶらないで、インド人のように、頭に布を巻きつけている。負傷したような姿であったが、チン山地の草むらに夜営した時に、悪性のダニに嚙《か》まれたのが、化膿して、まだ、なおらないでいるのだ。

「いよいよ雨季になるかな」

作間連隊長は眼をおろす。想像していたものが、予想通りにきた、といった感じである。

「この調子じゃ、早いとこやらんといけないですな」

機敏な末田大尉が、てきぱきした口調でいう。

なま温い風が吹きまくる。雲の動きは早い。これは、もう一つの強敵の出現だ。末田大尉も、作間連隊長も、せき立てられるような気持を感じた。


朝になって、作間連隊は、先発した笹原連隊の本部についた。両連隊長が顔を合わせたのは、曙村以来であった。

笹原連隊長の顔は、憔悴《しょうすい》していた。ひと月見ないうちに、髪の毛はすっかり白くなっていた。笹原連隊長は地図を示した。

「わしの方は、この山づたいに行って、ビシェンプールを衝く予定だが、――」

インパールの南十六マイルにあるビシェンプール。そこで、南道と、シルチャールに行く道が分れる。

「ここは、かなりの町で、敵も出ているだろうが、この山地の方には、まだ出てきていないらしい。――うちの第三大隊を前にやってあるが」

「第三大隊は、どの辺に出ていますか」

「ライマナイという部落、――五キロばかりの先だ」

作間連隊長が地図をこまかく見ていた。

「シルチャール道の状況はどうですか」

「まだ、なんともいってこないが、たいしたことはなさそうだな」

日が高くなるにつれて、気温は目に見えて上昇した。笹原連隊長の声は、荒い呼吸のためにはずみがちであった。汗をしきりにふいている。暑いためばかりでなく、疲労のためであることが、明らかに感じられた。

「ここから、インパールが見える」

笹原連隊長が先に立って谷地の斜面をのぼった。稜線の向う側がインパール盆地である。一株のかやに似た草のある所を選んで、二人の連隊長は、上半身を稜線の上に現わした。数名の将校や兵隊も、そのあたりから、姿勢を低くして頭を出す。

刺すように暑い朝の光の下に、乾いた赤土の斜面が、向うさがりに起伏し、そのさきに、広い低地がひらける。東西三十五キロ、南北七十キロのインパール盆地である。

砲声がつづいている。目の下に、山すそにそって、白い、大きな道がある。インパールの南道だ。煙幕を張ったように、砂煙が流れている。かまぼこ型に幌《ほろ》をかけたトラックが、しきりに往来している。

「ほう、さかんなものだな」

作間連隊長のくぼんだ細い眼が、トラックの数を数えている。

「何しろ、一日中、たえまなく撃っているんだから、補給も大変なもんだな」

笹原連隊長は、北の方を指さし、

「あすこがビシェンプールだ」

鼠色のログタ湖と、山すその間に、ひとかたまりの家並《やなみ》と、木立が見える。屋根が光っている。赤い屋根が所どころにあり、大きな長い建物も見える。――戸数五、六百もあるであろうか。

南道は、ビシェンプールから、さらに先に延びて、北に向っている。

「ビシェンプールの北にある小さな部落がブリバザー。……それから、ずっと先に」

そのあたりは、ログタ湖から湧き上る水蒸気にかすんでいる。所どころに木立や林がある。

「かすかに見えるはずだが、インパールが」

厚いガラスの向うにあるように、揺れている黒い家のひとかたまり。……

作間連隊長の双眼鏡が、じっと凝視する。……水蒸気にうすれて、あるかなきかに、インパールが見える！

「直距離にして、三十キロ、……もう少しあるかな」

「そうだな、三十五キロというところかな」

――迂回するとしても、行軍すれば、二日で行ける道のりである。

まわりの将校や兵隊が、

「インパールが見える」

「どこだ、どこだ」と騒ぎ出す。

「あまり、頭を出すな、下から狙われるぞ」

末田大尉が兵隊を叱る。それでも兵隊はすぐに頭を出す。目ざす最後の場所が見えたので、興奮と感激にかられているのだ。

笹原連隊長が、

「ここで見るだけでも、三つ、飛行場がある。一日中、この盆地の上を飛行機の飛んでいないことがない。大型輸送機が多い。弾薬、糧秣を運ぶのだろうが、大変なもんだ」

今さらながら、目の前に見せられた連合軍の物量の大きさに、おどろかされたという顔であった。

――これは容易なことではない。

作間連隊長は、そう感じながら、静かに笑いを浮べた。

「お互いに、これからが、ひと苦労ですな」

ふたりの連隊長は、本部のある谷の下へおりて行った。

「インパールが見えるそうだ」

作間連隊の兵隊の間に、この話が、たちまちのうちにひろがった。

「インパールまで、あと二日で行けるそうだ」

兵隊の話は、すぐに、このように変えられてしまう。

「こら、きさま、いい加減なことをいうな」

連隊本部の事務をやっている小倉軍曹が大きな声を出す。おでこの額に、眼の間の開いた、愛嬌《あいきょう》のある顔をした軍曹は、いつも、途方もなくふざけたことを、一人で喋《しゃべ》りちらす。連隊のことなら、裏の裏まで知っていて、兵隊を容赦なくこき使ったが、どのような困難な時でも、冗談をいっては笑わせるのと、よく気がついて骨おしみしないところから、将校にも兵隊にも、憎まれていなかった。まだ三十を少しすぎたばかりであったが、顔も動作も、四十すぎのように、ふけて、分別くさいところがあった。

「誰が二日でインパールに行けるといったか」

「連隊長殿が話しておられたそうです」

「おやじがか？　おやじがそういったなら、まちがいないかも知れん。二日でインパール入城なら、早う、そのつもりで準備せにゃならん。そうときまったら、わしにだけは弾があたらんようにしてもらいたいもんじゃ。折角ここまできて、弾にあたるんじゃ、本塁にすべりこんでタッチ・アウト——つうようなもんじゃ」

兵隊は口々にインパールについての臆測や希望を語り合い、長い苦闘がまもなくむくいられるように感じた。

二

インパール作戦のための牽制、陽動として行なわれた第二次アキャブ作戦が惨敗した時、第五飛行師団長田副《たぞえ》中将など一部の人びとが気がついたのは、戦闘の様相が、一変していることであった。そうした新しい戦闘は、すでに前年から、現われていた。それまでは、敵を包囲すれば勝利に終ったのが、今では、包囲してから勝敗を決する戦闘が始まるようになった。それと関連して、飛行機による空中補給と、その基地となる航空要塞の構成が重大な問題となってきた。

インパール作戦の報道にあたっていた新聞記者たちが、ラングーンの方面軍司令部で、作戦の説明をきいた時に、無遠慮に質問した。

「軽装でインパールに行くのは、裸で鉄の要塞に飛びこむようなものではないか」

これに対して、報道班と会見した森の司令部の片倉衷《かたくらただし》高級参謀は、胸を張って答えた。

「快速をもって飛びこむから、敵に防備を固めさせる時間を与えないさ」

「しかし、アッサム州に、多くの航空要塞があって、日本の飛行機はインド＝ビルマの国境を越えることが困難になっている。連合軍は、こっちがインパール盆地に出るのを待って、一斉に叩く作戦だと思う」

片倉高級参謀は満洲事変の首謀者のひとりであり、場数《ばかず》を踏んだ不敵さがあった。

「それくらいのことは計算にいれてある」

支局長のひとりが率直な質問をした。

「必ず行ける自信がありますか」

「もちろんだ」

参謀懸章を輝かした胸をゆすって、いい放った。

「しかし、もしも、――」

参謀は、過労に加えて、連日の酒宴つづきにいらいらしていた。

「もしも？　負けるというのか。その時にゃおれがきみたちの前で腹を切って見せてやる」

「よろしい。その時は、きっとですよ」

片倉高級参謀は豪放らしく笑ってみせたが、新聞記者の理性は納得のいかないものを感じた。

もう一つ、新聞記者たちには、片倉高級参謀を信頼できないことがあった。一年前に、インパール作戦の最初の計画ができた時のことである。第十五軍の久野村参謀長と木下高級参謀が、その報告にラングーンにきた。方面軍司令部の会議室には中《なか》参謀長、片倉高級参謀以下、幕僚が集って、久野村参謀長から作戦計画の説明を聞くことになった。

木下高級参謀は、用意してきた『ウ号作戦計画』の印刷物を、中参謀長から順にくばりはじめた。その時、片倉高級参謀は、目の前におかれた計画書を、取り上げるというよりは、わしづかみにした。そして〝軍司令部の外まで響く〟といわれた大声で叫んだ。

「こんなばかな計画を見る必要はない」

片倉高級参謀は計画書をびりびりと引裂いて、机の上に叩きつけた。怒りかたが激しいので、方面軍の幕僚をおびえさせている人である。久野村参謀長と木下高級参謀は顔色を変えた。

インパール作戦の計画は、はじめから〝ばかな計画〟といわれていた。また片倉高級参謀は、方面軍の幕僚のなかでも、最も激しくインパール作戦に反対していた。計画書を引裂かれ、叩きつけられては、第十五軍参謀長の面目はなかった。あとで久野村参謀長は声をあげて、くやし泣きに泣いた。

牟田口軍司令官は、このようなことにはかまわず、なお計画をおし進めた。片倉高級参謀も頑強に反対をつづけた。方面軍参謀が第十五軍に行って、牟田口軍司令官の意向を聞いて帰ってくると、それだけでも、片倉高級参謀からどなりつけられた。

一時は、片倉高級参謀の反対が、牟田口軍司令官の野望をくいとめるかと思われた。そのうち、方面軍司令部は軟化し、反対を叫ぶのは、片倉高級参謀ただひとりとなった。ついには、片倉高級参謀までが、牟田口軍司令官のいうようなことを代弁し〝腹を切ってみせる〟とさえ壮語するようになった。

新聞記者にとっては、このように変化する参謀では、信頼できなかった。結局、牟田口軍司令官の計画が無謀であることを、第十五軍や方面軍の参謀はわかっていた。それでいて、だれひとり〝腹を切って〟も、〝補佐〟の責任をはたそうとする者はいなかった。

新聞記者の不安な予想が、事実となった。インパールの背後は、航空立体要塞となっっていた。連合軍の数多くの基地は、それぞれ幾つかの飛行場が集って梅鉢紋《うめばちもん》の形を作っている。基地と基地の間は、電波探知器と哨戒戦闘機によって、透明な鉄壁を作っている。一つの基地を空襲するとすれば、周囲の飛行場から出撃する戦闘機に包囲されなければならない。

飛行場には、電気照準の高射砲が林立している。連合軍はこのような航空要塞に千二百機以上の飛行機を集めていた。そのなかでも、恐るべき威力を示したのは輸送機であった。

インパールの上空には、多数の輸送機が飛んだ。空中から、糧食弾薬を補給する。それは地上の輸送よりも、より以上の量を、より以上の速度で輸送する。日本軍が、地上の輸送路を遮断したとしても、連合軍の前線陣地は少しも苦痛を感じない。

戦争の方法は、一変していた。だが、立体要塞に突入した日本軍の最大の武器は、独自と誇る『突撃』だけであった。日本軍は軽装で、急速に進撃してインパールにはいる予定であったが、連合軍が、飛行機と機械の力で陣地を構築する速度の方が早かった。日本軍の行く手には、わずかの時間の差で、連合軍の陣地が出現した。地雷と鉄条網にかこまれ、蜂の巣のようにかさなり合った掩蓋壕《えんがいごう》陣地。迫撃砲、重砲などの砲兵陣地が、火線を結んでいる。はりねずみのような火砲。夕立のような弾幕。そして、空中からの攻撃と輸送……。

日本軍の歩兵は、高地のけわしい斜面を這い上り、二重三重に張りまわしてある鉄条網をきり開き、肉弾突撃によって、特火点や掩蓋壕を一つ一つつぶして行く。

一夜の猛攻、激戦の後に、一つの陣地を占領すると、連合軍の他の陣地の砲門は、すべて、そこに向けられる。

陣地を占領した報告が、後方の司令所に到着した時には、占領地点は、山の形が変るほど砲爆撃をあびて、一人の兵隊も生き残っていない。

連合軍の戦闘機は、たえまなく上空を飛んでいる。日本兵をひとりでも見つけると、その付近を、くりかえし砲爆撃をする。日本軍は、昼の間は行動ができない。密林か、土のなかに、獣のようにひそみ、息をこらす。炊煙をあげることもできない。日本軍は太陽を失ってしまった。

日本軍のひそむ密林には焼夷カードがビラのように降りまかれ、時限爆弾が投下された。

四月八日。弓の司令部が三十八マイル地点に進出した日。――東南アジア連合軍司令官マウントバッテン中将はインパールに飛来した。それは、連合軍の、なみなみならぬ決意を示すものであった。

戦場には、それまでとは違った標識をつけた大部隊が出現した。それは連合軍が増援部隊の大規模な空中輸送を行なっていたためであった。ビルマのアキャブの戦場で、日本の第五十五師団と戦っていた第五インド師団を、三月十九日から四月初めまでに空中輸送をすると、つづいて、同じ方面にいた第七インド師団を、輸送機によって、数日の間に急送した。

盆地の西側、モロウ山地にはいった笹原連隊長は、『まだ敵が出てきていない』と見ていたが、その時は、連合軍の兵力は、連日の大規模な空中輸送で、あふれる水のように膨張している時であった。

インパールの立体要塞は、恐るべき威力を現わして、『皇軍精神』と銃剣とを最大の武器とする日本軍の進撃の前に立ちはだかった。——牟田口軍司令官の強行作戦は、予想されていた事態に直面するに至った。牟田口軍司令官の戦略眼は遠大であったとしても、戦争の方法は、将軍の年代から遥かに前進していた。

笹原連隊に別れて前進した作間連隊は、四月十三日、山間の小部落ライマナイ付近に出た。ここには、先発していた笹原連隊の第三大隊がいる。作間連隊長は、何よりも気にしているシルチャール道方面の状況をきいた。

第三大隊長末木少佐は偵察の結果を知らせた。

「シルチャール道は自動車も通らんような道で、現在は敵は出ておりません」

作間連隊長には不審でならない。

「地図で見ると、ふとい山道になっている。それに、シルチャールは、ベンガル＝アッサム鉄道の要駅でもあるし、重要な飛行基地もある。そこと、ビシェンプールを結ぶ街道が自動車も通らんというのはおかしい」

しかし、それ以上の状況はわからない。ともあれ作間連隊はシルチャール道に向って前進することになった。

「長中尉殿、――」

小倉軍曹がのっそりと近よってくる。長中尉は谷の斜面に腰をおろして、空を見ていた。――空には、灰色の雲が流れている。

「塩田はどうしましたか」

長中尉の当番兵のことである。

「どこへ行ったか、一向に姿を見せん」

「あいつはまあ、用のある時におったためしがない。主食をもろうてきました。中尉殿の分もあるのですが」

「そりゃあ、ありがとう、おれが持って行くよ。当番殿はたよりなくていかんから」

小倉軍曹は鉄かぶとをかかえている。

「中尉殿、こんな谷にまごまごしておったら、ろくなこたぁありません。早う、インパールへ行かにゃ」

小倉軍曹はまじめくさった顔で、おおげさな物の言い方をはじめる。

「どうしてかって、これを見てください、――この赤い籾《もみ》。いやらしいじゃありませんか」

小倉軍曹は鉄かぶとから出した籾を、長中尉に渡しながら、ふざけた表情をして見せた。

「ああ、こりゃ、おかぼの籾だよ。別に、いやらしいことはないよ」

長中尉は作戦開始前に、ヤザジョウ付近で、チン人を謀略工作に使うために、部落にはいりこんでいたから、よく知っていた。

「へえ、インドのおかぼですか。そうですか。それで安心しましたよ」

「おかぼには違いないが、あまり、安心はできんよ。——チン人やマニプール人は、これを食用にはしないんだ。固いから、いやがるんだろうね」

「え？　食えないんですか、中尉殿」

小倉軍曹はおおげさに、がっかりした顔をして見せる。

「食えないことはないだろうが、彼らは、食わないで、もっぱら、酒にしてしまうね」

「そうですか、あの野蛮人も食わんものを我々が食わにゃならんとは。——それも、きょうから三分の一定量ですよ。一日分がわずかの二合ですよ」

むだ口の少ない長中尉も、気のいい小倉軍曹とは気楽に話をする。

「そんなことをいうが、主計が大活躍して部落をまわって集めてきたから、三分の一定量でも食えるんだぞ。もし、この籾《もみ》が手にはいらなかったら、草でも食っておらにゃならんところだ」

「うわ、心細い話じゃ。だから、早うインパールに行かにゃどうにもならん」

小倉軍曹は木の枝で、鉄かぶとのなかの籾をつきはじめる。……黒い雲がひろがり、谷の下は夕方のように暗くなる。

「なんの因果で、インドにきて米つきをやらにゃならんかい。おふくろさんが見たら、泣きますぜ。鶏の餌ほどの籾を、鉄かぶとにいれて。――鉄かぶとっつうば、笹原連隊の奴ら、鉄かぶとを持っておらんのですな」

「そんなことがあるか」

「いや本当です。できるだけ軽装で行け、持物は少なくせい、それじゃ鉄かぶともいるまいつうて、みんな、おいてきたそうですよ」

「鉄かぶとも持たずに戦さに行くのは乱暴だな」

「なんせ、インパールには、すぐ行けるようなことをいっておったですからな。パレルに行った二百十三(連隊)などは、防毒面を全部おいていったそうです」

「いくら、早く行くからといっても、無茶だな」

「二百十五の奴ら、鉄かぶとがないと、軽くていいし、弾がきてもこわくはないが、今度ばかりは困ったと嘆いてますよ」

「どうして？」

「籾が渡ったはいいが、鉄かぶとがなくて、つけないんですよ」

急に、荒々しい突風が吹き上げる。谷の下にだけ、所どころに繁っている樹林が、ざわざわと騒がしい音を立てる。

「うわあ、インドつう所は、えらい気味の悪い風の吹く所じゃ」

風の渡ってくる山の彼方を見ると、斜面には黒い雲がひろがり、雨の気配がしてきた。

「中尉殿、こりゃ、いかん、スコール（熱帯性のにわか雨）ですよ。米つきをやらにゃならんつうに、スコールがやってきおる。これが、毎日だったら、かなわんがな」

「どうやら、雨季にはいったらしいぞ。こっちの雨季は大変だぞ」

「雨のなかで戦さをやるのはご免ですよ。だから、わしが、あれほど、早うやらにゃいかんと、牟田口さんにいっておいたのに、ぐずぐずしとるから」

と冗談をいっているうちに、大粒の雨が落ちはじめた。

「これはいかん」

ふたりは谷底の林のなかに走って行った。

作間連隊長は、シルチャール道を早く押えるのが先決問題だ、と考えた。——シルチャール道に敵が出ていないなら、なおのことである。敵の出ないうちに、シルチャール道を押えよう。

ライマナイで、師団の態勢のととのうのを待っていた作間連隊は、十四日夜、シルチャール道に向って前進をはじめた。

日暮れ前に、滝のようなにわか雨があった。一時間ばかりでやんだが、空には雨雲が流れつづいていた。豪雨にうたれたまま、夜になったためか、山地の気温は急激にさがった。ぬれたままの服を着ていると、身ぶるいの出るほど寒かった。

第三中隊が捜索中隊として、主力の二時間前に出発した。進路前方の状況を偵察するためである。

二十三時、第二大隊が、第二中隊を尖兵《せんぺい》中隊として出発。それから一時間遅れて、連隊本部が動き出した。——起伏の多い山の上の、細い、木こりの通るような道である。後半夜《こうはんや》にはいって、遅い月が雨雲のうしろに出る。びゅうびゅうと吹き荒れる、重く湿った風。

今は遠く離れているが、モイランの付近で、たえまなく撃っている砲撃の響きが、雷鳴のように鳴りつづけている。

十五日午前二時。まもなく、シルチャール道に出る時刻であったが、偵察に出た第三中隊と連絡がつかない。もっと早く、山道の上で大隊の行くのを待っている第三中隊と行きあうはずであった。

——第三中隊は道をまちがえたか。それとも、何か、事故が起ったのか。

大隊長の斎藤大尉は精悍《せいかん》で気が早かった。予定通り第三中隊と連絡がとれないので、少しいらだちはじめた。——もしシルチャール道に出るまでに第三中隊の所在がわからないと、連隊の前進に大きな支障をきたすかも知れない。

斎藤大隊長は先頭に進んだ第二中隊に行き、尖兵の先に立った。中隊長代理の若い平田少尉がそれとならんで行く。

行軍の一番先頭に立った斎藤大隊長は、雨雲の流れる、うす明るいやみのなかを、前方をさぐりながら歩く。——丸いこぶ山が、いくつか黒くもりあがっている。道のかたわらの、ちょっとばかり高くなった所が目につく。そこに、兵隊らしい黒い影がよりかかっている。

——いた！　いた！　第三中隊の歩哨だ。

斎藤大隊長は、地下たびの足を走らせて近寄った。黒い影は急に立ち上った。斎藤大隊長より背が高かった。

「誰か！」

斎藤大隊長が叫んだ時、強烈な火光がひらめき、強い発射音がした。斎藤大隊長は何かに足を払われたように倒れこみ、苦痛のうなり声を出した。

「敵だ！」

平田少尉が六名の尖兵に射撃を命じようとした時には、十数メートル先にいた黒い影は、すでに走り去っていなかった。

気丈な斎藤大隊長は、苦痛をこらえて立ち上ろうとしたが、からだを起すこともできなかった。大腿部に貫通銃創を受けていた。

斎藤大隊長は、敵と衝突した、と判断した。すぐに、大隊の各中隊を戦闘配置につけ、連隊長に伝令を送った。

斎藤大隊長の負傷の報告を、作間連隊長は、四キロ後方で受けとった。

「敵が出てきたらしいね、末田大尉。どうするかな。このまま突破するか。それとも、状況を見るか」

作間連隊長は草かぶに腰をおろして、作戦主任に問いかけた。作間連隊長は、夜明け前までに、シルチャール道に出る予定でいた。

「この辺の敵状がまったくわからんですし、それに、いきなり大隊長をやられたので、兵隊は相当、気勢をそがれています。状況を偵察して、前進した方がいいと思います。ことに、三中隊の状況が全く不明ですから、これとも連絡をとらねばなりません」

敏捷ではあるが、堅実な末田大尉が、前進をやめて状況を見ようという意見に、作間連隊長も同意する。

「三中隊はどうしたのかな。インオウロ部落付近にいる、ということになっておったが」

「どうせ、この辺の部落ですから、四、五軒しかないでしょうが、時間からいえば、もう、とうに通過していなけりゃならんですが」

作間連隊長は前進をとめて、地形をえらんで陣地を構築することを命じた。連隊本部は、道の西側に、深くきれこんでいる谷地にはいることになった。

作間連隊長は長中尉を呼んだ。

「第三中隊がどこかへ行ってしまったから、さがしてやろう。敵が出てきている時だから、まちがいがあってはいけないからね」

慎重な口調である。

長中尉は、半年前までは、連隊旗手であった。中尉に進級すると、情報主任になった。旗手少尉の時には、連隊長と起居をいっしょにしていた。文学と芸術に理解を持つ、軍人には珍しい文人型の連隊長と、美術学校を出て油絵を描く青年との間には、共通した感情があった。

「ご苦労だが、副官といっしょに行って、さがしてくれ。敵が出ているようだから、十分注意して行くように。予定時間になったら、すぐ帰ってこい」

長中尉はピストルに手をふれてみた。冷たくぬれていた。図嚢を腰に結びなおした。

連隊副官の河合金一郎大尉と当番兵が先に歩いて行く。大正四年生まれで二十九歳になる副官は、身軽に、細い山道を歩いて行く。

急に天地が暗くなった。まっ黒な雨雲がひろがっている。遠くの山から吹きおろしてくる風のなかに、霧のような冷たい水滴がまじっていた。

「また雨がくるかも知れんな」

河合副官が足をとめて、空を仰いだ。

道が大きく曲りこんだ所で、何か、物の音が聞えた。三人はさっと地上に身を伏せた。金属のふれ合う音がする。

――敵か？　味方か？

三人は、這いながら前進する。やがて、丘陵と空の間の、わずかな明るみのなかに、黒い人間の一団が浮び上がる。長中尉はピストルを握りしめた。冷たい雨雲が、霧のように頬をぬらして行く。気温が急にさがったのが、はっきりとわかった。

突然、くらやみのなかに、低いが、力のある声が響いた。

「集れ！」

まぎれもない日本語の号令だ。河合副官と長中尉は起き上って、足早に近寄りながら叫んだ。

「第三中隊か」

整列した黒い一団に、さっと動揺した気配がして、激しい声が飛んだ。

「誰か」

「連隊副官」

と名のると、向うから、

「八木工兵隊、――」

といいながら、ふたりの人影が出てきた。

一人は工兵中隊長であった。師団から派遣されて、作間連隊に協力するために出てきた八木工兵連隊の一部は、山地の別な道をたどって、ここまできた。これも、目標にした部落が見当らないために、休んでいた。

河合副官は工兵中隊長に状況を説明し、この付近で待機するように指示を与えた。

長中尉は、この工兵中隊に美術学校の同期生のいることを思い出していた。くらやみ

でわからなかったが、工兵中隊長といっしょにきたひとりの声に聞きおぼえがあった。用談のすむのを待って、

「大沼じゃないか？　――長だ」

黒い影が、急に飛びついてきて、

「おお！　きさま！　生きていたか」

ふたりは、がっしりと抱き合った。

「生きてたか、よかったなあ」

「そうかあ、無事かあ」

ぬれた服や、物のはいったポケットをへだてて、お互いの肉体が、意外になまなましく感じられた。厚い筋肉。温い体温。

「きさま、たばこあるか」

これは、前線の兵隊のあいさつにもひとしい。ことに、このころには、たばこがなくなってきていたから、兵隊の会話は、まず、ここからはじまる。

「ぜんぜん。――目がまわりそうだ。きさまあるのか」

大沼一彦軍曹は、絵かきらしい、こだわらない調子である。

「ある。ただし、兵隊さんが巻いてくれた〝インドたばこ〟だ」

「そいつはありがたいぞ」

「それも、吸い残しの半分だ」

「半分？」

大沼が情なさそうな声を出す。

「久しぶりの対面だ。一本のたばこ、といいたいところだが、半分を吸おうじゃないか」

ふたりは、やみのなかをさぐりながら、地隙《ちげき》のなかにおりて行った。

長中尉は油紙に包んだマッチを取り出す。ふたりは地隙の壁にからだを寄せ合った。

その下で、燐光が目に痛いほど明るい光を放つ。長中尉は、唇を焼きそうにして、吸い残しのたばこに火を移した。

蛍火ほどの赤い火が、大沼軍曹の口に移る。その火を見つめながら、

「きさま、やつれたな」

大沼軍曹は胸の底まで吸いこむようにして、

「工兵がめしをろくに食わされんじゃ、骨と皮ばかりになるさ」

ながながと息を吐いてから、たばこを返した。

「小休止するか」

長中尉はごそごそと腰をおろし、両膝の間に顔をいれて、ひと息、吸う。――たばこに巻いた草の燃える、妙なにおいが流れる。

「あとは、みんな吸え」

風といっしょに、冷たいものが吹きすぎて行く。雨雲が地面を這っているらしい。

大沼軍曹の口もとの明るさが、少しずつ弱くなる。——さっきのマッチの光で見た顔が、まだ、あざやかに網膜に残っている。長中尉は、天地の間に、ただふたりでいるような、しみじみとしたものを感じる。

「きさま、よく生きていたな。工兵のくせに」

大沼軍曹はそれに答えないで、

「久しぶりで、うまいたばこだ」

「なあに、ジャングルの雑草を巻いたのさ」

指先よりも短くなったのを、惜しそうに吸ってから、

「捨てるぞ」

とことわって、かかとでもみ消した。急にのんびりした声に返って、

「いや、お互いによく生きていた。しかし、今度という今度は、生きて帰れんぞ」

「どうだ、絵の方は？　何か描いたか？」

「描くどころか。紙といったら、塵紙一枚ない。便所の用は木の葉で間に合わせている。きさま、描いているのか」

美術家同士の話は、すぐに戦場を離れて、絵の世界に行く。

「いや、だめだ。てんで、描こうという気持が出ないんだ。戦争でひまがないことも事実だが、ビルマで駐留している時でも、ちっとも興味がわかないんだ。ビルマという土地が感興がないんだな」

長中尉は心のなかで、反問してみる。——どうして、このように情熱を失ってしまったのか。これは、土地のせいではない。

「それでも、きさまは絵のことを忘れんで、考えているんだな」

大沼軍曹がうらやましそうにいう。

「絵は忘れんよ。ビルマやインドの単調で強烈な色を見ていると、セザンヌの、あの柔かな色などが、とても、なつかしくなってくるんだ」

「そこへいくと、工兵はだめだよ。時どき自分の節くれだった指を見て、ぞっとするよ。これで、もう一度、絵が描けるかと思ってね。——絵かきを工兵にしたんじゃ、どっちもうまく行かんよ」

「うん、きさま、いい物がある」

長中尉は急に思いついて、やみのなかで皮の図嚢をさぐる。

「ありがたく、おがめ。美術展の写真集だ」

「ほう！」

大沼軍曹がうれしそうな声をあげた。

「『アサヒグラフ』の秋季美術展特集号だ。連隊長にもらったが、きさまにやろう」

「そりゃ、すまん」

タブロイド判の写真集を受けとって、やみのなかで、なでまわしている気配であった。

「こんなシラミだらけの前線で、美術展が見られるなんて、全く、思いがけなかったぞ。

夜が明けたら、早速、見る。――もう、一時間もしたら、明るくなるだろう」

朝の光のなかで、大沼が絵の写真をむさぼるように眺めるだろう、と思うと、長中尉
も自分のことのようにうれしかった。

空が少し青みがかってくる。

連隊本部は谷にはいって、その日の日中をすごすための宿営の準備をしていた。くぼ地の底に、地割れしたように、長くつづいている地隙のなかである。崖《がけ》にそって、携帯天幕を張りならべ、各個の寝場所を作っている。

谷の上には、乗馬小隊が、道の側面に防備陣地を作っている。この小隊は、馬がなくなってしまい、一般小銃小隊となって、連隊本部に配属されている。

夜が明けるのも、間もない。……

突然、圧力のある機関砲が響いた。

「敵襲！」

谷の上で乗馬小隊の兵が叫ぶ。

「戦車砲だ！」

末田大尉が機敏に聞きわける。――きゅーん！　と砲弾の飛ぶ音がする。――近い！

作間連隊長と河合副官が谷の斜面を駈け上って行く。末田大尉が兵を集合させた。

激しい機関砲の連続した響きが、非常に近く聞える。しかし、やみと丘陵の起伏にさ

えぎられて、何も見えない。

——兵隊が戦闘配置につく。

突然、赤い閃光が空にひろがり、丘陵の黒い影を浮き出させた。つづいて爆発の音！

「戦車攻撃をやっている！」

閃光の消えたやみを見つめながら、作間連隊長が低い声でいう。

機関砲の響き。つづいて、また、爆発の音！　兵隊が、アンパンと呼んでいる破甲爆雷を抱いて、戦車に飛びこんだ音であろうか。

戦車がこっちへくれば、ここでも、戦車と格闘することを覚悟しなければならない。兵隊は、やみのなかに戦車のキャタピラの響きをきき取ろうとしている。息をのむ、緊張した数分。……機関砲の音がやんだ。

「戦車はつぶされたかな」

「逃げたのでしょう、きっと、——」

「何しに出てきたのかな、今ごろ」

「宵のうちに、われわれを見つけて、強行偵察に出てきたんじゃないんですか」

末田大尉の判断と同じことを、連隊長も、はじめから考えていた。

「強行偵察だとすると、あとを気をつけにゃいかんね」

連隊長が戦闘配置をといて、谷の下に帰ろうとして、立ち上った時である。前面のやみに、小さないなずまのような光がちかちかと閃き、短い、にぶい砲声がつづけざまに起った。

「いかん、迫撃砲だ！」

「見える！」

末田大尉が指さす。前面の丘陵の上に、流星のような弾道が飛ぶ。炸裂の光が、花火のように飛び散る。がん！　がん！　と空気をゆする振動。……

空が白くなる。砲声はやまない。機関銃を撃ちはじめた。両方で撃ち合っている。

第一大隊は、有力な敵と衝突したようである。

四月十五日九時。第二中隊から、連隊本部への報告。——

第二中隊の正面、北方百メートルの所に、二つのこぶ型の頂きを持った高地がある。赤土のはげ山であるが、頂上に、ひとつかみの髪の毛のように、森がある。高地は鉄条網を張りめぐらし、中腹から頂きにかけて、機関銃、迫撃砲が配置されている。これが敵の陣地で、以後これを森の高地と呼ぶ。高地のうしろを迂回して走っている大きな道が見える。これがシルチャールに行く街道である。堅牢な舗装はしていないが、自動車は通れる。現在、トラックと戦車が、この道から高地の方に上って行っている。

第二中隊の西百メートルの谷の下に、第三中隊がはいっている。第三中隊は、前夜、道をまちがえて、谷のなかで待機していたが、戦闘が始まったので飛び出してきた。

第一中隊は、第二中隊の東百メートルの高地に突入した。この高地の上には、大きなアンテナが二本立っている。英印軍は、すでにこの地点に出ていた。第一中隊は高地の敵を攻撃した。戦闘は約三十分つづいた。敵は一度退却してから、猛烈に迫撃砲の集中火を浴びせた。アンテナ高地の全部が砲煙に掩《おお》われた。第一中隊は、今なお、高地を確保しているが、生存者は、わずかに九名である。……

敵が今もさかんに撃っている。斎藤大隊長は負傷したが、第二中隊の陣地で指揮をとっている。中隊では、大隊長の負傷を心配して後退をすすめているが、大隊長はいうことをきかないで、がんばりつづけている。……

工兵中隊から連隊本部への報告。——

四時二十分、敵戦車四輛が来襲したので、ただちに応戦。中隊は戦車砲を持っていないので、破甲爆雷を唯一の武器として肉薄攻撃した。戦車一輛を擱坐《かくざ》させたが、後続車が接近してきて、牽引《けんいん》して去ってしまった。わが方の損害、戦死大沼軍曹以下六名。

……

大沼軍曹は率先して戦車に突進し、アンパン（破甲爆雷）をもって、鉄のキャタピラとともに、彼の全身を破砕してしまった。長野県の男だった。

十時。スピットファイア戦闘機が谷の上をかすめて飛び去った。空中からの偵察と攻撃に出てきたのだ。連隊本部の南の方で、爆撃の轟音《ごうおん》が起り、戦闘機の機関砲が空中で鳴り響いた。

「笹原の所が見つけられたらしいな」

「飛行機がきたら、おつぎは大砲の弾だぞ」

作間連隊長と河合副官が話をしているうちに、ぎゅーん！　ぎゅーん！　と砲弾が飛んだ。めくら撃ちである。そのあたり一面に、がん！　がん！　と炸裂する。

「こりゃ、敵の重砲だ」

「重砲を持っているとなると、相当な敵が出ている……」

作間連隊長のこの時の判断は正しかったが、この地点に出現した連合軍は、連隊長の判断した以上に有力なものであった。

炸裂する重砲弾の爆風と土煙をかぶりながらも、作間連隊長は予定通り、シルチャール道に出る決心を変えなかった。だが、前面に現われた連合軍の陣地は、作間連隊のシルチャール道に行くのを妨げ、やがて弓師団の全部をインパール戦線からしりぞける巨大な鉄の障壁となったのである。

狂奔

一

びゅう！　びゅう！　と鳴る砲弾のうなり。

「煙弾！」

谷の上の防備陣地で叫び声があがる。陣地の正面に白煙があがる。第一発の目標弾だ。

「くるぞお！」

と、叫びかわしているうちに、北の空がごうごうと鳴り響き、がん！　がん！　とつづけざまに爆発する。強い力をもった熱風が、ぐん！　とからだに当る。噴水のようにふきあがる土砂。がらがらと音をたてて飛ぶ石や鉄片。からだを伏せて、地にしがみついていると、大地はぐらぐらと揺れて、崖の土が崩れかかる。

連合軍の砲兵陣地のある所は、方向から推定すると、十キロほどの距離にある。二十五ポンド砲である。鉛色に光るかたまりが、びゅう！　びゅう！　と音をたてて飛ぶ。

休みなしに撃ってくる。日本軍を制圧しようとして、起伏した丘陵を、かたはしから、畑をすき返すように、弾を撃ちこんでくる。

連合軍は、モロウ山地に日本軍がはいったのを察知すると、シルチャール道付近を固めようとして、陣地の構築にかかった。そこへ日本軍が衝突してきた。連合軍は、にわかに陣地の増強を急ぎはじめた。ビシェンプールからくる、たくさんのトラックや戦車が、シルチャール道を森の高地にのぼって行く。日本軍の見ている前で、作業隊が出て陣地を構築して行く。死角のないように組み合された掩蓋《えんがい》陣地が次第にふえて行く。

四月十五日の朝、第一中隊がアンテナ高地を占領した。十六日には第二中隊が森の高地に突入した。高さ五十メートルほどの、赤土の、まんじゅう型の森の高地は、意外に早く防備を固めていた。中隊長代理になったばかりの若い平田少尉は、動きがとれなくなって、高地の裾から引き返した。

アンテナ高地には一日に数回、英印軍が逆襲してきた。戦車は高地をのぼって、生き残った九名がかくれている壕の周囲をまわって戦車砲を撃ちこんだ。戦車が引き揚げると、森の高地のうしろ側から、迫撃砲弾が降りそそいだ。だが、日本兵がひとりでも生きてがんばっている限り、英印軍の歩兵はむりな攻撃をしてこなかった。

このようにして、シルチャール道の南側が、さかんな砲撃と爆撃の渦に包まれたのは、連合軍が、ここで、日本軍のインパールへの進撃を、くいとめようとする意志表示であった。

四月十七日。

師団の田中参謀長が、作間《さくま》連隊長を電話に呼び出す。

「連隊は、今もってシルチャール道に進出できないでいるのはどういうわけか。笹原はすでにビシェンプールを攻撃する態勢になった。笹原がビシェンプールの敵を追い出せば、インパールに逃げこむ。そこを攻撃できるように、作間連隊は、すみやかにインパール西北方に進出されたい」

がんがんとどなりつける精力的な参謀長の声である。作間連隊長は、恐縮しているような丁寧な調子で状況を説明する。

――先発した作間連隊の第二大隊は、主力の西側を迂回し、すでにシルチャール道を越えて、インパール西南のヌンガン高地に進出している。連隊長も、第一大隊をひきいて、すみやかにヌンガン方面に進出する決心であるが、正面の森の高地の敵が急速に増強したため、進出をはばまれている。

電話の参謀長の声がどなりつづける。

「わが師団は一刻を争ってインパールに到達しなければならん。今も牟田口《むたぐち》閣下から厳重な命令があった。インパール攻略は、今や最後の段階に達した。あと、ひと押しである。作間連隊の第二大隊がヌンガン高地に進出したのは、何よりの幸いである。この好機をのがさないためにも、連隊長はただちに、第一大隊をヌンガンに前進させ、爾後、連隊の全力をもって、インパール西北方に進出する態勢をとられたい」

作間連隊長は、じっと聞いていたが、

「自分としても、一刻も早く出る決心でいますが、正面の敵をつぶすことが先決問題と考えます。これを残しておくと、あとで厄介なことになります」

「たかが知れたこぶ山じゃないか。一個大隊も持っておって、何をぐずぐずしているか」

電話の向うで、参謀長がたけり立つ。

「一個大隊、といわれますが、現在の半減した大隊では、どうにも手におえないほど、敵は大きくなっています」

「ぐずぐずしているから大きくなるんだ。一体、どのくらいあれば森の高地をつぶせるんだ」

連隊長は、ちょっと眼をとじる。もどかしいと思われるほどの間をおいてから、

「まず、普通の戦力をもってすれば、一個連隊あればよろしいでしょう。現在の状態では、師団の全力が必要だと思われます」

「師団の全力だ? ばかなことをいうな。それじゃ、笹原まで森の高地にまわさにゃならんじゃないか。そんなことはできんよ。師団の全力を使っていいなら、作間を笹原の方にまわして、ビシェンプールを先にかたづけるよ。とにかく、状況は一刻を争っているんだ。作間の第一大隊はすみやかに前進させろ。森の高地などは、連隊長の判断で、適宜、中隊をもって攻撃せい」

電話がきれる。受話器をもどす連隊長の表情が暗い。事情を聞いた作戦主任の末田大尉が、

「むちゃですよ、そんなことは。今、第一大隊を前進させたら、少ない兵力を分散させるだけで、失敗することは明らかです。参謀長は森の高地をてんで軽く見ているが、とんでもないことです。ビシェンプールから森の高地へかけて、シルチャール道の両側を、敵は大変な速さで強化しています。陣地の作り方は、敵さん一流のやり方で、今さらおどろかんですが、あの速さは非常なものです。あの速さを、師団によく知ってもらわないと大変なことになります。——参謀長の荒っぽいのはいいとしても、師団長閣下はご承知なんですか」

三十七歳の大尉は、判断が行きとどいていて、たのもしい分別を感じさせる。

「さあ、何しろ、作戦については、参謀長がひとりでやっているらしいからね」

穏和な連隊長は、これ以上、そしりがましくいうことを好まない。末田大尉は遠慮なく、

「師団長閣下が第一大隊を前進させろというようなことを考えられることはないと思います。あれだけ緻密で慎重なかたですから。参謀長が、時には独断専行するのもいいとして、師団長閣下を無視するような態度はいかんですよ」

田中参謀長が柳田師団長に対立反抗していることは、すでに、下級の兵隊にまで知れわたっていた。

「それにしても、こんなにあせってはだめです。何事でも、あせったら失敗しますよ」

「師団があせるのは、軍があせって、せっつくからだ。作戦開始以来ひと月すぎたし、状況は悪くなるばかりだから、軍もあせり出したんだ」

谷の崖下に天幕を張った連隊本部のなかである。森の高地から八百メートルの南である。地図の上では、インオウロという部落名の記されているあたりであった。

「うまくいかないのであせるのも一つですが、妙な期限をつけるから、余計むりになるんです。参謀長などは、神武天皇祭はインパールでやるんだ、なんてホラをふいて。――今度は、天長節には必ずはいるといっているんです」

「何か特別な祭日があると、その日を目標にするのはいいが、そのためにむりをするのは困ったものだ。シンガポールの時には、紀元節にはいろうというので、むりをして大変な犠牲を出した。今度も、天長節にはいれれば、それにこしたことはないが、そのために兵隊を殺すのはばかな話だ。それでは暦を見て、縁起をかつぐのと変りがない。体裁はいいだろうが、われわれ第一線の者はかなわないよ」

遠くの砲声が風のように伝わってくる。

「しかし、厄介なことになってきました」

末田大尉は、事態の容易でないことを見てとっていた。

「もう一日早かったら、なんでもなく通れたでしょう。敵がここへ出たのは、われわれとせいぜい一日か二日ぐらいの違いだったように思うのですが」

一日の出足の差。――かの空挺部隊の降下が、日本軍の作戦発起よりも三日早かったことが、戦局に大きな影響をもたらしたように、ここでも、わずかな出足の差が、弓を重大な結果に追いこもうとしている。

――先んずれば人を制す。

この東洋の格言を実行したのは、速度のある行動力を持つ連合軍であった。

師団命令で、作間連隊の第一大隊は、シルチャール道を越えて、森の高地の北の五八四六高地に進出することになった。

出発に当り、作間連隊長が負傷した第一大隊長に後退を命じた。しかし、当の斎藤大尉は連隊が危急の時に、おめおめとさがることはできないといって、森の高地の南百メートルの谷から出てこなかった。作間連隊長はくり返し、斎藤大隊長の後退を命じ、大隊の指揮は、大隊の先任者である第三中隊長の松村昌直大尉にとらせることにした。

この命令が伝達されて、まもなく、第一大隊の各中隊長が合議して、連隊長に願い出てきた。――第一大隊は、大隊長負傷し、第一中隊は全滅となり、士気が沮喪《そそう》している。この際、士気を鼓舞するために、専任の大隊長として、末田大尉を出していただきたい、――というのであった。

中隊長が、このように、士気の沮喪を訴えてくるのは、よくよくのことであった。それほど、目に見えて、大隊の士気は衰えていた。兵隊はインパール全線の状況が不利という以上に、非常な危険に瀕《ひん》していることを、敏感にかぎとっていた。

何よりも、兵隊の気持を暗くしたのは、兵力がなくなったことである。インパール作戦の始まる直前には、連隊の総員は、三個大隊、四千三百名であった。そのうちの三千七百名がインパールに向った。それが、インパール盆地の西側の山にはいり、森の高地に衝突した時には、わずかに千名になっていた。約二千名は、作戦開始後、まもなく、トンザン付近までの戦闘で失われてしまった。

後方に残ったのは、第三大隊の二百五十名である。第三大隊はチン山地守備隊として、遥か後方に動かずにいる。

作間連隊長は、第一大隊の各中隊長の希望をいれることにした。時が時だけに、俊敏な末田大尉を本部から離したくなかったが、大隊の苦境にはかえられなかった。

末田大尉にかわる作戦主任には、山守《やまもり》大尉をあてることにした。山守大尉は二十四歳の若さには似合わない、老成した思慮と一徹な正義感をもった青年であった。

十八日、夜明け前。——

末田大尉は、第一大隊の主力として、第三、第四の中隊と、第一機関銃中隊をつれて、森の高地の下を迂回して、五八四六高地に向った。

その日の薄暮。作間隊長は、手もとに残した第二、第六の二個中隊に、森の高地の攻撃を命じた。

十七時十五分。連隊に配属された一個大隊の砲兵が、その全力である山砲六門の砲口を開いて、突撃支援射撃をはじめた。盆地の西の山上に、まばら撃ちではあるが、はじめて、日本軍の砲声が鳴り響く。

十七時三十分。支援射撃がやむと同時に、中隊長佐藤秀男中尉を先頭に第六中隊が谷から飛び出して、森の高地の南側に突っこんだ。第一線の鉄条網は、簡単に突破する。第二線の鉄条網にかかる。掩蓋陣地に手榴弾《てりゅうだん》を叩きこむ。

この時、第二中隊は、森の高地の裏側にまわった。高地の背面は手薄《てうす》にしてあるに違いないという予想であった。

たちまちのうちに、森の高地の斜面は、点々と噴きあげる白煙に包まれた。手榴弾の炸裂の響き。重軽機関銃の連続した発射音。高地の側面からは、迫撃砲を撃ちはじめた。すさまじい乱射。敵味方をいっしょに、頭の上から、集中火をかぶせる。ところが、英印軍は堅固な掩蓋陣地のなかにいるから、頭から砲弾をあびても、こたえない。第六中隊は混乱におちいった。

それでも、一部のものは、高地の八合目の線まで上った。そこには、戦車が出ていた。中隊の一人の小隊長は、戦車に飛び乗って格闘した。ここにも迫撃砲弾が降りかかり、瞬時にして、小隊長も兵隊も吹き飛ばされてしまった。

手薄を予想して、高地の背面にまわった第二中隊は、鉄条網と掩蓋陣地でさえぎられた。高地の防備は、三百六十度の全面にわたって、すきまなく施されてあった。このようなところにも、英印軍の、着実で徹底的な性格が現われている。しかも高地の背面には、シルチャール道があって、そこには戦車が出てきた。道の向うには、もう一つの高地、――というよりは峻嶮《しゅんけん》な山が馬の背のようにつづき、その方面からも機関銃弾が急雨のように降りかかってきた。

第二中隊は、意外なわなに落ちこんでしまった。

十九時。濁った夕焼の空の下で、高地は静寂にかえった。山腹に這い流れていた白い煙と砂塵は消え去った。思い出したように機関銃が鳴り出し、すぐにやむ。――日本軍の攻撃は失敗に終った。

作間連隊長は谷の上に出て、戦闘の音を聞いていた。距離は八百メートルにすぎなかったが、途中に丘があって森の高地は見えなかった。――銃砲声がおさまった時、作間連隊長は攻撃が失敗したと判断した。涙があふれそうなのを、じっとこらえていた。

「もう一中隊あればなあ、……」

河合副官が高地の方向を見つめながら、つぶやいた。ふたりはだまって、谷をおりはじめた。ふたりとも、口に出さなかったが、考えていることは同じであった。それは、第一大隊の主力を前進させたあとで、少ない兵力を投じたことが失敗の原因だ、ということであった。先を急いで、順序をあやまったことが、とり返しのつかない結果になって現われた。……

作間連隊長は激しい憤りのわきあがるのを感じた。

山守大尉と長中尉《ちよう》は、電話のわきに坐っていた。電話は沈黙していた。ふたりとも、攻撃の失敗を感じて、だまっていた。作戦主任になったばかりの山守大尉は、最初の攻撃の失敗にじりじりしていた。

河合副官が、天幕の間から顔をのぞかせて、「何か報告はないか」といいながら、そこに敷いてあった、枯れ草の上に腰をおろす。いかにも、がっかりしたようであった。しばらくして、つぶやくように、

「こう兵力がなくなると、第三大隊にきてもらわにゃならん」

山守大尉は、正義感の強い若者らしく、

「あの大隊長のことだ、きてもらったところで、たいしたことはないが」

河合副官が皮肉な笑いを浮べながら、

「あんなに飛行機のきらいな男も珍しい。爆音がしたな、と思うと、もういないんだ。――ちゃんと、壕のなかにはいっている。警報より確かさ」

第三大隊長田中稔少佐は、見るからに豪放らしく、堂々とした恰幅《かつぷく》をしていた。インパール作戦のはじめ、ティディムの戦闘の時には、はなばなしい戦闘報告をよこして、連隊本部をおどろかした。しかし、事実は、戦闘中、後方にひそんでいて、指定された地点にも出なかったことが明らかになった。そうした不信行為が二、三あったために、後方警備として、チン山地に残されていた。

「あんなに飛行機がこわくて、よく軍人になっていられる。あれは少し病的だな。一体

にあのおやじ、少し、おかしいよ。精神鑑定の必要があるんじゃないか」

「いや、正気だよ。戦闘に出るのがこわいんで、おかしいような様子をしているんだ」

「一度、兵隊の整列している前へ、ズボン下にシャツだけで、剣を吊って、靴をはいて出てきたからな。あれにはおどろいた」

長中尉は、インド人のように頭に包帯《ほうたい》をまいた顔を伏せて、ふたりの話を聞いている。この青年は、いつも芸術家らしく、ひたいをそらして世俗に超然たる気概を見せている。

「しかし、大隊長はおかしくても、大隊の兵隊には、すぐきてもらわにゃならん」

まもなく、戦闘の報告がきた。——

第六中隊は、もとの谷に引返したが、現在員は四十余名になっていた。一時間半のうちに、中隊は三分の一となり、生き残った者のほとんど全部が負傷していた。

第二中隊の報告は、さらに悲惨であった。帰ってきたのは、下士官と兵と合せて、四名しかなかった。平田中隊長代理以下の約百名は、高地の背面で倒れた。

このような戦闘は、森の高地だけではなく、インパールの到る所の陣地で行なわれていた。連合軍は、日本軍の突撃戦法を研究して、それを防ぐために十分に強大な陣地を作っていた。そこへ、日本軍は、わずかの兵力をもって、日露戦争以来の白兵突撃をくり返した。それは文明と狂信の争闘する姿であった。

二

第六中隊の生き残りが、谷の下に死んだようになってひっくり返り、時々、うめき声をあげていると、谷の近くに、英印軍の戦車が四輛出てきた。——四月十九日の午後。

「敵襲！　戦車四輛！」

歩哨の叫び声にみんな、からだを起した。

戦車は五十メートルまで近よってとまった。軽戦車である。兵隊は手榴弾をつかんだ。

その時、意外な日本語が響いてきた。

「ただ今から、皆さんに慰問の放送をいたします。どうぞ、弾を撃たないで聞いて下さい」

スピーカーを通して出るはっきりした日本語だ。兵隊が、なんだ、あれは、——とさわぎ出す。

「この放送の間は、我々は絶対に撃ちません。どうぞ、安心して聞いて下さい。ただし、放送が終りましたら、撃ちます」

声は、軽戦車の一輛から流れてくる。

「親愛なる日本の兵隊さんだけに聞いていただく放送です。ばかな将校は聞かないで下さい。では、音楽をお聞かせしましょう」

つづいて、レコードの音が鳴りはじめた。悽惨な戦場に、はなやかな音楽が流れる。

『東京音頭』である。谷の下で、兵隊が顔を見合わせながら聞く。

――ヤアト、ナアソレ、ヨイヨイヨイ
にぎやかな囃子《はやし》が終ると、

「あなた方は、部隊名を隠しているが、われわれはよく知っています。あなた方は弓第二百十四連隊、白虎《びゃっこ》部隊という別名を持った勇敢な部隊です。あなた方はインパールに行くつもりで、ここまできました。しかし、われわれは、おやめなさいと忠告をします。ムタグチはインパールを包囲したといっていますが、それはヨタです。烈はコヒマでばらばらになっています。コヒマにいるのは英印軍です。祭はほとんど壊滅しました。祭の一個大隊は三十五名となり、軍曹が大隊を指揮しています。これを皆さんは、どう考えますか。これは鉄と肉との戦いです。日本軍得意の肉弾も、鉄の壁、鉄の戦車、飛行機には、まったく勝ち目のないことは、すでに、皆さんがよくごぞんじでしょう。ところで、もう一度、音楽をお聞かせしましょう」

声をのんだ沈黙の空気のなかに、静かな曲が流れ出す。

――待てどくらせど、こぬひとを……

『宵待草』の曲が終ると、戦車はまたしゃべりはじめた。

「吉田軍曹殿が聞いていますか？　あなたは、ぐずで、いじわるで、仕事はできないくせに、兵隊をよくいじめるそうですね」

――それは本当のことであった。

「兵隊さん、そういう上官のもとにいないで、すぐにわれわれの所においでなさい。あなたは、きょうのご飯を食べましたか。われわれの所には、うまい食べ物や、清潔な衣服があります。――それでは、放送を終ります。あしたから毎日きます。どうぞ楽しみにしてお待ち下さい」

おちついた調子でいい終ると、急に戦車砲が激しい音を響かせた。四輛の戦車は、付近の谷や低地に向って、機関砲を乱射した。やがて、キャタピラの音をたてて、シルチャール道の方に去って行った。

戦車の放送は、連隊に大きな衝撃を与えた。明らかに連合軍が優勢であることを、目の前にまざまざと見せられたようであった。

放送戦車は毎日出てきた。連隊本部のいる谷には、音楽の高い部分は聞えてきたが、言葉は聞えなかった。それでも、本部の兵隊は、どこからか聞き伝えて、放送の内容を知っていた。兵隊には、何よりの話題であった。

兵隊の話では、放送のために戦意がにぶるとか、また、陣地から逃亡したり、投降するような兵隊は絶対にない、ということであった。しかし、インパールでは日本軍が負けているという放送には、すでに感じていたことだけに、相当に落胆したし、不安にもなった。

兵隊の気持を一番動揺させたのは、吉田軍曹のような実在人物についての放送であった。このようなことを知っているのは、捕虜になった兵隊がいるからだ、――とすれば、森の高地の攻撃で、突入してつかまった者があるに違いない、というのである。あるいは、つかまった者が戦車に乗ってきて、喋っているのではないか。――このことは、作間連隊長も心配して、第六中隊に聞き合せたが、喋り方に非常にくせがあって、兵隊ではない、という返事であった。

放送戦車が出てきてから、流行歌の放送されるのを兵隊は楽しみにするようになった。ひょうきんな小倉軍曹は、調子はずれな声を出して歌った。

――こよいは敵も、こぬそうなあ……

二十一日十時。――

「飛行機！」

という叫び声といっしょに、突風のような音が近づいている。盆地の上空には、昼の間は、どこかで飛行機の爆音がしている。しかし、陣地を襲撃してくる飛行機は、低空で、突然現われる。

連隊本部の兵隊が、谷底の崖の下に身を伏せる。このような急場でも、小倉軍曹は、自分の食糧を持ち出すことと、得意のおしゃべりをすることを忘れない。

「どうやら敵さんは、連隊本部をかぎつけたらしいが、わしの鉄かぶとにだけは弾をあてんようにしてもらいたいもんじゃ。このなかには大事なごちそうがはいっとるでな」

そしてなれた動作で、鉄かぶとを抱えて伏せをする。そのなかには、その時まで、ついていた籾がひと握りほどはいっている。

突然、きゅーん！　と、ぶきみな急降下の音。あっ！　と息をのむと、がん、がん、がん、と爆発の音。なぎ倒すような熱い風圧、からだが地面から突き上げられる。がらがらと土砂が崩れる。

「動くな！　動くな！」

小倉軍曹が叫ぶ。

――遠くで、爆弾の炸裂する響き。激しい叫び声。――飛行機の爆音が大きくなる。

「旋回しているぞ！」

鋭く重い機関砲の音と、あおり立てるような翼の音が、一瞬のうちに頭上をすぎる。

戦闘機は爆撃のあと、しつこく旋回して、砲撃を加えて去った。

行李《こうり》班から報告がくる。――つれてきた駄馬四十頭を全部やられた、という。谷の下の林のなかに、本部行李班と山砲隊の駄馬がつないであった。

損害を調べるために、長中尉が谷底をおりて行く。異様な騒ぎが聞えてくる。兵隊の激しい叫びと、狂ったような馬のなき声。わっという声がして、突然、馬が駈け上ってきた。妙な格好で二、三度飛び上った。長い帯のようなものを引きずっている。それが足にからみついてくるくると廻って、横倒しに倒れた。あお向けにつっぱった四本の足の間が、えぐり取られて穴があいていた。帯のように見えたのは、腹から流れ出た白い腸であった。

湯気のように温かな、そして嘔吐《おうと》をもよおす悪臭が、むっと、顔に当る。吹き飛んだ肉塊。まき散らしたような血液の流れ。るいるいと重なった大きな動物の肉体。その一つ一つは、ひきちぎれた足であり、長い首である。下半身を砕かれた馬は、痛ましい音をたてて、口から血をふき出していた。

空襲のさわぎが終って、間もなく。——

師団から連隊に、新しい命令がきた。

——すでに、シルチャール道以北の山地に進出している第一、第二の両大隊の戦力を充実させ、一日も早くインパールに到達しうるために、森の高地の正面にいる中隊をぬいて、大隊に追及させよ、という。

両大隊の進出した山地は、森の高地の北側につづいた五八四六高地と呼ぶ嶮《けわ》しい岩山のうしろにひろがる起伏の多い斜高地である。丘と谷の間には、所どころに小部落がある。その一つ、ヌンガンという部落を中心として、第二大隊が展開している。

末田大尉の第一大隊は、ヌンガン付近まで出てから、逆に南の五八四六高地に向い、この方の背面から森の高地を攻撃しようとしていた。さらには、森の高地とビシェンプールの間にできた連合軍の陣地を衝くことを考えていた。

このような態勢にある第一大隊の戦力を充実させ、その活動によって局面を打開しよ

う と考えるのは、一応、当然のようである。しかし、歯のたたなくなった森の高地の正面から、さらに兵力をぬくことは、苦痛というよりは、むしろ暴挙というほかはない。作間連隊長はこのように考えたが、師団の命令には従わないわけにはいかなかった。

連隊長は、四十名になった第六中隊を、ヌンガンに前進させた。

そのあと、連隊長の手もとに残ったのは、三個中隊にすぎない。名目は中隊であっても、その実数は、小隊にも分隊にも及ばないものであった。そのうち、第一中隊はアンテナ高地を守っている九名と、森の高地の正面に十三名。第二中隊は、生還した負傷者四名。そして、連隊長が最大のたのみとする第九中隊の約八十名。このほかには、連隊本部の、いろいろの任務を持った将兵が八十名いるだけである。

これだけの兵力で何ができるだろうか。しかも、まだ、インパールに突入する最後の目的があることを考えるならば、これらの兵をひとりでも、温存しておかねばならない。

作間連隊長は、各中隊を壕にひそませたまま、事態の好転するのを待つことにした。

だが、師団の電話は休むひまを与えず、鳴りつづけた。

作間連隊長が呼び出されて出ると、田中参謀長の声が、耳もとで、がんがんわめいた。

「今、軍司令官閣下から、師団はきついお叱りをうけた。作間連隊は、すでに十日間もひっかかっているが、森の高地を取れる自信があるのか」

作間連隊長は、弱々しいほど謹厳な態度で、

「森の高地を取る自信はあります」

「自信があるなら、今夜にでも、すぐにやれ」

作間連隊長はおちついて答えた。

「森の高地をやるには、現在自分が掌握《しょうあく》している兵力ではむりでありますから、第一大隊を呼び返して、それを主力としてやればやれます」

「第一大隊を呼び返す？――それには、どのくらい時間がかかるか」

「今、五八四六の北の方に出ていますから、正面の位置に出るには、三日かかるでしょう」

「三日、――」

突然、受話器のなかで激しい怒声が爆発した。

「ばかやろう。きょうは何日だと思っているのか」

「はい。四月二十二日です」

「恐れ多くも、天長節は何日だ。連隊長は知っているか」

下級の兵をしかる時のような侮辱の言葉であった。作間連隊長は、だまって、こらえていた。

「天長節にはインパールにはいるんだ。この際、三日も待ってはおれん。大隊を呼び返しているひまはない。連隊長の持っている兵力で、すぐに森の高地を取るんだ。現在、どれだけの兵力があるのか」

「第九中隊が八十名、第一中隊が約二十名、――これだけであります」

電話の声がとぎれる。参謀長は幕僚のだれかに何かいっているらしい。しばらくして、

「それだけあれば十分だ。ぐずぐずするな。砲兵に支援射撃をさせてやる。師団から特に、十五榴一門、山砲五門を出す。攻撃は、重砲を前進させる時間がいるから明後二十四日、薄暮にやれ。そのかわりだ、今度こそ取らんと承知せんぞ」

電話がきれる。作間連隊長は受話器をおいて、河合副官の心配そうな顔を見て、苦笑する。

「参謀長は、いつも、ろくなことをいってこないね」

「森の高地をやれというのですか」

「九中隊と一中隊でやれというのだ」

作間連隊長は土の上にじかに腰をおろして、じっと眼をとじた。

「そりゃあ、むりですよ。この前の時には、師団全力でやらねばだめだと、連隊長殿が申し上げたじゃないですか。それを、少ない兵力を小出しに使って失敗した。それなのに、今度は二個中隊でやれですか。二個中隊といっても、しょうみは一個中隊の半分もないんですがね。——だめですよ。やったところで、兵隊を殺すだけですよ」

河合副官が激昂する。連隊長は眼を開いて静かにいった。

「むりだよ。しかし、やれといわれれば、我々は、やるよりしかたがないものな」

河合副官は、その時、作間連隊長がこの作戦に絶望し、痛憤を押えているのを感じた。

三

四月二十四日。午後。

作間連隊が森の高地の攻撃の時刻を待っていると、雨雲が濃くなり、滝のような豪雨が降りかかった。

豪雨は一時間ばかりつづいた。あたりは雨雲にかくれ、十メートル先が見えなくなり、森の高地の方角さえもわからなくなった。インオウロの谷の斜面は、水のあふれ出た堤防のように雨が流れ、谷のなかに急流を作り出した。谷にそって天幕を張った連隊本部は、水びたしになった。

攻撃予定時刻の前に雨はやんだ。激しい降雨のあとで、気温は急に低くなった。ぬれ鼠になった兵隊は、唇を青くしてふるえていた。

雨水のたまった壕のなかで、第九中隊は突撃の時刻を待った。――トンザンで最も勇戦して半数を失ったが、いくたびもの激戦の経験で、残った八十名は強く逞しくなっていた。連隊長も、この中隊ならば、あるいは、と、わずかな期待をかけていた。

だが、武器はまるでなかった。中隊に三挺の軽機関銃。兵一人に五個の手榴弾。そして、銃剣。

森の高地には、堅固な鉄条網が三重に張りめぐらしてある。突撃に先立って、砲兵が支援射撃をするが、それは掩蓋陣地をつぶすことが主であるから、鉄条網の破壊までは望めない。だが、中隊には、鉄条網を破壊する道具はない。中隊長斎藤延二中尉は、数個のアンパン——破甲爆雷と、手榴弾で破壊突破する計画であった。

攻撃は、第九中隊が第一線となり、第一中隊の二十名が、あとにつづいて飛びこむことになっていた。

十八時。うす暗い雨雲の下に、一門の重砲と、五門の山砲が一斉に撃ちはじめた。鉛色に光る十五サンチ榴弾が森の高地の掩蓋陣地に命中する。奇怪な、泣き叫ぶ声が聞え、黒い人影が飛び出して駈けまわる。それがグルカ兵であるのがよく見えた。

第九中隊が展開している壕は、高地の一番下の鉄条網まで七十メートルの距離にある。砲弾はすぐ眼の前で炸裂する。破片や土砂を避けるために、兵は壕のなかに顔を伏せている。弾着の振動が壕をゆする。熱風が背中をあおりつける。鼓膜がびりびりと痛む。

砲撃は五分間つづいて、一分間休んだ。まだ、撃っている。斎藤中隊長はじっと時計を見ている。最後の一発と同時に突入する、その時刻が、一秒ずつ近づく。……

急に、突風のように空気が激しく揺れ、すさまじい音が落ちかかった。耳を押えるひまもない。真赤な光が閃き、焼けつくような火熱が、があっ！　と、あおった。頭を叩きわられたような激しい爆発の響き。雨のように落ちかかる土。斎藤中隊長が思わず叫んだ。

「しまった！」

土煙と爆煙のうすれたあとには、赤土の大きな穴がえぐられている。穴の周囲に、黒い雑巾《ぞうきん》がひっかかっている。兵隊の上着だ。その下に、砕かれた胴体の残りがある。材木のように片足が落ちている。――支援射撃中の十五サンチ榴弾が、中隊の上に落ちた。銃剣をつけて、砲撃の終るのを待っていた二十名あまりの兵隊が吹き飛ばされてしまった。

重砲の一弾が、粗悪に作られていたためであろうか。それとも、砲手の過失であろうか。それにしても、この少数の中隊にとっては、手痛い、大きな犠牲である。だが、――支援射撃の場合には、友軍の砲弾をかぶることは覚悟の上であった。いかなる犠牲が生じても、任務を遂行する以外は許されない。それが日本軍の軍律である。

小さな雲状のかたまりが非常な速さで飛来して、紫灰色の光を放つと同時に、花火のように上空で散乱した。榴散弾だ。それが支援射撃の最終弾の合図である。――十八時十五分。斎藤中隊長は刀を頭上にふりまわして走り出した。中隊の将兵は壕のへりに這い上り、すべりながら駈け出した。

森の高地から機関銃が鳴り出した。一番先に走って行く斎藤中隊長。それにつづいて、三人の小隊長。少し遅れて、兵隊が走る。

硝煙のにおいと熱気が残っている。鉄条網が近づく。斎藤中隊長がアンパンをなげる。があん！　と破裂して、白い煙に掩われる。鉄条網がくずれる。なかに飛びこむ。機関銃の弾がきゅん！　きゅん！　と飛ぶ。掩蓋陣地がある。手榴弾を叩きこむ。雨にぬれた斜面を駈け上る。みんな、獣のように叫んでいる。誰かが倒れる。

斎藤中隊長は第二線の鉄条網に接近した。三人の小隊長がつづいた。各自に手榴弾を叩きつける。その時、近くの掩蓋陣地から手榴弾が集中した。がん！　がん！　とつづけざまに爆発し、中隊の四人の指揮官は一時に倒された。遅れて駈け上ってきた兵隊は、破壊しきれずにある鉄条網にさまたげられているところを、四方から手榴弾と機関銃を集中されて倒れた。

この時、第一中隊は第一線の鉄条網まで進出した。第一中隊長の所にのびていた有線の移動電話が鳴って作間連隊長の声が聞えた。

「攻撃を中止！　すぐ引き返せ！」

連隊長はインオウロの谷の上にいて、第九中隊の突撃が失敗したのを知ったのだ。

夜になって、高地に突入した兵隊が、ひとり、ふたりずつ帰ってきた。みな銃創か骨折の負傷をしていた。足を撃たれて、手で這ってきた者もあった。全部で二十名あまりであった。

森の高地の攻撃は、またも失敗に終った。笹原連隊は、ガランジャールで押えられたまま、ビシェンプールに出られないでいる。盆地のなかの南道に出た歩兵第二百十三連隊第二大隊は、ニントウコン部落付近で、砲撃と戦車のために進撃をはばまれている。

四月二十九日の天長節は、インパールで遥拝式を行ないたいと考えた牟田口軍司令官の野望は、すでに、むなしかった。だが、インパール攻略の執念は、なおその胸中に燃えつづけていた。

そのころ、インダンジーに移った第十五軍の戦闘司令所に、ビルマ方面軍の後方参謀、後勝《うしろまさる》少佐がきていた。後参謀は戦況の困難を知って、自分から願って、派遣参謀となって出てきた。

インダンジーにきてみると、戦況は、想像を遥かに越えて酷烈、悲惨を極めていた。ことに、第一線への補給は、一刻を争う深刻な事態になっていた。一日に送ることのできる糧食は、わずかに十トンか十五トンにすぎなかった。それも弓師団の主力と山本支隊に補給されるだけであった。烈と祭の両師団への補給は、まったく杜絶していた。糧食はもとより、弾薬、衛生材料、攻撃資材は、補給の計画だけで、実際には何も送られていなかった。烈、祭の両師団は、現地で糧食を徴発し、あるいは敵の物資を奪って、わずかに飢えをしのいでいた。このために、ほとんどの将兵が栄養障害をおこし、体力は衰え、下痢、発熱におかされていた。

インパール作戦の前途には、見通しはつかない、というのが実状であった。ただ、弓師団は、わずかに飢えをまぬかれていることで、今や期待される戦力となっていた。牟田口軍司令官は、このごろでは、弓によって、インパール攻略を実現しようと考えるようになっていた。

後参謀も弓の状況を視察しようとしていると、ラングーンから電報がきた。それによれば、東京の大本営から、参謀次長の秦《はた》彦三郎中将が戦況視察にきているという。後参謀はラングーンに帰って、戦況を説明することになった。

牟田口軍司令官は、後参謀に次のように別れの言葉をのべたという。

「いまひといきというところで、力が不足している。実際、残念に思う。とにかく、よろしくたのむ」

そして、中《なか》方面軍参謀長にあてて、名刺のうらに次のように記した。

《霊宝もその身立たざれば用うる方法なく、遥かに東京を思うて慙愧《ざんき》に堪えず》

神がかりめいた字句であったが、胸中の苦悩があらわれていた。

後参謀はカレミョウ飛行場に向った。途中で、すさまじい雷雨におそわれた。たちまちのうちに道路は激流に没した。ジープは動かなくなった。ようやく飛行場について待ったが、迎えの飛行機はこなかった。

翌日の夕方、やむなく、自動車で出発した。後参謀は、雨季の豪雨のために、後方補給が混乱し断絶するのを、身をもって知った。

後参謀はカレワの渡河点に出て、チンドウィン河を渡ろうとした。その時、渡河点で見た状況を、次のように記している。

《その渡河点には、前線から後送された負傷者、後方から第一線へ追及する部隊、軍需品の輸送部隊などが蟻《あり》のように殺到して、大混雑であった。突如、そこへ恐るべき空襲である。一瞬にして思わず目をそらす修羅場と化し、照明弾に照明弾がつづいて真昼のようになり、一機また一機、なかなか正確な爆撃が連続した。そのために随所に火災の猛焔が渦まき、負傷者の聞くにたえないほど苦しそうなうめき声が聞えた》

カレワは、インパール作戦の補給路の、かなめともいうべき所であった。そこが、毎日のように攻撃され、混乱を起していた。

後参謀は、こうした事情から、戦況を次のように判断した。その第一は、インパールの戦略的価値についての疑問であった。

《もし、インパールが、今次大戦の運命を決するほど重要な要衝なら、最後の一兵、一馬を投入して、これを占領しなければならない。現在の敵状から見れば、指先ほどの小さな価値すらない個所である。これに対し、それほどまでの無理をかさねる必要はいささかもなく、また、わが軍の現状から見れば、言語に絶するほどの無謀なことは避けなければならない》

後参謀の若い柔軟な頭脳は、率直に、インパール作戦には何の価値もない、と判断した。さらに〝奇蹟でもない限り〟連合軍の敗北はあり得ないとし、〝日本軍は雨季の困難を考えて、五月末までに撤退すべきだ、と結論した。

後参謀がラングーンに帰りついた時は、秦参謀次長は、すでに内地に向って出発したあとであった。だが、随行の大本営参謀杉田一次大佐が待っていた。後参謀は自己の所見を慎重に報告した。杉田参謀は、重大な真相を知って、ただちに大本営に電報で報告した。

インパールの悲劇を阻止し得る、わずかな機会が、この時に浮びあがった。

作間連隊の第一大隊、末田大隊は、五八四六高地の北側から森の高地を攻めようとして、しきりに行動していた。だが第二大隊は、ヌンガンの山地に出てから、少しも動かなかった。――小川大隊長が、神経痛を起して動けないからだ、という。

その報告を聞いて、作戦主任の山守大尉が憤激した。

「あのおやじ、また神経痛になった。緊急な時になると、いつも神経痛を起すんだ」

河合副官が、きちょうめんに書類を整理しながら、

「まあ、神経痛も本当だろうさ。四十すぎだからね」

ふとった赤ら顔の小川忠蔵少佐。軍服をぬいで、畑に立っていたら、農家のおやじとしか見えないほど、土くさい感じであった。

「あのおやじ、アキャブにいた時も、神経痛だといって、全然動かなかったじゃないですか。トンザンじゃ山にもぐって出てこなかったし。――第二大隊が出ないんで、第九中隊などはめちゃめちゃにやられてしまった。あの時などは、命令の無電をうけていながら、動かないんですからね」

潔癖な山守大尉の語調が次第に激しくなる。河合副官は、いつもの、きまじめな調子で、

「実際、いざというと必ず起るんだから、不思議な神経痛だ」

作間連隊長は、だまって二人の話を聞いている。連隊長は、腹のなかでは怒っているが、口に出して悪くいうのを好まない。ふたりの会話をたしなめるかのように、別の話題をもち出す。

「第三大隊は、師団から追及命令を出してくれることになったよ」

「それはよかったですね。一刻も早くきてもらいたいですよ」

「田中大隊長のことだから、飛行機の音を聞くと、行軍をやめて、もぐってしまうかも知れん」

山守大尉は怒りながらも、急に悲壮な顔になって、

「斎藤みたいな、いい奴は先に負傷してしまうし、……」

そして少しの間、口ごもったように何か考えていたが、急に改まった態度で、

「連隊長殿にお願いがあります。斎藤を本部においてやっていただきたいのです。実は、本部の医務室にかくれているのです。後送させようとして担架《たんか》で運んだのですが、病院へさがらんといって、あばれるので、かついでいた兵隊はみんな泣かされました」

連隊長の胸にあついものがしみてきた。しかし、……

「いけない。いけないよ。こんな所においては。手当ができんじゃないか。それより、病院にさがって、早くなおして、またもどってくるようにいいなさい」

「……はい」

山守大尉は顔を伏せた。胸中に、暗いものが、水のように流れる。——斎藤大尉のよ

うな熱情のある男もいる。だが、三人の大隊長のうち、ふたりまでが、戦場を恐れて、見苦しくも逃げまわっている。かつては『白虎部隊』として、中国軍に恐れられた作間連隊も、今や、将兵の素質が劣弱になってきたのは掩うべくもない。

長い間の戦争のために、多くの優秀な人材が失われてしまった。

戦争の災禍は、病菌のように、軍みずからの内部に崩壊の病巣をひろげつつあった。

雨季

一

作間《さくま》連隊が森の高地のために前進をはばまれている間に、インパール盆地を吹く風は、北東から南西に変った。まさしく南西貿易風が吹きはじめたのだ。

アラビヤの砂漠から吹き出してくるモンスーンは、インド洋を渡ってくるために、熱と湿気をいっぱいにはらんで、秒速三十メートルの高速度でインドに流れこむ。熱帯海面の高温多湿の空気は、インド＝ビルマ国境のパトカイ、アラカンなどの長大な山系にさえぎられて上昇気流となり、インドとビルマにすさまじい豪雨を降らせる。

雨は五月から降りはじめて、十月までつづく。雨の降る時間と量は、日ましに多くなり、八月の最盛期をすぎると、少なくなってゆく。一粒の雨滴は、杯を満たすほど大きく、十分間降ると、乾ききった原野に、にわかに沼や川を作り出す。半年の間、空はつゆ時のような暗い雨雲に掩いつくされて、太陽を見ることができない。雷鳴をともなった暴風雨が、毎日通りすぎる。最盛期のあとには、至る所に湖沼ができ、濁流はジャングルを埋め、谷も野も奔流の下に沈む。

日本軍が進出したインド東北の高地、アッサム州は雨が多く、降雨量は世界第一である。

このような大自然の猛威の下で戦争することは、どれほど困難であろうか。――ビルマの歴史に、次のような事実が伝えられている。

一八二四年（文政七年）五月、第一次英緬《えいめん》戦争の時、英軍がビルマのラングーンに上陸すると、ビルマ軍のマハー・バンドウラ将軍は、折からの雨季の、豪雨と泥濘《でいねい》と洪水をついて迎え撃った。

英軍は近代式の装備を持っていたが、ビルマ軍の武器は未開旧式のものであった。だが、敗退したのは英軍であった。英軍の行動を妨げたのは、ビルマ軍ではなくして、雨季の豪雨であった。一日の行程は、わずかに二、三キロ。糧食の輸送はつづかず、伝染病が蔓延した。半年ののち、英軍は後退したが、戦死者のうち、九十パーセントは熱病伝染病などの病死者であった。この時、英軍の司令官は、雨季の凄惨と自然の猛威を評して、有名な言葉を残した。

『――ただ廃墟《はいきょ》と、沼沢と、悪疫と、死のみ』

……これはビルマの雨季の様相である。インドの雨季は、さらにそれ以上に激しい。にもかかわらず、日本軍が、雨季迫る時期にインドに進撃したのには、二つの希望的観測があった。第一は、雨季のくるまでに、インパールをとれる、従って、雨季の間は連合軍の去ったあとのインパール盆地ですごす。第二は、雨季になっても、日本兵は風雨の惨苦にたえられるが、連合軍の将兵は逃げ出すだろう。また、雨が降れば、連合軍の飛行機も飛ぶことはできなくなる。

今や、そのどれもが、希望とは逆な結果となった。

泥濘と氾濫《はんらん》のために、日本軍の後方輸送は断たれたが、連合軍の輸送機は、雨雲の中を飛んで、糧食弾薬を運んだ。雨季の間に時をすごせばすごすほど、日本軍には不利と惨苦が加わるばかりであることが明白になってきた。

日本軍はアッサム州の雨季を軽視したが、連合軍は、それを押し切るだけの、科学的な能力と準備を持っていた。日本軍将兵のために、ただ一つ、わずかな幸運となったのは、アッサム州のなかでは、インパール盆地だけが、いく分か降雨量が少ない、ということであった。

陰鬱な雨雲にとざされた五月。——森の高地の正面には、七、八十メートルの所に、第一中隊と第九中隊がいた。どちらも、二十名あまりで、その半ばは負傷していた。たこつぼのように、ひとりずつはいる壕を掘って、一日中、そのなかにしゃがんでいた。毎日、豪雨が降るたびに、壕のなかに雨水が流れこむ。兵隊は、雨にうたれるままに、泥水のなかに、ふろのようにつかっていた。

作間連隊長が考えたように、大きな兵力をもって一挙に攻撃したら、森の高地は抜くことができたろう。師団は、インパールに急ぐあまり、少ない兵力を、それも散発的に使ったために、いたずらに、消耗と犠牲を多くして失敗した。

その間に、連合軍は、森の高地を急速に固めてしまった。高さ五十メートルばかりの、赤土のこぶ山が、半月の間に、半永久陣地と化した。

もはや、二個中隊四十余名の力では、森の高地はどうすることもできない。今となっては、四十余名ががんばることによって、英印軍が高地から進出してくるのを防ぐばかりである。その間には、笹原連隊が、どこかに穴をあけて、動き出す機会を作るだろう。

作間連隊長が暗い気持で、インオウロの谷の崖下にさしかけた天幕のなかに坐っていると、山守大尉がはいってきた。

「師団が、また、むちゃをいってきました。ヌンガン方面に出た大隊を充実させるために、森の高地の一個中隊を追及させろというのです」

「これ以上、兵力をぬいたら、あけっぱなしになってしまう。もしも、英印軍が押してきたら、大隊の補給線はもとより、師団までがめちゃめちゃにされてしまうじゃないか」

「そのことをいいましたら、笹原の方をガランジャールからはずして、トーチカ陣地を攻撃させる。今度は徹底的にやって、ビシェンプールに行く穴をあけ、森の高地を孤立させるから心配はない、というのです」

「そううまく行けば、苦労はないさ」

トーチカ陣地という特別の名で呼んでいるのは、シルチャール道に出現した英印軍の堅陣の一つであった。そこにさし向けるはずの笹原連隊はガランジャールを攻撃しては撃退されていた。

「それはむちゃだね、――」

作間連隊長は目を伏せる。困った時、この人は、部隊長級の軍人らしくない、気の弱そうな表情をする。命令を持っている山守大尉が、左の手で右の胸を押えて、ちょっと顔をしかめる。連隊長は、それを見た様子はなかったが、

「痛むかい」

「はあ、久しくよかったのですが、雨が降るようになってから、時どき痛みます」

山守大尉は昭和十六年五月、中国の山西省の山のなかで、中原会戦に出て、右胸部に貫通銃創をうけた。そのあとが、今もなお痛むのである。

「よく今まで保ちましたよ」

山守大尉は、こだわりのない笑いを見せた。作間連隊長はおもながな顔をうつむけていたが、

「今まで、兵力を分散させて使っては失敗してきたが、もうこれ以上は分けられない。どう考えてもむちゃだと思うが、師団が大局的に見て、そうしろというなら、我々第一線は、その通りにするよりしかたないものね」

「それでは、どっちの中隊を出しますか」

「第一中隊の方を出そうか」

山守大尉は、ちょっとためらっているようであったが、急に別なことをいい出した。

「斎藤大尉の負傷がなおりましたから、大隊に帰していただきたいのですが」

第一中隊は斎藤大尉の所属だから、第一中隊を出すなら斎藤大尉をいっしょに出してやろうという意味であった。作間連隊長はちょっとおどろいた顔をして、

「斎藤はどこにいるのか」

「この前、連隊長殿にいわれまして、すぐに衛生隊にさげようとしましたが、どうしてもさがるのはいやだといって、ずっと、ここにおりました。申しわけありません」

「歩けるようになったか」

「はい」

作間連隊長には、斎藤大尉の熱情がうれしかった。

「しかし、まだ、なおってはいまい」

「はい、しかし、歩行には不自由ありません。斎藤はじっとしておれんからすぐにでも行く、といっております」

「斎藤が、そんなにまでやってくれるというなら。……将校が少なくなった時だからね。それじゃ、末田大尉に連絡して交代させよう」

急に、谷の上を、激しく空気を引裂く音がした。

「こっちへくるようです」

山守大尉が眼をあげて音の方向を計る。重砲の響きが、つづけざまに鳴る。頭上の空気がびりびりと振動する。弾着が近い。毎日のことだが、胸の鼓動がはずんでくる。

突然、大きな音がして、崖の土がばらばらと崩れる。

「谷のなかです」

山守大尉が連隊長と顔を見合わせる。

ごうごうとした振動と空気を引裂く音のなかで、隣の天幕で、通信の兵隊が、電話器のハンドルを激しくまわして大声に呼んでいる。相手に通じないらしい。それが、一層、不安に響く。

遠くで、人の叫び声がする。

「衛生兵！　衛生兵！」

山守大尉が外に飛び出す。連隊長も出てみる。空気も、大地も、びりびりと揺れている。

「どうしたかあ！」

山守大尉が、駈け出して行く二、三人の兵隊に呼びかける。泥だらけの下士官が走ってきて、

「通信隊の上に弾が落ちて、全部やられました」

山守大尉は下士官といっしょに走って行った。

通信隊は、谷のなかの、別に分れた枝谷の崖に横穴を掘ってはいっていた。砲弾は、土のなかをくぐり抜けて、横穴の上に飛び出して破裂したようである。せまい所にかたまっていた兵隊は、横穴のなかで、ひとつぶしに叩きつぶされていた。くだかれ、ひきちぎられた肉体が、ごちゃごちゃになっている。崩れた穴の周囲には、肉塊といっしょに、ぼろきれのような服の一部がはりついている。どれも、すすをなすったように、硝煙のために黒く焼けている。火薬のにおいと、どろどろの内臓と血のにおいが鼻をつく。そこにある、くだかれた残骸から、二十名の肉体を想像することは困難である。

山守大尉が連隊長に報告すると、

「あの、重砲は、重砲陣地をつぶさんといかんね」

「あの重砲は、ヌンガンの近くですから、第二大隊にやらしてみたらどうですか」

「そうだね。第二大隊はヌンガンに出たまま、何もしないで動かずにいる。ヌンガンからはインパール街道も遮断できるし、ビシェンプールに出て攻撃することもできる。いくら、大隊長が神経痛だからといっても、全然、何もしないのはおかしい。――やらせよう。命令を出す時にね、連隊長からといって、伝えてもらいたい。第二大隊は感状に輝く勇敢な部隊であるにもかかわらず、最近は意気があがっていない。名誉の伝統を傷つけないように、大いにやれ、とね」

もの静かな作間連隊長の声に、激しい気魄《きはく》がこもった。山守大尉が、

「友軍の飛行機がきて爆弾を落してくれたら、こんなつまらない苦労をしないですむの

ですがね」

と、ちょっと、さびしそうに笑った。

斎藤大尉が申告にきた。大尉はひげをきれいにそっていた。大尉としては、自分の大隊に帰る喜びをあらわしたものであった。しかし、はたの者には、ひげをそったあとの頬のやつれと蒼黒さが、いたいたしく目についた。

「ご心配をおかけして申しわけありません。勝手なお願いをしましたが、部下の兵隊が心配になりますので、早く行ってやりたいと思います」

第一大隊は笹原連隊長の指揮下にはいって、五八四六高地の北側に出ていた。

「足の負傷は痛まないか」

「上り下りには少し痛みますが、戦闘にはさしつかえありません」

斎藤大尉は不動の姿勢を正しくとりながら答えた。

「連隊長も一刻も早く前進したいと思っている。連隊は予定通り、シルチャール道を越えて、五八四六高地の北方からインパールの西北に出る。その時には、第一大隊には帰ってきてもらうから、それまでご苦労でも、笹原連隊長の指揮下で大いに勇戦奮闘してもらいたい。笹原がトーチカ陣地をかたづけてくれれば、作間も前進の機会を与えられることになる」

斎藤大尉は敬礼をして、連隊長の壕の前から去って行った。片足を少しひきずっていたが、胸をはって、力強い歩き方であった。

斎藤大尉が谷のあがり口に行くと、大尉の当番兵が待っていた。当番兵は持っていた竹の杖を大尉に渡した。大尉はそれにすがって歩き出した。それは、まだ、かなりの苦痛をこらえている歩き方であった。

斎藤大尉はこのようにしてインオウロの谷を去り、二十名の第一中隊をつれて、五八四六高地の北側にいる第一大隊に帰った。それといれかわって、末田大尉が連隊本部にもどって、また作戦主任となった。

負傷をすると、それをいいことにして後退する者の多いなかで、傷のなおるのも待ちかねて、もとの大隊に帰って行ったほどの熱血漢の斎藤大尉である。第一大隊は、必ず、五八四六高地から森の高地を取るに違いない、と誰しもが期待した。

五月四日。

河合副官は妙な電話を受け取った。第二大隊長小川少佐からである。

「神経痛がひどくなってきて、どうにもやりきれないから、しばらく休ませてもらう」

河合副官はおかしなことをいう、と思った。

「今、どこにおられますか」

「ライマナイの衛生班にいる。連隊長殿によろしく申し上げてくれ」

ヌンガンにいるはずの小川大隊長が、いつのまにか、連隊本部よりも後方にさがって、衛生班にはいりこんでいる。連隊長の許可を受けたのでもなければ、申告にもこない。連隊の上級指揮官が、緊迫した前線から、無断で後退してしまった。

河合副官は憤りを感じながら、報告をすると、作間連隊長もひげののびた顔を険しくして、

「神経痛といっても、どんな状態だか、知らせてこないじゃないか」

そばで、末田大尉が、

「軍規違反じゃないですか、すぐ呼びもどしたらどうですか」

作間連隊長はしばらく考えていたが、

「こんな大事な時に、だまってさがるようじゃ、呼んで叱ってもだめだよ。あれは、はじめから、だめだと思っていた」

作間連隊長は少し言葉をとぎらせていたが、急に沈痛な色を浮べて、

「勝つか負けるかのせとぎわだから、気の毒だが、末田大尉に、もう一度出てもらおうか」

ずるくて卑劣な小川少佐にまかせておける状態ではなかった。末田大尉は今度は第二大隊長になって、ヌンガンにおもむいた。

その翌日の夜。

第一大隊から、連隊本部に電話がきた。山守大尉が出ると、大隊副官の声で、

「斎藤大隊長殿が戦死されました」

「なに、斎藤が？」

山守大尉は思わず大きな声を出した。

——斎藤大隊長は、その日、五八四六高地の北側で、敵状地形偵察に出た。鋸《のこぎり》の歯のように、嶮しくそそり立った岩山の裏側に、進入路をさがすためであった。敵に発見されるのを恐れて、ただひとりで出て行った。まだ、足をひきずっていた。高地の下は、深い谷であった。一面の厚い竹やぶに掩われている。そこからは進入できない。谷にそってまわろうとすると、一発の小銃弾が飛んできた。大隊長は胸部を射ぬかれて死んだ。狙撃《そげき》されたのである。——大隊長として復帰した翌日のことであった。きのうは小川少佐が無断で後退し、きょうは期待された熱血漢の斎藤大尉がむなしく狙撃に倒れた。斎藤大尉の戦死は、第一大隊の全員の前途に、不吉な影をおとした。インオウロの連隊本部には、暗い憂色がただよった。

作間連隊本部の谷から、東に三キロメートルのコカダンに、笹原連隊の本部があった。四月十三日にそこに進出して以来、笹原連隊はガランジャールの英印軍陣地にはばまれて、動けないでいた。

ガランジャールは、シルチャール道にある部落で、ビシェンプール外廓陣地の中心になっていた。笹原連隊がインパールに近づくには、どうしてもガランジャール一帯の英印軍陣地をつぶしていかねばならなかった。

四月十五日、笹原連隊はガランジャールを夜襲して、半数近くの兵力を失って撃退された。それ以来、四月二十四日まで、ほとんど連日連夜、攻撃をくり返したが、失敗に終った。

笹原連隊はインパール作戦開始後、まもなく、シンゲルの激戦で、大きな打撃をうけて兵力が半減した。それがガランジャールでは、さらに残りの半数以上を失ってしまった。兵の士気は沈んでいた。兵のほとんどは、この作戦に対して悲観した考えを持っていた。それは、柳田師団長が牟田口《むたぐち》軍司令官の企図に対して反対していることが、作戦開始の前から兵の間にひろまっていたからだ。戦況は、予想されたように酷烈になった。ガランジャールをとりまく山々を仰ぎながら、兵は絶望の気持になっていた。

コカダンの連隊本部に、奇妙な訪問者があらわれた。その付近に住んでいるナガ族の首長だということであった。インド風の上着とズボンをつけていた。顔の色は、東洋人より幾分か濃かった。男たちを三名つれていた。

情報主任の増田中尉が応対した。増田中尉は軍隊にはいる前は、鎌倉学園の英語の教師をしていた。

ナガ族の首長の英語は、英国人と変らないほど巧みで、なめらかであった。それはロンドン大学に留学していたから、ということだった。首長は意外な質問をした。

「あなたはこの作戦に確信があるのですか」

増田中尉は、とんでもないことをいう奴だと、不快になりながら、

「どうして、そんなことをきくのか」

「私は、日本軍のこの作戦は困難だと思います」

首長は恐れ気もなくいいきって、その理由を説明した。

「歴史の上では、ビルマからインドへ、アラカン山系を越えて攻め入った軍隊は、一度も勝ったことがないのです」

日本軍の将校の前で、このようなことを平気でいってのける相手の態度に、増田中尉はおどろかされた。首長は言葉をつづけた。

「しかし、もし日本軍が望むなら、私は協力したいと思います。そのために、ここまで出てきたのです」

増田中尉は、得体の知れない相手なので、ことわった。首長らは、すぐに帰って行った。あとになって増田中尉は、その男は英軍のスパイで、日本軍の様子をさぐりにきた、と思うようになった。それは、付近の住民が日本軍を恐れ、離反しているのがわかっていたからだ。

この山地の所どころに住んでいるナガ族は、日本軍に籾を徴発されてから、反感をあらわにし、反抗するようになっていた。この山間の生活では、収穫はとぼしく、籾は貴重な食糧であり、財産であった。それを奪われると、次の年まで食糧に困らなければならなかった。戦争は、この山間の貧しい生活をも破壊し、犠牲にした。

斎藤大隊長が戦死すると、その翌日の薄暮に、笹原連隊長は作間連隊長を訪ねた。増田中尉が随行した。

作間連隊長の天幕のなかでは、河合副官と長《ちょう》中尉が、まめまめしく接待した。ふたりの連隊長の髪もひげものびて、激しい疲労の色が浮んでいた。笹原連隊長は斎藤大隊長の戦死に悔みをのべ、自分の指揮の至らなかったことをわびた。

河合副官は、一皿の乾パンと紅茶を用意した。

「陣中のことで、何もありませんが」

「ほう、砂糖いりの紅茶とは用意がいいな」

「いや、敵さんから給与してもらいました」

ふたりの連隊長の話は、すぐ当面の戦況に移った。

「このままでは兵隊を殺すばかりで、どうにもならんな。泣きごとをいうわけではないが」

「作間も、兵を小出しに使わないように、師団にたびたび申し上げたのですが、お許しにならんのです」

「これは師団長の考えじゃないよ。師団長は、兵隊はどれだけ働かせても、殺してはいかん、殺すようなやり方はさけろ、といっておられた。参謀長がいかんのだ。参謀長が勝手なことをやりおる」

「柳田閣下には、相談もされないようです」

「参謀長が師団長を無視して、独断でやらせよる。牟田口閣下が、そうさせているという。大変なことだ。統帥権の干犯だ。牟田口閣下は何をするか、わからん」

笹原連隊長は、口ごもるように、ぼつぼつと話をした。それでも、いつもより口かずが多いのは、怒りをはきだしているためであった。

「作間も、毎日せめたてられていますが、やれば兵隊を殺すだけです。やらないでおれば、臆病者、卑怯《ひきょう》者と叱られます」

ふたりの連隊長は顔に沈痛の色を浮べていた。北の方で、砲撃の響きが激しくなった。

ふたりの連隊長は、ながい間、だまっていた。

「参謀長は見込みがあってやっているとは思えんな」

「参謀長も、牟田口閣下の手前、とにかくやらんではおれないでしょう」

「この辺で考えなおさんと、大変なことになるぞ。何もかも、師団長のいわれた通りになってきたぞ」

笹原連隊長のこの日の訪問は、斎藤大隊長の戦死に対し、悔みをのべるためということであった。しかし本心は、作間連隊長と戦況について、対策を考えるためであったようだ。だが、対策というものは浮ばなかった。ふたりの連隊長は、暗い気持で別れた。

この時が、ふたりの顔を合わせた最後となった。

二

牟田口軍司令官が、この作戦で最も期待をかけたのは、北のコヒマに突進した烈第三十一師団であった。四月六日、烈師団がコヒマ部落を占領すると、牟田口軍司令官は、ただちにディマプールに向って進撃することを命じた。ディマプールはコヒマの北西三十キロにある英軍の基地である。そこに進撃することは、牟田口軍司令官の最初からの企図であった。インパール攻略は、ディマプールに行くための表向きの手段であった。

だが、ウ号作戦として、大本営が許可した計画では、ディマプールには進撃しないことになっていた。牟田口軍司令官はそれを承知しながら、烈師団にディマプールへの進撃を命じた。軍の統帥に違反しても、それを強行しようとした。それほど牟田口軍司令官は、インド進撃の功名心にかられていた。

河辺方面軍司令官はディマプール進撃命令を取り消させた。そして、作戦範囲から逸脱することをいましめた。これは河辺軍司令官が、気負いたっている牟田口軍司令官の強引な行動を、わずかに制御することのできた、ただ一度の機会であるといってよかった。

烈師団は、コヒマを占領した日に、携行してきた糧食がなくなっていた。ジンギスカン戦法に学んだ、牛、羊などの動物隊は、チンドウィンの渡河の時に、過半が押し流されてしまった。その後は、ナガ山脈の嶮しい山越えで、残らず死んでしまった。平野に育った牛、羊は、山道を上り下りするのは困難であった。

牟田口軍司令官の考えでは、その後の糧食はディマプールに行って、英軍の倉庫から受け取ることになっていた。だが、烈はディマプールには進撃しないことになり、コヒマの三差路では激戦がつづいた。後方の補給は、まったくなかったから、烈の将兵は飢えながら戦うことになった。

牟田口軍司令官は烈を諦めて、祭第十五師団によって、天長節にインパール入城式を実現させようとした。だが、烈と同じように糧食を補給されない祭の戦力は衰えるばかりだった。

牟田口軍司令官は、次には、パレル＝タム道を進んでいる山本支隊に攻勢重点を移した。山本支隊は、はじめは弓師団の右突進隊であった。それを中途から、牟田口軍司令官の直轄部隊とした。山本支隊は、重砲、戦車の連隊を加えて、最も装備が充実していた。だが、この部隊も、テンノパールの山道で阻止されてしまった。

牟田口軍司令官はあせり立ち、攻勢重点を弓師団に移すことにした。作戦の途中で攻勢重点を変えることには、多くの困難と危険があった。戦術の常識としては、重点の変更はすべきではなかった。

河辺軍司令官は山本支隊に、インパール突進の望みを託していた。そのため、とくに中《なか》参謀長をインダンジーに派遣して、牟田口軍司令官にその意図を伝えさせた。

それと前後して、牟田口軍司令官からは、攻勢重点を弓に移すことを伝えてきた。また、攻勢重点を作るために、弓に兵力を増強させることにした旨を伝えた。その兵力として、山本支隊に配属されていた戦車第十四連隊と、野戦重砲兵第十八連隊第二大隊を抽出した。さらに、方面軍から第十五軍に増強された歩兵第六十七連隊第一大隊、歩兵第百五十四連隊第二大隊、野砲兵第五十四連隊第一中隊を、そのまま弓師団の配属として急行させた。

さらに牟田口軍司令官は、もう一つの異例の処置をとった。それは柳田師団長を解任することであった。その理由として、次のことが数えられていた。柳田師団長はインパール作戦の計画に、はじめから反対していた。準備作戦として、チン山地攻略を命ぜられても、容易に従わなかった。その上、トンザン＝シンゲルの戦闘では、第十七インド師団を包囲しながら逃してしまった。その上、作戦中止の意見具申をし、師団の前進をおくらせたため、インパール突進に支障をおよぼした。要するに柳田師団長は臆病で戦意なく、インパール作戦の重要時期の師団長として適任でない、ということであった。

牟田口軍司令官が柳田師団長の解任を、河辺方面軍司令官、寺内南方軍総司令官、陸軍大臣に上申したのは、五月九日であった。河辺軍司令官は《最もまずき場合に立ち到った》と思いながら、《牟田口を押えても効果がない》として、同意することにした。

牟田口軍司令官は、柳田師団長の後任として田中信男少将を選んで上申した。田中少将は満洲事変当時の猛将として知られていた。牟田口軍司令官は柳田中将の知謀をきらって、田中少将の蛮勇によって血路を開こうと考えた。だが、少将では師団長になれなかった。そのため田中少将を、師団長心得として迎える方法を講じた。

師団長更迭の要求につづいて、牟田口軍司令官から送られてきた報告は、河辺軍司令官をおどろかした。それは、攻勢重点を新たに弓師団に移し、第十五軍の戦闘司令所を、その方面に移動させるというのであった。河辺軍司令官としては、これを恐れて、わざわざ中参謀長を派遣したのだから、まったく裏切られたことになった。作戦軍の司令官が、方面軍の司令官の意図を無視したのだ。これは許されない不服従である。河辺軍司令官は牟田口軍司令官に対し、電報を送って再考を促した。また、中参謀長に対しては、事情の説明を求め、優柔不断で無責任であることを叱りつけた。五月十一日であった。

だが、その時には、牟田口軍司令官は弓師団に向って出発していた。

十二日になって、中参謀長から河辺軍司令官に、攻勢重点の変更は《小官の同意したもの》と、報告してきた。方面軍参謀長の力では、牟田口軍司令官を押えることができなかった。そればかりか、方面軍司令官の権威まで無視されてしまった。

牟田口軍司令官は、服従の軍規を犯してまで、インパール作戦を強行したかった。強行して勝利を収め、一将の功名と栄誉を得たかったのだ。

五月十三日。

弓の戦闘司令所にいた通信の将校が電話に呼び出された。相手は、

「参謀長を出せ」

と、おうへいにわめいた。

「どなたですか」

「早くしろ。軍司令官だ」

　牟田口軍司令官が直接電話に出ていた。異常なことなので、将校はおどろいて、田中参謀長を呼んだ。

　インダンジーを出発した牟田口軍司令官は、弓の司令部に到着していた。司令部はモロウにあり、戦闘司令所はそこから六キロ北のライマナイに出ていた。インパール盆地の西側の山のなかである。

　牟田口軍司令官のくることは、すでに予告されていた。弓の司令部は、台風の予告を受けた時のように、不安な緊張に包まれていた。牟田口軍司令官と柳田師団長の感情は離反し、深刻な状態になっている。牟田口軍司令官は何かの覚悟をもって乗りこんでくるに違いなかった。

　田中参謀長が、しばらく話をしたあとで、今度は柳田師団長が呼ばれて電話に出た。受話器からは、牟田口軍司令官の激しい罵声《ばせい》がもれて響いた。柳田師団長の顔はこわっていたが、次第に青白さを加えた。

　田中参謀長は、自分にはかかわりがないというように、顔をそむけて去った。受話器をもれる声は、近くの人の耳にはいってきた。

「弓は一体何をしておるのか。何をまごまごしておるか。いまだにシルチャール道に出られないで、うろうろしているとは何ごとか。師団長が臆病風に吹かれているから、兵隊まで戦意をなくしてしまうのだ」

柳田師団長の口もとがゆがんで、ふるえている。

「弓がそんな山のなかで押えられているのは、トンザンで敵を逃したからだ。トンザンにいた敵が、その辺を固めてしまったのだ。トンザンで包囲しながら、殲滅《せんめつ》しそこなったのは、師団長がやる気がなかったからだ。トンザンで殲滅していたら、今ごろは、なんなくインパールにはいれた。師団長はトンザンでは敵を逃す。そのあと、追撃を命じたのに、ぐずぐずしておって、前進をせん。師団長は戦さが恐しくて、前進できなかったのだろう。敵を助けて、味方を不利にしたのは、利敵行為だ。少しは恥を知れ。卑怯者」

柳田師団長の青ざめた顔に、汗が光っていた。不当な侮辱にたえがたい思いだった。親補職の師団長がののしられているのは、いかにも無残であった。見るにしのびない思いで、その場を離れる将校もいた。

「貴官のような臆病者に師団の指導をさせてはおけん。牟田口がここにおって、弓をつれてインパールにはいるのだ。貴官は、わきで見ておれ。戦さのしかたを教えてやる」

柳田師団長の、受話器を持った手がふるえていた。答えようとした声もふるえて、言葉がつづかなかった。

「参謀長に来いといえ」

牟田口軍司令官は柳田師団長に対し、当番兵にでも命ずるようにいって、電話を切った。牟田口軍司令官は、すでに柳田中将を師団長として扱っていなかった。師団長の更迭の発令を待つだけであった。それまでの間は、田中参謀長を使って、自分が直接に督戦をするつもりだった。

田中参謀長は呼ばれてモロウに行き、戦況を報告した。

「ビシェンプールは、山陵づたいに笹原が、西南から突っこむ予定でしたが、どうしても出られないでいました。ところが、トルブン隘路口の蓋《ふた》がとれて、その方面の部隊が平地に飛び出してくれたので、状況は非常に有利になりました。平地方面が、南道ぞいに押し上げてくれれば、それに呼応して、山の方から同時にやれます。今度はビシェンプールをとれるでしょう」

牟田口将軍は、無言でうなずく。……砲声とまじって、飛行機の爆音がひびいていた。南道には独立工兵第四連隊と、歩兵第二百十三連隊第二大隊が進出し、ビシェンプール南方四キロのポッサンバン部落を占拠していた。これらの部隊が盆地のなかに突進したのを、牟田口軍司令官は好機と見ていた。

「ビシェンプールは早くかたづけろ。作間連隊は何をしているんだ。ビシェンプールにいっぺんに突っこませれば、こんな所はなんでもない。笹原はガランジャールを早急にとることが先決だ。作間は、すぐに前に出せ」

牟田口軍司令官は、ビシェンプール強襲を命じた。

「はい、すぐやらせます」

田中参謀長は豪傑らしい風貌に似合ないあわてかたをして、電話の連絡を命じた。

笹原連隊にはガランジャール夜襲の命令が伝えられた。また、作間連隊はシルチャール道を越えて、北方に進出することになった。両連隊とも、今までの田中参謀長の計画よりも、一層激しい戦闘を強行させられることになった。

ビルマの避暑地シャン高原の町カロウ。変化に富んだ緑の丘と、ゆるやかな斜面の起伏の上に、英国風のバンガロウが見えがくれに散らばっている。ビルマに珍しい松の林がしげり、さわやかな松のにおいをただよわせている。酷熱と、乾燥と、茫漠《ぼうばく》のビルマにあるとは思えないほど美しく、涼しい町。そこに第五飛行師団の師団司令部がある。方面軍の中参謀長が田副《たぞえ》師団長を訪れていた。インダンジーで牟田口軍司令官の攻勢重点の変更を承認してから、ラングーンに帰る途中であった。

「こないだは、前線から久野村（第十五軍参謀長）がやってきてね、牟田口が、森（方面軍）はラングーンなんかにひっこんでいるから、インパールの本当の状況がわからん、河辺閣下に前の方に出てくれ、——というんだ。牟田口は自分のことばかり考えているから、そんなことをいうが、森としたら、そう簡単に動けん。インパールが膠着《こうちゃく》してから、敵は海の方から上陸してこようとする形勢が濃厚になっている、といってやったら、おどろいて帰った。しかし河辺閣下も心配されて、最近のうちに、こっちへ出てこられる」

「インド洋が、一番心配だよ」

田副師団長の声は、重厚な人がらにふさわしい渋い低音であった。

「今、海の方から上陸されたら、どうにも防ぎようがないからね。昭南の第三航空軍でも、これを一番警戒している。おかげで、こっちは毎日、重爆を哨戒に出すんで、すっかり忙しい目にあっているがね」

「海があぶない所へ、北のミッチナがいよいよあぶなくなってきた。空挺がおりてから、雲南の方の中国軍がしきりに出てきて、どんどん怒江を渡ってビルマにはいっている。敵が、ミッチナを取るために、大がかりに動き出すのも近いと睨んでいる。それで、この際、空挺を大いに叩いてもらいたいのだが」

「空挺は早くつぶさないと命とりになる、と、わしがあれだけ注意したのに、いい加減にしておくから、手におえないようになる。あの時、一個大隊やそこらを、のそのそ持って行くようなことをするからいかん」

親しい間がらなので遠慮がない。

「いや、あの時もそうだったが、本当のところ、空挺に向けてやる兵力がないんだ。ここでどうしても空挺をつぶさんと、ミッチナを取られてしまう。安《やすし》（第五十三師団）を出すことは出したが、牟田口がくれというので、半分はインパールにわけて出した。結局、飛行機でやってもらわにゃならん」

「そりゃあ、飛行機があれば出すよ。げんに三角地帯の飛行場は攻撃させているが、敵の飛行機が哨戒網を張っておって、こっちが飛びこめない。そこを突っこむから、行くたびに犠牲を出している。三角地帯にいる敵の飛行機だけでも、高の全力より多いものね」

「ま、そこを、なんとかしてやってもらわんと大変なことになる。たのむよ」

参謀長は真剣であった。師団長はすかさず、

「地上の連中は、こっちのいうことはまるっきり聞かんで、困った時だけたのみにくる」

鋭くいって、笑った。

シャン高原は、雨季にはいるのが遅いし、雨量も少ない。しかし、このころになると、日ごとに、雲量はまし、起伏のつづく高原の所どころを、走りぬける驟雨《しゅうう》が多くなる。高原は今、澄明《ちょうめい》な美しさを失い、憂愁な灰色に変った。

田副師団長の宿舎は、松にかこまれた低い丘の上にある。煉瓦《れんが》造りの、別荘風の二階の部屋に、涼しい風が、さわやかな松のにおいを運んでくる。

「インパールの方も、牟田口さんは飛行機なんかいらん、とたいした自信だったが、そういうのは牟田口さんばかりでね。各師団長とも、わしの所へ直接、協力をたのんできている」

中参謀長は、無言でうなずく。

「烈の佐藤は、林（第十五軍）が糧秣を全然送ってくれないから、飛行機で送ってくれ、といってきている。祭の山内は、ぶつかってみたら、大砲と戦車に攻めたてられてどうにもならんから、空中から協力してくれ、補給もたのむ、という。弓の柳田も、押えられて出ることができないから飛行機で叩いてくれ、——といってきているんだが、電文は、相当激しい」

田副師団長は電報綴りをとりあげて、手まめに電文をさがし出して、

「……これが佐藤からきた電文だ。——弾一発、米一粒も補給なし。敵の弾、敵の糧秣を奪って攻撃を続行中。今やたのみとするは空中よりの補給のみ。敵は、糧秣弾薬はもとより、武装兵員まで空中輸送するを眼の前に見て、ただただ慨嘆す。……こっちは山内からきたものだ。——第一線は撃つに弾なく、今や、豪雨と泥濘のうちに、傷病と飢餓のために戦闘力を失うに至れり。第一線部隊をして、ここに立ち至らしめたものは、実に、軍と、牟田口の無能のためなり」

田副師団長の温顔が暗く曇った。

「わしの所に、敵さんのような輸送機でもあれば、すぐに送ってやる。ところが、たった一つあったわしのMCまで爆撃でやられてしまった。対地協力も、なんとかしてやってやりたいと思って、できるだけの飛行機をインパールに出してはいるがね。それだって、爆撃機がたった一機、それを戦闘機がせいぜい五機ぐらいで掩護して行く状況だ。もっとも、新聞記者連中は、戦爆の大編隊がインパールに進攻、などと書いているが

ね」

田副師団長は静かに電報綴りをとじる。中参謀長は、窓の外を見ている。

「これは、師団では知らなかったのだが。――前線が糧秣のないのを聞いて、戦闘隊の操縦者が、航空糧秣の菓子だとかキャラメルといったものを食べずにおいて、インパールに行った時、上から落してやった。そしたら電報がきてね。――本日、日の丸の飛行機を見ることができたのみならず、貴重なる糧秣を投下されたり。全員の士気大いにあがり、同夜、突撃を実施せり。……」

中参謀長は、視線を、窓の外の、牧場のように美しい緑の斜面にむけていたが、その眼には、涙がにじんでいるようであった。

田副師団長は少し改って、

「本当のところ、インパールは勝てるのかい」

中参謀長は、ふっと息をのんだが、

「勝てるさ。――」

と、いった声に力がなかった。

田副師団長は太い眉の下から鋭く相手を見ながら、

「君が自信があるのなら、わしは何もいわん。そうでないならば、適当な時にみきりをつけた方がいいと思うが」

中参謀長の目は、急に落ちつきのない動きを見せた。

「牟田口が弓の正面に出て行った。柳田を更迭したくらいだ。今度こそやるだろう」

田副師団長は、視線を落して静かにいった。

「勝てればいいがねえ。……勝てれば」

このころ、大本営から派遣されてきた情報参謀、徳永八郎中佐がカロウの高の司令部を訪れた。徳永参謀は田副師団長と会談した。鈴木参謀長が同席していた。徳永参謀は大本営の指示を伝えた。

「インパール作戦の後方補給は失敗でした。大至急、前線に弾薬糧秣を送ることが先決です。そのためには、高は飛行機を飛ばすのをやめて、全力をあげて、自動車部隊になってもらいたい」

田副師団長は若い参謀の言葉をおだやかに聞いていたが、やがて学生にでも教えるように、

「確かにそうだ。もし、わしのところでMC程度の輸送機を三十機でも持っていたら、こんな苦戦はさせなかった。大本営あたりでも、輸送といえば、地上輸送のことしか考えない。ところが連合軍は、輸送はすべて飛行機でやる。地上で一日かかるところを、飛行機は一時間でやる。今度の戦さに負けた最大の原因はここにある。――あの『泰緬鉄道』をタイからビルマへむりをして作っても、なんの役にも立たんじゃないか。捕虜や現地人を何万と殺してさ。ビルマの幹線鉄道の片方のレールを持って行って使うよう

なことをするから、ビルマの方の輸送量は半減して、空挺部隊にはいいようにかきまわされてしまう。それだけの手間と金をかけるなら、MCの百機も作ってくれたら、こんなにまでばかばかしいことにならなかった。——考えることが古いよ」

そして、急に、皮肉な笑いを浮べて、

「お言葉のように、必要なら、わしのところは自動車でもなんでもやりますよ。しかし、その自動車をどうするつもりです。大本営がよこしてくれるならともかく、ビルマ方面軍の自動車などは、とっくに使いものにならなくなっていますよ」

田副師団長の頬から皮肉な微笑が消えて、眼が鋭く参謀を見すえた。

「また、自動車があったとしても、道路をどうするんです。烈、祭の兵站《へいたん》線などは、豪雨のために流されて、泥田のようになっていますよ」

田副師団長のふとい声には、悽愴の響きがあった。大本営の情報参謀ともあろう人の、このような不見識な言葉に、田副師団長は明らかに怒りをあらわしていた。

さすがに、徳永参謀は一言《ひとこと》もいうことはできなかった。

この会談のあとで、鈴木参謀長は田副師団長にいった。

「大本営の不勉強には、あきれました。あの調子だから、大本営は、まだ、この作戦をつづけるつもりでいるんです。現在の戦線のままで雨季あけを待つ方針だそうです。アラカン山系の山のなかで、二カ月も三カ月も雨にうたれていられると思っているのです。インパール作戦の兵棋演習の時、大本営が心配して派遣した近藤伝八という中佐参謀。

あれの報告が勇しかったそうです。《軍司令官以下の将兵の士気は烈々たるものあり》とか《われ、すでに勝てりの感深し》とか。こんな報告をするから、インパール作戦が実施されるようになるんです」

鈴木参謀長は、仕事にはきびしいだけに、いうことにも遠慮がなかった。大本営参謀の不勉強に対する怒りは、すぐにはおさまらなかった。

「大本営はインドの雨季を、内地の入梅ぐらいにしか見ておらんです。インパールには、うちの司偵もはいれんのです。アラカン山系には、びっしり雨雲がはりつめているんです。司偵がはいれんのに、どうして、ほかの飛行機がはいれるか。大本営の参謀どもを、飛行機に乗せて見せてやったらいいです」

四月の終りに、大本営の秦《はた》参謀次長の一行がビルマにきた時、南方軍からも後方主任参謀山口英治中佐、作戦主任参謀甲斐崎三夫《かいざきみつお》少佐が派遣されてきた。これは秦次長が、南方軍のインパール作戦に対する考え方に疑問を感じて、派遣を求めたためであった。戦況の困難を知った秦次長一行にとっては、南方軍の考えは楽観にすぎていた。

秦次長の一行はビルマ視察を終って、《インパール作戦の成功はおぼつかない》の印象をもって、東京に帰った。

大本営では東条参謀総長と各幕僚、それに三笠宮少佐も臨席して、秦参謀次長の報告を聞くことになった。その日の朝、東条参謀総長は南方軍からの電報を受取った。それは山口、甲斐崎両参謀のビルマ視察の報告であった。その内容には《今や努力をつくすべき重大な時機であり、一部に悲観的観察をなす者があるが、もってのほかである》という意味の、作戦続行の積極的な見解があった。

東条参謀総長は、秦次長一行をビルマに派遣する時に、すでにインパール作戦続行の考えでいた。雨季にはいっても、インパールの攻撃をつづけることが、国民の戦意を高めるために必要であった。太平洋方面では敗戦がつづき、国民は戦争の前途に不安を感じるようになっていた。

秦次長の報告の行われた時の状況について、大本営参謀種村《たねむら》佐孝《さこう》中佐が戦後にまとめた『大本営機密日誌』には、次のように書かれている。

昭和十九年五月十五日

約十日間にわたり、南方特にビルマ戦線を視察して帰任した秦参謀次長の報告が、参謀本部作戦室で、東条参謀総長以下省部首脳の前で行われた。三笠宮も同席しておられた。インパール作戦を現地で見て来た次長の判決は、「インパール作戦成功の公算低下しつつあり」というのであった。実際のところ、次長に随行した杉田一次大佐の見て来た実感は、もうトテモ駄目だという判決だったが、突然ここであまりショックを与えては、というので「成功の公算低下しつつあり」と報告したのであった。

これを聞いた東条参謀総長は「どこが不成功なのか、何か悲観すべきことがあるのか」と威たけだかになって秦参謀次長に詰めよった。総長としては、もうインパールはだめだという判決が、この作戦の成功には政治的にもかけていた期待が大きかっただけに、気に入らなかったのであろうか。この凄い剣幕に、次長も大勢おる前であるし、あきれた顔付で黙ってしまった。総長は、すぐ前の席の三笠宮に対していっているようでもあった。一座はすっかり白け切って解散した。どんな含みで総長は言ったか知れぬが、みんなの前で次長を叱り飛ばす総長の態度は軽率である。

この時、秦次長の報告は軟弱で真剣さを欠き、東条参謀総長は〝軽率〟という以上に、狭量、浅慮であった。ともに、この危急の大事を忘れ、対処を誤った。

シャン高原の、カロウの北の山に、タウンジーの町がある。そこにある第百十八兵站病院に収容されていた作間連隊の傷病兵が十五名、インオウロの谷に帰ってきた。約六百キロの道を、トラックがくれば、少しのところでも便乗し、あとはただ歩きつづけ、ひと月近くかかって、漸くたどりついた。雨にうたれ、汗と泥にまみれ、ぼろぼろの泥人形のようになっていた。

引率者の岡谷中尉は、まだマラリアがなおりきらずにいるし、兵隊の多くは半病人のように憔悴《しょうすい》していた。骨折のため包帯をしたままの兵もいる。——しかし、これが、連隊に加わった新しい戦力である。

河合副官に申告を終って、休もうとするこの人々を、本部の将兵がとりかこむ。なつかしい再会。――だが、希望のある、喜びにみちた再会ではない。

長中尉の所へ、杖をついて、片足をひきずりながら、下士官がきた。ひげがのびて、まっ黒に汚れているので、誰だか思い出せなかったが、敬礼して笑ったのでわかった。

「おお篠軍曹！――負傷はなおったか」

長中尉の幹部候補生当時の助教である。

「まだ痛みますが、この程度では患者には認めんといって、追い出されてきました」

「よくきたなあ」

――こんな、からだで。……なつかしいと思う気持のほかに、別な感慨が胸を打つ。原隊を追及するのは義務であるとしても、再び生きては帰れないことを承知しつつ、はるばると、長い道を歩いてきた人である。

「よくきてくれた。戦力がなくなって、ひとりでもほしい時なんだ」

「そうでしょう。後方でも、どしどし狩り出しています」

「そうか。早くたくさんきてくれると助かるんだが」

「ところが、情ない連中が多いですよ。途中でもぐってしまうんですよ。病院を出されて追及を命じられたのが、途中の野戦病院や集積所にはいりこんでいるんです。そこを追い出されると、前線に行かないで、逆に後方に歩き出す奴がいるんです」

「そんな奴がいるだろうなあ。兵隊も程度が落ちたからなあ」

「病院は病院で、全快しないのまで、どしどし出しています。前線からの督促が厳重で、全快など待ってはおれんのです。ところが、全快した奴で、もっとおいてくれというのがいるんです。これは若い少尉さんでした。お祭さんの将校さんでね、関西弁で泣き声でたのんでいました。自分は腹が立って、むかついていたら、さすが軍医殿が叱りとばしていました」

篠軍曹は急に思いついたように少し声の調子をおとして、

「インパールも大変らしいですね」

杖をついた、足の悪い篠軍曹を、らくにさせようと、長中尉は崖ぎわの草の上にいっしょに腰をおろした。

「今度の戦さは、今までのうちで一番えらいぞ。犠牲も多いし、こんなに手ごわいのははじめてだよ。きさま、えらい所へきたぞ」

篠軍曹は疲れた顔に力のない微笑を浮べて、

「覚悟してきましたよ。……しかしインパールも大変ですが、ビルマも厄介なことになってきましたよ」

背負い袋をおろして、シェ・レというビルマのたばこを取り出して、長中尉にすすめた。

「こりゃ、なつかしい」

「たばこもないだろうと思って、市場で買ってきましたが、途中でみんなのんでしまいました」

油紙でいくえにも包んだマッチで火をつけて、ゆっくりと煙をはいてから、

「例の空挺部隊ですよ。どんどん大きくひろがっていきます。自分のいた病院じゃ、別の空挺がおりるという情報がはいって、患者から看護婦まで竹槍を用意しましたよ。何しろ、小銃が十人に一挺もありませんものね」

長中尉は、空挺のことを戦車の放送で聞いて知っていた。篠軍曹は、このニュースを話したくてたまらないように、少し勢いこんで、

「ミッチナは連絡を絶たれてしまいました。マンダレーの北は、空挺に押えられたので、烈、祭は兵站線をきられて、補給ができんのですよ」

「それじゃおれたちは、インパールには出られん、ビルマには帰れんということになるかな」

「本当ですよ。竹を持ってきて、これで竹槍を作れ、といわれた時には、げっそりしましたよ」

軍曹は笑って、しばらくシェ・レをふかしていたが、

「こんなこと、申し上げてはどうかと思うんですが」

「なんだ」

「じつは田中大隊長殿のことですが。……」

追及を命ぜられているのに、まだ到着しない第三大隊長田中稔少佐のことである。

「自分らは、ここへくる途中、第三大隊といっしょになりました」

「そうか。どこで会ったか」

「ビルマとインドの国境付近でした。これはありがたい、いっしょにつれていってもらおうというんで、あとからついて歩きました。ところが全然、進まんのです。一キロ行くと小休止、二キロ行くと小休止って状況で、はじめは、自分も足が痛むので、こりゃありがたい、楽な行軍で何よりじゃ、と喜んでついておりました。一晩に、せいぜい十キロも行くと、大休止といって寝てしまう。雨が降ってくると、大休止。こんな状況で、あんまりのろくさしているんで、岡谷中尉殿も我々も腹を立てて、先に出てきてしまったんです」

長中尉は、想像していたとおりだ、と思った。

「もっと、おかしいのは大隊長殿なんです。大休止にしておいて、自分は馬からおりんのです。馬に乗ったまま、寝ているんです。馬がたまらんですよ。馬はとうとう鞍傷を起してしまう。そうしたら、馬が歩けんからといって、また、行軍を休むんです。これじゃ行軍より大休止の方が多いといって、兵隊もぶつぶついっていました」

奇怪な大隊長の行動だが、田中少佐の今までの性行から考えると、ありうることである。

「兵隊が一番怒ったのは、馬の上で、たえず乾パンをポリポリ食ってることなんですね。よっぽど好きなんです。兵隊は食う物もろくになくて歩いてるんで、大隊の乾パンは大隊長にみんな食われてしまうと、憤慨してるんです」

「そうか。しかし、あの大隊長ならやりかねない」

「兵隊は、こんな大隊長じゃ、いっしょに戦さに出られん、といっていました」

長中尉は、湧き上ってくる怒りの感情をまぎらそうとして、わざと冗談をいった。

「大隊長が出たがらんのに、きさまらが、よく、ひょこひょこ歩いてきたな」

「いやあ、どうせ死ぬんなら、戦友の大勢いる所の方が心強いと思いましてね」

篠軍曹は冗談に笑ったが、心のなかで本当に諦めているのをかくしきれなかった。

黄色い、やせた鶏が一羽、餌をあさりながら、地隙のなかを歩いてきた。

「お、鶏がいるじゃないですか。さすがに本部は給与がいいな」

長中尉はそれに答えないで、崖下の天幕に向って叫んだ。

「崎口、また鶏が出ているぞ。早くきてつかまえろ」

天幕のなかから、連隊長の当番兵崎口兵長が飛び出してきて、鶏を追いかけて走った。

それを見ながら、

「本部で鶏などを食っていると思ったら大違いだよ。あれは二、三日前に、主計が糧秣をさがしに行って、部落で見つけてきたんだ。連隊長殿にさし上げようとしたら、生かしておけといわれるんだ。連隊が最後の戦闘をする時のごちそうにしようというつもりなんだ」

当番兵はつかまえた鶏を抱えて行こうとするので、

「鶏を放しておいちゃだめだぞ。——兵隊さんに食われてしまうぞ」

当番兵が何か間の悪そうな表情を見せながら歩み去った時である。

「飛行機！」

谷の上の守備陣地で兵隊が叫んだ。

「そらきた。——朝のあいさつだ」

長中尉がからだを起した時には、篠軍曹は歴戦の兵隊らしい敏捷さを見せて、崖のくぼみに飛びこんだ。

戦闘機の爆音が唸っている。兵隊がばらばらと走って隠れる。爆音が急に近づく。機関砲を撃ちまくっている音が空の高い所に響く。があっ！　と風を巻き起して、近い所を機体が通りすぎる。爆音のしている間は、身動きもせずに、もぐっているよりしかたがない。

急に、荒々しい罵声といっしょに、なぐりつける音が聞えた。長中尉が気をとられて見ると、谷のひらいた所で、小倉軍曹が兵隊を叱りつけていた。兵隊は不動の姿勢になりながら、何かおどおど口をきいていた。

まもなく、軍曹は不機嫌な顔をして谷のなかにおりてきたが、長中尉を見ると、

「空襲だというのに、暴露したままなんです。とんでもないのろま野郎です」

「誰だ」

「町屋二等兵です」

軍曹はいい捨てるようにして去って行った。

そのあとから、なぐられた頬をなでながら、町屋二等兵がのろのろと歩いてきた。

「町屋、——」

長中尉が呼びとめる。長中尉はこの兵隊と特別な関係を持っている。町屋は日本語のできない兵隊である。アメリカのシアトルで生れた二世で、交換船で日本に帰ってくると、まもなく召集された。日本語がまずくて、思うように話もできなかったばかりでなく、字句を知らないために、相手の言葉を理解することもできなかった。当時、英語を話すことは、日本人として恥ずべき、非国民のしわざとされていた。それに、アメリカ生れであるということから、かわいそうなくらい、いじめられた。ついに、部隊で一番哀れななぶり者にされてしまった。

町屋が、英語のうまいことに目をつけたのが長中尉である。長中尉が情報主任となり、チン山地に住むコンサイ、カンハオ、ウィッテ、サイレンなどの種族の宣撫工作に行く時に、町屋を中隊からもらって、通訳にした。以来、町屋は長中尉の下で働いている。インド国民軍でもいたら、大いに役立つだろうと思われたが、この方面にはきていなかったので、その機会はなかった。しかし、長中尉としては、それはどうでもよかった。ただ、このアメリカ生れの二世を、不当な虐待から遠ざけてやりたかった。

「お前ひとりのことじゃないぞ。兵隊を見つけると、部隊がいると思って、しつこくるからな」

「はい」

「なんでまた、あんな所にいたんだ」

町屋は顔をゆがめて奇妙な表情になりながら、

「飛行機を見ていました」

「どうして、飛行機を見ていたのか」

町屋は長中尉にだけは安心して話ができる気易さを見せながら、

「飛行機をひょいと見たら、緑色の胴体に星の標識が見えたんです。あ、アメリカの標識だな、と思いました。そう思って見ているうちに、かくれることを忘れてしまったんです。自分には、アメリカの標識を見ても、これが自分を殺す敵だ、という気がおきないのです」

こんなことは、ほかの将校や兵隊の前ではいえない。うっかり口にしたら、はり飛ばされて、スパイだとか、国賊だとか、といわれるだろう。長中尉は、その気持をすなおに受取って、

「そうだろうな。何しろ、今まで、そればかり見なれてきたんだからな」

「はい。今までにも、撃てといわれたら、どうしようかと考えたこともありました」

町屋は、たどたどしい言葉で話しながら、複雑な笑いを浮べる。

「困った奴だな」

長中尉が苦笑すると、町屋は、

「国籍が違うから、敵だ、憎め、といわれても、そんな感情にはなれません。反対に、国籍とはなんだろうと、思ったりして、ますます、わからなくなったりします」

急に真顔になったが、悲しそうな眼の色であった。長中尉は町屋の気持がよくわかった。いかにも情なさそうな顔を見ていると、かわいそうになってきて、気軽くいった。

「そりゃ、そうだ。おれだって、もし敵が、ゴッホだのセザンヌだのマチスなんていう名前だといわれたら、弾を撃つ気にはなれなくなるよ」

森の高地の北方、五八四六高地の北側に出た作間連隊の第一大隊は、笹原連隊の指揮下にはいって、シルチャール道ぞいに、ビシェンプールに接近しようとした。斎藤大隊長が狙撃されて戦死すると、先任の松村第三中隊長が大隊長代理となった。この気骨ある勇敢な大尉は、大隊長の弔合戦《とむらいがっせん》とばかり奮い立って、ビシェンプールを眼下に望む高地端の一角を占拠した。この高地は、大尉の名をとって、松村山と呼ばれた。

また第四中隊は、トーチカ陣地付近にあった白人兵だけの守備する陣地を攻撃して、奪取することに成功した。この時の夜襲戦には、上田隆造中隊長以下二十名は、隠密に接近するために、四百メートルの距離を腹這いになって前進し、急に陣地正面に躍りこんだ。この時、上田中隊長は手榴弾で重傷をおった。

このような奮戦苦闘にもかかわらず、笹原連隊の攻撃は挫折《ざせつ》に終った。今や、この連隊の総員は五百名を欠くに至り、しかも、戦闘にたえうる者は、その三分の二にすぎなかった。

笹原連隊は戦線を整理し、のちの攻撃のために態勢をととのえることになった。同時に、作間連隊本部正面の森の高地の攻撃には笹原連隊が当ることになった。それは、作間連隊を、インパールに向けて急進させるためであった。

五月十四日。師団は作間連隊長に前進を命じた。

《速かに、シルチャール道北側の山陵地帯にあるヌンガン部落付近に進出し、第一第二両大隊を主力として、インパール突入の態勢をとるべし》

この計画によれば、作間連隊は山陵づたいにインパールの西北角に突出し、敵の退路を遮断する。平地方面のポッサンバンに進出した独立工兵第四連隊と第二百十三の砂子《いさご》田《だ》大隊は、南道を北に突きあげて行く。笹原連隊はこれと呼応して、ビシェンプールの敵を追い出す。両者は合して北進してインパールに突入する。——インパール攻略の最終段階である。

作間連隊長の胸中は、雨雲にとざされたマニプールの天地のように、暗く、そして重い。もとより、一軍を指揮する武将としての功名心は、インパールに一番乗りすることを望む。しかし緻密で慎重な連隊長の頭脳と性格は、その功名心を押えつける。連隊長の脳裡には、当面した戦況が、ガラスのように透明に見える。作間連隊としては、命令通りに、インパール西北角に到達する自信がある。しかし、その時、本街道からくるべき笹原連隊がこなかったら、どうなるか。笹原連隊は、くり返しビシェンプールを衝くことになっているが、疲れきった五百名の戦力では、もはや、ビシェンプールを取ることはできまい。とすれば、作間連隊だけがインパールに突出することは、いたずらに火中に暴進するにすぎない。

それよりも、さらに悪い場合をも予想しておかねばならない。作間連隊が山陵地帯に突出し、シルチャール道以南に笹原連隊が残れば、連合軍が攻勢に出るであろう。その時は、笹原連隊と師団司令部は危急におちいり、作間連隊は退路を遮断されることになる。

このような不安定な作戦を敢行するよりは、やはり、作間連隊長が当初から考えていた計画をとるべきだ。師団の全力をあげて森の高地、トーチカ陣地、ガランジャールの蜂の巣陣地を個々につぶし、まずビシェンプールを確保する。このようにして、後方を固めてから、インパールに進撃することだ。

だが、師団は、終始、作間連隊長の判断とは逆な計画を命令し、今、最後の段階に突入させようとしている。それは恐るべき冒険である。

あとは、人力の限りを尽して、いつ、どこでどうなるかわからない戦機の好転をたのみにするよりほかにない。

五月十六日。連隊本部がインオウロの谷を出発する日。

午後になると、雨雲が低くおりて、こまかな雨が白い霧のように降りこめた。森の高地の敵前を強行突破するには絶好の気象である。

薄暮。河合副官が設営のために数名の兵をつれ、雨にまぎれて先行する。

インオウロの谷を出る時間が近づくと、人びとの胸中に複雑な思いが湧き上る。一日か二日をすごすつもりではいった狭い谷のなかに、まるひと月の間、とじこめられてしまった。砲爆撃と、豪雨と、屍臭に包まれたひと月。腹のなかまでかびのはえそうな、陰鬱な地隙の生活から解放されることは、喜ばしいには違いなかったが、といって、谷の外に希望を認めることはできなかった。

二十時。連隊本部は行動を起した。行く手は、インパールへの最後の区間である。つねにない不安と緊張が、縦列に並んだ将兵を押し包んでいる。

作間連隊長の身辺には、山守大尉と長中尉がいる。連隊長は、この青年たちにたのもしいものを感じる。二十四歳とは見えぬほど老成した山守大尉と、芸術家らしい清潔さを感じさせる長中尉。連隊長はふたりにいう。

「これが、連隊の最後の前進になるかも知れない。しっかり、たのむぞ」

連隊長のうしろには、崎口兵長がいた。兵長は背負い袋の上に、自分で作った竹のかごをくりつけていた。そのなかには、黄色のやせた鶏が、雨にぬれて、おびえていた。

「こら崎口、――」

小倉軍曹が呼びかける。

「森の高地の前を通る時に、鶏を鳴かすんじゃないぞ。コケコッコウとやられたら、わしら、鶏と心中をせにゃならんからな」

一面のやみである。月は夜明けにならねば出ない。顔がぬれるほど、湿った風が荒々しく吹きぬける。雨雲が、空をひた押しに流れている。天地の間に、さまざまの大きさの、真黒なかたまりが、充満し、浮動し、ひしめき合っている気配である。

そのなかで、ひときわ濃い暗黒のかたまりが、五八四六高地の山塊である。その黒さにのみこまれて、森の高地の所在を見ることはできない。しかし、百メートル先のくらやみには、機関銃の銃口が並んでいるのが、燐光のように頭のなかに浮び上る。

草のとぼしい赤土の山道は、連日の雨をいっぱいに吸いこんでいる。足は、すくわれるように激しく滑る。低い所は、田のようにぬかっている。連隊本部の八十余名は、足音をころして、声をのみ、ただ一匹の猫族の如く、ひっそりと通りぬける。

遠雷のように、やみの底に、砲声が振動する。

十七日零時。長い疎開縦隊は、幅四メートルの固い道路に出た。

――シルチャール道！

死の関門はすでに越えた。隊列は、道を西に向って進む。まもなく、タイレンポピの部落である。そこは、ヌンガンの山陵地帯にはいる分岐点であり、この夜の行軍の終る所であった。

灰色に濁った朝。——

作間連隊本部は、タイレンポピ部落付近の谷にはいっている。夕方までは、出発することができない。昼の間は、飛行機に襲撃されるからである。

出発までに、ここで、二つのものを待ちうけることになっている。それは、派遣参謀の着任と、第一大隊の復帰であった。

九時。派遣参謀岡本岩男少佐が、肥った、つやのいい顔を現わした。

この時まで、笹原連隊にいて作戦指導に当っていた岡本少佐は、作間連隊がインパールに接近するので、急に転属してきたのだ。派遣参謀がきたことは、これからの戦闘が困難なものであることを示している。

十時。笹原連隊の指揮下を離れて作間連隊に復帰すべき第一大隊は、まだ到着しない。作間連隊長はタイレンポピで、第一大隊を掌握《しょうあく》してヌンガンに前進する予定である。五八四六高地の北側の道を通ってくるはずの大隊が、この時間をすぎたら、薄暮までは、行動できないと見なければならない。——それとも、突然、敵と衝突でもしたものであろうか。

タイレンポピには、ヌンガンに出た大隊の後方連絡路を確保するために、早くから、第七中隊が出ていた。

長中尉は、ひまを見て、第七中隊を訪ねた。中隊長の石井清夫中尉は、美術学校の先輩であり、同郷の出身者であった。

トンザンの激戦が終った時、石井中隊は先遣隊となって、先に出発した。インパールの動脈の一つともいうべきシルチャール道の状況を偵察するためである。石井中隊は困難な道を強行突破して、シルチャール道に達し、シルチャールの村に接近した。途中にライマタ川があり、吊橋がかかっていた。それは、戦車はもとより、トラックも通れないものであった。

それでも、英印軍の交通を完全に遮断するために、三人の兵は、自分の肉体といっしょに吊橋を爆破させた。

石井中隊の、この報告は弓師団の作戦計画に貴重な資料となった。これで、シルチャール道の軍用価値が少ないことが明らかになった。そこで作間、笹原の両連隊は、モロウ山陵ぞいに、一挙にシルチャール道を突破することになった。

——ただ、不幸にして、インオウロ付近の僅かの時間の差で英印軍が先に出たため、石井中隊の努力はむなしいものになってしまった。

石井中尉は中隊にいなかった。一キロほど離れた谷に行っている、という。そこは、中隊の炊さんの場所であった。炊さんの煙を敵に見つけられないためである。

長中尉が谷をおりて行くと、小さな渓流《けいりゅう》の岸で、泥によごれた兵隊が飯盒《はんごう》をたいていた。その、ふりむいた、まっ黒なひげづらが、石井中尉であった。

「ほう、きさま、生きておったか」

石井中尉は、もそもそと立ち上った。酒をのんだ時のほかは、動作はのろいし、思うことも十分にいえない、絵を描くためにだけあるような人である。

「中隊長殿ご自身で飯たきか。当番はどうしました？」

「このごろは、当番殿は自分の食い物をさがして歩くのが忙しくて、隊長殿などはかまってくれんよ」

「どこも同じですね」

「飯はまだいいよ。俺は、こないだまで、コンボルグという、シルチャールの手前の所におったが、偵察から立哨までやったよ。中隊長も兵隊も同じになってしまった。いやあ、兵隊よりひどい時がある」

飯盒がふき出したので、石井中尉はしゃがんで、かきまわした。動作はのろいが、身についた、手なれたものがある。三十六まで独身でいたからである。

長中尉が、のぞきこむと、

「芋がゆだよ。部落の畑にじゃがいもがあるんで助かっている。バナナもあった。実《み》はないが、しんが食えた」

石井中尉は火を始末してから、そこへ腰をおろした。敵からまったく見えない場所なので、くつろぐことができた。

「こっちへきては描けないでしょう」

絵描き同士の話は、すぐ、絵のことになる。

「うん、ぼつぼつ描いている」

「ほう、よく描けますね。どんなものを描くんです」

「コンボルグにいた時、吊橋のきわにいたので、立哨しながらスケッチしていた。あとで見せよう」

「たいした精進ですね。われわれ若いものはかないませんね」

石井中尉は、ひげのまばらにのびた顔に、きまじめな笑いを浮べて、

「おれくらいの年齢になると、自分の絵の欠点が見えてくる。自分で、自分の才能の貧しさがわかる。なんとかしなけりゃならんと思う。そうすると、描かずにいられなくなるんだ」

石井中尉は四十である。だが、二十六歳の長中尉と、同じ気持を持っていることがわかる。むしろ、長中尉は、自分の気持がふけこんだように思って、

「こんな所にいて、絵のことを考えていられるなんて、うらやましいですよ。自分なんか、てんで、ぼんやりしてしまって――」

この言葉をいいかけた時、これと同じ会話をした記憶が、ふと長中尉の頭のなかにひらめく。――ひと月前、美術学校の同期生の大沼軍曹に会った時だ。

「大沼は死にましたよ」

「そうか。――あの男もね」

石井中尉は飯盒をかかえて、だまって、食べはじめた。大沼軍曹の運命を、ふたりと

も身近に感じた。

十一時三十分。師団から電話がきた。河合副官が出ると、田中参謀長の声で、連隊はすみやかにヌンガンに進出せよ、という。副官が、第一大隊の到着を待って、これを掌握して前進する予定である、と答えると、電話の声は荒々しくなった。

「第一大隊はあとから追及させればよい。そんな所でぐずぐずしておらんで、一刻も早くヌンガンに出ろ」

河合副官がこのことを伝えると、作間連隊長は眉をひそめた。

「少し乱暴だな。第一大隊と連絡もとれないのに。何か事故があったら困るじゃないか、ね」

山守大尉がおちついた調子で、

「いよいよ荒っぽくなるばかりだ、牟田口閣下が師団にこられてから、いよいよ強引《ごういん》になった」

ともあれ、連隊本部は、第一大隊を掌握しないまま、前進しなければならない。

盆地の砲撃が、びりびりと響く。谷の下で風が通らないので、むっとした暑さがこもっている。汗がじっとりとにじむ。

ライマナイの師団の戦闘司令所では、柳田師団長が自分の天幕のなかで、腰をおろしていた。ただ、ひとりであった。牟田口軍司令官がモロウにきたので、ライマナイの谷のなかの兵の動きまでがあわただしくなった。そのなかで、柳田師団長だけが、のけ者になっているようであった。

田中参謀長はモロウの司令部に行って、牟田口軍司令官と作戦の協議をしている。田中参謀長は、そのことさえも、柳田師団長には報告しなかった。だが、そうしたことは、柳田師団長に、いつとはなしにわかってきた。

あの時、電話ではあったが、牟田口軍司令官から罵倒された。それは、陸軍中将であり、天皇陛下から親補された師団長である者に与えられる言葉ではなかった。柳田師団長には、不当にして、たえがたい侮辱に思えた。真に臆病で無能なら、やむを得ない。だが、事実は、不可能な作戦を不可能だ、といっただけではないか。

柳田師団長はトンザンで、作戦中止の意見具申をした時、このようなことのあるのを覚悟していた。恐らく、牟田口軍司令官は意志をひるがえさないばかりか、柳田師団長に対して、強硬の処置をもって報復するものと思われた。

その徴候は、すぐにあらわれてきた。田中参謀長が、前よりも露骨に、師団長を無視した行動をとるようになった。そのような無法は、牟田口軍司令官から、何かの指示を受けなければ、できないことであった。柳田師団長は、もはや自分が師団長として必要とされていないのを知った。

それより先、牟田口軍司令官は弓師団の有力な部隊を取りあげた。師団の右突進隊として、タム＝パレル道を進んでいた山本少将の部隊が、第十五軍の直轄に移された。名称も山本支隊とした。三月二十三日、弓師団がトンザン、シンゲルで苦戦している最中のことであった。

山本部隊は、弓師団のなかでは一番充実していた。野戦重砲が二個連隊、戦車が一個連隊配属になっていた。また、進撃する道路がよいので、インパールに最も早く突入できるのではないか、と見られていた。

山本部隊を軍の直轄に移したのは、これだけの重装備の有力部隊を、臆病な柳田師団長にまかせてはおけないという意味に考えられた。

山本部隊を取りあげられたあと、弓に残されたのは作間、笹原の二個連隊である。これだけの部隊の指揮ならば、師団長でなくて歩兵団長でよいともいえることであった。そのことは、柳田中将の能力が、せいぜい二個連隊の指揮者にすぎないとした、事実上の格下げとも見られた。弓師団としても、戦力を奪われて、大きな損失となった。柳田師団長にとっては、面目をふみにじられる思いであった。

しかし、それよりもたえがたかったのは、柳田師団長を非難するための理由であった。

その第一は、トンザン＝シンゲルで英印軍を逃がしたということである。柳田師団長としては、あの状況で、あれ以上包囲をつづけることは困難と判断した。師団は戦力を半減してしまっていた。しかし、むなしく英印軍を逃がしたのではなかった。英印軍の残して行った車輛六百輛を押収し、多量の武器弾薬を手に入れた。

その第二は、その後インパールへの追撃を怠ったということだ。弓は十日も前進をしないでいたとか、シンゲルを出発してからも、統制前進をしたと、第十五軍ではいうのだ。これらのことは、柳田師団長が作戦中止の意見具申をしたあとで、師団の前進をひきかえさせた、という非難になっていた。

だが、このような事実はなかった。誤り伝えられたと思われることはあった。しかし、師団には第十五軍から藤原参謀が派遣されてきた。藤原参謀はそうしたことの実状を見て、知っているはずであった。それなのに、牟田口軍司令官には、実際とは全然違った話が伝えられている。どこかに誤りか、作為があったのは明らかである。

それにしても、十日も前進をしないでいたとか、あるいはまた、前進してからも、小きざみに休みながら進んだ、というのは、悪意に満ちた作り話であった。これは、柳田師団長を臆病で、戦意がない者に仕立てあげるために違いなかった。

柳田師団長は、そうした悪意の中傷宣伝をする者こそ、卑怯卑劣だと思った。

第三の理由は、弓師団がインパール盆地に出るのが、おくれたことだ。これは統制前進をしたための結果であり、そのことが、インパール作戦の成功を妨げたという。これも、柳田師団長にとっては、いいがかりにひとしいことだった。

インパール作戦に参加した三個師団は、それぞれ嶮難の山脈を越えて進んだ。その距離を図上で測ってみても、一番の長距離は弓師団の笹原連隊で、一九二キロメートルである。次は烈の左突進隊となった宮崎繁三郎少将の部隊の一七六キロメートルである。

祭の本多挺進隊は一二二キロメートルである。

しかし、第十五軍側の言い分としては、弓が最長距離を進むために、作戦発起の日を一週間早くしてある、というだろう。だが、作間連隊のように、道のない山のなかを強行突破したような難行軍は、他の師団にはないことだ。

また、トンザン＝シンゲルのように、最初から敵と衝突してもいる。

第四の理由としては、柳田師団長の臆病があげられた。

昭和十八年十一月、フォートホワイトを攻略したあとである。柳田師団長は野戦病院に負傷者を見舞に行った。チンドウィン河のカレワに近い所であった。負傷兵が五十名ばかり収容されていた。軍医の報告によれば、地雷にかかって、全身に破片をうけた患者が多いということだった。

病室のゆかの上には、患者が横たわっていた。元気な兵は上半身を起して迎えた。衛生材料が不足していて、裸の全身にわずかに巻いた包帯は、赤黒く血に染まっていた。異臭が立ちこめていた。柳田師団長は青白い顔を、さらに青くした。急に、その場に倒れこんだのを、随行した三浦参謀がささえた。すぐに軍医の部屋に移して休ませた。

柳田師団長が血を見て気を失った、といううわさは、たちまちひろまった。それは師団長の要職にある軍人には、ふさわしくない、臆病者のように受けとられた。

そのころ、すでに、柳田師団長は牟田口軍司令官のインパール作戦計画に反対していた。第十五軍側では、柳田師団長の反対は、その臆病のためであるかのように反論した。

柳田師団長は、はたして臆病であったか、どうか。患者の血まみれの姿を見て、失神したのは、そうした状況を見たことがなかったためでもある。柳田師団長は、それまでに実戦の経験がなかった。はじめて、戦死傷者の惨状を見た時には、不快になるのは、必ずしも臆病とはいえない。

第十五軍側では、臆病だから作戦中止の意見具申をしたという。しかし、そのころ牟田口軍司令官に面と向って意見をいえる者はなかった。第十五軍の幕僚は、報告すべき重要事項まで、口に出せないでいた。牟田口軍司令官を、それほど恐れていた。こうしたことは第十五軍の幕僚だけではなかった。

そのなかで、牟田口軍司令官に反対意見をのべたのは、さきに第十五軍の参謀長小畑信良少将と、のちに柳田師団長があるだけである。正しいことを直言するのは、臆病ではできないことである。

むしろ、牟田口軍司令官に対し、面従腹背し、思うこともいえなかった多くの幕僚、指揮官こそ、臆病、卑劣ではないのか。

ライマナイの谷のなかで、柳田師団長は牟田口軍司令官との対決の、最後の時が迫っているのを感じた。だが、今となっては、何もかも手遅れではないか、と思った。インパール作戦は、もはや救いがたいところにきてしまった。

師団がトンザンを出発して、マニプール河の渡河点にきた時のことであった。橋は爆撃で破壊されたが、残った橋脚を利用して急設の仮橋がかけられてあった。

柳田師団長の乗馬は、この橋を渡ろうとして、足を踏みすべらして激流にまきこまれてしまった。

三浦参謀が、師団長といっしょにいた。

「閣下の馬がなくなって困りました」

「かつぐわけではないが、何かの暗示かも知れん。インパールに行ったがいいかどうかは、あとからわかるよ」

柳田師団長は意味ありげにいった。それは信頼できる、ただひとりの幕僚である三浦参謀にうちあけた、師団長の本心であった。

——あとからわかるよ。

すべては、柳田師団長の予想した通りの事態になった。インパール作戦をかえりみる時、連合軍の空挺部隊の降下が、戦略上の勝敗の分岐点となったとすれば、トンザンで柳田師団長が進撃中止の意見具申をした時が、作戦上の大きなやまであった。

牟田口軍司令官は、この二つの大きなやまを無視して、ただひたすらに進撃をいそいだ。

柳田師団長の気持は、再び複雑な怒りにみたされる。たえまなく撃ち出す砲撃をあびている兵隊を、どうすることもできない自分の無力なことに対する怒り。そして、頑迷な者、偏狭な者が、権力を与えられた時に起る、恐るべき悲劇に対する怒り。

柳田師団長は、天幕のなかで、怒りにたえながらすわっていると、やがて、しみじみとしたさびしさに襲われた。——無視され、のけ者にされたというさびしさではない。

——どうすることもできない大きな、そして愚かしい動きのなかで、ただひとりさからっている時の孤独のさびしさ。

午後になると、いつものように豪雨が襲ってきた。盆地の空に、竜巻《たつまき》のような黒雲がたれさがり、急速に移動しながら、すさまじい雨を降らして行く。天地は一時に暗くなり、突風の吹きまくるなかを霰《あられ》のような大粒な雨が、無数の白銀の線をひらめかす。

十七時。連隊本部は前進をはじめた。

雨が中休みになった。霧のようにぬれた空気のなかで、長中尉は、石井中尉に別れをつげる。——四十数名の石井中隊は、連絡路を確保するために、タイレンポピにとどまるのである。連合軍の砲撃と戦車は、あすにも、この中隊を襲うかも知れない。

「お元気で」

「しっかりたのむよ」

石井中尉は、まばらな、こわいひげをほころばせた。

「久しぶりで絵の話ができて、嬉しかったよ」

夜になると、かつて経験したことのない難行軍となった。せまいコイロ川の谷間は、豪雨のために水かさがまし、すさまじい激流となっていた。唯一の木こり道は激流の下にかくされてしまった。谷の斜面は雨で崩れ、大きな石が流れおちて、足を奪う。時どき、兵隊が急流のなかにおちこむ。必死になって這いあがってくる。

いなずまが光る。雨がまた降り出す。

行進がとまった。行く手の橋の上を、激流が越えている。橋ぞいに、綱をはり渡す。

「流されるな。流されるな」

はげまし合う声が、激流の音にまじって、悽惨に響く。危くさらわれそうな、激しい流れのなかに、胸までつかって、橋を渡る。

道は次第に高くなる。……嵐のような雨。

山の斜面一帯を、滝のような水の流れが掩い隠している。下半身を洗われながら押し流されないために、非常な努力をもって、からだを支えなければならない。歩くことが危くなると、立ちどまって、足を踏みこらえて、待つ。――いなずまが光る。その瞬間に、前を行く兵隊の黒い姿を見つける。それをたよりに、再び歩き出す。

「落ちたぞ！　落ちたぞ！」

すだれをかけたような、斜面一帯の急流に足を奪われて、谷底にころげ落ちた者がある。一部の兵がその捜索をする間、少し先の平地で小休止することになる。

いなずまが、厚い黒雲の表と裏にひらめく。その光に照し出される起伏の大きな山陵は、人間の世界の涯にあるかのように、荒涼としている。

数本の木立がある。長中尉は、その下に身をよせた。ごうごうと鳴る雨の音。ふと、そのなかに、人の声が聞えた。

「まるで、むちゃだ。こんなひどい雨のなかを行軍するなんて」

近くの木の下に、うずくまっている黒い人影が見える。兵隊が、いつものように不平をいっているな、と思っていると、雨のしぶきに吹きちぎられた声が、「こんな、ばかばかしい戦さが、……」と聞え、しばらくして「兵隊がかわいそうだ」と怒っていった。聞きおぼえのある将校の声である。将校が不平をいうのは困る、と思って、

「誰か」

「……安倍見習士官」

その名を聞くと、顔が浮んできた。頬の赤い、自分より三つ年下の青年だ、とわかると、急に気が変った。このような、線の細い、感情的な、女性型の軍人が出てきたのは、このごろのことである。

「見習士官、こっちへこい」

安倍見習士官は返事もしないで、立ってきた。長中尉は何かほほえましいものを感じて、

「おい、まんじゅうをやろう」

安倍見習士官は雨の音と、その場にだしぬけな言葉のために、意味がとれないらしく、

「なんですか」

とききかえしたが、長中尉が笑いを含んで、もう一度同じ言葉をくりかえすと、

「まんじゅう？　ばかにしないで下さい」

と高ぶった調子で、若々しい怒りの感情を見せた。

「まあ、いい、こっちへこい」

長中尉は安倍見習士官の腕をとるようにして、木の根かたにつれて行った。

「そこへ、しゃがめ」

安倍見習士官は制裁される覚悟らしく、だまって、しゃがみこんだ。長中尉もしゃがんで、肩にかけていた携帯天幕を、自分と安倍見習士官の両方の頭の上に引上げた。

「安倍、きさま、兵隊の時、寝てから、こっそりと物を食べたり、たばこを吸ったことがあるだろう」

安倍見習士官は何をいわれるかと不安になったらしく、すなおな返事をした。長中尉は、この青年にしみじみとした愛情を感じる。

「……みんながすることだが、思い出すと、なつかしいもんだな。――きさま、たばこ、あるのか」

「ありません」

「上等の〝インドたばこ〟がある。一本やる。天幕を押えていろ」

長中尉は、手さぐりで、油紙で厳重に包んだたばこを取り出して、安倍見習士官に一本やり、自分も口にくわえた。安倍見習士官は特別な感情に襲われたらしく、からだを固くしている気配だった。

天幕の布をとおして、雨がしぶく。

長中尉はマッチをつけた。天幕にかこまれただけが明るくなった。火をつけてやると、安倍見習士官の若い眼が泣きそうに見つめている。

「きさま、若いからしかたがないが、あまり文句をいうなよ」

長中尉が静かにいうと、安倍見習士官は急に声をあげて泣きはじめた。

十八日朝、雨あがりの白い霧がかすれ飛ぶなかを、連隊本部はヌンガンについた。部落は、この山陵地帯の丘の上にあったが、爆撃されて家は吹き飛んでいた。連隊本部は、部落を離れて、深い谷のなかにはいった。

ビシェンプール攻撃

一

作間《さくま》連隊本部がヌンガンに到着した五月十八日の午後。

作間連隊長は、作戦の山守大尉、情報の長中尉《ちょう》をつれて、地形偵察に出た。すでにこの高地に進出して陣地を構えていた第二大隊の末田大隊長が、先に立って案内をする。

末田大尉は、髪を短く刈り、ひげをきれいにそって、さっぱりとした顔になっている。

「大隊長になるときれいになるものだね」

と、作間連隊長がひやかすと、

「兵隊も全部、髪を刈らせました。あんな、こじきみたいなむさい格好をしていると、気持まで不潔になってきていかんです。髪を刈って爪を切れ、といいましたら、遺髪遺爪は用意してある、というんです」

末田大尉は笑って、

「ひとり残らずきれいになったら、すっかり元気になりましたよ。それから、食糧を公平に分けるようにさせました。ちょっとしたことですが、小川少佐殿の時にはくさっていた兵隊の気持が、がらっと明るくなりました」

「その勢いで、ブリバザーの砲兵陣地を取ったんだな。——師団でも喜んでいたよ。こっちへきてからの、はじめての大戦果だったからね」

「戦果はいいですが、あとがいけませんでした。それ以来、毎日、大変なお返しです。この山一面が、砲弾の穴だらけになりました」

斜面のかげを歩いて、山陵の頂上に出た。幕をきりおとしたように、視界が一時にひらける。

まばらな雑草に掩われた赤土の大地は、いくえにも起伏しながら、向うへ低く傾いている。その先に、ぐっとおちこんだ平地がある。——インパール盆地が、今、眼の下にひろがっている。その中央に、鉛色の湖がよどみ、灰色の雲と山の姿を浮べている。

「ああ、ログタ湖」

湖の岸にそって道が走っている。それがインパール南道だとわかると、眼は、それを北にたどる。所どころに小さく林や森がある。その遠くに、大きな町がある。赤い屋根、白い建物が、むらがっている。

「あれがインパールです」

末田大尉が指さす。

――苦闘七十日。この大作戦の目的地が、今、二十五キロのかなたにある！

砲声が遠雷のように響いてくる。盆地を越えた、向いの山脈から響く。

「あの砲撃はパレルだね。山本支隊もひどく叩かれているらしいな」

「このごろは、だいぶ砲声が少なくなりました。目標がなくなってきたんでしょう」

と笑ったが、さびしそうであった。

盆地の外周には、いくえにも山ひだがかさなり、峰々がむらがりつづいている。濃い灰色の雨雲は、盆地の上に低くかぶさり、山ひだの間には、白い雲が綿のようにたまっている。山脈の所どころを区切って、幕をさげたように雨が降っている。

ごうごうという爆音が、盆地のすみから湧き上る。

「インパールの飛行場です。ここから二つ、大きいのが見えます」

板きれをおいたように平らな場所が見える。そこを、黒い甲虫《かぶとむし》が這っている。――飛行機だ。……二機……三機。つづいて離陸している。

「長中尉、飛行機がくるから、見つけられんようにしてくれ」

末田大尉は、長中尉の頭をからかう。包帯をまきつけたまま戦闘帽をかぶらないでいる、インド兵のターバンのような頭のことである。――毒だににくわれて化膿した傷がまだなおらない。

「何か偽装しますか」

きれながな眼を光らせて、長中尉が精悍な笑いを浮べた。末田大尉は、高地の南端を指さした。

「あれがビシェンプールです」

　笹原連隊が蜂の巣陣地に妨げられて、どうしても攻撃することのできなかったビシェンプールが、約五キロの先にある。五百戸ばかりの、マニプール人の黒い木造の家屋が密集しているなかに、バンガロウ風の赤い屋根が目につく。英国人の家か、公共の建物である。村の中央で、インパール南道は、あざやかな丁字《ていじ》をえがいて、三方に分れている。その、西に向っているのが、一昨夜、踏み越えたシルチャール道である。南道を、さらに南に行けば、モイラン、トルブンの隘路口《あいろ》がある。その先は重畳《ちょうじょう》とした山岳となって雲のなかに隠れている。

　ビシェンプールの三差路の近くに、トタン屋根の大きな建物がきわだっている。

「あれが、市場らしいのですが」

　ビルマ、インドでは、どこの町や村にもある市場。そこに、きまった日に、食物や日用品の市が立つ。その日には近在から住民が集まり、交易と、娯楽と、社交の歓楽場となる。

「――今では兵舎になっています」

　南道は、しきりに自動車が往来している。

　山守大尉は、町の一角をじっと見つめていたが、連隊長に指で示しながら、

「あの北端の、竹やぶのある所、あすこへ、自動車が、さかんに出入りしています。今ピ

カピカ光った乗用車がはいりました。あすこは司令部かなんかあるんじゃないですか」

みんなの視線がそこに集まる。

「状況からいって、高等司令部の所在地と思われますが」

「そうかも知れん」

作間連隊長もうなずく。末田大尉はきびきびと、

「この東の正面の高地端にこぶ山がありますね。うちの大隊がここに出たので、敵はあすこに上ってきました。押えに来たのです。黒い線のように見えるのが鉄条網と掩蓋《えんがい》陣地です。敵は、あの山を主陣地として、この斜め東南方、及びこの南方と三個所に陣地を構えています。兵力は全部で千名ぐらいのようです。インドのグルカ兵が多いですが、例の、鶏のマークを腕につけた英国兵がきています」

さらに末田大尉は、こぶ山の手前を指さし、

「あの起伏のこちら側に、黒い点がぽつぽつと並んでいるのが見えましょう。あれが、うちの中隊の陣地です。黒い点がたこつぼ壕です。兵隊が昼の間は頭も出せないで、もぐったままでいます」

起伏した斜面一帯に、赤土の色のなまなましい、掘りかえしたような穴が無数に点在している。集中炸裂《さくれつ》した砲弾の痕である。毎日の雨がたまって、鉛色に光っている。

急に爆音が近づいてきた。ログタ湖の上空に、黒く、戦闘機の六機編隊が飛んでいる。

巨大な要塞と化したインパール盆地の全容を眺め終った時、血のわくような興奮がめ

いめいの胸のなかをあつくした。

「ま、生きては帰れんでしょう」

末田大尉が歴戦の人らしいゆとりを見せて、にやりと笑った。しかし、それは、そこにいた人々の全部に共通した感慨であった。

二

その翌日。——十九日の早朝。南方面に銃砲声が激しく聞える。

作間連隊長が掌握できずにきた第一大隊がヌンガンに追及してきた。破れた服、傷ついた肉体、雨にうたれ、泥にまみれ、ぼろぼろになった三百六十名である。悽惨に変りはてた顔色に、連日の苦闘のあとを示している。

斎藤大隊長が戦死してから、大隊の指揮をとっていた松村大尉は、連隊本部の長中尉らに、長くのびたあごひげをしごいて見せ、

「どうだ、本物の大隊長に見えるだろう」

と笑った。

大隊がヌンガンにつくと、すぐに新しい大隊長が着任した。

新任の森谷勘十《もりたにかんじゆう》大尉は、大隊長要員として師団から派遣され、連隊本部にきていた。四十に近い大尉は、外貌も気持も年齢《とし》よりふけて消極的に見えた。その、いやしげな顔に作間連隊長は信頼を持つことができなかった。この危急な、しかも連隊最後の戦闘と

もなるべき時に、このような老朽者を出すことは好ましくなかった。ただ、松村大尉がいるので、作間連隊長は心を安んじることができた。

そのほかに、戦死した小隊長の補充として、本部から安倍見習士官が出た。ヌンガンに前進する豪雨の夜、長中尉に慰められて泣いた若者は、うそさむい表情を浮べながら出て行った。

第一大隊は、高地の東南端に近い所に進出して、陣地を構えた。そこは、二キロの先にビシェンプールを見おろす、ブンテ部落の付近であった。

第一大隊がヌンガンを出発して、一時間ばかりののち、師団司令部から作間連隊長に緊急電話がかかって、急変した状況を伝えてきた。

——連合軍の攻撃は急に活発になってきた。日本軍にとっては致命的な三個所の地点に、それぞれ千名ずつの英印軍が攻撃してきている。

まず、平地方面では、十七日以来、トルブン隘路口付近に出現した英印軍は、さらに兵力を増強した。これを攻撃した歩兵六十七連隊第一大隊は、大隊長瀬古三郎大尉を先頭に敵陣に突入したが、撃退された。なお、この方面の敵は落下傘降下部隊らしく、現在もトルブン隘路口を遮断している。このため、弓《ゆみ》師団は後方補給路を断たれる恐れが生じてきた。トルブン隘路口を閉ざした蓋《ふた》をあけることは、弓師団の死活にかかわっている。

それに加えて、別の英印軍部隊は弓の師団司令部の前にある〝三つこぶ山〟を占拠した。そこは師団司令部のあるライマナイと、作間連隊本部が三日前までいたインオウロのほぼ中間である。英印軍は作間連隊と笹原連隊の後方の要地を押えてしまった。

しかも、モロウには牟田口《むたぐち》軍司令官、久野村参謀長以下、第十五軍の首脳部がきている。その目の前、七キロメートルの三つこぶ山に英印軍が出現したことは、牟田口軍司令官らの心胆をおびやかすに十分であった。

ライマナイの司令部は、戦闘兵力を持っていない。わずかに衛兵中隊が主力となって攻撃に出た。作間連隊が、あとに残してきた駄馬隊も、馬を放りだして戦闘に当った。

同じころ、英印軍の別の一隊は、ビシェンプールからカアイモールに出た。この部隊は、笹原連隊を背後から攻撃してきた。

英印軍の三つこぶ山占拠は、弓の態勢に強力な楔《くさび》をうちこんだ。そのために、師団司令部は第一部隊から孤立してしまった。同時に作間、笹原の両連隊は、後方連絡を遮断された。連合軍は絶好の機会に、絶好の場所を押えた。

この難局を打開するために、師団はビシェンプールを攻撃する決心をした、と緊急電話は師団命令を伝えてきた。

《作間連隊は急遽《きゅうきょ》ビシェンプールを攻撃し、敵の後方を遮断すべし》

師団の計画は、ビシェンプールを押えて、三方面に進出した英印軍の根源を断とうとする。そのために、インパールに突進するはずであった作間連隊をビシェンプールにふりむける。同時に、笹原連隊はガランジャールの敵をはねかえし、ビシェンプールに突っこむ。また、戦車第十四連隊と、祭《まつり》、兵《つわもの》の各師団から配属の歩兵大隊は、トルブンを突破して、ポッサンバンの部隊とともにビシェンプールに突入する。

作間連隊は、現在は交戦していないのであるから、即時出撃せよ。作間連隊が全力をあげてビシェンプールを確保するならば、笹原連隊と、平地方面の各部隊は、一日か二日のうちには、必ずビシェンプールに突入する。

このようにして、三方面から一斉総攻撃すれば、今度こそ、ビシェンプールを奪取することができる。成否は一に、この攻撃の主力たる作間連隊の迅速果敢《じんそくかかん》なる行動にかかっている。

田中参謀長の電話の声が強引に叫ぶ。

「ただちに、ビシェンプールに行け」

それを叫んでいるのは田中参謀長だが、実際に号令しているのは牟田口軍司令官である。号の正面に攻撃重点を移したからには、なんとしてもインパールに突入しなければならない。牟田口軍司令官は、まずビシェンプールをぬくために、総攻撃を強行する決心をした。

作間連隊長は平静に答えた。考えがまとまらないのではないかと思われるほど、ぽつりぽつりとした口調である。

——第一大隊は、けさヌンガンに到着したばかりで、まだ所定の位置に展開することも終っていない。それはいいとしても、ビシェンプールの状況が、まったくわかっていない。出撃するためには、斥候を出して偵察をしなければならない。このような準備不足のまま行動を起しても、成功は望むことはできない。

田中参謀長ののぶとい声が、少しいら立ちながら、

「それでは一体、いつになったらやれるというのか」

作間連隊長はくぼんだ細い眼を静止させて、じっと考えていたが、

「緊急の状況ですから、すみやかにやらねばなりませんが、偵察と準備のために明日いっぱいを要し、二十一日零時以後なら行動を開始できます」

「二十一日？　だめだ。今からすぐ準備して、今夜半に飛びこめ。——軍司令官閣下も、厳重にいわれておる」

電話がきれる。軍司令官閣下という言葉が強く耳に残る。それが、牟田口軍司令官の企図を明らかに感じさせる。山守《やまもり》大尉が十もふけた顔になって、

「厄介なことになったものですね。——戦争は錯誤の連続で、錯誤の少ない方が勝つといいますが、今度の作戦は、一手ちがいのさし遅れという感じで、ちょっとしたくいちがいばかりつづいて、それで失敗しています。柳田閣下も、鼻の先へ敵に飛び出されて、今ごろ、苦労されてるでしょう」

その言葉を聞いた時、作間連隊長の決心ができた。柳田師団長がたよりにしているのは自分、この作間である。そう思うのは、自分のうぬぼれではない。柳田師団長のためにも、ビシェンプールを取らなければならない。作間連隊長は山守大尉に、ふたりの大

隊長を呼ぶように命じた。

三

作間連隊のビシェンプール攻撃計画。

第一大隊（森谷）は、ヌンガン山陵地帯から真東に平地に下り、インパール南道を東に越えて、ビシェンプールの北端より突入し、シルチャール道分岐点を確保して、敵の後方連絡を遮断する。

第二大隊（末田）は、ヌンガンより北東方に下り、ビシェンプール北方二キロのパレンバ部落、及びその北方八キロの二九二六高地を占領し、インパール南道の後方連絡を遮断する。

ヌンガン山陵地帯の敵に対しては、連隊長が直轄部隊をもって当り、ここを確保する。

攻撃開始は本十九日夜半零時。両大隊は同時に突入する。そのためには、準備完了次第、可及的すみやかに出発する。

兵力は、第一大隊三百八十名。第二大隊五百四十名。直轄部隊は、連隊本部、乗馬小隊その他、合せて百五十名。

兵器弾薬。——第一大隊は重機関銃二、軽機関銃五。第二大隊は重機三、軽機六。

ほかに、第二大隊には、山砲中隊を加える（この山砲は、連隊に一個中隊しかなかったのを、末田大隊長が特に配属を希望した。山砲中隊には山砲が五門あったが、そのうちの三門を出し、それに連隊砲一門を加えた）。砲弾は一日一門に対し六発。

このほかに、四個か五個の破甲爆雷と、二、三の擲弾筒《てきだんとう》。兵隊は一人につき、小銃弾百二十発。手榴弾各一発。

糧食は三日分。乾パンならば一袋（一食分）を一日とし、米ならば一日一合とする。

弾薬糧食は、このように乏しいものであったが、それは、連隊がその時携行していた全量にひとしかった。

この計画で、作間連隊長が企図したのは、インパール南道を二重遮断して、ビシェンプールをインパールから孤立衰弱させることであった。各大隊は、突入後、十日間はがんばる自信があった。その間に、笹原連隊と平地方面の部隊が出ることができたら、この総攻撃は成功する、と考えた。

作間連隊長は、森谷、末田の両大隊長に命令を伝えたあとで、激励の言葉を与えた。

「作間連隊としては、インパールを取ることが最大の目的であった。しかし、現在の状況としては、インパールに行く希望を捨てて、全力をもって、ビシェンプールに当らねばならない。連隊長は、これが連隊最後の戦闘になると思っている。連隊の運命をかけ、全滅を賭《と》してやる決心である。大隊のどちらかがつぶれたら、連隊長は、軍旗を奉じて突入する。白虎《びやつこ》部隊とうたわれたわが連隊の名誉を汚すことのないように、勇戦奮闘していただきたい」

その時は、昼食の時間になっていた。河合副官は、今こそ、かの鶏を殺すべき時だと考えた。だが、そのひまがなかった。攻撃開始まで、あと十二時間しかない。二人の大隊長は、すぐに大隊に帰って、準備をしなければならない。

作間連隊長は、二十本入りの紙巻たばこ『興亜』を、一箱ずつ両大隊長に与えた。この貧しい贈物のなかに、連隊長の無限の心づくしがこめられてあった。

同じ十九日。笹原連隊の第二大隊は森の高地の攻撃を命ぜられた。大隊長中谷謙一少佐は部下の全員を集めた。作戦開始当時八百名いたのが、その時には、六十名あまりが生き残っているにすぎなかった。体力が衰え、疲れはてた兵はのろのろと集まってきた。

中谷大隊長は兵を見まわした。出発の号令をかけることもしなかった。

「おい、今から夜襲をやるぞ。みんな、ついてこい。おれが死んだら、さがれ」

中谷大隊長は先に歩き出した。強敵に立ち向う指揮官らしい行動は、何もなかった。部下の兵も、隊列を組むこともなく、あとについて、のろのろと歩いて行った。これも、敵が近距離にいる時の兵の動作ではなかった。

大隊長も兵も、もはや戦意は持っていなかった。戦況に絶望していた。命令だから、行くまでのことで、命令の成果をあげることなどは考えなかった。これでは、命令が実行されたとはいえない状況で、第一線の将兵は、むなしい気持になっていた。

中谷大隊は森の高地に向って二百メートルばかり前進した。突然、近い所で激しい音が響いた。滝の落ちかかる音に似ていた。英印軍のおびただしい機関銃の一斉射撃であった。中谷大隊の全員は撃ち倒された。

四

末田大隊にとって有利なことは、ひと月前からヌンガンに進出していたために、この付近の地形を知りつくしたことであった。

末田大隊は、夕方までには、地隙の間を通って山陵地帯の端に出ていた。日が暮れると、すぐに平地におりた。一面の水田の間を、舗装したインパール南道が横たわっている。街道を向う側に越えて、迂回して二九二六高地に上った。夜があけた時には、大隊の主力は、三つにくびれたなまこ型の高地の中腹に出ていた。敵のいない地点をぬって行ったため、何の抵抗もなく、一発の銃声も聞えなかった。いかにも末田大尉の性格の現われた、機敏な進出ぶりであった。

森谷大隊の突入したビシェンプールでは、二十日午前二時、猛烈な銃砲声が起った。

夜のやみの底に、異常な動揺が感じられた。まっ先に飛びこんだのは松村大尉の第三中隊であった。鉄条網、バリケードを排除して、三差路に殺到し、そこにある兵舎を攻撃した。この急襲は成功した。約三十分の戦闘ののち、兵員三百名、馬三百頭を捕獲した。まもなく、英印軍は四方から逆襲してきた。英印軍は照明弾を打ちあげた。その光は、らんらんとして、戦場を照し出した。

作間連隊長は、山守大尉、長中尉らと、ヌンガンの丘の上に立って戦況を案じていたが、この時、丸く光の輪に包まれて、ビシェンプールの町が、暗黒の底から浮び上るのを、あざやかに見ることができた。

英印軍の逆襲は執拗にくり返され、松村中隊は防戦に急なままに、捕獲した兵員も馬も、みな放棄してしまった。

松村大尉は、あくまで三差路を確保しようと決心した。兵隊は各自、個人壕を掘ったが、深さ半身をいれるに達しないうちに、夜があけた。

うす日のさした、朝のインパール盆地の底には、白い霧がよどんでいた。そのなかに、島のように頭を浮べている二九二六高地が、激しい銃砲声に包まれた。

有線電話が、連隊本部と戦闘の現場を結びつけている。山陵の端にあるワイネン部落に出ていた通信小隊の兵が電話の線をのばしながら、大隊について行ったのだ。二九二六高地の中腹から末田大尉が連隊本部の山守大尉に呼びかける。

《大隊の主力は、高地の頂上に向って攻撃している。頂上には、有力な敵の砲兵陣地がある。別に一個中隊をもって、南麓のパレンバ部落の敵を攻撃中。大隊長は各中隊を掌握し、全員、士気旺盛である》

電話の言葉の間に、末田大尉の激しい呼吸と、銃砲撃の騒音が聞えた。

しめった風が山陵地帯から吹きおろし、息をかけた鏡をぬぐうように、霧の底に沈んでいたログタ湖は、鉛色の水面を現わしてきた。

ごうごうというプロペラの響きが、インパールの飛行場に湧き上る。霧のはれるのを待っていた連合軍の飛行機が飛び出す。飛行場を飛び上れば、すぐ目の下に、新しい交戦地域がある。スピットファイアやP51などの戦闘機の編隊が、二九二六高地からビシェンプールの上空を旋回する。時どき、急に機首をさげて、対地攻撃をして飛び去って行く。

インパールの方から一団の戦車が前進してきた。

なまこ型の二九二六高地の中段は、さかんに炸裂する砲煙に掩われた。砲煙が風に吹き流されたあいまには、明らかに、日本兵の走りまわる姿が見えた。手榴弾の白煙が各所にあがり、転々と移動していった。

南進してきた戦車隊は高地の麓に達した。戦車は機関砲を撃ちながら、高地の斜面を甲虫のように這い上って行く。

他の五、六輛の戦車は、高地の下を通って、パレンバ部落の正面に展開し、部落のある林に向って集中火をあびせた。まもなく部落は火災を起し、黒い煙が燃え上った。

末田大尉から電話がくる。

「大隊の主力は、高地中段にいる。山頂、山麓の両方から撃たれるので、前進できない。パレンバ部落は、一個中隊をもって確保し、そのうしろに砲兵を出している。今、敵の戦車が南北から挟撃してきている」

この電話の終りを、末田大尉は、前の時と同じ言葉で結んだ。

「大隊長は各中隊を掌握している。全員、士気旺盛である」

この電話のあと、しばらくして、ワイネン部落の通信隊から、連隊本部に報告がきた。

「二九二六高地の電話線がきれました」


ビシェンプールの町では、間をおいて時どき機関銃が鳴り響いている。

正午近くになって、英印軍のＭ３軽戦車六輛が出てきて、縦横に走りまわった。わずか六輛の軽戦車であったが、対戦車砲のない、素手にひとしい大隊は、さんざんにかきまわされてしまった。森谷大隊長は安藤源次郎副官以下六十五名と、町の東北角に追い飛ばされた。

混乱のうちに、かの勇敢であった第四中隊の全員は戦死した。第一中隊の生残者は、町を突きぬけて、南側に逃げてしまった。三差路にいた松村大尉だけは、自分の第三中隊と、ほかに第二中隊、第一機関銃中隊の兵約百三十名をまとめて、同じ場所にがんばりつづけていた。

作間連隊長はヌンガンの丘の上に出て戦闘を見まもっていた。ビシェンプールの町のなかを、戦車が走りまわっているのが明瞭に見えた。戦車の撃ちつづける機関砲の音が聞えるばかりで、日本軍の機関銃は、まれにしか響かない。

両方の大隊とも、無電機を持って行ったが、なんの連絡もない。無電を打っているひまもないに違いなかった。沈黙している無電が、状況の不利を雄弁に伝えた。

午後になると、雨雲が厚くたれさがり、マニプールの天地は、薄暮のように暗くなった。ログタ湖の黒ずんだ水面には白い波が立ち騒いだ。ビシェンプールも二九二六高地も、低く流れる雨雲に隠されて、おぼろにかすんだ。やがて、滝のような豪雨が、盆地の全部を押し隠した。

豪雨の下で、銃砲声が、時どきあざやかに響いていた。

戦場は、雨に包まれながら夜にはいった。ビシェンプールは、ほとんど沈黙してしまったが、二九二六高地では、なお、さかんに銃砲声が響いていた。曳光弾《えいこうだん》が、ぬれたやみのなかで、蛍火のように明滅した。

攻撃の第二日。――二十一日。

夜のうちに、ワイネンの通信隊は、二九二六高地の電話線を修復した。末田大隊長の声は、また、連隊本部にとどいた。その報告によれば、——

高地の中段まで出た大隊主力は、上と下から撃たれて、頂上に行かないうちに損害を多く出した。そこへ、戦車が上ってきた。大隊長は高地の八合目まで行ったが、ついに追い落されてしまった。大隊本部は麓のパレンバ部落におり、高地に散らばった兵隊は逐次本部付近に集まってきている。

かの神経痛の小川大隊長が無断後退したあと、末田大尉が行くまでの間、大隊長代理をつとめていた機関銃中隊長竹中大尉は重傷をうけた。再び立つことのできないことを知った大尉は、激戦のなかで、ピストルをもって自決した。


ビシェンプールからは、下士官がただひとりで、ヌンガンへ伝令に帰ってきた。松村大尉が筆記報告を持たせてよこしたのである。

——戦車のために蹂躙《じゅうりん》され、大隊は分裂した。大隊本部とは連絡をとれないでいる。

松村はシルチャール道分岐点を確保している。最後の一兵となるまで、ここの地点を死守する。松村が生きている間はご心配ないように願いたし。

この報告は鉛筆で書いてあったが、字体は整然としていた。このような筆記報告を与えて伝令を出すことは、沈着的確な指揮官でないと、なかなかできないことであった。

松村大尉は、その決意の通り、死守しているに違いなかった。だが、午後になると、ビシェンプールの銃砲声は全く衰えてしまった。戦車も、道路の要所にがんばっているだけで、特に動き出そうとしない。

銃砲声が響いているのは、第二大隊のいるパレンバ部落の付近だけである。戦車は部落を包囲し、機関砲を撃っている。それと交錯して英印軍の撃つ迫撃砲弾が、特徴のある音をたてて部落に集中する。滝のようにすさまじい連射であった。

連合軍の戦闘機は、時どき、その付近の上空を旋回したが、もはや、爆撃も対地攻撃もしなかった。それは、彼我《ひが》の部隊が非常に近接しているのと、日本軍の行動が活発でなくなったためである。

シルチャール道から南の方では、銃砲声が断続している。昨日来、連合軍の進出した地点で戦闘がくりかえされているのが、ヌンガンの連隊本部でもわかった。

盆地一帯に砲撃の響きが、潮の遠鳴りのように断続する。

上空のどこかには、たえず、飛行機が飛んでいた。機体が眼に見えなくても、爆音のしていない時間はなかった。それはみな、連合軍の飛行機であった。

この日も、ヌンガンの丘に立って、戦闘を観望していた作間連隊長は、全般の戦闘が不利であることを知った。平地方面には、日本軍の出てくる形勢がなかった。

作間連隊長は、ビシェンプールの戦況が、最悪の事態に近づいている、と判断した。これ以上、南からの部隊の進出が遅れたら、両大隊はむなしく壊滅し、全員戦死しなければならない。

作間連隊長は、緊急電話で師団司令部を呼んで、この状況を伝え、南方面の進出を促した。これに対して、師団は答えた。

——三つこぶ山に進出した敵は、その後次第に優勢となり、鉄条網を張りめぐらし、陣地を構築している。笹原連隊は攻撃を続行しているが、打撃を与えるまでに至っていない。

また、平地方面では、田口工兵連隊と歩兵の砂子田《いさごだ》大隊が、ニントウコン、ポッサンバンまで出ているが、混戦をくり返し、所期の進撃ができないでいる。

このような状況にあって、両方面とも戦局の打開を急いでいるが、ビシェンプールに突入するには、なお一日を要するものと見なければならない。

田中参謀長は、このように説明したのち、次の命令をつけ加えた。

「作間連隊はビシェンプールを死守すべし」

作間連隊長はこみ上げてくる憤怒を押えるために、沈痛な表情になった。今になって、ほかの部隊が出ることができない、というのでは、作間の両大隊を犬死させることになるではないか。あれほど、せきたてて攻撃に出させたのは、応急の処置であるとしても、やはり猪突《ちょとつ》無謀の計画ではないか。

このころ、作間連隊に呼応するはずであった平地方面の部隊の実状は、師団側の説明とは大いに違っていた。

連隊長田口音吉中佐のひきいる独立工兵第四連隊の本部、第一中隊、第二中隊がポッサンバンにはいったのは、四月三十日であった。部落は、インパール南道の道標十九マイルと二十マイルの間にひろがっていた。部落には、弓師団の歩兵第二百十三連隊の第二大隊の砂子田大隊、山砲四門、速射砲二門、九五式『ハ』号軽戦車二輛が出ていた。これらの諸部隊は田口連隊長の指揮下にはいった。ここが日本軍の、インパール南道上の最前線となった。

五月八日早朝、英印軍は重迫撃砲弾をポッサンバンに激しく撃ちこんできた。部落は土けむりに包まれた。間断なく爆発する砲弾の火煙のかなたに、巨大な戦車が動いていた。M4ゼネラル・シャーマン中戦車である。第二次世界大戦のヨーロッパの戦場で、連合軍側の有力な兵器となった、破壊力の大きな戦車である。工兵連隊では、この戦車がインドの戦場に出てくることを予想していた。それが今、二、三百メートルの前方に、数輛が横にならんで前進してきている。

ポッサンバンの部落は、南道をはさんで東西にひろがっていた。部落は小高い台地の上にあり、部落の周縁は土塁のように固めてあった。これは雨季の浸水にそなえたものであったが、そのころは、まだ、どこも乾いていた。M4中戦車は台地に押し上り、部落の中央を流れる川の北岸まで出てきた。南岸には、右翼に弓の歩兵第二大隊、中央に工兵の第一中隊、左翼に第二中隊が展開していた。M4中戦車は七十五ミリ戦車砲と機関砲を乱射した。第二中隊長、田口重雄中尉が負傷し、たちまち七十名あまりが死傷した。山砲一門も破壊された。M4中戦車は対岸にそって移動しながら砲撃をつづけた。日本軍の軽戦車は、一撃で破壊された。戦車兵が九七式車載重機をはずして応戦したが、あとかたもなく吹き飛ばされた。

M4中戦車は対岸を一巡すると、北方に帰って行った。これで攻撃は終ったのか、と思うまもなく、ごうごうという飛行機の爆音が響いてきた。コンソリデーテッドB24重爆撃機が大編隊を作って、まともに上空に迫ってきた。編隊の周囲には、モスキート、ハリケーンなどの戦闘機が警戒のために飛びまわっていた。B24の爆弾倉が開いて、大きな一トン爆弾を投下した。爆弾は南のニントウコン部落に集中し、大爆発をおこした。そこには数名の輜重《しちょう》兵がいるだけで、損害はなかった。だが、部落のいたる所に、一トン爆弾の爆発のあとが、直径十メートル以上、深さ八メートル以上の大穴をあけてあった。

五月九日。重迫撃砲の間断のない猛射をあび、部落の民家は炎上し、民家の周囲の竹やぶはなぎ倒された。砲撃につづいてM4中戦車が来襲した。砂子田大隊では、肉攻班の兵が破甲爆雷や地雷を身につけて、M4中戦車の下に飛びこんで、わが身もろとも爆発させた。だが、九九式破甲爆雷や九三式地雷では、M4中戦車のキャタピラ（戦車の車輛を取りまいている鉄の履帯）が切れる程度であった。M4中戦車が動けなくなると、すぐに牽引車が出てきて引張って帰って行った。工兵隊では爆雷や地雷がたりないので、ダイナマイトやアナモールの爆薬を持って突入した。その結果、M4中戦車を一輌だけ、ポッサンバン川のなかにおとしこんで、擱坐《かくざ》させることができた。

五月十日。夜が明けると、英印軍の重迫撃砲の一斉射撃がはじまった。毎朝、定時に開始するらしかった。田口連隊長が掩蓋壕から半身を乗りだしたとたんに、壕側で一弾が爆発した。田口連隊長は胸に重傷をおった。手当をして後送しようとすると、

「おれをこの所からさげるな」

と、叫びつづけた。田口連隊長は、担架に乗せて北ニントウコンに運ぶ途中で絶命した。あとの指揮は砂子田長太郎少佐がとることになった。

それから連日、英印軍の激しい攻撃がつづいた。五月二十日には、死傷者は田口連隊長以下百三十三名となり、生き残って陣地にいる者は六十名にすぎなかった。

五月二十一日には、田口工兵連隊はビシェンプールに進撃する目的とは逆に、二キロ南のニントウコンに撤退した。砂子田大隊だけがわかれて、山陵地帯に上り、三つこぶ山の英印軍を攻撃することになった。百三十余の死体は、ポッサンバンに残されたままとなった。

ビシェンプール総攻撃の計画では、このような部隊を、作間連隊に呼応させることにしていた。

同じ五月二十一日。

ビルマ方面軍司令官河辺中将は、牟田口軍司令官にあてて、インパール決戦をやりぬくことを命令した。河辺軍司令官は、この命令によって、是が非でも、インパールを攻略すべき意志のあることを明らかにした。さらにまた、河辺軍司令官自身も第一線に出て、作戦の進展を計り、決戦に活気をそえようとした。東条参謀総長の意図に動かされ、

河辺軍司令官は作戦中止に傾いた気持をひるがえしてしまった。

この日も、柳田師団長はライマナイの谷のなかで、ひとりでいた。

電話がかかってきた。モロウの司令部からということであった。すでに幾日も、柳田師団長は電話に出ることがなかった。そこへ、司令部から電話がきたのは、最後の通告であろうと感じた。電話には十五軍の平井参謀が出ていた。

「閣下には、五月十六日付をもって、参謀本部付を仰せいだされた旨の伝達がありましたので、連絡いたします」

それは、五月十六日に、すでに師団長を解任になっていた、ということの通告であった。柳田師団長は、心のなかにひろがる憤りを、わずかに押えた。師団長解任は、最悪の場合として、予想していたことではあった。しかし、五月十六日に発令されたものを、今になって伝えてくるのは納得できなかった。戦場であるため、伝達がおくれることがあっても、六日もかかるとは考えられなかった。何かの理由で、第十五軍がおくらせたに違いなかった。

「後任師団長との引継ぎはどうなるのか」

「後任として、田中信男閣下がモロウにこられています。明日、ライマナイに行かれますので、その時に引継ぎをしていただきます」

柳田中将は、後任師団長の氏名も、この時、はじめて知った。後任の伝達を遅らせたのは、後任者が到着するのを待っていたためである。それまで解任の発令を伝えないのは、それはそれで、当然の理由があると思われた。師団長交代による指揮の空白や、解任という大事が兵の士気を動揺させることを考えれば、交代の直前まで、伏せておくのもよかった。だが、あらかじめ、内示をするぐらいのことは、師団長職に対する儀礼としても当然と思われた。軍司令官ともあろう人ならば、解任のやむを得ないことを、静かに話し合うだけの度量があるべきではなかろうか。
ところが反対に、故意に通告をおくらせた。これは、柳田中将に重ねて侮辱を加えようとするやり方であった。柳田中将は、牟田口軍司令官が偏狭と我執《がしゅう》の人にすぎないことを、まざまざと見る思いだった。

攻撃の第三日。――二十二日。

山陵地帯の南端の部落ブンテに出ている小隊陣地から連隊本部に電話がかかる。

「ビシェンプールから兵隊が帰ってきました」

岡本参謀が、受話器をひったくるようにして、

「誰か？　なに安倍見習士官だ？　なんのために帰ってきたんか？　なに？　命令がないのに帰ってきたんじゃったら、戦場離脱じゃあねえか。小隊長が、そんなことでどうするんじゃあ」

岡山弁をまる出しにして、がみがみとどなりつける。安倍見習士官、という声を聞い

て、長中尉は聞き耳を立てた。神経質で、利己的な冷たさのある安倍の印象を思い合せると、戦場から逃げ帰ってくるのも当然のように思えた。

岡本参謀が、一層激しい口調で、

「大隊長がおらんでも、中隊長が戦死しておってもええ。その時は、貴様が大隊の指揮をとれ。兵隊をつれとるんか？——なに、三人？　よし、その三人をつれて、すぐに元の場所にもどれ。お前たちの死場所は、ビシェンプールよりないいんじゃあ。ほかに墓場をさがすな。——ええか、すぐ帰れ。ビシェンプールに行って死んでけえ！」

参謀は投げつけるように受話器をおいた。谷の斜面に、草ぶきの屋根をさしかけた連隊本部のなかに、とげとげした沈黙がこめた。

時間がたつとともに、状況はますます不利になっていった。森谷大隊のビシェンプールと、末田大隊のパレンバ方面の銃砲声は、時たま響いては、すぐ終った。今なお、さかんな銃砲声がつづいているのは、シルチャール道以南の三つこぶ山方面だけである。

この日、作間連隊長は、ヌンガンの丘に立つことができなかった。急に激しい下痢に襲われて、谷の底の、居室にこしらえた壕のなかで、枯草をしいて寝ていた。かきむしるような腹痛のために、五分か十分おきに排便に立った。一日のうちに、歩くことができなくなるほど憔悴してしまった。

後任師団長の田中少将はモロウにきていたが、二十二日、ライマナイの戦闘司令所に向った。柳田中将と事務引継ぎをして、正式に着任するためであった。ライマナイまでは五キロメートルの距離であった。だが、長い時間がかかった。夜の山道であり、連日の豪雨で深いぬかるみになっていた。体重八十キログラムの田中少将は難渋《なんじゅう》し、インパールの戦場の辛苦を、身をもって体験しておどろいた。

攻撃の第四日。――二十三日。

ヌンガンの丘の上には、作間連隊長に代って、山守大尉が立った。

ビシェンプールの銃砲声は、朝から、まったく絶えてしまった。道路上には戦車がいなくなり、三差路の付近を英印軍のトラックが往来している。ひげをしごいた松村大尉は、ついに三差路で戦死したのであろうか。

パレンバ部落の前には、まだ戦車が並んでいた。時どき、機関砲を撃っている。それは、末田大隊の生存者が部落付近にいることを証拠だてている。だが、大隊の生き残りがいたところで、戦闘は終ったにひとしかった。インパール南道をビシェンプールへ、トラックが並んで、煙幕のように砂塵をあげて走っている。作間連隊長の企図した、インパール南道二重遮断の目的は、むなしく破れた。

上空を、しきりに飛行機が飛ぶ。大型の輸送機が、シルチャール街道の南に行く。三つこぶ山に近づくと、低くおりて旋回する。そのあとに、花のように、さまざまの色が、点々と空に浮ぶ。――落下傘である。連合軍は三つこぶ山の陣地に、空から糧食弾薬を輸送している。三つこぶ山の英印軍は、ますます強化されて行くのが明らかにわかった。

山守大尉が悲憤しながら、師団の作戦主任参謀堀場中佐に詰問すると、意外な状況がわかった。

――平地方面が進出できないのは、ビシェンプールの南のニントウコンにも英印軍がはいり、そこにいた田口工兵連隊の生き残りは、敵の目からかくれて、ひそんでいるにすぎないためである。また、これを増援するはずの戦車第十四連隊、祭の瀬古大隊、兵《つわもの》の岩崎大隊の歩兵部隊は、トルブン隘路口の英印軍に押えられて、平地に出られないでいる。平地方面の部隊は進出できる目算はなかった。

また、平地方面にしても、笹原連隊にしても、糧食が不足してきた。これは、英印軍が隘路口を封鎖したために、後方輸送を遮断されたことが、大きな原因である。このような糧食不足の状態では、ビシェンプールに出ることができない。このために、なお一両日の準備を必要とする。

山守大尉の報告をきくと、日ごろ沈静な作間連隊長が、顔色を変えて、激怒した。

「よし、自分が話す。田中参謀長を呼べ」

作間連隊長は下痢の苦痛を押えながら、本部の電話器の所に歩いていった。

「師団は、今になって、準備不足で出られないというのは、何事ですか。師団は、作間の兵隊を見殺しにするつもりか。糧秣《りょうまつ》不足で出られないというが、作間の所には糧秣があるとでも思っているのか」

作間連隊長は送話口に激しい怒りを叩きこむ。

「作間の兵隊は満足に食えなくとも突入したぞ。突入した兵隊が、なお糧秣がたりないといえば連隊長は、自分で背負ってでもとどけてやる決心でいる。それを今になって、糧秣が不足したから突入しないとは、もってのほかだ。――こんな、ばかな戦さがあるか！　作間の兵隊は、ビシェンプールで全滅したんだ！」

作間連隊長は、この時、はらはらと涙を流し、声をふるわせて叫んだ。

「今、すぐ出せ。どんな方法をとっても、今すぐ出してくれなければ、作間の両大隊は犬死になってしまうぞ！」

電話器をおくと、よろめきながら、地面にじかに腰をおろした。

岡本参謀は、腕をくんで息を吐き出すようにして、いう。

「まずかったなあ」

作間連隊長は顔を掩いながら、

「ああ作間はばかだった。ばか正直だった！　申しわけないことをしてしまった！」

胸をしぼるような、悲痛な声であった。

ライマナイの師団の戦闘司令所では、この日、新旧師団長が事務引継ぎをした。〝鍾《しょう》馗《き》〟とあだ名された、八字ひげの先を両耳にかけた大男の田中少将と、こがらで青白い顔をした柳田師団長とは奇妙な対照であった。

柳田中将は戦況の悲惨を語り、このままでは師団が全滅するのは時の問題である、と教えた。だが田中師団長は、それを臆病者の言葉として受けとった。田中師団長は牟田口軍司令官に鼓舞されて、勇躍していた。


攻撃の第五日。——二十四日。

パレンバの部落付近では、英印軍の戦車が包囲をとかない。第二大隊の生存者がまだがんばっている。

ビシェンプールはまったく平静になったが、昨夜、町の東北角に機関銃が集中攻撃していたから、まだ若干の生存者がいるかも知れない。

盆地の南方面には、依然として、銃砲声が断続している。日本軍は、トルブン隘路口を出られないでいるらしかった。

輸送機が二十機あまり、南方面に飛び、三つこぶ山やトルブン付近の英印軍陣地の上で、落下傘を投下した。赤、黄、青、白などに色わけした落下傘が、空中で花畑のように開いた。落下傘の色で内容を区別させているのだ。そのさかんな空中補給は、糧食不足で一斉攻撃できないという日本軍を嘲笑《ちようしよう》するかのようであった。

昼近くになって、ビシェンプールの戦場から、十名ほどの負傷兵をつれて、伊藤軍医中尉が脱出してきた。負傷兵はブンテに残して、伊藤軍医ひとりが連隊本部にきた。伊藤軍医は右腕を負傷し、戦死者の巻脚絆《まききゃはん》でつり上げていた。自分の血と、負傷者の血が、服に黒くしみついていた。

岡本参謀は、褌《ふんどし》一つの裸になって寝ていたが、半身を起して、伊藤軍医を睨みつけた。

伊藤軍医の報告によれば、——

二十日昼前、英印軍の軽戦車六輛が出てきた時、第一大隊の攻撃は頓挫《とんざ》した。軽戦車は大隊をかきまわし、寸断してしまった。森谷大隊長は、町の東北角に逃げこんだまま、以来、所在がわからない。

松村中隊長は三差路付近にがんばっていたが、昨二十三日、戦死した。戦車砲弾をまともにうけて、吹き飛ばされてしまった。

戦車にかきまわされた時、一部の兵隊は、町の南に逃げ出し、また、一部の者は、町の東側の、ログタ湖の湿地帯に逃げこんだ。負傷しても、歩行のできる者は、少しずつ、ブンテ部落の、もとの大隊の陣地に帰ってきている。

岡本参謀は、いきなり、どなりだした。

「戦場にまだ兵隊がいるうちに、上級将校が離脱してくるとは何事じゃぁ。連隊はまだ撤退をしたのじゃねえぞ。最後の一兵まで死守せよという命令じゃぁ。すぐ帰れ！　途中に負傷兵がいたら、それをみんなつれて行けえ！」

血と泥に汚れ、憔悴した軍医中尉の青黒い顔が、さっとこわばった。しばらく、参謀の眼を見つめ、唇をふるわせていたが、上体を傾けて敬礼した。

「すぐ帰ります」

そして、力のない足どりで歩み去った。

岡本参謀は、まだ諦めていなかった。師団が攻撃中止を命じてこない限り、連隊の全部の兵力をビシェンプールに投げこむつもりであった。げんに、パレンバには相当の生存者があり、ビシェンプールにも若干いるから、その間に後続を出して強行しなければならぬと考えた。

たまたま、この日、トーチカ陣地方面に残っていた第一大隊の七十名が追及してきた。ブンテには、戦場を離脱した負傷兵が相当かくれているはずである。この両者を合せて、もう一度、ビシェンプールを攻撃させようと考えた。

同時に、パレンバ方面も補強しなければならない。それには、タイレンポピの連絡点にいる第七中隊をひき抜いて、急行させる。

また、滅裂した第一大隊には、指揮官を出さなければならない。——

岡本参謀の計画を聞いて、作間連隊長は力なく視線をおとしていたが、

「そうしよう。もし、平地方面が出てきた時に、ビシェンプールに作間の部隊がいないといけないからね。第一大隊の指揮は、……」

作間連隊長は再び眼を閉じて、言葉を絶った。考え迷った、というよりは、むしろ気

持がためらったのである。行けば、帰れぬ人を選ぶのである。作間連隊長は眼をあけて、長中尉を見た。

「長中尉に行ってもらおう。ご苦労だが」

長中尉は、すでに覚悟していた。連隊長がそういうのは、連隊長自身が死を決意し、いっしょに死んでくれ、という気持であるのがわかっていた。連隊長の気持は、苦しく、そしてさびしい。

長中尉は精悍な顔をあげて答えた。

「はい行きます」

この時、傍らにいた山守大尉が、

「連隊長殿、長をやらずに、自分をやらして下さい。自分は第一大隊にいましたから、自分が行った方がいいと思います」

と、ことさら気負ったところもなく、はっきりした語調でいった。

ビシェンプールに行く道は、そのまま死につづいている。それなのに、指名された人に代って、死の役を買って出たのである。陸軍士官学校五十四期生のこの青年は、士官学校できたえあげた軍人精神だけで、このようなことをい出したのではない。自分の手がけた兵隊の大部分が死に、尊敬していた先輩の松村大尉の戦死したことが、この青年の気持を悲壮なものにしていた。それに加えて、胸部にある傷あとが、生命に未練を持たせなかった。そして、恐らく、連隊の運命にも、見きわめをつけていたのであろう。

「そうか、行ってくれるか。それでは、山守にたのもう」

連隊長は深く感動した視線を山守大尉にそそいだ。

山守大尉は、翌日を待って、ビシェンプールに出ることにした。あるいは、あすになれば、平地方面の部隊が動くかも知れないという、かすかな希望もあった。


その夜。

豪雨が降りしきっていた。ライマナイの戦闘司令所の天幕の前には、青砥《あおと》副官、北島中尉、獣医部の輿水渉《こしみずわたる》中尉など、四、五名の将兵がならんでいた。

天幕の、かすかな光のなかから、黒い人影がまぎれ出た。柳田中将であった。将校外套《がいとう》をまとっていた。柳田中将は、青砥副官らに別れの言葉をのべたが、激しい雨音のために、よく聞えなかった。かわす言葉も短かった。

杉本副官の声だけが大きく聞えた。当番兵と、二、三名の衛兵が近づいてきた。衛兵の用意していた馬に、柳田中将が乗る気配がしたが、すぐに雨の音にかき消された。雨は、ひたすらに降りしきった。

前師団長が退去して行く時、それらしい儀礼は行なわれなかった。戦場というためではなかった。田中師団長心得も、田中参謀長、堀場参謀などの幕僚も、見送りには出なかった。このほかの幕僚としては、岡本参謀、三浦参謀がいたが、戦闘司令所を離れていた。

柳田中将にとっては、追われるような、わびしい出発であった。

谷を上った所で、柳田中将の一行に「誰か」と、誰何《すいか》の声をかけた者がいた。無線小隊長の相沢隆和少尉であった。南道三十八マイルの集積所に、無線の部品を受取りに行くところであった。杉本副官が、特にたのんで同行させた。英印軍が陣をかまえているトルブン隘路口の近くを通るので、柳田中将の身辺の護衛としたのであった。

一行は暗夜、豪雨のなかを、山道をたどった。五キロ南のモロウには、牟田口軍司令官がいた。軍人は移動のたびに、必ず指揮官に申告をすることになっていた。戦場を去る柳田中将は牟田口軍司令官に申告して行かねばならなかった。

十一日前、牟田口軍司令官がモロウに進出してきた時、柳田中将は儀礼をつくして、あいさつに出向いた。だが、牟田口軍司令官は会おうとはしなかった。明らかに、会いたくないということであった。柳田中将にとっては、激しい屈辱であった。

今、師団長の職を追われて去ろうとする時に、いかに必要な申告であっても、牟田口軍司令官が応ずるとは思えなかった。

柳田中将の一行は、モロウにたどりついた。一行は、しばらく小休止することになり、柳田中将は牟田口軍司令官に申告に行った。その時の状況を、相沢少尉の記録には、次のように書いている。

《師団通信隊には、塩と電池がなくなってしまった。私は師団の集積所に、これらの品を受領に行くことになった。集積所は三十八マイル道標の近くにあった。そこまでは山道を約三十キロメートル行かねばならなかった。

激しい豪雨の夜であった。私は馬二頭を当番兵にひかせて、戦闘司令所の遮蔽《しやへい》地を出た。ライマナイの谷の上に出ると、三人の黒い影が見えた。私は誰何しながら近づいた。そのひとりが師団長の専属副官杉本中尉であった。杉本副官は私の任務を聞くと、

「いいところへきた。閣下が内地帰還を命ぜられて、今お帰りになるのだが、警戒の人員が少なくて困っていた。今も、ここで道に迷っていた。三十八マイルまでいっしょに行ってくれ」

私は、すぐ近くに柳田中将が立っていたのでおどろいた。そしてまた、前師団長が離任するというのに、警戒の人員が少ないと聞いて、胸がいっぱいになった。しかし、私には私の任務があるので、独断で処置はできなかった。すぐに引返して、通信隊長の吉岡少佐に許可を受けた。私がもどると、柳田中将らは、木の下に雨をさけて立っていた。

私は先に立って、川のように水の流れる山道をたどった。柳田中将は馬に乗って行った。まもなく、道は稜線の上に出た。海抜千五百メートルもある所だ。雨の冷たさに加えて、山の冷気が肌を痛いように刺した。

五キロメートルの山道に三時間もかかって、われわれはモロウの司令部についた。そこには第十五軍の戦闘司令部がきていた。柳田中将は牟田口軍司令官に申告に行った。

大きな幕舎のなかに八畳ぐらいの蚊帳《かや》がつってあった。そのなかで、牟田口軍司令官はあぐらをかいて、すわっていた。柳田中将は、その前に直立して、簡単に、型通りの

申告をした。

牟田口軍司令官は、

「ご苦労」

と、ひとことといって、横をむいた。それだけであった。軍司令官の副官がきて、水筒とたばこを柳田中将に渡した。

「軍司令官閣下からのご慰労の品です」

水筒には日本酒がはいっていた。たばこは二十本入りが二箱であった。これが牟田口軍司令官と柳田中将の最後の対面であった。

雨がやんできたので、われわれは、すぐに出発した。しばらくして、山の頂上にきたので、小休止した。柳田中将は水筒の酒を、われわれに飲ませた。また、もらったばかりのたばこを、われわれにすすめた。そして、私に同行の労をねぎらいながら、語った。

「自分は今度、師団長をやめさせられた。自分はマニプール河の線で進撃をやめるべきだと意見具申をしたが、それは今でも正しいと思っている。しかし、この敗戦は自分の責任だとされて、交代を命ぜられたのだ」

われわれは山道をくだった。もはや、その時には、柳田中将には威風堂々の師団長のおもかげはなく、風の音にも心をおどろかす落人《おちうと》の哀れさがあった。

山道をくだって行くと、はるかに見えるモイラン部落には火の手があがっていた》

翌朝。

柳田中将の一行は、二百名以上の部隊に行きあった。所属をきくと、作間連隊の第三大隊であった。第一線へ追及を命ぜられてから、すでに十日以上も出てこない大隊であった。

上半身を裸にした、ひげづらの男が馬に乗っていた。それが第三大隊長の田中少佐であった。馬を前線に進めるという勇しさはなく、ただ、のろのろと馬の背にゆられているようであった。柳田中将は顔を険しくして、大隊長を呼ばせた。田中少佐はあわてて飛んできて、不動の姿勢をとった。柳田中将は激しい言葉で、田中少佐をなじった。そして、ビシェンプールの苦戦を説明し、急行を命じた。

田中大隊長が逃げるように去って行くのを見送りながら、柳田中将は嘆いた。

「師団が全滅しようという時に、よく、のそのそと歩いていられる。自分だけ助かればいいというつもりだろう。あんな軍人が出てきたのでは、おしまいだな」

五

攻撃の第六日。——二十五日。

朝の間に、山守大尉は、わずかな自分の所持品を、きれいに整理してしまった。

長中尉は、それを、胸の痛くなる思いで眺めていた。

「長、きさまにたのみがある、——」

山守大尉がさし出したものを見ると、百円の紙幣であった。前線では用がないので、見ることも珍しかったが、意外な大金でもあった。

「おれは当番の兼見一等兵をいっしょにつれて行く。この金は兼見の遺族に送ってやってくれんか。おれからの香典《こうでん》としてな」

それから、別に、封筒を取り出して、

「これには、おれの遺書と、遺髪と爪がはいっている。これだけは、なんとかして、おれのおやじの所へ届くようにしてもらいたい。たのんだぞ」

戦争のためにだけ教育されたこの青年は、死に対する準備と心構えはできていた。笑いを浮べながら、金と封筒を渡したが、さすがに頰はこわばって、悲壮の色がただようのをかくすことができなかった。

長中尉は、何か話をしたいと思ったが、どんな短い言葉も、そらぞらしくて、口に出せない気持であった。

昼食の時には、河合副官と長中尉が、山守大尉といっしょに食べた。河合副官は、赤い籾《もみ》ではあったが、とくに米の飯をたかせた。山守大尉はいつもより多く食べた。

「近ごろ、こんなに腹いっぱい食べたことはないぞ」

と、笑って見せた。

作間連隊長は、絶食しているからだを、自分の壕のなかで休めていた。おびただしい蠅《はえ》がうるさい。蠅をたたいていると、山守大尉がはいってきた。すでに武装をととのえていた。

「これから出発します」

山守大尉は落ちついた視線で作間連隊長に注目した。作間連隊長はその気持を読んで、

「たのむぞ。だが、決して、死をいそいではいけないよ。このような状況では玉砕はやすいが、健在することはむずかしい。玉砕ということに、何か、はなばなしいものを感じて、ふた言目には玉砕をふりまわすのは、無謀なことだ。玉砕したらゼロだが、一兵でもいれば、それが戦力になる。今は、一兵もなくせない危急の時だ。命のある限り、がんばってくれ。くれぐれも、命を大事にしてもらいたい」

山守大尉は、平静な口調で、

「わかりました。連隊長殿も、どうぞ、おからだを大事に願います」

そして、姿勢を正し、挙手の礼をした。

「ご健闘を祈ります」

ふたりの視線は、一本の鋼鉄の線のように結び合った。――作間大佐が中国大陸の安徽省宿県で、連隊長として着任した当時、連隊旗手をしていたのが山守少尉であった。それから、三年の間、戦場でいっしょに暮してきたふたりである。

作間連隊長は、山守が死ねば、その時こそ、自分も突入する、――と心にきめた。

……かの一羽の鶏を、河合副官は山守大尉に与えた。

「本部で食べるよりは、いっしょに行く兵隊さんと食べてもらいたい」

「やあ、とうとう鶏が食えるか。一体、いつになったらごちそうしてくれるのか、心配でした。鶏を食わんうちは、死んでも死にきれんと思って」

山守大尉は笑った。

「食いいじの張った奴だ」

河合副官がひやかすと、

「食いいじなんてものじゃないですよ。兵隊も真剣です。何かうまいものを食わしてくれたら、死んでもいいといってますからね」

当番の兼見一等兵が、鶏の足をしばって、腰にむすびつけるのを見ながら、

「連隊長殿の鶏を自分がいただいてしまったら、そこらじゅうから恨まれそうだな。食い物の恨みはこわいからな」

力強い笑い声であった。この老成した青年は、最後まで、落ちつきを失うまいと努力しているのであった。恐らく、死の最後の瞬間まで、強い意志によって、勇敢であり、壮烈であることに努力するに違いなかった。

午後。――ヌンガンの丘の上の観測壕に、長中尉がはいっていると、山守大尉が上ってきた。

「ほう、まだ戦車が並んでいる」

長中尉の双眼鏡をとって、パレンバの方面を見ていたが、ひとり言のように、

「末田大尉は、きっと生きている。戦闘のうまい男だからな」

戦車に包囲されている眼前の末田大隊の運命は、数時間後には、山守大尉を訪れるであろう。だが、大尉は平然として、ビシェンプールに注意をむけていた。このような時に、死生の情をあらわさないのは、士官学校出の青年の特徴でもあった。

大尉は、長い間、ビシェンプールの町を見ていたが、

「あの、町の北の竹やぶの所、確かにあすこに、高等司令部がある。今でも、高級な自動車が出入しているからな。おれは今夜、あすこに突入してみるつもりだ」

何か、固く決意したようであった。それから、壕のなかに腰をおろし、

「おやじに白いたばこをもらったから、一本吸え」

と、ジャワたばこの『興亜』をさし出した。

山守大尉が観測所に上ってきたのは、これから突入する町の状況を見るためだと思っていたが、ふと、それればかりでないものを、長中尉は感じた。山守大尉は、出発前の時間をさいて、訣別のためにきたのだ。

「ああ、久しぶりで本物を吸うと、煙が骨のなかまでしみるようだ」

山守大尉は、しめった空気のなかに、青い煙を長くはき出し、それを楽しそうに眺めた。

砲声が遠くの空をゆすっている。だが、壕のなかは、呼吸の音も聞えそうに静かであった。

「兵隊はかわいそうだ」

山守大尉が、ぼっそりといい出した。

「みんな、妻も子もあるいいおやじが、みすみす、だめなことのわかっている戦場にかり出される。逃げるわけにはいかん。逃げたところで、どうにもならない。——そこへ行くと、おれたち将校は、こりゃあ、商売だからな。ことに、おれたちのようなひとり者は、しようがないと諦めりゃ、それだけのことだ、なあ、長中尉」

山守大尉は、ビシェンプールに、もはや成功の望みのないのを知っている。長中尉は、

「こうなると、どうにもならんですものね。我々がりきんだところで、どうにもならんし、やらなきゃ、なお、だめだし。結局、やれるだけ、やるよりしかたがないですよ」

といったが、何か、腹が立つのを感じた。

山守大尉は、たばこを捨てて立ち上った。

「それじゃ、長、行くからな」

長中尉も立ち上って、大尉の顔を正面から見た。

——元気で、がんばって下さい。

というつもりであったが、

「元気で」

といっただけで、ぐっと、あついものがこみ上げてきた。

山守大尉は、静かな視線を、しばらく長中尉にそそいでいた。やはり、頬のあたりが、固くこわばっていた。

山守大尉が、だまって出て行くと、長中尉は大声をあげて、叫びたい衝動にかられた。さきほどから感じていた腹立たしい気持は、不合理なものに対する怒りであることが、その時、はっきりわかった。

ビシェンプールへのおり口にあるブンテ部落の付近には、戦場からもどってきた兵隊が集まっていた。谷にはいって、死骸《しがい》のように横たわっていた。

山守大尉が集合を命ずると、のろのろと起き上ってきた。どぶから這い上ってきたように、泥にまみれ、ぼろぼろになっている。大部分の兵隊は負傷し、負傷していない者は病床から出てきたように力がなくなっていた。負傷の個所は、すべて、戦死者の足からはずした、泥だらけの巻脚絆でしばってあった。

すでに、ふたりの兵は、立ち上ることもできなくなっていた。

ビシェンプールから脱出してきた兵隊は、十八名いた。岡本参謀に追い帰された伊藤軍医中尉も、そのなかにいた。ほかに、まだ、近くにかくれている者がある、ということであった。

このほかに、きのう、追及してきた七十名がいる。これとても、疲れきっていた。

これが、山守集成中隊となるべき全力である。さすがに山守大尉も暗然とした。彼の人間としての常識は、これではどうにもならない、と考える。しかし、彼の受けた教育は、このような悲惨な場合にあっても、人間の感情と生命を無視して、ただ死ぬまで前進せよ、と命ずる。

山守大尉は、泥と血にまみれ、ぼろぼろに破れた隊列の前に立って叫んだ。

「今から自分が指揮をとり、ビシェンプールをもう一度攻撃する」

そして出発の準備をさせ、一方では、じゃが芋をさがして、鶏といっしょに煮ることを命じた。

山守大尉は、攻撃の計画をたてるために、離脱者のなかの先任の下士官に、ビシェンプールの状況をたずねた。

木崎軍曹は、銃砲火のすさまじいこと、わずか六輛の軽戦車が恐るべき威力を発揮し、手のほどこしようのないことを語り、

「まるで、裸に夕立ですよ。小銃は役に立つはずはないし、手榴弾の一つや二つ持っているだけでは、処置なしですよ。——見て下さい、このかわいそうな格好を。まったく、敗残兵ですからな」

と、足をのばして見せた。泥まみれの足は、靴をはいていなかった。片方だけ、何か布片をまきつけてあった。この、農村の指導者であった三十男は、少しとがった口調で、

「将校が、先にもぐりこんでしまって、出てこんのですものな。ログタ湖の方に、ごそごそ、這って行く奴もいました」

木崎軍曹の意見は、今さら百人たらずの兵隊が、三八式小銃の先に、ごぼう剣をつけて行っても、どうなるものでない、というのであった。

山守大尉は、木崎軍曹の日ごろの着実な性格を知っていたので、その意見を否定しなかったが、自分の決心は変えなかった。

その夕方。

柳田師団長から作間連隊長にあてて、意外な電報がきた。

《予は命令により、師団長の職を去る。今、インパールの戦局危急なるに当り、諸子に別れるのは、予の忍びざるところなり。前線を去るにのぞみ、諸子のご健闘を祈る》

作間連隊長はおどろいた。——師団長と牟田口将軍が、作戦開始の前から、意見が衝突していたのは知っていたが、よもや、更迭になろうとは思いがけなかった。更迭するとしても、このように戦況が危急に瀕した時にするとは、何事であろうか。そうでなくとも、士気が沈滞してきた時である。後任に、どのような強力な人がくるとしても、兵隊の気持に動揺を及ぼさずにはおかないであろう。どう考えても、この時期に、師団長を更迭することは、まずいというよりも、むしろ無謀であった。

作間連隊長の眼に、柳田師団長の顔が浮んでくる。軍人には珍しく青白いほおの色。聡明な眸《ひとみ》。長野県東筑摩郡片丘村に生れ、幼年学校以来、首席で通した秀才。もし、この人に欠点があるとすれば、緻密であるために、きちょうめんで、大事をとりすぎるということであろう。それは、長野県の寒冷地に生れた人に共通する性格であって、南国の九州、佐賀に生れた牟田口軍司令官にとっては、もっともにが手な型であった。作間連隊長が、暴策と知りながらも、その人のために、ビシェンプールの攻撃をしたのだったが、その時、その人はすでに職を去っていたのだ。――連隊長の胸に、黒い悔恨が、雲のように湧く。

作間連隊長の下痢は少しもよくならなかった。この二日の間にげっそりとやせて、力を失ってしまった。あえぐように疲れた息をしながら、わらの上に寝ていた。服はぬれたようにしめっていた。どうにもならない激しい湿気である。

雨を含んだ風がきて、油灯の光をゆり動かす。

作間連隊長は、去って行った柳田中将に、訣別の言葉を送ろうとして、長中尉を呼んで、筆記を命じた。作間連隊長は眼を閉じて、少しの間、考えていたが、

《電文……

――辺《へん》城《じょう》夜《よ》夜《よ》多愁夢《しゅうむおおし》

向月《つきにむかって》胡《こ》笳《か》誰喜聞《たれかきくをよろこばん》

ご健康を祈る》

それは、作間連隊長が愛誦する唐詩選のなかの一節であった。

長中尉が電文を書き終ると、作間連隊長はやつれた顔を傾けて、力なく微笑していった。

「長中尉。――どうやら、辞世を書く時がきたようだね」

五月二十六日。——攻撃第七日の午前零時。山守大尉は出発を命じた。深夜の寒気と、凄惨な緊張のために、兵隊のなかには、身ぶるいをとめることのできない者がいる。

大尉は先頭に立って、斜面の道をおりた。兵隊の足は次第に遅れて、隊列がのびる。本当に歩行の困難な者もいるが、いっしょに行こうとする気力も意志もない者もいた。ビシェンプールの町に接近した時には、離脱して帰っていた兵隊の大部分は、やみにまぎれて、隊列から離れていた。追及した七十名だけが、山守大尉につづいた。

その時刻に。——

長中尉は、ヌンガンの丘に立っていた。星一つない、暗い夜である。時どき、インパール南道に、自動車のヘッドライトが、夜戦の弾道のように走った。

北の方に、インパールの町の灯が見える。もはや、日本の空軍に出撃する能力のないことを知って、灯火管制もしないでいる。低くたれた雨雲を、町の灯が、火事の煙のように赤く染めている。所どころに、夜間飛行のための標識灯の赤い灯が、たえず明滅をつづけている。

インパールの町の灯は、暗黒の海上に浮んだ豪華な客船のように、にぎやかに光り輝き、日本軍の攻撃を、無視し、嘲笑しているかのようであった。

午前二時。

ビシェンプールの方向に激しい銃砲声が聞えた。山守大尉が突入したのだ。銃砲声は、三十分ばかり断続して、やんだ。

この時、山守大尉は、企図した通り、ビシェンプールの北端の竹やぶに向って突入した。そこには、山守大尉の判断したように、連合軍の高等司令部があった。山守大尉は先頭になり、七十名の兵が一列縦隊になって斬りこんだ。司令部の周囲には鉄条網があり、そこを突破する時から、バリバリと撃たれた。

山守大尉は司令部の庭に突入し、集中火をあびながら、頑強にとりついていた。この果敢な奮戦に感じて、英印軍指揮官が、投降を勧告した。だが、山守大尉は応じなかった。包囲していた機関銃砲は一斉に火を吐いた。

のちに、タイの首都バンコクで、第七インド師団長は、作間連隊長にこの時の戦況を語り、実に勇敢な隊長であった、と激賞を惜しまなかった。

六

夜があけた。攻撃を開始してから、一週間目の朝。

ビシェンプールは何事もなかったように静まりかえっている。作間連隊長は起きられないで、寝ていた。激しい下痢と、一週間の心労のために、別人のようにやせ衰えてしまった。

「……作間は、ばかだった」

と、うわごとのように、つぶやく。作間連隊長の思いは、これを心棒にして、車輪のように同じ所をめぐる。……

連合軍がいかに優勢で歯が立たないとしても、師団の計画は無謀にすぎた。粗雑な豪傑参謀長が師団長を無視して大切な兵隊を、むざむざと犬死させる。今度の失敗は、作間の連隊がつぶれただけでなく、インパール攻略の機会を永久に失ったことになるのだ。山守も死んでしまった。しかも、このような危急のなかに、師団長を更迭する。

あおむけに寝た作間連隊長の、やせて骨の出た頬の上を、涙が流れ落ちる。悔恨と、悲憤と苦痛と疲労の交錯するなかに、うつうつとして眠っている。ふと、人の声に気がつく。

「おやすみのようですが」

河合副官が立っている。

「ビシェンプールから、第一大隊の安藤副官が、連絡のために帰ってきましたので」

「よし、ここへよこしてくれ」

きちょうめんな連隊長は、苦しい努力をして、上半身を起して、すわりなおした。安藤中尉がはいってきた。左の上膊部を銃弾に貫通され、上着が血に染って黒くなっている。ひげののびた、蒼ざめた顔である。

「大隊長殿の命令で、連絡に参りました。大隊長殿は、攻撃が失敗に終り、まことに申しわけない、とおわびをするようにいわれました」

作間連隊長は意外な言葉におどろいた。

「そうか、森谷は生きているのか。どこにいるのか」

安藤中尉は、ちょっとためらったが、

「ビシェンプールの東北角に、壕を掘ってはいっています」

「兵隊はどのくらいいるのだ」

「自分以下、五名であります」

「五名？　ほかの中隊長はどうしたか」

「どこへ行っても敵でありまして、全然、連絡をとることができません」

「松村はどうなったかな」

作間連隊長は、松村大尉の戦死状況をきくつもりであった。

「はい、連絡がとれないので、状況がわかりません」

安藤副官の答のなかに、作間連隊長は何か不徹底なものを感じたが、すでにこみ上げてきた怒りの感情に押されて、追及しなかった。森谷が生きているのなら、山守を出す必要がなかった。森谷が死んだと思ったから、山守を大隊長代理に出したのではないか。

「昨夜の戦闘はどんな状況だったか」

「は？――」

二十四歳の若い副官は明らかにまごつき、動揺した眼つきを見せた。作間連隊長は不

審を感じて、

「昨夜の戦闘を知らんのか」

「はい、自分は昨夜、ビシェンプールを出てきたので、よくわかりません」

それにしてもおかしい、と思いながら、

「山守に会わなかったか」

「はい、会いませんでした」

作間連隊長の気持は、再び激しい悔恨に掩われる。老朽の森谷が生きているのに、大事な山守をむざと殺してしまった。作間連隊長の力の衰えたからだは、次第に起きていることがたえられなくなってくる。

「よし、連絡ご苦労であった。師団は、まだ、攻撃をやめろとはいってこない。従って、連隊は、攻撃をつづける。すぐに大隊長のもとに帰り、現在地を確保してがんばれ、途中、ブンテ付近には、負傷者が帰っているかも知れんから、見つけていっしょにつれて行け」

作間連隊長にしては珍しく、声を荒らげて、激しい命令を伝えた。安藤副官は、急に深い困惑の色を見せたが、力のない声で、

「はい、帰ります」

と答えて、敬礼して出て行った。

作間連隊長は横になって、興奮と疲労のために呼吸をはずませていた。どうにもたえ

がたい悔恨の情に胸を嚙まれていると、安藤副官の言葉に、不審の隙《すき》のあるのに思い当った。

——昨夜、ビシェンプールを出た、というのに、山守の突入に気がつかないのはおかしい。ヌンガンの丘にいた長中尉にさえわかったではないか。

そう思いながら、作間連隊長はまた、脂汗を浮べて、神経と肉体のちぐはぐな眠りにひきこまれた。

それから、まもなく、連隊本部の無線機が鳴った。通信兵が翻訳すると、思いがけない文面になった。

《末田大隊はパレンバを確保しあり。インパール南道を眼前に見るも、重火器全滅せるため、これを遮断する能《あた》わず。末田大隊長以下全員四十名となるも、士気なお旺盛なり》

これを読んで、河合副官がうなった。作間連隊長に報告すると、

「よくがんばってくれた。無線機をこわさずに持っていながら、今まで連絡がなかったところをみると、打っているひまがなかったのだろう」

と、眼をしばたたいた。

「暗号の数字は少しも乱れていなかったそうです」

このことは、大隊の統率が、この惨烈な最後においても、乱れていないことを感じさ

せる。

「重火器全滅というと、山砲はみんなつぶされたのだな」

「末田大尉はくやしがっているんでしょう。インパール南道を敵の自動車の通るのを眺めているんじゃ」

「末田はがんばっている。森谷も生きている。今のうちに、最後の手当をしなければならない。わしも寝てはおれん」

作間連隊長は努力して起き上った。末田大隊の無電がきて、沈みきっていた連隊本部の空気は、にわかに緊張した。

午後。——

長中尉が丘の上の観測所にいると、急に、パレンバ部落の付近に激しい銃砲声が起った。戦車砲にまじって、迫撃砲がさかんに撃ちこまれる音がつづけざまに聞えた。

一時間ほど、銃砲声がつづいたあと、連隊本部に無電がはいった。

《敵の攻撃は激烈となり、大隊の位置は危険に瀕す。この連絡を最後として、無線機を破壊す。連隊の健闘を祈る。万歳》

英印軍は、日本軍の残存部隊を一掃するために、徹底的な攻撃に出たのであろう。

作間連隊長は長中尉を呼んだ。

「末田は、無線機を破壊しても、まだがんばるだろう。このまま見殺しはできない。今こそ、連隊をあげて、一か、ばちか、ビシェンプールに飛びこんでみようと思う。長中

て、作間連隊長は、おとといの夜、『辞世を書く時がきた』といった時と同じ表情になっ
尉、――」

「ご苦労だが、パレンバに行って、様子を見てきてくれんか」

長中尉は、作間連隊長が、すでに死の覚悟をきめているのを知った。最後の場所をビシェンプールときめているのだ。

「この山をおりて、パレンバまでは、二百メートルぐらいなものらしいが、その間が非常に深い水田になっている。報告では、胸までつかるそうだ。だから大勢つれて行くよりも、当番一人ぐらいにした方が行動は楽だろう」

作間連隊長は持ち前の綿密な注意を忘れなかった。いよいよ最後だと思うと長中尉は、心の底に鬱積していることを口にせずにいられなくなった。

「今、第三大隊がきてくれたら、成功するんですがね」

「予定より、半月も遅れて、まだこない。だめだよ。田中は。きっと、ビシェンプールがかたづくと、出てくるだろう」

作間連隊長も、さすがに死生の境に立っては、田中大隊長に対する憎悪の念が押えがたくなっていた。

長中尉は、そのあとで、指示をもらうために、岡本参謀の所に行った。

「よしご苦労。ところで、長中尉としては、どういう決心で行くか」

参謀は、お坊ちゃんらしい口調で、隙のない質問を放った。長中尉の心はすでにきまっていた。

「パレンバに行き、末田大隊と連絡して、末田大尉殿が戦死されていたら、自分が大隊長代理となって、指揮をとって死守します。末田大尉殿がご無事ならば、帰ってきます」

「よろしい。その決心で行けえ」

長中尉は出発の準備をするために、当番の塩山一等兵を呼んだ。塩山は目をしょぼしょぼさせながら貧弱なからだを元気なく運んできた。いつものことながら、たよりなかった。

長中尉は、自分の所持品の整理をしていると、きのう、山守大尉が同じことをしていた姿が思い出されてきた。きのう、行くべきであったのが、きょうにのびただけのことだ。山守大尉から預ったものは、たのんで行かねばならない。

長中尉は、山守大尉の残した香典と遺書を河合副官にたのんだ。副官は、

「おれも、どうなるかわからんが」

と、いんぎんに受取った。

整理を終ると、髪を刈った時のように、何か薄ら寒い気持になった。急に気がついて、腰にさげた日本刀を抜いて見た。真赤に錆《さび》が出ていた。たびたび、水につかったためで

ある。これでは、どうにもならない、と思った時、影のように心をかすめたものがあった。

長中尉は、起立したまま、目を閉じた。暗いなかに、やさしい顔が見えてくる。十六の時に死んだ母である。

母はキリストの尊さを教え、幼い長中尉を教会につれて行き、洗礼を受けさせた。しかし、長中尉は宗教を信じる気持にはならなかった。戦場にきて、弾丸のなかに立つようになってはじめて、祈る気持が起きた。祈るのは、キリストではなくて、母の姿であった。十字のきりかたも知らない彼は、いつも、目を閉じて、母の幻を描いて祈った。

――どうぞ、たまが当らないように守って下さい。

長中尉は、この時も、心から切に祈った。しばらく瞑目していると、心が静かに澄み、何か満ちたりた、力強いものが湧いてきた。

そのあとで、写真をとりだした。群馬県新田郡太田町に住む横川君江の日本髪の姿があった。ビルマのイェナンジョンの戦場で受取った君江の手紙に、はじめて愛の強い意志を記してあった。

『私と結婚をしてください。お帰りになる日をお待ちしています』

長中尉はことわりの手紙を書いた。

『あすの命もわからない時だから、待たないようにしてください』

だが、その時から、君江を心の妻と思い定めた。君江の写真は、ビルマからインドへ、身につけて歩いた。その間に、雨と汗にまみれて、写真はボロ紙のようになってしまった。それを手に押し包むようにして、長中尉は君江に別れを告げた。

雨雲の流れが弱まり、マニプールの天地は、薄く濁った光に包まれていた。連隊本部を出て、谷あいの道を行く。当番兵の塩山一等兵があとからついてくる。

「パレンバに連絡にいくから、いっしょにこい」

といわれた時、塩山の貧相な小さな顔は、明らかに、悲しげにゆがんだ。本部を出る時から、何かもそそとして、一秒でも、出発をのばそうとしているようであった。

塩山は、百メートルもおくれて、力なく歩いてくる。長中尉は時どき立ちどまって、塩山の追いつくのを待った。長中尉が立ちどまっていても、塩山は足を早めようとはしなかった。塩山が気おくれしているのがわかっていたが、長中尉は、しかりつける気持になれなかった。ようやく追いついてくると、すて犬のように哀れな目つきをして、しりごみをしかねないばかりであった。

「塩山、つらいだろうが、元気を出してやれ」

塩山は一層顔をゆがめて、泣きそうになった。

「足が痛いんです」

すぐには信じられない言葉である。しかし、信じても、信じられなくても、いっしょに行かなくてはならない。

——こんな男と、……

塩山もかわいそうだが、こんな男と死にに行かなければならない長中尉自身が、かわいそうになってきた。塩山は、いよいよおくれた。長中尉は自分の気持がみじめになっていくのがやりきれなくなって、どなる。

「塩山、元気を出せ」

「足が痛いんです。足が」

塩山は泣き声をあげた。そして、いかにも痛そうに足をひきずって見せた。

道が分れる。右へ行けば、ブンテからビシェンプールへ。左は谷を上って、山陵の端にそって北のワイネンに行く。ワイネンから平地におりるとパレンバがある。三差路の谷を上った所には、英印軍の陣地がある。その正面を、三、四百メートルほど、ほとんど暴露して行かねばならない。谷の分れ道は、また、生と死の分れ道でもある。

谷の上りぎわで、長中尉は様子をうかがった。こぶ山があって、英印軍の掩蓋陣地が並んでいる。その機関銃は、すべてヌンガンの方に向いている。ヌンガンまでの二キロの斜面に、日本兵が少しでも姿を見せたら、すぐに火を吐く。

長中尉は決心する。わずかな起伏のかげを、背をまるめて突破するよりほかにない。

「塩山、行くぞ！」

ようやく、這い上ってきた塩山は、斜面に膝をついて、

「腹が痛くて歩けません、――痛い」

と声をあげて泣き出した。今度は腹が痛いというのだ。やぶけた地下たびの上に、ほ

どけた巻脚絆をひきずっている。いつになっても、この兵隊は、巻脚絆を巻くのが上手にならない。

「脚絆をしっかり巻け」

塩山が泣きじゃくりながら脚絆を巻きなおす間に、長中尉は近くの灌木《かんぼく》の枝をきって、一本を塩山に持たせた。この小さな木の枝が、命を守る隠れ蓑《みの》になる。

「しっかりついてこい。行くぞ！」

長中尉が飛び出す。土手の所どころに、かやのような草がある。木の枝をかざしながら、草むらから草むらに駈けぬける。敵陣のある高地が、すぐ目の前に迫って見える。息が苦しい。栄養失調の肉体は、百メートルと走ることができない。

——今、撃つか。……今、撃つか。

長中尉は、低地に飛びこんだ。塩山がこない。目がくらむほど呼吸が苦しくなっていたが、倒れたからだをねじむける。

塩山は、まだ、谷の上りぎわに坐りこんで、声をあげて泣いている。

「塩山、そこにいると撃たれる！　早くこっちへこい！　早く！　あぶない」

塩山は声を一層高くして泣きわめく。

「足が痛い！　足が！　歩けないよう」

恐怖のためにすくんでしまったのだ。——なんという情ない奴！

「塩山、行くとも帰るとも、早くしろ。早くしないと、あぶない！」

塩山は泣き声をはり上げるばかりである。長中尉は、みじめさに、がまんできなくなった。

「よし、早く帰れ！　帰ったら、連隊長殿に報告しろ！　ワイネンで長が帰れといったといえ！　いいか」

すると、塩山は急に泣きやんだ。

「はい、帰ります」

今までにない元気な声であった。長中尉はにがい気持になって、

「なんだ、帰るとなったら、急に痛いのがなおったのか」

塩山は、その言葉を聞くと、薄く笑いを浮べたが、飛び上るようにして姿を消した。

――なんという奴！

土に腹ばって呼吸をととのえる。敵陣地が静まりかえっている。孤独のさびしさが、冷たくかぶさってくる。長中尉は眼をとじた。そして、再び、母の幻に祈った。

長中尉はワイネンの部落について、そこにいた通信隊の兵隊からパレンバの戦況を聞いた。明るいうちは行くことができない。夕方になるまでに、地形を見ておこうと考えて、山のきわに出て行った。山陵はそこできれて、急な斜面となって、インパール平地におりている。

青黒いログタ湖の水が、小さく揺れている。石を投げれば、とどきそうである、イン

パール南道が目の下にある。英印軍の動脈となっているこの街道は、白く舗装された十二メートル幅の平凡な道だが、目の下にして見ると、さすがに改まった感慨がある。

道の向うに、三つのくびれた高地が、一面の水田の上に突出している。二九二六高地！ 数日来の末田大隊の激戦の跡が、赤く掘りかえされた山肌に、荒々しく残っている。

南側のすそに林がある。そこがパレンバだ。見えるのは、並んでいる英印軍の戦車ばかりである。銃砲声はしない。……不吉な沈黙。

——どのようにして、パレンバに行こうか。潜入する道筋を考えていると、突然、

「長中尉——」

と呼ばれた。ふりむくと、手をふりながら近づいてくるのが、思いがけない石井中尉である。

「大隊を救援しろという命令がきたので、タイレンポピを引上げて、ここまできたら、通信隊の兵隊が、きさまがきているという。意外だった。もう会えんかと思っていた」

「そうですか。あなたはもうパレンバにはいってしまったと思っていました。会えてよかった」

「タイレンポピで交代するはずの安《やすし》の中隊がなかなか出てこんので、遅れた。きさまはまた、なんで、こんな所にうろうろしているんだ」

「末田大隊に連絡にきたんです。大隊ががんばっている間に、おやじはビシェンプール

に飛びこんで、最後の戦さをやる腹なんです」

「そうか。とうとう、そこまできたか。ひどい状況らしいな」

「ひどいのなんのって。第一大隊などは、大隊長以下六名になって、がんばっています」

「どうして、そんなことになったのか」

「参謀長の無鉄砲作戦ですよ。もっとも、参謀長よりも軍がむり押しをしているんだが。むちゃだった」

「兵隊を殺すことをなんとも思っておらんのだから、かなわん」

二人は、崖の上の灌木《かんぼく》のかげにあぐらをかいた。眼の下に、インパール盆地とログタ湖を見おろす場所である。

二人のからだは異様な悪臭を発散している。石井中尉が戦闘帽をとると、なお強い悪臭が流れた。中尉は、ながく息を吐き出した。まばらなひげは一層のび、歯のかけた口もとがくぼみ、別人のように老衰した顔になっていた。昔に変らないのは、戦闘帽をとったあとに現われた、深くはげあがった額だけである。

「これがログタ湖か。なかなか風流な眺めだ。ここで死ぬんなら、まんざらでもない」

石井中尉は、しばらく、自分の戦場となるべき場所を見ていたが、

「今生《こんじょう》の思い出に、一つスケッチをするかな。自分の死場所を描いておくのも悪くないだろう」

と、図嚢《ずのう》をあけてスケッチブックを出した。

「あなたはうらやましいな。すぐ絵を描く気持になれるからな」

長中尉はあらい雑草をぬいて口にかんだ。石井中尉は構図を考えながら、

「死にぎわになってまで、まだ描いているなんて、ものにならずに年齢《とし》をとってしまった者の、悲しい習慣さ。心のなかじゃもっと勉強しなけりゃいかん、とあくせくしている。気持だけは、美術学校にいた時と同じだ。ところが、からだはいつか、白髪《しらが》のおやじになっている」

石井中尉は、じっとログタ湖を見つめた。さびしい横顔である。長中尉は、めぐまれなかったこの美術家のために、せめて、最後のひと時を、ゆっくりと絵を描かせたいと思い、灌木の根もとに、あおむけになった。石井中尉は、しきりに筆を動かしながら、

「美術学校といえば、今ごろは、あの辺は青葉が美しくなっているだろう。柳、桜、桐《きり》、――いろんな木がたくさんあって。――青葉のにおいに興奮して、おれたちは校舎の窓に腰をかけて、芸術を論じ、情熱に燃え、……自分がすばらしい天才であるかのように夢に酔っていた。――五月か。なつかしいなあ」

石井中尉の言葉を聞いていると、長中尉は涙が出そうであった。石井中尉は、しばらく、スケッチをつづけていたが、

「長中尉、おれはこのごろ、めぐり合せという言葉を、つくづくと考えるよ。こんな平凡な、古風な言葉に、人生の真理を感じるんだ。何もかもめぐり合せさ、なんてよく聞

かされたものだが、おれは今になって、人間の力ではどうにもならない、めぐり合せ、というか、運命というか、そんなものを考えるよ。おれたちは、年齢からいうと、人生の一番貴重な時期を、戦争のために犠牲にしてしまった。これは、生命や肉体の犠牲と同様に、個人にとっては、とりかえしのつかない一生の損害だ。お互いに、人間として一番大切な修業時代を、生きるか死ぬかの境に追いやられている。おれは、自分の才能がないだけに、めぐり合せの悪さが身にこたえるんだ。……ぐちかな。ぐちでもいい。こんなことのいえるのは、きさまだけだ」

　ふだんはあまり口をきかない石井中尉が、このように、うちとけて話をするのは珍しい。それは、相手が長中尉であるから、というだけではなかった。田舎町《いなかまち》の中学校で図画の教師をしながら、生活も芸術も不遇であった石井中尉のさびしい人生が、最後の時間に近づいている今、孤独であったその魂が訴えているのだ。

　石井中尉は、また、スケッチをつづける。遠くの空に、砲声と飛行機の爆音が聞える。

「おれはこのごろ、スケッチをしていると、今までの自分が、ひどく焦《あせ》っていたことが、よくわかったよ。もう一度、はじめから出なおして、古典から勉強をしなおしたいと思うんだ。おれは自分の性格のどろくささ、自分の才能の限度、そんなものが、このごろ、はっきり見えてきたが、もう一度やりなおしたら、なんとかなる、――そう思っていたが、とうとうおしまいになってしまった」

　美校を卒業する時には、将来を期待されたこの先輩が、仕事らしい仕事もしないで、今最後になるかも知れぬスケッチをしている。長中尉は、きびしい芸術の道を感じた。

それから、ながい時間がたった。長中尉は、うとうとと眠ったようであった。ふと気がつくと、

「長中尉殿はいますか」

と、呼ぶ声がした。起き上ると、大男の兵隊が、壁土の泥を頭からあびた格好で近づいてきて敬礼した。

「第二大隊の荒井曹長であります」

末田大隊長の命令で、連隊本部に連絡に行く途中だ、という。水田の泥のなかを渡って、ワイネンに這い上ってきたら、通信隊の兵隊にあい、長中尉のいることを聞いたので連絡にきたという。

「大隊長殿はどうしておられるか」

「はい、元気でがんばっておられます」

「元気か。それはよかった」

曹長は少し姿勢を正して、

「第二大隊は大隊長以下三十八名となり、パレンバ部落北方にかたまっております」

と報告した。曹長は軍隊風の口調で、少しも感情をまじえなかったが、五百四十名の大隊は、今や、救援に行く石井中隊よりもすくなくなっている、というのであった。

「よし、ご苦労。まあ、すわれ」

荒井鶴久曹長はさすがに弱っていて、崩れるようにすわりこむと、息を荒く吐いた。

「弾薬は？」

「小銃弾と手榴弾が少しあります。戦死者の分を、できるだけ集めました」

「糧秣は？」

「ありません。幸い、部落に芋畑があるので、夜になるととりに行っています」

「生存者は負傷しているか」

「負傷者もいますが、戦闘はできます。……重傷者は、みんな、自決しました」

予想した以上に、惨烈な状況であった。

「大隊長殿も負傷されたのか」

「大隊長殿は負傷されていません。あい変らず、運がいいというよりは、戦さのかんがいいのです。今度も、二九二六で壕にはいっていて、急に『ここは危い、出ろ！』と叫んで飛び出すと、そこへ直撃がきて、まだなかにいた小谷副官殿と当番兵がやられてしまいました。ふしぎなかんです」

これで、第二大隊の状況がわかり、パレンバに行く必要がなくなった。長中尉は本部に帰り、荒井曹長は石井中隊について行くことになった。

「長。きさまがここから帰るなら、おれはたのみがある」

石井中尉は、今まで描いていたスケッチブックをさし出した。

「おれは、こいつをもって死ぬつもりだったが、きさま、もって行ってくれんか」

悲痛な顔になっていた。

「いや、自分だって、あしたにもビシェンプールに突入するから、だめですよ」

「その時は捨ててくれ。……かたみに、いや、おれの作品を、見てくれるだけでいいんだ。きさまが見てくれれば、おれはうれしいよ」

石井中尉の子供のような純粋さをたたえた眼から、涙がぽろぽろとこぼれた。

七

攻撃の第八日。——二十七日。

インパール盆地の戦況は、晴れ間のない雨空とともに、沈滞していた。

石井中隊がはいったパレンバも、時どき、戦車砲と迫撃砲が音をたてるだけで、変化はなかった。連合軍は、日本兵が生き残っている限り、むりな強襲はしてこなかった。包囲遮断していれば、抵抗力を失った日本軍は自滅するばかりである。

連合軍は、このようにして、貴重な兵力の損害をさけた。これは日本軍とは、全く逆な戦法であった。

十一時。——

P40戦闘機の編隊が、ヌンガンの山陵端、ブンテの前哨陣地に砲爆撃を加えた。ここには連隊本部の乗馬小隊がいたが、炸裂する爆弾がふきあげる滝のような土煙に包まれて、壊滅してしまった。

この空襲のあと、ヌンガンの丘に砲弾が集中してきた。ブリバザーの砲兵陣地が、間断なく撃ちつづけた。ヌンガンの丘も谷も轟音と火煙に掩われた。

日本軍のビシェンプール攻撃が挫折したのを見てとった連合軍は、ヌンガンの丘に司令部が残存しているのを察知して、攻撃に出たと見なければならない。この攻撃が活発になれば、作間連隊本部は重大な危機に直面することになる。

すでにヌンガンの山陵地帯には、英印軍が三カ所に出てきて陣地を構えている。ライマナイの三つこぶ山を占拠して以来、英印軍は、五八四六高地から、ヌンガンの後方にも出てきた。作間連隊の周囲には、いつか鉄の包囲網ができ、次々に縮まり、じりじりと圧力を加えてきた。

作間連隊長は、ビシェンプールに突入する決心であったが、今やうかつに行動できないことを知った。進むも死、守るも死ならば、その死をできるだけ有効にしなければならない。

岡本参謀はまた、褌一つの裸になって、ひっくりかえった。もり上った白い肉体を持った参謀は、特別な暑がり屋であった。

参謀は手紙をとり出して読んだ。最近、後方から追及してきた兵隊が持ってきてくれた偕楽園の女の手紙である。すでに何度かくりかえして読んだものだが、読むたびに、くすぐったい微笑をとめることができない。

当番兵がはいってきて、ふたりの兵隊がビシェンプールから帰ってきたことを告げた。

ひそかな快楽を、ふいに破られた参謀は、怒りを感じながら、ふたりを呼ぶように命じた。

はいってきたのは、山守大尉についてビシェンプールに行った木崎軍曹と東福上等兵であった。木崎軍曹は地下たびをはいていた。戦死者からとったのであろう。東福上等兵は、幽霊のように衰えていた。破れたズボンから、木の皮のような臀部《でんぶ》と大腿《だいたい》が見えた。

ふたりが報告するのを、じろじろと睨《ね》めながら聞いていたが、突然さえぎった。

「きさまら、なんで帰ってきたんか。帰れ、という命令をもらったんか」

木崎軍曹が口ごもりながら、

「命令はないのであります」

裸の参謀は顔色を険しくして、どなりだした。

「命令がなくて、なんで戦場を離脱したんか」

木崎軍曹は古手の下士官だけに、このような質問を予期していた。

「はい、自分らだけ生き残ったのであります」

「うそをいうな。大隊長は東北角にがんばっておるぞ。なぜ、友軍をさがさんか」

この時、木崎軍曹は下士官らしい、ずぶとい確信を見せて答えた。

「東北角には誰もいません」

「どうしてそれがわかるか」

「自分がビシェンプールにいた時には、東北角に銃砲声がしていました。山守大尉殿が突入されてから、自分は一昼夜、なかにいましたが、どこにも友軍のいる動きがありません。それで、生き残ったのは自分らだけだと判断しました」

もし、この言葉の通りだとすれば、連絡にきた大隊副官はどこからきたのであろうか。この疑問を解決する前に、岡本参謀は自分のふきげんを爆発させた。

「それならなぜ、みんなといっしょに死なんのだ。きさまら、軍人精神とはどういうもんか、知っとるんか」

軍曹と上等兵は疲労したからだを硬直させて、少し顔色を変えた。岡本参謀は、そばにいた長中尉に向って、

「長中尉、これがきさまのところの下士官だぞ。戦場から逃げて帰ってくるような臆病者がおるのは、きさまら将校の教育が悪いからだ。きさま、この弱虫に気合をいれて、もう一度、戦場へ帰してやれ」

裸の参謀に罵られて、木崎軍曹は唇をゆがめて、くやしさをこらえていた。長中尉は、岡本参謀の、だだっ子の八つ当りのような態度に怒りを感じた。長中尉はふたりをつれて壕の外へ出た。

「まあ、そこへすわれ。ご苦労だったな」

ふたりの兵隊は、長中尉に叱られるか、はりとばされるだろうと、覚悟していた。それが意外にやさしい態度なので、信じかねて、まごついていた。

「おれはきさまらに何もいわん。きさまらが士官候補生ならしかりとばす。しかし、こんな状況の時に、なみの兵隊が戦場を離れてきても、何もいえんよ。まあ、おちついて休め」

長中尉はふたりにビシェンプールの状況をたずねた。木崎軍曹は山守大尉といっしょに行ったことを語ったが、途中で脱落したとはいわなかった。だが、長中尉には、それと見当がついた。木崎軍曹は、弁解するように、

「我々は、今でも、行けといわれれば行きます。しかし、三人や五人が行ったとしても、なんになりましょう。まるで犬死です。我々はどうせ生きて帰れんのですが、むだに死ぬのが残念でたまらないのです。もっとも、時には、早く死んでしまった方が楽でいいと思うこともありますが」

それが本当の気持であることが、真剣な表情から察せられた。

「よし、ふたりとも、少し休んだら、ブンテに行け。この辺にいると、参謀がうるさい。ブンテにいて、帰ってくる兵隊をまとめておれ。まだ、帰ってくるのがいるだろうからな」

ふたりは生き返ったような喜びの色をあらわした。

この日、師団から作間連隊長にあてて、無電がきた。それは、新師団長の着任の布告であった。

《インパール作戦の成否は、上は天皇陛下の聖慮をわずらわし、下は国民全般の深

甚なる期待をかくるところなり。戦局まさに重大なる時に当り、師団長として着任せる予（田中少将）は、その重責を痛感して余りあり。由来、精鋭をもって名声をうたわれた弓師団は、今こそ過去の戦績に照し、所期の目的を達成すべき時なり。予は各位の先頭に立ち、陣頭に指揮突撃する決心なり。各位の一層の勇戦奮闘を望む》

弓の師団長は、近代的で智能型の柳田中将から、野戦攻城の豪傑型の田中少将に代った。これこそ、牟田口軍司令官の最も望ましい型であったのだ。しかし、その勇猛さは、その容貌と同じく、古典的であることをまぬかれない。ことに満洲での馬占山討伐が、喜劇的な失敗に終ったために、多分に、ドン・キホーテの勇名にも等しいものがあった。ともあれ、ビシェンプールの攻撃が失敗に終った今になって、新しい師団長が着任しても、この戦局をどうすることができるであろうか。新師団長の布告を読んだ作間連隊長は、激励の文字に、ただ、むなしいものを感ずるばかりであった。

同じ日の夕方。コカダンの笹原連隊本部に田中少将が巡視にきた。連隊の将校は呼ばれて、田中少将の前に整列した。山の斜面を背にして立った新師団長は、〝鍾馗《しようき》〟のあだ名にふさわしい、異様な風貌であった。

「わしが師団長である。きさまらの命は、わしがもらった」

第一声で、まず連隊の将校をおどろかした。さらに、

「インパールは今や目前にある。インパール攻略はわが師団の使命である。軍司令官閣

下は今、師団司令部にきておられる。このことは、軍司令官閣下がわれわれとともに、インパールに入城するお考えであるのだ。われわれは断じて、インパールを攻略しなければならない」

すでに兵力のなくなった笹原連隊の将校には、この訓辞は、よそごとのように聞えた。

田中少将は訓辞のあとで、ひとりの中隊長を呼んで、軍刀を抜くことを命じた。

中隊長の軍刀は赤くさびていた。田中少将は、中隊長に近づき、力まかせになぐりつけた。

「きさまは武士の魂をなんと心得るか。軍刀がさびておって、敵を斬れると思うか。中隊長が、こんな赤さびた刀を持っておるから、ガランジャール一つ抜けんのだ」

田中少将は怒り立って、

「今から軍刀の検査をする」

と、全部の将校の軍刀を抜かせた。軍刀は、残らず、赤くさびていた。さやから抜けないものもあった。

田中少将は激怒して、笹原連隊長をしかりつけた。

「今すぐに、軍刀のさびをおとしておけ。連隊長の戦意がたるんでおるから、こんなことになるんだ」

田中少将が帰ったあと、笹原連隊の将校は、だれも軍刀をみがこうとしなかった。連日、豪雨につかり、泥にまみれているのでは、軍刀のさびるのを防ぎようがなかったのだ。将校たちが、がっかりした顔で語り合った。

「えらいのがきたぞ」

攻撃の第九日。――二十八日。

朝。――ブンテからの電話が、河合副官を呼んだ。

ビシェンプールにいるはずの森谷大隊長の声である。

「なに、森谷が？」

作間連隊長は急に顔色を変えて、憤然として受話器をとった。森谷大隊長の気おくれのした声が聞えた。

「攻撃に失敗して申しわけありません。昨夜までがんばっておりましたが、部下を掌握できないため、連絡のために帰ってきました」

「連絡には、一昨日、安藤副官がきた。その上、大隊長が自分で連絡にくる必要があるか。大隊長は部下の掌握が大事だ。部下を放り出して、大隊長が帰ってきてどうするか」

作間連隊長は、森谷大隊長が生きているのに、山守を殺してしまったので、諦めきれぬ怒りが鬱積していた。そこへ森谷大隊長が命令もないのに帰ってきたから、一時は憤激したが、すぐに冷静になった。この状況なら、大隊長が帰ってくるのも、むりではないと思われた。しかし、森谷大隊長の申し立てる理由が許せなかった。作間連隊長は、

ふがいなく思いながら、

「中隊はどうなっているか」

「まだ若干の兵隊が、三差路方面にがんばっています」

――これは意外だ、と怪しみながら、

「松村はどうしたか」

「松村大尉もがんばっています」

緻密な連隊長の頭脳は、非常な矛盾を感じた。明らかにうそだ。再び憤然となって、

「よし、松村が生きているなら、すぐ松村の所へ行け。すぐ行け。今度、のめのめと帰ってきたら、承知せんぞ」

電話をおいて、まだ怒気の残った声で、

「松村が生きているなどと、とんでもないうそをいって、森谷の奴、今までどこにおったのかな」

といった時、一昨日の安藤副官の、どこか不審な言動が思い当った。

そばにいた岡本参謀は、昨日の下士官が、戦場には誰もいないと判断した、という言葉に気がついた。山守大尉の突入を知らないところからおして、大隊長は副官をつれて、二十五日前にビシェンプールを逃げ出している。しかも、松村大尉の戦死を知らないとすれば、ほとんど大隊の掌握も指揮もできていなかった。

岡本参謀はこのように推論して、

「安藤はひとりで連絡にきたような顔をしておったが、大隊長もいっしょに帰っていたのでしょう。撤退にならんか、と、まず副官に様子を見にこさせたに違いありません。そして、今まで、どこかに隠れておったんでしょう」

作間連隊長も、同じ判断である。

「なんという腰ぬけだ」

——大隊長がこれじゃ、戦さはできない、といいたかった。

岡本参謀は、両手で頭をささえ、しばらく考えていたが、急に改まった態度で、

「どうでしょう、ここらで撤退したら」

作間連隊長も同じ考えであったが、無言でいた。作間連隊長の胸に、悲痛な怒りが駈けめぐる。……みんな殺して。臆病者が生き残って。——決心のつかない無言のうちに、長い時間がたつ。……

「約束通り、十日間がんばったのだし、平地方面は出てこない。これ以上やって連隊長以下全員が死んだところでむだですよ」

きのうまで、離脱した兵隊をどなりつけて追いかえし、連隊を死地に送ることに狂奔していた人が、うって変った意見であった。

「師団には、自分が意見具申をします。すぐ撤退しましょう」

もはや、どうにもならないと、見きわめをつけたのである。作間連隊長がようやくにして同意すると、岡本参謀はすぐに意見書を起案した。

《ビシェンプール攻撃は挫折し、師団唯一の戦力を消耗せるは、小官補佐の行きとどかざるところなり。深くおわびす。作間連隊は、貴重な戦力なれば、インパール突入の時まで、温存するの要あり。このため、攻撃をやめ撤退するを可とす》

師団から、すぐに無電で命令がきた。

《作間連隊は直ちに戦線を整理すべし。連日の健闘を謝す》

ビシェンプール攻撃は、このようにして終った。生還したものは、第一大隊三百八十名のうち、十七名、第二大隊五百四十名のうち、三十七名であった。

第二大隊長末田大尉は、二十八日の夜半にパレンバを脱出してきた。少しおくれて、石井中尉も帰ってきた。石井中尉は、英印軍の兵隊が残存の日本兵をさがして、

「ジャパン！　ジャパン！」

と叫ぶ声を聞きながら、もぐっていた壕の内側から、入口を土で埋めて、わずかに危機をまぬかれることができた。

作間連隊長は、

「長にしても、石井にしても、絵描きさんは、見かけによらず機敏だ」

と笑って、この人々の生還を喜んだ。長中尉は、かの託されたスケッチブックを、石井中尉にかえした。

作間連隊は、今や、山砲、重軽機関銃は、ほとんどなくなり、人員も、わずか百二十

名たらずとなった。

目ざすインパールは眼下にあるが、そこに至る距離は、無限に遠くなってしまった。

雨季はまさに最盛期に達して、いよいよ陰惨を加え、糧食はすでに尽きようとしていた。

壊滅

一

五月二十九日。——

作間連隊は、正式命令によって、戦線を整理した。ビシェンプールから敗退してきた第一大隊は、山陵南端のブンテ付近に、第二大隊は、その北方ワイネン付近に展開した。敗残の日本軍が山陵地帯に逃げこむと、英印軍は、手をゆるめずに追撃してきた。パレンバにいた戦車隊は、末田大隊につづいて、山陵地帯に上ってきて、残存の三十七名のいる陣地に向って攻撃してきた。

飛行機はヌンガン一帯の上空を旋回し、ブリバザーの砲兵陣地は、さかんに撃ちかけてきた。

連合軍は、機を逸せず、作間連隊を掃滅しようとする企図を明らかにしてきた。形勢は一転して、戦闘の場所は、ビシェンプールからヌンガンに移った。

作間連隊長は考える。――このままにしておけば、末田大隊の三十七名は、戦車のためにつぶされてしまう。ブンテの森谷大隊も孤立して、なくなってしまうだろう。勇戦した末田大隊は、なんとかして助けてやりたい。しかし、森谷はどうすべきか。作間連隊長の心のなかにわだかまる余憤は、憎しみとなって感情をつきさす。逃げ帰った汚名を名誉に変えるために、ブンテの突角で死なしてもいい。

だが、すぐに平静な理性をとりもどして、戦線をさらに整理縮小すべきだと考えた。

五月三十日。――

末田大隊は山陵端から、中間に後退し、森谷大隊は、連隊本部のヌンガンの近くまでさがった。

やがては、連隊本部も、この第一線からさがらねばならない。

この、あわただしい苦境のなかに、一抹の光明がさしこんだ。師団司令部から無電がきた。

《本日、第三大隊をしてライマナイを出発、連隊に追及せしむ》

河合副官が、この命令を作間連隊長にもたらすと、

「話していた通りだ。ビシェンプールが終ったら、出てきた」

と、にがにがしくいったが、喜びの色をかくしきれなかった。三百名の新しい戦力が加わるからだ。だが、師団命令では、奇妙な字句がつけ加えてあった。

《――ただし、大隊長を除く》

「きっと、師団でも怒って、田中少佐をやめさせたのだろう」

半月以上も追及を遅延させた怠慢を、師団が処罰するのは当然のことである。

「しかし、師団自体があぶない時に、よく大隊をかえしてくれた」

五月三十一日の夜。

作間連隊長は長《ちよう》中尉を呼んだ。

「ご苦労だが、ライマトンまで、第三大隊を迎えに行ってもらいたい。——万一の場合のために、ね。師団からは、『大隊長を除く』としてあったが、もしかすると、田中がいるかも知れないから。その時には、ライマトンからすぐに追いかえしてしまうんだ」

いつにない強い語気であった。作間連隊長は、長中尉に命令を筆記させた。

「大隊は直ちにヌンガンに前進展開する。このために、道案内のできる下士官をつれて行くように。次に、田中少佐は重謹慎三十日を命ず。よって、直ちに、単身、——いいか、単身だよ、当番兵もつれて行くことはいけない。単身コイロ河谷にある駄馬隊に行き、駄馬の監視に任ずべし。大隊の指揮は第十中隊長星野大尉がとり、大隊は以後、星野大隊と称す。いいね。田中が、連隊長に会いたいといっても、絶対にこっちへよこしてはいけないよ。すぐに、その場から追いかえしてしまうんだ」

謹厳であったが、人情にあつい連隊長が、このような強硬処置をとったのは、よくよく許しがたい気持になっていたに違いなかった。

二

六月一日午前三時。

まだ夜深いやみのなかに、長中尉はライマトンの丘の上に腰をおろしていた。すぐ近くには、長中尉がつれてきた坂木曹長と兵二名が、あおむけになって寝ていた。体力の衰えた兵隊は、ひまさえあれば寝るばかりであった。

長中尉のいる丘の向いには、広い低地をへだてて、大きな丘の斜面がさえぎっている。タイレンポピからくる山道は、この丘を越えて、ライマトンの部落にはいる。夜明けの前のやみであったが、斜面の稜線は黒く浮びあがり、大隊の行軍がそこを越える時には、すぐに見つけることができる。

稜線の上には、黒い雨雲の流れが、やみにさまざまの濃淡を作り、何か暗黒の巨大なものが躍動しているようであった。

長中尉は、稜線の上に視線をそそいでいた。雨のまじった風が、低地から渦をまきながら吹きあげてくる。長中尉は、まもなく起る事件を考えていた。——

長中尉は、連隊本部にくる前には、第三大隊の第十中隊にいた。長中尉がいたころの中隊長も兵隊も、ほとんど死んでしまった。それでも、会えばなつかしい戦友がいる。だが、その人々に会って話をかわすことができないかも知れない。

いかに臆病で卑怯な田中少佐も、大隊長として最も重い処罰と官位剝奪にひとしい恥辱の命令には、おとなしく服さないかも知れない。横っつらをはりとばされるぐらいのことはあるだろう。相手がたけり立てば、その場で叩き斬られるかも知れない。その時には、連隊長の命令の伝達者として、見苦しいことだけはしたくない。

その時、暗い稜線の上に、ちらちらと、黒い影が、草のように動いた。長中尉は立ち上って、どなった。

「おーい！　第三大隊かぁ」

遠い声がかえってきた。

「第三大隊。——だれかあ」

「連隊本部の長中尉。——そこにとまれ。今すぐ行くぞ」

長中尉は坂木曹長と兵をつれて、低地におりて行った。

「尖兵《せんぺい》中隊長殿はどこにおられるか」

「おう、ここだ」

第十中隊長の星野大尉が、さえない声で答えた。

「連隊命令を持ってきましたから、大隊はこの位置にとまって下さい」

第三大隊は、第十中隊を尖兵中隊として、そのあとに大隊本部、それから各中隊が縦列を作って行軍していた。

「田中少佐殿はいますか」

長中尉が緊張してきくと、

「いるぞ。大隊本部にいる」

「ライマナイで、師団に残されたのじゃないですか」

「師団では大隊長をやめさすという。大隊長はいっしょに行きたいといって我々中隊長にたのむんだ。これからは、まあ一生懸命やるというんだな。そういわれればしかたがないから、我々中隊長がそろって師団にお願いして、やっといっしょにこられることになったんだ」

「追及が遅れたことについて、いろいろうわさがありますが、本当はどうなんです」

「いや、困ったよ。今度のような、ばかな行軍はないよ。兵隊がみんな腹を立ててしまってな。何しろ、大隊長は前に出る気が全然ないんだ」

その時、大隊本部が近づいてきた。大隊副官の高久《たかく》中尉が、命令受領に出てきた。

「連隊長殿はご無事ですか」

宮城県の高等女学校の教師で、短歌を作ることの好きな高久副官は、その経歴と年輩から、戦場には不似合いなほど、やさしい物腰であった。

「命令をいただきます」

「連隊命令ですから、副官殿にお渡しするのが当然ですが、連隊長殿から特別にいわれていますので、失礼ですが、大隊長殿に直接にお渡しします」

高久副官は、別に気にとめないで、

「では、大隊長殿はそこにおられますから」

と、先に立って田中少佐の所へ行った。

夜のやみのなかにも、腹を突き出した、豪放な体軀《たいく》の感じられる田中大隊長は、だみ声で、

「長、元気か。連隊長殿はどうしておられるか」

ときいたが、いかにも豪傑を気どっている感じであった。

「連隊長殿の命令をお伝えにまいりました」

高久副官が将校マントを二着持ってきた。高久副官と大隊付将校がマントを頭からかぶり、田中大隊長と長中尉が、そのなかにはいった。星野大尉もはいった。みんながしゃがんで、マントをひっぱりあい、すきまのないようにしてから、副官が用意したろうそくに火をつけた。赤い焔が、それぞれのひげと垢《あか》によごれた顔を照し出す。

長中尉は眼をとじて、深く息を吸った。

――くるべき時がきた。

長中尉は、立てひざになり、姿勢を正して、命令書をとり出した。そして、そこにいる人だけに聞える声で、おちついて読んだ。

「連隊命令。六月一日十八時。ヌンガン連隊本部、……」

田中少佐は、命令の区切りごとに、フム、フムと声を出しそうにうなずいていた。激しい緊張のうちに長中尉は全文を読み終ると、命令書を大隊長に渡した。

「以上、言葉がきついようでありますが、田中少佐殿は、今すぐコイロ河谷に行ってい

ただきます。当番はもちろん、一兵といえどもつれていかないようにしていただきます。また、星野大尉殿は、大隊長となり、すぐに出発してください」

星野大尉は、重苦しい緊張におされながら、

「いやあ、そいつは、どうも困るなあ」

と、しわの深い顔を、いかにも当惑したようにゆがめた。

「まあ、いいさ」

田中少佐はさりげなくいって、

「おれはこれから、久しぶりに連隊長殿に会ってくるからな」

と、立ち上った。高久副官は、いそいでろうそくの火を吹き消した。

長中尉は、たとえ腕力に訴えても田中少佐を連隊長のもとへ行かせてはならないと思って叫んだ。

「すぐにコイロに引きかえしていただきます」

少し先のやみのなかで、

「よし、よし、コイロに行くよ」

「すぐに行っていただきます」

田中少佐は、さらに離れた所から、

「心配するな。すぐ行くから」

と、やみのなかにまぎれてしまった。さすがに、それ以上は追いかねた。

長中尉は、大隊の今後の行動に説明を与えてから、

「明るくなると危険ですから、すぐ出発して下さい」

長中尉が坂木曹長を呼ぶと、兵隊だけが近よってきて、

「曹長殿は、大隊長殿がつれて行きました。連隊長殿の所へ案内せいといわれたのです」

――しまった、と思ったが、もう遅い。

「ヌンガンに行ったたって、連隊長殿に叱られて、追いかえされるだけなのに」

「連隊長殿にどなりつけられた方がいいですよ。とにかく、たいへんな気違いですからね」

高久副官も、これで楽になったという調子でいった。

「本当に、頭がおかしいのですか」

「まあ、まともでないところもありますが、おかしいように見せているんですよ。豪傑ぶっているのも芝居ですし、気違いじみているのも芝居ですよ。なあに、根が、喜多侯爵家の家令ですからね」

作間連隊長は下痢がやや間が遠くなったという程度で、疲労のために死んだように眠っていた。

河合副官がきて、ゆり起した。

「おやすみ中でありましたが、田中少佐殿がきましたので」

壕のなかは、まっくらであった。眼がなれてくると、壕の入口が、夜明けの薄明に、青い紗をたれたように見える。暗闇のなかで声がした。

「田中少佐であります。おやすみの所をお起しして申しわけありません」

連隊長の意識が、混濁のなかから、急に覚醒してくる。

「命令を聞いて、ここへきたのか」

「はい、聞いてまいりました」

「それなら、用事はないだろう。すぐ帰れ」

「はい、自分が悪くありました。申しわけありません。これからは反省して、一生懸命にやります」

やみのなかに、肥った肉体が直立しているのが見えてくる。作間連隊長は怒りが高まってくると同時に、不潔なものに対する不快さに襲われた。

「きさまのような卑怯者は、この苦戦の最中においておくわけにはいかん。すぐ帰れ」

押えようとしても、声の方が激しくなってしまった。

「悪くありました。どうか、田中を帰さないでください。大隊長の職でなく、なんでもよくあります」

田中少佐は急に涙声になっておろおろといった。

作間連隊長は、それを聞くと、がまんしきれなくなって、大声でどなりつけた。

「この卑怯者！　連隊長の命令にそむいて、なんでここへきた。どのつらさげて、ここへきたか。帰れ！　帰ってしまえ！」

青い薄明の入口から足音をしのばせて、黒い影が出て行った。それは河合副官であった。見かねて、席をはずしたのである。すすり泣く声がもれた。それで田中少佐が、まだ、直立していることがわかった。

「きさまのような奴がいるのは、おれの連隊の恥辱だ。きさまごとき臆病者と、これ以上、口をきくのも不愉快だ。すぐ帰ってしまえ！」

作間連隊長はどなりつけると、そのまま横になり、毛布を頭からかぶってしまった。田中少佐は、それから、しばらくの間、すすり泣きをつづけながら、壕のやみのなかに動かずにいた。

ライマトンの起伏した丘陵は、荒涼とした夜明けであった。灰色の雲のかたまりが、非常な速さで稜線にぶつかり、いくつにもわかれて斜面を這って流れ去った。第三大隊の兵隊は、出発準備のために、走りまわり、大きな声で叫び合っていた。そこへ、田中少佐が大きな腹をつき出して、ゆっくりと歩いてきた。

「やあ、待たせてすまなかった。今、連隊長殿にお会いしてきた」

と元気らしくいい、意味もなく高笑いした。それは、見るからに、豪放磊落《ごうほうらいらく》な部隊長らしく、これが今しがた、作間連隊長に激しくどなりつけられた人とは見えなかった。

「連隊長殿もいわれるから、ま、帰ることにしたよ。長中尉、ご苦労だった。しっかりたのむよ」

けろりとした態度で、兵隊の動きまわる雑踏の間に歩み去った。

長中尉は、田中少佐がいくたびかいった言葉を思い出す。

「早く、くにへ帰りたいよ、長中尉」

内地にいれば、侯爵家の家令として、うやうやしく、そして尊大にふるまい、格式のなかに満足して、安住したに違いない。それが、戦争のために、全く不適当な役割を与えられたばかりに恥も外聞も捨てて逃げまわる。ついには気違いを装うようになる。そして、死の前線に到着するのを、一日でも、一時間でも遅らせる。最後のところに行きつくと、いかに面罵され侮辱されても、なお平然と後退して行く。それでもなお、体面をつくろうことだけは忘れない。

長中尉が、感慨をもって田中少佐を見送った時、将校マントの黒い姿が近寄ってきた。

「長中尉、しばらくでした」

誰だかわからないでいると、

「風見ですよ、足利の、――」

長中尉と同じ栃木県足利市の出身で、遠い縁故に当る風見中尉の黒い顔が、うすい光のなかに笑っていた。思いがけないめぐりあいであった。

「いつ、内地を出発しましたか」

大隊本部にいる風見中尉は、遺骨を宰領して、内地に帰っていた。

「内地におったのは一週間ばかりでした。ずいぶん忙しい旅行でしたが、何しろ、六年ぶりで内地の土を踏みましたので、なつかしかったですなあ」

風見中尉は、早くから中国の戦線に出ていた。

「そうですか、六年も前線におったのですか。足利へ行きましたか」

長中尉も、なつかしい故郷の町の話をききたかった。ふたりは腰をおろした。

「遺骨を留守師団に収めてから、早速に飛んで行きました。一時間でもいいからと思っていましたものね」

足利の町では、相当大きな雑貨店を経営している、実直な主人であった。

「変っておったでしょう。奥さんはお元気でしたか」

「何しろ六年ぶりですものな。結婚していっしょにおったのは、一年そこそこでした」

「奥さん、泣いて喜んだでしょう」

「顔を合せたら、ぼんやりしておるんです。あとで聞いたら、ぼうっとしてしまって、何もわからなくなったそうですよ」

「そうでしょうね、そんな気持になるでしょうよ」

風見中尉は、何か重大なことを打明けでもするように、

「正直にいいますがね、今度、足利の家に帰って、二晩とまったのです。六年間、考えつづけていた女房に会って、二晩、いっしょに寝たんです。長中尉、うれしいんです」

風見中尉の声がふるえた。眼を見開いて真剣な表情をしていた。結婚後一年たらずで別れて、六年も戦線にいた男の真剣な愛情が、強く、長中尉の胸に迫る。横川君江を心の妻と思うだけの長中尉は、実直な風見中尉の、いつわらない愛情の告白に深い感動をうけた。

「そうでしょう、うれしかったでしょう」

——風見中尉の妻ばかりでなく、まだ、どちらかが生きているはずの親も、風見中尉の帰還を、どれほど、喜んだことであろう。それだけに、二日の後に、再び戦線に帰って行く別離が、どれほど悲しいものであろうか。そのようなことを、たずねようとすると、風見中尉が、

「いや、女房に会えてうれしいというよりも、子供をね、長いあいだ、ほしいほしいと思っていた子供をね、これで、おれの子供ができると思うと、安心した気持になりましたよ」

長中尉は、しみじみとしたその言葉に打たれて、風見中尉の顔を見て、はっと息をのんだ。中尉の、やせて骨のとがった頰に、涙のすじが、白く光っていた。

眼の前が、急に、白くもうろうとなる。冷たい雲が、ふたりを押しつつんで流れた。

「長中尉、自分でもおかしいと思うくらいですよ。自分の子供をしこんできた、ということが、こんなにうれしいものか、今度はじめてわかりましたよ」

率直すぎるいいあらわし方であったが、それだけに、強く、むしろ厳粛に、人間の本

性を感じさせた。

長中尉に顔を見られていても、風見中尉は涙をふこうとしないで、なお、その眼をぎらぎらさせながら、

「今度こそ、安心して死ねる、もう、いつ死んでも心残りがない、という気持になりましたよ」

と、激しく、せぐりあげた。

高久副官が近づいてきて、

「長中尉、困ったことができましたよ」

おとなしい人だけに、いかにも困惑し恐縮した顔であった。

「どうしましたか」

「田中少佐殿が、コイロに行くのに、当番をつれて行ったんです」

——またも裏切られた、と舌うちすると、

「当番だけならまだのこと、馬を一頭持ち出して、それに、乾パン二包みを出させて、積んで行ったのです」

「乾パンも！」

「乾パンの好きなおやじでしてね。行軍中に一人で一行李《こうり》食べて、今度また、二包み持って行くと、大隊の乾パンをひとりで食ってしまうことになるんです。その二包みが、大隊の最後の乾パンでしたからね」

兵隊は一食分として、その小さな乾パンを、二片か三片しかもらえない欠乏の極端にある時だ。もはや、卑怯とか低劣という言葉だけでは、いいつくせない。

「こうまで厚かましく権力を悪用できるものですかね」

さきほど、田中少佐の後姿に哀れみを感じた長中尉の若い純粋な感情は、いいようのない痛憤にふるえた。

風見中尉は、涙をぬぐって立ち上り、ていねいに敬礼した。

「では、お別れします。お元気で」

「ではまた、――」

長中尉は、いいかけて、そのあとの言葉をのんでしまった。――また、会うことができるだろうか。風見中尉は大隊本部の方に歩いて行った。

すでに夜は明けて、うすら寒い朝の光に、兵隊の誰彼の顔がはっきりと見えた。兵隊のなかに、たくさんの負傷者がいるのが目につく。汚れた布で腕を吊っている者。松葉杖をついている者。誰もが、むくんで青ざめている。

「副官、ずいぶん負傷者が多いじゃないですか」

「病院を追い出されて、追及してきた者が多いんですよ。きてくれたのはありがたいが、使いものにならないんです。負傷していなければ、病人です。眼が片方ないのまできています。本人たちも諦めているので、てんで元気がありません」

大隊は縦隊を作って、丘陵をおりて行った。歩き出すと、負傷者の姿は、なお痛ましかった。戦友の肩につかまり、竹の杖をついた、疲れた重い足どり。それは、前線に行くのではなく、後送されて行くかのようであった。

長中尉は稜線に立って、暗然として見送った。この時、星野大尉と別れたのが、新しい第三大隊長を見た最後となった。

六月一日。

第三大隊長となった星野大尉は、ヌンガンにつくと、地形偵察に出た。高久副官と風見中尉が同行した。

三人は、ヌンガン丘陵の頂に近い所に出た。正午少しすぎであった。——悪い時刻であった。英軍機が来襲するだけでなかった。英印軍は、いつも、この時間になると砲撃してきた。それは、食事時を覘《ねら》うためであった。——しかし、日本軍は、食事のために時間をとるほどの、食事らしい食事をしてはいなかったのだが。

急に空気をきり裂く音が激しく聞えたと思うと、丘陵の斜面に砲弾が炸裂した。

数秒ののちには、山陵地帯の空気は、無数の弾道のためにひき裂かれ、かきまわされ、ごうごうとうなりを立てた。ヌンガンの斜面の一帯は、爆煙と土砂と轟音に掩われた。

星野大尉とふたりの中尉は、この斜面に暴露していた。

「退避しろ!」

三人はそれぞれの方向に走った。はじめての土地なので、逃げこむ場所を知らなかった。ことに星野大尉は、気持に若干の油断があり、動作は敏速をかいていた。飛散する鋸《のこぎり》の歯のような砲弾の破片の一つが、大尉の腹部の肉に突きささった。大尉は爆煙と土砂をあびながら倒れた。

風見中尉は、わずかなくぼ地を見つけて、そこに身を伏せた。次の瞬間に、砲弾の一つが落ちかかった。風見中尉の肉体は、あとかたなく吹き飛ばされた。自分の子供の夢を描きながら前線にたどりついて、数時間で、その肉体を粉砕されてしまった。

高久副官は、奇蹟のように無事だった。戦場では、いつも、紙ひとえの差で、生と死の運命がわかれた。

星野大尉は、その日のうちにライマトンの患者収容所に後送された。そのあと、第三機関銃中隊長の吉岡中尉が大隊長代理となった。

同じ六月一日。

インパール北方のコヒマで激戦をつづけていた烈《れつ》第三十一師団は、撤退を開始した。佐藤師団長は第十五軍が弾薬糧食を全然補給しないのを怒って、抗命を覚悟で、撤退を命じた。日本帝国の陸軍史に、かつてない異常事態が起った。

烈師団がコヒマから撤退すれば、ディマプール＝インパール道が全通する。連合軍のインパールへの兵力の増強、補給は、地上から自由に行なわれることになる。このために、弓《ゆみ》と祭《まつり》の両師団は、さらに大きな圧迫を受ける。

佐藤師団長としては、それでもなお、抗命撤退を断行して、飢えて倒れようとしている師団の将兵を救おうとした。佐藤師団長も必死であった。

また、ビルマ方面軍の後方参謀の後《うしろ》少佐も、作戦中止の努力をつづけていた。大本営の杉田参謀に状況報告をした時に、五月末日をもって、作戦を中止すべきだと意見をのべた。その、五月末日をすぎた。

後参謀は方面軍の作戦主任参謀の不破博《ふわひろし》中佐を説得しようと決意した。不破参謀は、ビルマ方面軍に着任する前は、陸軍大学校の教官であり、幕僚の間でも信頼されていた。

後参謀は不破参謀の宿舎を訪ねて、第十五軍の補給状況、雨季の実状、今後の見とおしなどを説明した。そして、インパール作戦を即時中止することを、作戦主任として決意するように、熱意をこめて訴えた。

不破参謀は答えた。

「事情はよくわかった。だが、あと、ひといきというところだから、目をふさいで、六月十日まで待ってくれないか」

後参謀は、あと十日間で成功するはずはないと思った。

「それ以後は待ちませんぞ」

はっきりと、いいきって帰った。気骨のある参謀が、わずかに、ただひとりいた。だが第一線の状況は、いよいよ危急になるばかりであった。

六月二日。

ノースアメリカン爆撃機の三編隊十八機が、ヌンガンの連隊本部の西五百メートルにある高地を爆撃した。この高地は、早くから英印軍の目標となり、高地の全面が耕したように、弾痕に掩われていた。そのために弾痕山と呼ばれていた。ここには、第九中隊がいたが、全員下痢患者となり、動くこともできなくなっていたので、新来の第三大隊の横地小隊三十名をいれて、交代したばかりであった。

弾痕山がB25の爆弾をあびたあと、ビシェンプールとブリバザーの砲兵陣地が、猛烈な集中火をあびせてきた。砲声と火煙のうずまく悽愴な一時間。

集中砲撃が終り、硝煙が吹きはらわれたあと、弾痕山の斜面には、英印軍の歩兵部隊が進出した。——弾痕山は占拠された。新しく出現した六百名の英印軍は、作間連隊の展開する山陵地帯の中心部に突出したのだ。

これを、一刻も早く追いはらわねば、連隊の全陣地は非常な危険にさらされることになる。作間連隊長は吉岡第三大隊長代理に攻撃を命じた。だが、到着展開したばかりの第三大隊は、すぐに攻撃準備ができなかった。吉岡中尉は二十四時間の猶予を願った。

翌六月三日の薄暮。

第三大隊の主力二百七十名は、弾痕山に突撃した。吉岡中尉が先頭に進んで、横地小隊のいた陣地に突入した。だが、そこには、敵味方ともに一兵もいなかった。ことに意外だったのは、横地小隊三十名の死体はもとより、一片の肉塊も、一個の遺留品もなかったことである。三十名はあとかたもなく、地上から消滅してしまっていた。将兵は今さらのように、砲爆撃のすさまじさに、寒けをもよおすほどであった。

吉岡中尉は、さらに斜面にそって、二百メートル進んだ。突然、眼の前に、蛇腹鉄条網が、その名のように、巨大な蛇体を作って横たわっていた。大隊には、鉄条網を破壊すべき爆薬も、鋏《はさみ》もなかった。手榴弾さえもなかった。気短かで、少しあわてる性質のある吉岡中尉は、あせりぎみになって、手にしていた日本刀で斬りつけた。とたんに、柔軟で弾力のある鉄条網は、バネじかけのようにはね上り、吉岡中尉にからみついた。あわてて、刀をふりまわして斬り離そうとすると、鉄条網はさらに大きくゆれ動いて、中尉のからだをすくい上げた。吉岡中尉は、刀を持ったまま、鉄条網の上に泳いだ。後続の兵隊は、その付近に集まっていたが、手を下すひまもない。この時、弾痕山の上の方で、機関銃の音が鳴り響いた。鉄条網の付近にいた日本兵は、ことごとく倒れた。吉岡中尉は、蛇腹鉄条網の上で、あおむけになって死んだ。

指揮官を失った大隊は、二十七名の戦死者をあとに残し、三十名の負傷者をつれて、追い落されるようにして、後退してきた。

待望された第三大隊は、ヌンガンに到着して、わずか三日にして、二人の大隊長を失い、百名あまりの戦死者を出した。

第三大隊の非運は、連隊の危機をさらに深めた。

翌六月四日。

ヌンガンの北にいる末田大隊から、緊急の報告がきた。

《英印軍の斥候が、ヌンガン北方に出没す。インパール方面より敵の出撃する兆《きざし》ありと認む》

そして、午後には、まったく新しい方向から、砲弾が飛んできた。タイレンポピに至る後方連絡の途中にあるコイロ付近からである。

英印軍は、すでにヌンガン南西のこの方面にも出てきた。

山陵地帯の作間連隊は、まさに四方から包囲され、後方の連絡を断たれようとするに至った。

ともあれ、斥候が出没する北方の危険は、何よりも先に手当をしなければならない。

作間連隊長は、ただちに森谷大尉に、第三大隊の一部を持たせて、ライマトンの北方四キロに出した。

弾痕山と、その付近に進出した英印軍は、日本軍の見ている前で、陣地を構築した。移動鉄条網を出して、そのうしろで、工作隊が掩蓋陣地を作る。固定鉄条網をはりめぐらす。翌日には、陣地ができ上り、工作隊は、移動鉄条網をまとめて、山をおり、去って行く。あとには、戦闘部隊だけが残っている。――いつもながら、敏速な行動である。

岡本参謀は、別人のように変ってしまった。お坊ちゃんのわがままで、がむしゃらに見えた参謀が、沈鬱な顔をして、考えこんでいることが多くなった。戦線整理をしてからは、がみがみとどなりつけることもなくなったし、女の手紙を出して読むこともしなくなった。

弾痕山の奪回が失敗に終ると、岡本参謀は作間連隊長に向って、

「ヌンガンは最前線になりましたから、連隊本部はライマトンにさがった方がいいと思います」

といいながら、さぐるような眼つきで連隊長の顔を見た。岡本参謀はそれが、当然の処置だと考えただけではなかった。作間連隊長が、当然やるべきことを、口にも出さずにいるのを不審に思っていた。なぜ連隊長は、最前線の火中に本部をおくようなことをしているのであろうか。

岡本参謀は、ビシェンプールに失敗してから、インパール作戦に絶望するようになっていた。それなのに、作間連隊長は、日ごろの性格にあわない非常識な処置をとっている。これは、作間連隊長が自責と絶望のために、ここで死のうと決心しているに違いない。岡本参謀は、この人を殺してはならないと思った。是が非でも、すぐにライマトンにさげなければならない。

岡本参謀の意見をきいて、作間連隊長はまた、ながい間、だまって考えていた。やがて静かな声でいった。

「そうだね。ライマトンにさがろう」

岡本参謀は、作間連隊長の眼をじっと見つめた。その眼は、平静ではあったが、なんの希望もないようであった。

三

作間、笹原両連隊は、ほとんど戦力を失って壊滅に近い状態になった。このころ、インパール作戦の中止への転機が動いていた。

牟田口軍司令官はビシェンプールの総攻撃が失敗に終った時、この方面からインパールを攻略することは不可能であることを、直接に知った。

牟田口軍司令官が弓に攻勢重点を移したことも、多くの損害を出すだけに終った。牟田口軍司令官は弓に絶望した。

牟田口軍司令官は、再び、パレル道の山本支隊に攻勢重点を移すことにした。山本支隊も、すでに戦力はなくなっていた。それでもなお、そこに攻勢重点をおこうとした。

六月二日、牟田口軍司令官とその幕僚は、モロウを去ってインダンジーに向った。牟田口軍司令官がこの移動を急いだのは、二つの事情のためであった。その一つは、河辺方面軍司令官が前線視察に出ていて、インダンジーで牟田口軍司令官と会談することを重要な目的としていた。もう一つはコヒマ戦線の急変のためであった。

烈の佐藤師団長は、五月末日限りで撤退をする決意を、弓の正面に移った牟田口軍司令官に打電した。これに対し、五月三十一日、久野村軍参謀長から次の返電があった。

《貴師団カ補給ノ困難ヲ理由ニ「コヒマ」ヲ放棄セントスルハ諒解ニ苦シムトコロナリ、ナホ十日間現態勢ヲ確保サレタシ然ラハ軍ハ「インパール」ヲ攻略シ、軍主力ヲモッテ貴師団ニ増援シ、今日マテノ貴師団ノ戦功ニ酬イル所存ナリ、断シテ行ナヘハ鬼神モ避ク以上依命》

佐藤師団長はこれを読んで《軍参謀長の依命電はまったく実現性なく、しかも電文非礼、威嚇《いかく》により翻意を迫るもの》と憤激し、ただちに撤退命令を発した。

この時の決意について、佐藤師団長は次のように書いている。

《コヒマ戦闘間、私はインパール作戦についていろいろ考えた。この上は、非常手段に訴え、インパール作戦を否応《いやおう》なく中止せねばならぬ。この際、わが師団が撤退を始めれば、戦線は崩壊し、どんなに牟田口中将ががんばろうとしても、中止せねばならなくなるだろう》

牟田口軍司令官のおどろきは大きかった。南では、弓の攻勢重点は失敗に終り、北では、コヒマが開放されて、インパールの後方遮断は不可能となろうとしている。

牟田口軍司令官は、あわただしくインダンジーに移ると、すぐに烈、祭、弓の各師団に布告を発した。それには次の文字があった。

《予は万斛《ばんこく》の涙をのみて、烈師団をコヒマより撤退せしむ》

さしもの牟田口軍司令官も、烈の撤退のやむないことを認めたかのようであった。だが、実状には別のものがあった。第十五軍が烈の撤退命令を出したのは、烈の退却を違法なものにしないように、とりつくろうための処置であった。

後に、牟田口軍司令官は、この軍命令を発したのは、佐藤師団長を抗命退却の汚名から救うためにしたことだと弁明した。

しかし、佐藤師団長の考えでは、烈の撤退は牟田口軍司令官にも責任問題が波及するので、それを防ぐために布告したまでだという。また、そのころの第十五軍からの命令は支離滅裂で、実行のできないことや、混乱した内容が多かった。それくらいだから、軍には、筋道を通そうとするような、まともな考えはなかった、と見ている。

これについて、祭の山内師団長は『ウ号作戦所見』の手記のなかで、次のように書いている。

《烈の軍命に従わざること、軍は折れる。正直なるは損》

これは、烈のいい分に対し、第十五軍が負けたとしていることである。また、第十五軍の混乱した命令を、正直に実行していたら、損害を出すばかりだ、と自戒している。

しかし、牟田口軍司令官は、まだ、インパール作戦に執着し、諦めてはいなかった。かれは六月二日、退却中の佐藤師団長に新しい命令を与えた。烈の師団主力はウクルルに撤退し、祭師団と協同してインパール攻撃をする準備をせよ、というのであった。

牟田口軍司令官は、一方では烈、祭をいっしょにして攻撃させ、一方では山本支隊に攻勢重点を置こうとした。いずれも敗残の部隊であり、傷病と飢餓のために歩行も困難な重症者の集まりにすぎなかった。

牟田口軍司令官の布告は、次の字句によって結ばれていた。それは牟田口軍司令官の不動の決意というよりは、執念を感じさせるものであった。

《インパール攻略は軍の最大の責務なり。必勝の信念を堅持して、最後の一兵となるといえども、死力をつくして突進せんことを望む》

また、弓師団に対しては、六月三日、攻撃命令が下達された。それによれば、烈、祭の攻撃に呼応して《弓は軍の助攻兵団として、インパール南方より攻撃せよ。攻撃準備完了は六月十日》というのであった。

弓の戦線は、英印軍の三つこぶ山の占拠で、作間、笹原の第一線部隊と、師団司令部との間の連絡を遮断された危険な事態がつづいていた。田中少将は三つこぶ山を奪回するために、次の攻撃を命じた。

一、砂子田《いさごだ》大隊（歩兵第二百十三連隊第二大隊）は三つこぶ山の敵陣地を南方から北面して攻撃し、爾後《じご》トップクールを経てカアイモールに前進し、敵の拠点を攻略する。

二、末木大隊（歩兵第二百十五連隊第三大隊）は三つこぶ山の北方から南面して攻撃する。

三、岡本大隊（歩兵第二百十五連隊第一大隊）はカアイモール北方高地に対し南面して攻撃する。
四、砲兵隊は主力をもって三つこぶ山の攻撃に協力し、特に砂子田大隊の攻撃を支援する。
五、井瀬支隊（戦車第十四連隊井瀬清助大佐の指揮する同連隊、および岩崎、瀬古両大隊）はニントウコンからポッサンバンを攻撃して同地を攻略する。
六、攻撃開始は六月五日と予定する。

計画はととのったが、兵力は乏しかった。この攻撃の重点となる砂子田大隊でさえ、疲れ切った半病人の将兵が、五十二名いるにすぎなかった。

また、平地方面では戦車連隊が出ることになっていた。これは牟田口軍司令官が攻勢重点を移した時、そのための増強兵力として、移動させられた部隊であった。しかし英軍の飛行機が飛びまわっている戦場では、戦車は動けなかった。また、豪雨のために水びたしとなった平地では、戦車の行動は困難であった。さらに、ニントウコンの日本軍と英印軍の陣地の間には川があり、戦車はそれを越えて前進することができない状態であった。このような所に移動させられた戦車連隊は、使いものにはならなかった。

弓師団にとって、ただ一つ、期待できる戦力があった。それは通称名を安《やすし》という第五十三師団の、歩兵第百五十一連隊、橋本連隊が配属されたことであった。

安師団は内地からビルマにくると、すぐに空挺部隊の攻撃に向けられた。そのうち、インパール作戦が危急な状態になり、牟田口軍司令官の攻勢重点の移動のために第十五軍に配属された。このため、第一大隊は空挺部隊の攻撃に残され、第二第三の両大隊が弓師団に向った。兵力はあるし、装備が新しかった。弓師団にとっては絶好の援軍となった。

だが、この安の連隊は、五月十六日に出発したが、予定期間をすぎても到着しなかった。六月一日になって、ようやくライマナイに到着したのは、軍旗を先に立てた橋本熊五郎大佐以下、約二十名にすぎなかった。豪雨のため、途中の行軍が困難となり、部隊はばらばらとなった。

その後、部隊は次第にライマナイに集まってきたが相当数は途中で脱落し、もぐっていて、前線に追及しなかった。のちに弓師団が撤退する時、これらの脱落兵が陰惨奇怪な行動をして、インパールの悲劇を一層深刻なものとした。

安部隊が到着したので、その作戦指導に岡本参謀が派遣された。出発に当って、岡本参謀は作間連隊長に、くれぐれも自重して、現在の状況を維持することをたのんだ。その言葉のうらには、すでにこの方面を諦めて、撤退を考えている気持のあることがうかがわれた。

前線の状況視察に出た河辺方面軍司令官は、六月五日、インダンジーで牟田口軍司令官と会見した。牟田口軍司令官は『今が峠《とうげ》であるから、これ以上のご心配はかけない』

という意味のあいさつをしたという。

翌六日の会談では、牟田口軍司令官は祭第十五師団長山内正文中将の更迭を要請した。理由は、山内師団長の病状が悪化して、指揮ができないということであった。しかし実際は、山内師団長の指揮に不満を持っていたためであった。柳田中将の場合と同じであった。

河辺方面軍司令官は、さきの柳田中将の更迭の要求の時は《途中で押えても効果がない》として認めた。今度も、《まずいけれど、やむを得ない》と感じて同意した。

だが、緊急の烈の撤退については、両軍司令官は、ことさらに話すのを避けた。互いに顔色をうかがうだけだった。

会談を終ってから、河辺ビルマ方面軍司令官は南方軍総司令官寺内寿一元帥に電報報告をした。随行した方面軍の情報主任参謀、金富与志二《かなとみよしじ》少佐が電文を起案した。それにはインパール作戦の実状を述べ、前途の困難な見通しを加えた。しかし、作戦中止を進言したものではなかった。

この時、金富参謀自身も、インパールの攻略ができると考えていた。第十五軍の参謀らは、金富参謀に次のような要望をした。

《方面軍の後《うしろ》参謀は、インパール作戦は成功しない、五月末日で中止すべきだ、と報告したそうだ。このような戦意のない、消極的な考えを持つ参謀は、今後、十五軍によこしてもらっては困る》

しかし後参謀は、インパール作戦を中止させる努力を捨てず、その後も、河辺方面軍司令官と不破参謀に、くり返して訴えた。この時、後参謀の進言に対して、河辺方面軍司令官からは、チンドウィン河の水運を利用して補給し、戦力の回復をはかるという回答を与えられた。豪雨のため増水したチンドウィン河を、河辺方面軍司令官は、なお使えると考えていた。作戦中止は考えられていなかった。

不破参謀が口約した六月十日がきた。後参謀は三度、不破参謀を宿舎に訪ねて、作戦中止を申し出た。不破参謀は続行の考えを変えていなかった。ふたりは、けんかごしになって激論をした。不破参謀は、ついに同意をしなかった。

河辺方面軍司令官は戦況の困難を知りながら、作戦中止を口に出そうとしなかった。この理由について、当時、伝えられていたことがある。それは東条大将がインパール作戦を支持し、督励し、成功を待望していたからである。首相、陸相、参謀総長の三職を兼ねた独裁者に、反対意見をいう危険を避けて、保身の道を考えた、と見られた。

弓の田中少将は着任の時、柳田師団長から《師団の全滅は時間の問題》という悲惨な実状を聞かされた。しかし田中少将は、これを《秀才の弱音》と見ていた。そして、牟田口軍司令官の期待にこたえて、インパール一番乗りをしようと奮い立った。

まもなく、田中少将には、柳田中将のいったことが正しいとわかってきた。しかも、その敗北の原因は、牟田口軍司令官の判断の誤りにあるのであって、柳田中将の責任とするのは不当なことも明らかになった。

しかし、田中少将は《湊川の楠木正成の殉忠の精神と死闘に学んで、任務に邁進《まいしん》しようと決意した》という。

このころ、コカダンの笹原連隊本部には、師団の戦闘司令所から、しきりに督戦の電話がかかった。電話をうけるのは、連隊本部の情報主任、増田中尉であった。師団の電話は激しい言葉で命令し、あるいは督戦のために乱暴にののしった。その声は田中参謀長であり、また、田中少将が直接出ていることもあった。

増田中尉は、その電話の奥に意外な音の響いているのを聞いた。はじめは、その音が聞えるのを、事実とは信じられなかった。だが、まもなく、その音が、師団長や参謀長の身近に鳴り響いているのを確かめた。それは『花も嵐もふみ越えて』というような流行歌であった。師団の戦闘司令所では、流行歌を響かせていた。

増田中尉はまた、田中少将の電話の声が、単に上級者の暴言という調子でないことに気がついた。それは、酒に酔った声であった。笹原連隊長も、電話で叱りつけられたあとで、にがにがしくいった。

「酒を飲んでいるじゃないか。ろれつがまわらないでいる。この危急の時に、よくも師団長が酒をくらい酔っておられたもんだ。これでは戦さには勝てん」

酒に酔った声も、流行歌の歌声も、増田中尉の耳に残って消えなかった。

それを悲憤した笹原連隊長も、部下から手痛く、叱りつけられたことがあった。

笹原連隊長が夕食を食べようとしている時であった。連隊長には、朝晩二回、白い米のめしを用意したし、紙巻たばこも給与された。連隊ただひとりの特別待遇であった。

乗馬小隊長の本間哲二郎中尉が連隊本部に連絡にきた。体力がなくなって、軍刀を杖にして、ふらふらとたどりついた。幕舎にはいると、笹原連隊長は飯盒のめしを食べていた。本間中尉は、もう長いこと、めしなどを食べていなかったので、めしの白さが異常に感じられた。本間中尉は顔色を変えて、どなりつけた。

「連隊長はめしを食うのか。第一線へきて、よくもそんなめしが食えるな。兵隊は食うものがなくて動けなくなっているんだ」

本間中尉は全身をふるわせ、涙を流した。空腹と疲労で、直立をつづけることも苦しかった。直立どころか、まっすぐにすわろうとすると、うしろへひっくりかえるほどであった。

笹原連隊長はあわてて飯盒をおいて、あやまった。

「いや、すまん。すまん。連隊長ひとりだけが、めしを食っていて悪かった。貴公も腹がすいているだろう。これを食っていけ」

笹原連隊長は若い中尉に頭をさげ、飯盒をさし出した。

「そんなものが食えるか」

本間中尉は激しくいいすてて、ふらふらと出て行った。佐渡の相川の出身で、幹部候補生あがりの将校だったが、気骨があった。

笹原連隊長は、その翌日から、白米めしを一日一回にへらした。

このころから、笹原連隊長は気が弱くなった。コカダンにきてからは、笹原連隊長の苦悩は、日ましに深くなった。ふだんでも、部下と話をすることが少なかったが、戦況が悪化してからは、いよいよ無口になった。ひとりで、とじこもっていることが多かった。増田中尉ら本部の将兵は、見かねる思いだった。

笹原連隊にははじめのうちは、師団から岡本参謀が派遣されてきていた。岡本参謀は師団の命令をとりつぐだけであった。本部の将兵は、笹原連隊長の胸中がわかるだけに、岡本参謀に不満を持った。もう少し、笹原連隊長を助けるような積極的な働きをしてもいいのではないか、と思った。また、師団に対しては、連隊の全滅寸前の実状をよく説明して、判断を誤らせないようにさせるべきだと、増田中尉などは考えた。

ガランジャールの攻撃の時、笹原連隊長は状況の困難を見て、死を覚悟した。

「連隊長は第三大隊を指揮して敵陣に突入する」

笹原連隊長は最後の別れに、残っていた一本の日本酒をあけて、本部の将兵と乾杯した。そして、軍旗を土のなかに埋めさせた。軍旗衛兵の四十名は、すでに七名が生き残るだけになっていて、護衛することが困難になっていたためであった。

そのような時でも、岡本参謀は何の意見もいわず、ただ傍観しているだけであった。

増田中尉は、なんのための派遣参謀かと、その無気力を非難した。

その時、笹原連隊長は二十名たらずの手兵をつれて、第三大隊の陣地に出て行った。

大隊長の末木少佐は、笹原連隊長に意見をした。

「連隊長先頭に突入するのは、現在は、まだ早すぎます。ここの攻撃は末木にまかせてください。連隊長殿は第二大隊に行って督励してください」

末木少佐は、笹原連隊長が死に急ぎをしているように見てとった。

岡本参謀が作間連隊に移ってからは、笹原連隊長はいよいよ孤独となった。師団から六月十日を期して全力攻撃を命じてきた時、笹原連隊長は増田中尉にいった。

「おれの口から、こんな命令を部下に伝えることはできない。増田中尉から、各陣地に伝えてくれ」

部下を殺すだけに終るような命令を、出すに忍びなかったのだ。そしてまた、連隊長自身で下達しようとしなかったのは、それをしても、もはや、どうにもならないと、諦めていたからでもあった。

四

作間連隊本部は、ヌンガンの四キロ北にあるライマトンに移った。そこは標高二千百メートルの高地であった。気温ははだ寒いばかりであった。吹き上げてくる風は、荒々しく音をたてた。丘も谷も、雨を吸いこんで、おびただしい湿気を放散していた。いたる所に水たまりができ、さむざむと光っていた。

移動すると同時に、本部の兵隊は、設営と、陣地の構築にかかった。そのために、竹を集めてきて、二つわりにして、先端をそぎ落すことを命ぜられた。

「どうも変だと思うとったが、やはり、本部の将校さんは、すこうし狂うとる」

小倉軍曹が竹をわりながら、いつものお喋りをしている。

「兵隊一人で竹五十本きってこい。――このはげ山に、そんなに竹があってたまるかい。竹を持ってくると、削れっつう。桶のたがにでもして、何カ月ぶりかで入浴をさせるか、こりゃあ、ありがたいこっちゃとおもや、先を尖らせいっつう。……竹槍を作るんかといや、竹矢来を作れっつう。……あほくさ。なにをいうことかい。連隊長も、すこうし狂うてきたんじゃないか」

そんなことをいって、兵隊を笑わせながらも、せっせと竹をわって、

「こら、早う、せい出してやれ。早う竹矢来を作らんと、敵がきたら、どうもならん」

その竹は、ライマトンの丘の周囲に、向う斜めに植えて、敵の来襲を防ごうとするのだ。移動鉄条網と作業隊を持つ英印軍に対して、日本軍は、竹矢来を植えるよりほかに方法がない。作間連隊には、一本の有刺《ゆうし》鉄線もないのだ。

兵隊の、このような話だけ聞いていると、まことにのんきであり、陽気でもあった。だが、兵隊の肉体は、これらの会話とは、およそ、かけ離れたものである。顔は青くむくみ上るか、歯の出るほどやせこけている。それが、ながくのびたひげと、こびりついた泥と垢で黒くなっている。服は泥と雨にまみれ、海藻のように破れ裂けて、胸の悪くなる悪臭を放っている。

兵隊の大部分は下痢か、皮膚病か、熱病におかされている。師団の命令によれば、軽症患者は、患者と認めず、というのであった。その判定の基準は、鉄砲を撃てるかどうか、というところにあった。従って、弓師団のなかに発生した傷病患者の、実に七十パーセント以上が、衛生隊の収容所ではなくて、第一線の壕のなかにいたのである。また、傷病患者は、収容所にいれても、それ以上の後方の衛生隊や野戦病院には送らないようにしていた。収容所におけば、すぐ第一線に出せるからである。新しくきた第三大隊にしても、この時には、早くも、二百名近い傷病患者が、ヌンガンの陣地からライマトンの収容所に送られていた。

病気ということでは、連隊本部の兵隊も同じであったが、第一線の兵隊にくらべれば、まだしも、恵まれていた。すくなくとも、本部の兵隊は、個人壕にいないで、谷のなかにいることができた。また、時には、集まって話をすることができた。悲惨なのは、第一線の兵隊である。

ヌンガンの斜面にある、所どころの高地の中腹には、点々と黒い穴がつづいている。穴の上には、木の枝や草をかぶせてある。そのなかに、兵隊が、一人ずつはいっている。これが、敵前二百メートルないし五百メートルにある最前線の個人壕であった。

壕のなかには、毎日の豪雨の水が流れこんで、泥沼のようになっている。兵隊は、からだの大部分をそのなかにつけて、一日じゅうしゃがんでいる。

ただひとりでいることが、どれだけさびしいことであるか。一日じゅう話をする相手も機会もないのは、人間にとっては、予想外の苦痛である。

だが兵隊は、もはや、そのような人間的な苦痛を忘れてしまった。今はただ、発熱と、下痢と、空腹の苦痛に、全身をさいなまれているばかりである。泥水につかり、雨にうたれ、砲撃をあびながら、兵隊は、全身の苦痛にたえるために、一秒ずつ、秒をかぞえるようにして時のすぎるのを待つ。

目の前の英印軍の陣地では、白人兵やインド兵が掩蓋の上に寝そべったり、散兵壕の上を歩きまわったりしている。日本軍の兵隊にとって、何よりも腹立たしいことは、英印軍の兵隊が、悠々と散歩しながら、たばこをふかしていることである。照準をつければ撃つことができるのだが、撃てば、こちらの場所が露見して、すぐに猛烈な砲撃がくる。狙撃に費す弾もない。

日本兵は、たこつぼにはいったたこのように、じっとひそんでいるだけである。兵隊の皮膚は、水びたしになっているために、白く変色し、べろべろにただれた。内臓は、かびがはえて、腐蝕し、変形して行くように感じられた。兵隊は、すでに、一個の生物と化した。泥のなかにもぐり、ちぢこまり、息をこらし、苦痛にたえ、ただ本能的に生き抜こうとする。今、彼らが願うことは、明るい太陽の下で、さわやかな空気を、胸いっぱいに呼吸したいことである。太陽を失った彼らには、あのビルマの、目がくらみ、犬のようにあえいだ、灼熱《しゃくねつ》の太陽が恋しい。

それにもまして、思いつづけるのは、白く、柔らかな、たきたての飯を食べたいということだ。

三つこぶ山やコイロに英印軍が出て、連絡路を遮断して以来、ヌンガンの作間連隊には、補給がまったくなくなった。今、壕のなかにいる兵隊に与えられているのは、馬の飼料として用意されたカタバイである。それも、ひとり一日の分量は、手のひらにのるくらいしかない。この、豆のひきわりと、ふすま粉の混合物が、下痢と腹痛に苦しんでいる兵隊の食物である。

後方補給をまったく軽視した、無謀なこの作戦が開始される時、牟田口軍司令官が、最大の確信をもってたのみとしたのは、皇軍精神と称する、兵隊の精神力であった。だが兵隊は、生物化すると同時に、精神力を失ってしまった。日本軍の指導者が信じていた作戦の基盤は、むなしく崩壊しようとしている。

兵隊はただ、絶望して、恐怖するばかりである。兵隊は、自分の死が、時間の問題でしかないことを知っている。恐らくは、敵弾に倒れる前に、疫病と飢餓のために死ぬだろう。

たこつぼ式の個人壕にいる兵隊は、実に、生きながら、自分の墓穴にはいっていた。

このような兵隊のなかから、夜になると、二組三組と、斬りこみ隊を作って出て行った。斬りこみは、危険ではあったが、英印軍の豊富な糧食を奪えることが、大きな魅力であった。

斬りこみ隊の戦果は、糧食以外には、たいしたものはなかった。しかし、なかには、めざましい働きをしたものもあった。

その一つは、ブンテにあがってきた英印軍の高射砲陣地を夜襲したものである。英印軍はブンテに高射砲をすえて、ヌンガンに向けて、水平射撃をしていた。工兵をまじえて六名の日本兵は、爆薬をもって、幕舎と、高射砲の一門を破壊した。

また、第九中隊の四十七名は、インパールに近いブリバザーの砲兵陣地を攻撃した。この一隊は、往復一週間のうちに、戦車四台、トラック六台を破砕し、英印軍の宿営地に軽機を撃ちこんできた。この時、この一隊は、インパール南道にある道標の数字が――4m（4マイル）としてあるのを読みとってきた。これがこの作戦に参加した日本軍のなかで、インパールに最も近接した一隊となった。しかも、それだけのことにすぎなかった。大勢は、すでに決していた。

五

山陵地帯に対する英印軍の砲撃は、目立って、少なくなってきた。その原因の一つは、五倍以上の兵力を持った英印軍が山陵地帯の各所に楔状《くさび》にくいこんで、至近の距離で交錯しているからであった。

しかし、もう一つの原因は、もはや、なだれのような集中火をあびせるまでもなく、放っておいても、日本軍は自滅する状況にあることを察知したためと思われた。

砲弾の代りに、山陵地帯の上空を飛行機が間断なく飛んで、日本軍の行動を監視した。飛行機の飛んでいる間、日本兵は身動きできなかった。飛行機の爆音は、耳だけでなく、全身の皮膚に直接に響いた。それは、恐怖という以上に、神経を苦しめるいらだたしいものであった。

「さすがに敵さんは豪勢なものじゃ。新聞配達までが飛行機でくるものな」

小倉軍曹が、長中尉の所へ、小型の新聞を持ってくる。泥によごれたものばかり見ている眼には、新聞紙の新鮮な白さが、痛いほどしみつく。インクのにおいも、まださわやかであった。

――『陣中新聞』

日本語の活字で印刷されたタブロイド判のこの新聞を、連合軍の飛行機が、日本軍の陣地の上にまきちらして行く。長中尉は、この〝配達〟を待ちかねている。それは、正確な情報を敏速に報道してくれる、唯一の新聞であるからだ。はじめは、謀略のためのうそっぱちの宣伝さ、といって相手にしなかった。しかし、今では師団の情報よりも信頼するようになっていた。

――昭和十九年六月十九日発行

インドのデリーで印刷されたこの新聞は、二日目に、忠実な読者である長中尉の手に届いている。最初のページの一番上には、四段ぬきの大見出しで、北フランスの戦況を記してある。

——六月六日、北フランスのノルマンディー海岸に上陸した連合軍は、ドイツ軍戦線後方に大空挺部隊を降下させた。上陸軍二十数個師団はパリに向って進撃を開始した。

次の記事は、さらに長中尉をおどろかした。

——六月十一日以来、連合軍は機動部隊をもってマリアナ諸島を攻撃中であったが、十六日未明よりサイパン島に上陸を開始した。

そして、さらにおどろくべき記事が、次のページから現われる。

——日本本土空襲！　中国大陸を発進したB29及びB24の大編隊は、六月十六日十四時、日本九州北部の工業地帯を爆撃した。

インパールで絶望の戦闘をつづけている間に、連合軍の巨大な勢力は、日本とドイツののどもとに迫った。サイパンをとられたら、日本本土は空爆にさらされるだろう。しかも『陣中新聞』は、サイパンと北フランスの勝利を、確信をもって予言している。

——日独同盟国の戦局は重大な危機に立っている。

別な見出しは、ビルマの緊急化した事態を告げている。

——北ビルマの要衝ミッチナは、全く孤立無援と化した。五月十七日、新たな空挺部隊はミッチナ飛行場に降下、同時に、フーコン谷地を出たレド公路建設部隊の新一軍はミッチナに達し、空挺、地上両部隊は互いに連携をとって包囲攻撃している。また、さきに降下した空挺部隊は、この方面の日本軍を撃退し、連絡を遮断している。ミッチナでは、軍隊および民間人を合せて五千名の日本人が、無援孤立のうちに、糧食弾薬の欠乏のまま自殺的な抵抗をつづけている。もはや時間の問題となったミッチナの陥落が実現すれば、マンダレー以北の北ビルマは連合軍の領有に復し、レド公路は、事実上、打通されたことになるだろう。

このほか、何げなく書かれた小さな記事が、長中尉に強い刺戟を与える。

――インパール周辺、および北ビルマ戦線における連合軍の傷病兵は、弾薬糧食を輸送するダグラス機の復航を利用して、後方の病院に空中輸送している。機内には、ベッドのほかに応急処理の薬品器具を準備し、軍医看護婦が乗りこんで手当をしている。

長中尉が『陣中新聞』の記事を読んでいると、河合副官があわただしくはいってきて、

「長中尉、ちょっときてくれ。連隊長殿が少しおかしいんだ」

と、声を殺していう。顔色まで変っている。作間連隊長は、下痢がようやくおさまったあとの衰弱したからだに、二、三日前から四十度近い発熱をして倒れていた。河合副官のただならぬ挙動から、長中尉は、連隊長の病状に異変の生じたのを感じた。ふたりは、作間連隊長の壕に走って行った。

壕のなかでは、寝ていると思っていた作間連隊長が、意外にも、立っていた。作間連隊長は、もがくようにして、破れた上着を着ようとしていた。

「連隊長殿まだ起きられてはいけません」

河合副官が上着をとろうとすると、作間連隊長は、げっそりと衰えた顔を向けて、

「わしはな、ちょっとビルマへ行ってくる」

意外な言葉に長中尉がおどろくと、河合副官がしきりに、目で合図した。様子がただごとでない。

「ビルマに用があるならば、長が行きます」

と進み出ると、作間連隊長はふらふらと歩きかけて、

「ビルマへ行く。――ビルマにはごちそうがたくさんあるし、な」

言葉はいつものように静かな調子だが、眼つきが少しおかしい。視線がうわずっている。

長中尉は事情を諒解した。憔悴した連隊長の頭脳は高熱に冒されたのだ。

「行くのでしたら、長がお供しますから、ちょっと待って下さい」

「長、早く行こう。ビルマはいいからな」

と、よろめきながら歩き出す。

「待ってください」

長中尉は、自分よりたけの高い作間連隊長を抱くようにして押しとどめたが、そのからだにふれた時、悲しい気持がひろがって行った。この、誠実で穏和な連隊長が、高熱に冒されたとはいえ、インドからビルマへ、ものを食べに行こう、という。それは、軍服の下にかくされていた、人間の切なる欲望の叫びに違いなかった。

作間連隊長は長中尉を押しのけて、

「ごちそうを、たくさん、な、――」

そして、急に声を高くして叫んだ。

「馬をひけ」

――ああ、高熱に狂った作間連隊長を、どうしたらいいだろう。

「はい、馬をつれてきます。それまで、そこに休んでいてください」

長中尉と河合副官は力を合せて作間連隊長を押しもどした。さすがに衰弱していた作間連隊長は、ふたりの力に押されて、寝床の上にすえられた。

「こら、何をするか。わしはビルマへ行くんだぞ。馬を、――」

その時、飛行機の爆音が急に近づき、真上の空気を振動させた。

「飛行機！」

「あぶないぞ！」

兵隊の叫びと同時に、爆弾の落下音が、ざあざあ！と降りかかった。たちまち、ぐゎん！ぐゎん！と爆発が起り、激しい振動が壕の周囲をゆすった。

――近い！

また、爆弾の落下音！炸裂の響き！もみあっている三人のからだの上に、がらがらと土が崩れてきた。――連隊本部は、爆撃の火網のなかにはいった。……轟音と激動！

その時、作間連隊長は、

「う、――空襲だな」

と、はっきりいった。ふたりが手をゆるめると、

「何をしているか、状況はどうか」

作間連隊長は正気にかえった。河合副官が、

「長、状況を見てきてくれ」

長中尉が外に飛び出すと、小倉軍曹が兵隊をひとり、かつぎこんできた。

「どうしたのか」

「爆弾がおちてきたら、急にひっくりかえったんです。どこもやられちゃおらんのに、眼を白くむいて苦しがっているんです」

兵隊は手足をひきつけて、上体をそらせ、がくがくとふるえていた。

「早く軍医を呼んでこい」

小倉軍曹は、軍医を呼びに走って行った。その間に、兵隊のひきつけはますます激しくなり、転倒していたが、次第に硬直していった。軍医がかけつけてきたが、判断がつかなかった。

「負傷はしていない。症状はてんかんと同じだが」

小倉軍曹がまじめな顔をして、

「こういうのを空襲てんかんつうのだ」

兵隊はいよいよ硬直し、すでに人事不省になっていた。軍医は手のほどこしようがな

かった。薬品もない。急に軍医は思いついて、鞄のなかから、小さなびんを出した。そのなかには、塩がはいっていた。それは、薬用ではなくて、実は、軍医の貴重な糧食であった。軍医は、兵隊の口をこじあけて、塩をなすりこんだ。小倉軍曹が水をのませる。軍医が、また、塩をなすりこむ。

軍医は、この処置を、確信をもってしたのではなかった。どうなるか、わからない。じっと、瀕死の兵隊の顔を見つめていると、奇蹟のように、息を吹きかえした。

その後、兵隊の間に、このような症状が続出した。塩をなめさせるとなおるてんかん！

そのころ、ライマトンにきていた十頭あまりの駄馬が、あいついで衰死してしまった。これは明らかに、必要食である塩の欠乏のためであった。軍医は、このことから、かのてんかんを、塩の欠乏によるものと判断した。

これは恐るべき徴候であった。もし、これ以上、塩の補給がないならば、食糧の有無にかかわらず、連隊の将兵は、てんかんのようなひきつけを起し、衰死した駄馬と同じ運命をたどることになるだろう。

作戦のはじめに、塩は、布につめ、牛の背につんで、ビルマから、インパールの前線に運ばれた。運搬をかねて、食糧とするはずの牛は途中で倒れてしまった。その後は、弓師団ではトラックで輸送した。そのためには、トンザンで苦戦して奪った英印軍の車輌が役に立った。だが雨季にはいって、塩は輸送の途中で、豪雨にたたかれて、とけて、流れ去った。

インパールの前線では、塩は常に欠乏していた。ついに、兵は互いの背中をなめあって、塩分を補った。

六

六月二十二日。

コヒマ＝インパール道を南下していた英印軍の機械化部隊は、ミッション付近で祭の松村連隊を撃破してインパールに達した。コヒマ＝インパール道は全通した。日本軍にとっては、いよいよ危急の段階となった。

同じ日。弓師団は、新たな命令を出した。

《作間連隊ハ、「インパール」西北方ニ進出シ、「コヒマ」道ヲ遮断スル準備ヲスベシ》

やや熱のさがった作間連隊長は、寝たままで、この命令をきいたが、

「準備をしろ、というなら、準備をしなければなるまい」

といって、口をつぐんでしまった。作間連隊長は、一体、上の人は、どのような方法があって、インパールに行くつもりなのか、といいたかった。ついさきごろ、コヒマを撤退する布告を出したばかりである。烈も祭も壊滅し撤退している時に、どうして弓だ

けがインパールに行くことができるだろうか。

　このような命令は、弓師団の独自の計画で出したのではなく、牟田口軍司令官の意図によることは明らかであった。この時期になお、牟田口軍司令官はインパール攻略を強行しようとしていた。第一線から見れば、異常の神経の人としか考えられなかった。ただ一つ、推察される理由があった。それは、牟田口軍司令官が戦況の実状を知らされていないことであった。しかし、この原因は牟田口軍司令官にあった。幕僚が、不利な戦況や敗北を報告すると、牟田口軍司令官は怒って、どなりつけた。幕僚は恐れて、実状を報告しなくなった。

　また、牟田口軍司令官が命令を出すと、それが不可能なものであっても、反対することをしなかった。牟田口軍司令官の怒罵《どば》を恐れるあまり、唯々諾々《いいだくだく》として受けとるが、それを、実行しないことが多かった。

　その夜。――作間連隊の将校一名、兵七名からなる斥候が二組、進路偵察のために、ライマトンから北に向って出発した。

　翌日。――

ライマトンの南、タイレンポピの三差路の付近で、奇妙な、しかし、重大な事件が起った。

　この方面には、数カ所に英印軍が進出して、作間連隊の後方連絡を遮断しようとしていた。

牛乳のような濃霧が、一面にたちこめている朝であった。

タイレンポピに出ている山砲兵第三十三連隊第一大隊の、渡辺一等兵が歩哨に立っていた。彼は、数日来のマラリア熱のために、立っていられないほどだるく、頭もぼんやりしていた。もともと、動作も頭の働きもにぶい男だった。ビルマ戦線にきて、三年にもなり、同年兵が上等兵や兵長になっても、いまだに一等兵でいる。ほかの仕事には使えないので、馬のせわばかりさせられていた。そのために、渡辺安平という本名を呼ぶものはなかった。『馬』といえば彼のことであり、彼もまた、『馬』と呼ばれるのを当り前のような顔をして返事をした。

渡辺一等兵が、ぼんやりと立っていると、濃霧のなかから、黒い人影が現われた。突然のことで、両方がおどろいた。渡辺一等兵の眼には、見上げるほどの大男に見えた。そのうしろには、数名の人影が、霧のなかで動いていた。彼のにぶい頭にも、それが、恐るべき敵兵であることがわかった。渡辺一等兵は銃をさかさにふりあげて、めちゃくちゃにふりまわした。何か、銃の先にぶつかった。渡辺一等兵は、無我夢中になってあばれ狂った。マラリア熱のために衰弱していたので、たちまち眼がくらみ、その場に昏倒してしまった。

『馬』の渡辺一等兵のこの時の働きが、作間連隊を殲滅の危急から救う端緒となった。

戦場では、このような兵隊が、意外の働きをし、逆に、背中にいれずみをして、何かというと刃物をふりまわしてけんかをするような兵隊が、いざ戦闘となると、逃げかくれしてしまうことが、しばしばあった。

渡辺一等兵が倒したのは、英軍の少佐であった。少佐の肩章といっしょに、その所持品が、連隊本部に届けられた。そのなかには、インパールを中心とした英印軍の配置要図、英文の書類、ノートなどがあった。

長中尉は、その内容を調べることを命ぜられた。長中尉は、アメリカ生れの町屋二等兵を呼んだ。彼の英語が役に立つ時がきたのだ。

ノートの字は、乱雑に書きくずしてあり、所かまわず書きつけてあった。それは、その時どきの必要に応じて、手早く書きつけたものであり、判読することも容易ではなかった。また多くは、文章の形をとらない、断片的な字句でもあった。

町屋二等兵は、ながいことかかって、一字一字拾うようにして読んだ。ようやくにして判読しても、それを日本語にすることは、彼にとっては、さらに困難な仕事であった。長中尉は町屋二等兵のたどたどしい日本語から、正確な意味をくみとることに苦労しなければならなかった。

ノートを書いた人は、第十七インド師団に属する大隊長代理F——少佐であった。ノートの内容は、大部分は作戦に関する覚書であった。

——A中隊、B中隊、C中隊は次のごとく展開するものとす。

——迫撃砲陣地をT地点に移す。……

そのような文字を一つ一つ翻訳していくうちに、一連の字句が長中尉をおどろかした。

——タイレンポピを攻撃して、日本軍の連絡路を遮断する。六月二十四日。

「それは、きょうじゃないか！」

長中尉はノートをつかんで、作間連隊長の壕に飛びこんだ。作間連隊長の発作《ほっさ》はおさまったが、まだ熱はひかない。寝ている、やせた顔は、眼が赤くうるんでいる。

河合副官も呼ばれる。山守大尉の戦死したあとは、副官が作戦主任をかねている。事態の重大なのにおどろいて、改めて、耳をすませば、南の方でさかんに大砲を撃っているのが聞える。ライマトンとタイレンポピの中間コイロに進出した英印軍の砲兵が撃ち出しているのだ。あるいは手遅れとなったかも知れないと思われた。

このような危急の時に、たのみになるのは、第二大隊の末田大尉だけである。

すぐに作間連隊長は、末田大尉に第二大隊の三分の二に相当する七十名を与えて、タイレンポピに急行させた。

だが、英印軍は、F——少佐の計画した日には、攻撃に出てこなかった。恐らくは、大隊長代理が戦死したので、その計画を中止したものであったろう。

しかし、二十五日には、ライマトンの西側に二百名、コイロに約四百名の英印軍が進出した。

もはや、師団の命令のように、インパールに進撃するどころではない。連隊を押し包む鉄の輪が、今、最後の口を閉ざそうとしている。その口が閉ざされれば、作間連隊は、ライマトン＝ヌンガンの山陵地帯で、全員戦死しなければならない。——恐らくは、かの弾痕山にいた兵隊のように、何ものも残さずに、消滅してしまうだろう。あるいはまた作間連隊長を先頭に、自決にひとしい玉砕突撃をするよりほかに、方法がなくなるだろう。作間連隊は、ついに、最悪な時を迎えるに至った。

英印軍の大隊長代理F——少佐を殺しても、連隊に迫っている死の運命には変りはなかった。ただ、それを数日遅らせたというだけである。しかし、一兵士が銃をふるって大隊長代理の要職にある人を倒したこと、そのために、貴重な敵の資料が手にはいったことは、苦難な戦況のなかにある作間連隊長を感激させた。

連隊長は、個人感状を与える手続きをとった。この報告をきいた師団は、師団の名をもって、感状を与えることにした。ところが、このことを聞いた牟田口軍司令官は非常に喜んで、軍司令官から感状を出すことにした。馬のせわばかりさせられてきた渡辺一等兵としては、夢にも思いがけなかった名誉が与えられることになった。

このようにして、第十五軍司令官の名を記した個人感状が伝達された。だが、渡辺一等兵はこの名誉を受けることができなかった。マラリア熱のために衰弱した肉体をもって、銃をふるってF——少佐を倒した時に、自分の力を使いつくした。マラリア熱は再び高まり、うわごとをいいながら、壕のなかでうずくまって死んだ。個人感状の伝達される前の日であった。

五八四六高地に行った岡本参謀が、作間連隊長に、電話をかけてきた。参謀は、自分が指導に当っている安の橋本第百五十一連隊の戦況の詳細を伝えた。

——新鋭戦力として期待された橋本連隊の後続大隊が到着した時には、すでに惨憺たる混乱の状態にあった。この連隊をインパール前線に急行させるのに、輸送機関がなかった。車輛は乏しく、運行は不随である。大部分の行程は、豪雨にうたれながら、歩かねばならなかった。行軍の間隔はひろがり、落伍者が続出した。また、それをよいことにして、途中でもぐってしまう兵隊が多かった。相当多くの兵隊は、逆の方向に行軍したりした。インパール南道の到る所に、混乱した隊列と、脱落した兵隊が、ばらばらにひろがってしまった。

約三百名が先着すると、待ちかねていた師団は、すぐに林の高地の攻撃を命じた。橋本連隊長は、後続の兵力が集結するのを待つために、数日の猶予を求めた。だが、連隊とは名ばかりの、長途の行軍に疲れきった三百名は、そのまま林の高地に向った。六月二十七日であった。

ところが、この攻撃が成功した。約一時間の戦闘ののち、連隊は林の高地を占領した。これは意外な戦果である。

「こんな陣地の一つや二つに手を焼いて、全滅させられてるのでは、弓もたいしたことはありまへんなあ」

というのが、その直後の橋本連隊の将校の感想であった。

笹原連隊が壊滅の非運にあった林の高地を、かくもたやすく落したので、田中師団長はさすがに新鋭部隊であり、見事である、と喜んだ。しかし、実状としては、英印軍の大きな油断のためであった。日本軍はもはや攻撃に出るだけの戦力をもたなくなったと見て、まったく安心していたところを衝かれたからであった。

難攻不落と聞かされていた林の高地を、初陣《ういじん》に奪いとった喜びに有頂天になった橋本連隊は、敵の反撃に備えて防御をほどこすことをしなかった。壕を掘るための工具さえ持っていないほどであった。

まもなく、英印軍の砲撃が集中し、林の高地の陣地は跡かたもなく粉砕された。安の第三大隊長仲芳夫大尉以下二百五名は消滅し、わずか三十名ばかりが小銃三十八を持っただけで、五八四六高地の北の峠まで逃げ帰った。

敵の油断をついて成功した橋本連隊は、また、みずからの油断に敗れた。占領後の防備を怠ったのは、むしろ非常識に近いことである。指揮の未熟というだけでなく、橋本連隊長や岡本参謀自身の指導も拙劣で熱意がなかった。そのために無用の、しかも大きな犠牲を出した。

新鋭の期待もむなしく、安の連隊の主力は壊滅した。その後、後続の兵が追及参加したが、戦闘らしい戦闘にならなかった。その結果、英印軍は、今や、タイレンポピをもおさえようとする気配が濃厚になってきた。

岡本参謀は、五八四六高地方面の戦況を作間連隊長に説明してのち、

『このままでは、作間連隊は後方を遮断され、山陵地帯で完全に包囲される恐れがある。それよりは、戦線を収縮して、作間連隊はライマトン一帯を撤退し、シルチャール道以南を確保すべきではないだろうか』

と、撤退の意見をのべた。

作間連隊長の気持のなかには、師団命令の矛盾に対する忿懣《ふんまん》が鬱積している。それが、岡本参謀に、はけ口を見つける。

「しかし、師団では、インパールへ行く準備をせいといってきている。インパールに行くためには、このライマトンは大事な足場だから、これを捨てたらまずいだろう」

岡本参謀は、まともにうけて、

「インパールに行くどころではありません。ここで一押しされたら、師団はめちゃめちゃになります。今、自分のいる所があぶなくなってきました。連隊長殿が撤退に同意されるのでしたら、自分が、師団に意見具申して、そのように処置します」

作間連隊長は、この言葉を待っていた。どれほど長い間、待ちつづけていたことであろう。だがそれを、自分の口からいうことはできなかった。

「今の師団のやり方では、所詮だめだから、五八四六の線にさがることに賛成だ」

本当は、その程度に撤退したところで、もちこたえられる戦況ではない、と思いながら、

「師団が撤退命令を出すまで、安の兵力で五八四六をもっていられるのか」

「いや、もう、すぐにでもきてもらわないとあぶないのです」

「よろしい、それでは、自分の独断で、一個中隊を出そう」

これで連隊の全員が、むなしく戦死することをまぬかれたと思うと、作間連隊長は、衰弱した肉体のなかに、にわかに熱いものが湧き上るのを感じた。

師団作命第…号　六月二十九日　ライマナイ
……作間連隊ハ五八四六高地ノ鞍部ニ至リ、安第百五十一連隊ト協力シテ林ノ高地攻撃ノ準備ヲスベシ。

この命令の意味は、山陵地帯を撤退せよ、ということであった。

作間連隊は撤退準備にかかった。

二十九日から三十日にわたって、第一線の壕のなかにいる重症患者八十名を、まず、先にさげた。同時に、ライマトンの患者収容所は、歩行困難の傷病者八十名をつれてタイレンポピにさがった。

次には、輸送に時間のかかる重火器をさげた。

といっても、その数は、山砲の使えるもの三門、こわれたもの二門にすぎなかった。しかし、これだけでも、疲労衰弱しきった砲兵隊には、非常な重荷である。道は、標高千七、八百メートルの、雨にくずれた山坂である。砲兵は、一晩かかって、一キロメートルしか行くことができなかった。

作間連隊長は、この撤退を、英印軍に察知されることを、何よりも恐れた。日本軍の行動を察知すれば、急速に追撃してくるだろう。

作間連隊長は、撤退を偽装するために、第一大隊にコイロの英印軍を攻撃させた。また、ヌンガンで対峙《たいじ》している第三大隊には、戦死者の鉄かぶとを集めさせた。敵中に交錯しているこの部隊を引き上げるのは、一番むずかしいことである。大隊は、壕の上に鉄かぶとをならべた。それが、身代りの兵隊であった。


六月三十日。撤退の準備は終った。あすの朝になれば、コイロ以北の山陵地帯に、日本軍は一人もいなくなる。

長中尉は、山頂にある観測所に行くため、連隊本部を出た。

少し行くと、谷の底に、兵隊が寝ているのが見えた。様子がおかしいので、呼んでみたが返事がない。おりて行くと、兵隊は、からだを折ったようにゆがめて倒れていた。ズボンは破れて、下腹部から大腿部を露出していた。やせこけて、骨だけになったからだは、泥と、糞便にまみれていた。そのまわりにも、血便が流され、鋭い悪臭を発している。長中尉が近づくと、たくさんの黒い蠅が、音をたてて飛び上った。

「おい！　しっかりしろ！」

兵隊の肩をつかむと、ひげののびた顔が、ぐったりと向きを変えた。見おぼえのある顔であった。前夜、先発後送させた重症者のなかにいた篠軍曹である。タウンジーの病院を出されて、はるばる原隊を追及した軍曹。インオウロの谷で語り合った時には、青くむくんでいた顔が、今では、骨の上に皮膚だけが、こびりついている。前夜の後送の途中、激しい腹痛のために隊列から出たのであろう。

篠軍曹は、すでに息が絶えていた。

長中尉は観測所の丘にあがった。

山陵地帯にきて一カ月半。見なれた、荒涼としたインパール盆地。乾ききっていたインドの赤土は、毎日の豪雨をあびて、草がのび、緑の柔らかな色に掩われた。爆弾と砲弾のために掘りかえされた所だけが、なまなましく赤く、そのなかには水がたまり、鉛色の寒い光を浮べている。

空には雨雲が流れている。限りなく流れつづいている。

向いの山ひだの間には、白い雲が湧き上り、渦まき、現われては、霧のように消えて行く。

ログタ湖は雨のためにふくらみ、盆地の山すそまでひろがっている。盆地の底のほとんどが湖に変ってしまった。そのなかに、島のように、部落や孤立した山が浮んでいる。三百名の日本兵の屍体をさらした二九二六高地は、何ごともなかったように、うずくまっている。長中尉は深い感慨にふけっていた。

――すべては、むなしかった。再び、ここにくることもあるまい。もはや、インパールの町を見ることもないだろう。

乳白色の雲が、渦をまきながら、立ちつくしている長中尉のからだを押し包んで、流れていた。

死の道

一

七月一日。――

作間《さくま》連隊長は五八四六高地の峠にきて、安《やすし》の橋本連隊の宿営地にはいった。

十二時ごろになって、ブリバザーの連合軍の砲兵陣地が、猛烈に撃ち出した。弾は頭の上を越えて、タイレンポピに集中している。毎日、日本軍の食事時と夜間の睡眠時間をねらって撃ってくるのであるが、この時の砲撃は、とくに激しかった。五八四六高地の真上の空気は、びりびりと振動しつづけ、砲声は滝のように鳴り響いた。砲撃は一時間してやんだが、その間に発射された砲弾は、十サンチ級の野戦重砲弾が一千発と推算された。

砲声がしずまると、末田大尉が、

「敵さん、ヌンガンにいるのは鉄かぶとだけだということに気がついたかな」

と、笑ったが、岡本参謀は、むずかしい顔で、いった。

「最近、こんなに撃つことはなかった。大規模な攻撃をやるつもりかな」

末田大尉は、二日前にきていて、きのうは林の高地を攻撃した。

「安さんのおかげで、うちの部隊は、すっかり装備が新しくなりました」

末田大尉が冗談のようにいったが、本心は怒っているのがわかった。

「林の高地に行く途中、いろんな装具が落ちているんです。みんな安さんのものです。内地から持ってきたばかりだから、ぴかぴかした新品です。けしからん、と憤慨しながら、みんな、自分のと取りかえて喜んでいましたがね。そのうちに、小銃まで落ちている。機関銃が捨ててあったのにはおどろきましたね。それも、眼鏡のついた新式の重機が四挺も放り出してありました。自分の所には、もうガタになったのが、たった一挺しかない時なので、早速いただきましたがね。ひどい兵隊ですよ」

岡本参謀が、

「しかし、逃げっぷりはええぞ。戦車でも出てくると、一ぺんにインオウロあたりまで逃げてしまう。しばらくして出てくるが、すぐ、またさがる。そして、いうことがええ。出ろ、というと、弓《ゆみ》の兵隊はんは、よう辛抱してはります。そのくせ、米だけは持ってきたもんじゃけえ、毎日、飯盒に半分もらって、ひるまから食べておる。それが、二、三日すると、こんな給与ではあきまへんわ、というから、弓の兵隊は半月も米の飯など渡っておらんぞ、とおどかすと、へえとどぎもを抜かれた顔をしておるんじゃ」

作間連隊長は、すわって話を聞いていた。下痢と発熱に衰弱したからだで、山道を行軍したあとなので、口をきくのもたいぎであった。しかし、指揮官としての心構えから、弱みを見せず、姿勢も崩さないでいた。作間連隊長が心配しているのは、安の連隊の戦力である。師団命令に従って、安と協力して林の高地を攻撃するとしても、はたして安が戦闘できるだけの力を持っているのだろうか。

「安は今、どのくらいいるのか」

「連隊長以下、動ける兵隊だけで三十名ぐらいなものでしょう。連隊長の下には、負傷した大隊長が一人いるだけで、中隊長は一名もいません。インオウロへんをさがせば、もぐっている奴が少しはいるらしいが」

「追及者はこないのか」

「はじめの予定では、千名ぐらいくることになっていましたが、かれこれ三百もきたでしょうか。もう、あとはこないでしょう。恐ろしく、戦意のない素質の悪い部隊です」

ともあれ、作間連隊長は、橋本連隊長以下三十名の〝連隊〟に協力して、林の高地を攻撃する準備をしなければならない。

その時、師団から電話がきて、岡本参謀が呼ばれて行った。まもなく、もどってきたが、不機嫌な表情になっていた。

「師団からの命令で安をライマナイにさげろ、といってきました」

――たとえ三十名の〝連隊〟にしろ、協力すべき主体を、今になって後退させるとい

うのは、師団の計画も変りすぎる。作間連隊長は眼を伏せて、

「少しおかしい。計画がぐらつくのは、師団が、何か別のことを考え出したかな」

撤退するのではないか、と思ったのであったが、あからさまに口には出さなかった。

岡本参謀はぶりぶりした調子で、

「いや、安の師団の方から、橋本連隊をかえしてくれ、といってきているんです」

元来、安は、北ビルマの三角地帯にいる空挺部隊の攻撃のために出てきたのが、インパール方面が危急になったために、その一個連隊が弓に配属された。ところが、その後の空挺部隊の攻撃が成功しないので、安の師団から橋本連隊の返還を要求してきたのである。

「兵力の少ないところを、さらに分散させて、むりな使い方をするから、どっちもだめになってしまうんです」

作間連隊長は、じっと眼をとじていた。疲労のはての荒い呼吸であった。岡本参謀も、末田大尉も、だまっていた。ふたりとも、作間連隊長がそのようにしている時は、沈思しているのを知っていたからだ。

長い時が流れた。作間連隊長はおちくぼんだ眼をひらいて、

「いいよ。安がいなくても、作間はひとりでやるよ。末田ご苦労だが、案内してくれんか。これから、地形偵察に行こう」

力のない声ではあったが、胸に計画の成ったことが感じられた。

作間連隊長は、敗残の約八十名をひきいて林の高地を攻撃する決心を固めたのだ。師団が無謀な作戦を強行する限り、これを最後の戦闘と思い諦めたからである。五週間前に、山守大尉に、死にいそぎをするなといましめた作間連隊長が、心身の衰えから、今、自身が死をいそぐ気持になっている。

末田大尉をつれて、地形偵察に出て行く、作間連隊長のやせた後姿を見送った時、岡本参謀は、先ごろからの自分の考えを実行しなければならないと思った。派遣参謀として指導した三つの連隊があいついで攻撃に失敗し、悲惨な壊滅をとげるのをまのあたりに見てから、わがままで、単純な岡本参謀の自信は、みじめにくじけ去った。

岡本参謀は、作間連隊も、さげなければならない、と撤退をあせっていた。

翌二日。——

岡本参謀が林の高地の攻撃を遅らせようと考えていると、師団から命令がきた。

《作間連隊ハ重火器ヲ「インオウロ」ニサゲルモ可ナリ》

この命令のなかには、師団の苦悩がにじんでいた。ついに、田中師団長は、作間連隊の撤退を考えるようになったのだろうか。はたして三日になると、別の命令がきた。

《作間連隊ハ「トッパクール」ニ至リ爾後ノ作戦ノ準備ヲスベシ》

トッパクールは、ライマナイの師団戦闘司令所の北方、約三キロの所にある。トッパクールの西一キロにある三つこぶ山を占拠した英印軍は、六月上旬に撤退した。トッパクールと三つこぶ山の付近に作間連隊をおけば、師団戦闘司令所の防御線になる。師団はそこまで、戦線を収縮しようとしているものと考えられた。

作間連隊長は長中尉《ちょう》を呼んで、トッパクールに先行して、設営することを命じた。

長中尉は、その任務が容易でないことを知っている。トッパクールまでは一晩で行けるが、その途中、森の高地の敵陣の前を通って行かねばならない。連隊がさがる時も、その地点を無事に通過することが、最も困難な問題となる。

長中尉が出発の準備をしていると、小倉軍曹が話しかけてきた。

「気ィつけてくださいよ。敵がうようよしてるそうですからね」

小倉軍曹の顔は、いよいよ青くむくみ上ってきたが、それでも、本部では一番元気がよかった。

「敵はいいが、誰かいっしょにつれて行ける兵隊はいないか。塩山の泣虫では役にたたんからな」

小倉軍曹は気軽に、

「そいじゃ自分が中尉殿の当番をやりますよ」

「そうか。お前が行ってくれれば助かる。副官殿に話をしておくからな。すぐ出発の準備をしてくれ」

「やれやれ、こりゃ忙しいことになった。きょうは久しぶりで米をもらったから、たきたての、ふんわりとした奴を食わせますよ。どうですかい、気のきく当番でしょうがな」

小倉軍曹は飯盒をさげて出て行った。

長中尉は、破れてよごれた上着の内ポケットから、写真を取り出す。日本髪の横川君江の着物姿が、水と汗で、ひびわれて、色があせている。胸にしみるものがあった。

――妻だと思っているよ。

それから長中尉は、目をとじて、母の幻を描いた。……今夜も、必ず、守ってくれるだろう。

出発の準備に手榴弾を二個、帯革にむすびつけた。万一の時には、その一つで、自分のからだを爆砕するために。

一時間ばかりして小倉軍曹が帰ってきた。

「とっても、うまい飯ができたから、ま、腰を抜かさんようにして、食べてくださいよ」

飯盒の蓋をとって見ると、障子糊《しょうじのり》を水でうすめたような物がはいっている。

「何か、これは」

「何か、とは情ない。小倉軍曹特製のかゆめしですよ。――一勺の米を、飯盒いっぱいにする秘訣を教えましょう。まず米をたく。たき上ったら、水をいれて、かきまわし、また火にかけて。――たき上ったら、また水をいれて、火にかけて。また、水をいれて、火にかける」

「さすがに器用なもんだ」

ふざけた口調につりこまれて笑ったが、ふと、涙が出そうになった。これが、久しぶりで食べる、米のめしのごちそうであった。

長中尉が、糊のようなかゆをすすっていると、患者収容所の軍医がたずねてきた。

「笹原連隊の片岡中尉ですが」

軍医の片岡康男中尉である。タイレンポピの衛生隊にいる傷病患者五十名を、インオウロにさげることになっているから引率して行ってくれ、というのであった。

作間連隊が後退してきたので、タイレンポピの連絡点も放棄することになった。そこには師団の衛生隊が、まだ、二百名あまりの収容患者を残していた。歩行の困難な患者を、森の高地の英印軍陣地の前を通って後退させなければならない。急忙の時ではあり、人手のたりない衛生隊では、今夜、五十名の患者を後送するのに、衛生兵を二名しかつけることができない。それで、長中尉に後送の指揮をとってほしい、という。

「昨夜も五十名出しましたが、途中で襲撃されて、けさまでに二十七名しか行きついていません。大変、ご迷惑ですが、たのみます」

片岡軍医はていねいな態度でたのんだ。長中尉は、任務を持っているにしても、ことわりきれないものを感じて、

「それでは、最悪の状況の時には、長は自分の任務につくということにして、ともかくいっしょに行きましょう」

片岡軍医は、集合の時間と場所を打合せて帰った。

「こりゃ、えらいことになった」

小倉軍曹はおおげさな声でいつもの得意のせりふをいい出す。

「歩けんやつをつれて歩かにゃならんとはどうかい。敵さんが出てきてもいいから、わしだけは撃たんようにしてもらいたいもんじゃ。折角、きょうまで無事だったんだからな」

二

七月三日二十時。タイレンポピの部落道で。——

長中尉と小倉軍曹が、路傍に腰をおろしている。べっとりとした湿気をふくんだ空気と、高地特有の、刺すような肌寒さ。

うすやみのなかから、いくつかの黒い影がうごめき出してくる。足をひきずるようにして歩いている。肩をくみ合っている者。手をひき合ってくる者。自分のからだを運ぶだけの力のない者が、倒れる一歩手前まで歩いてくる。

衛生隊の下士官が連絡にくる。

「長中尉殿、もう少し待って下さい。何しろ、みんな、ろくに歩けんもんですから」

その声を聞いて、呼びかけた者がある。

「長中尉殿、松岸少尉です」

弾痕山で負傷した小隊長である。道に腰をおろしたまま、見上げている。

「どうだ、負傷は」

「はあ、右足がすっかりだめになりました。尻から太腿にかけてこそぎとられたので、動けんのです」

朗かなスポーツマンであった学生あがりの青年が、今、自分の力で歩くことができなくなって、部落道の上に横たわっている。

「かわいそうなことをしたな。手当はしてくれているか」

「はあ、何しろ、ガーゼというのはバナナの葉をさらした繊維ですし、包帯はトウモロコシの葉で、それも、なくなりました。自分などは、消毒のアルコールが全然ないんで、弱っています。傷口にウジが動きまわって、かなわんです」

「痛むのか」

「はあ、ウジが肉をかむので、痛いです」

長中尉は、言葉だけでは慰めきれないものを感じて、

「よし、おれがとってやる」

「いやあ、とんでもない、中尉殿にそんな」

「遠慮するな。どこだ」

かがみこんだが、地面の上が暗くて、何も見えない。

「すみません」

松岸少尉がうしろにまわした手をたよりに、まきつけた布をほどく。シャツをひきさいた布であった。顔を近づけたが、よく見えない。膿のにおいが、むっと、かぶさってくる。患部をすかすようにして見るのだが、何かに視力をさえぎられていた。見つめていると、眼球が重くなってくる。こんなことはなかった、と思った時、長中尉は気がついた。栄養がたりないために、とり目になったのだ。

ようやく患部をたしかめてから、水筒をとって、指先を洗った。

「がまんしていろよ」

長中尉は大きく裂けた傷あとに、指をいれる。松岸少尉のからだが、びくりと動く。ひどく化膿しているらしく、べたべたした傷口をさぐると、小さな柔らかいつぶにさわった。一つ、二つ、ぼろぼろとした動きが指に伝わる。肉にかみついて離れないのもいる。

「こりゃあ、ひどい」

魚のはらわたをさぐるようであった。生きながら、ウジのわいた肉体。長中尉はたくさんのウジを払い落した。

衛生兵が連絡にきた。

「遅くなって申しわけありません。きょうの予定にはいっていない患者まで、いっしょにつれて行ってくれと、泣いてせがむんです。早くさがらんとあぶないと思って、患者があせっているのです。もう少しで集合を終ります」

衛生兵がもどって行くと、いれ違いに、黒い影が、力なく目の前に現われた。

「長中尉殿、安倍見習士官です」

自我の強い青年の声であった。安倍はビシェンプールから逃げ帰ると、マラリア熱に脳をおかされて、兇暴な発作を起すようになり、後送された。

「もうよくなったか」

「はあ、元気です。自分はインパールに行くというのに、軍医はさがれというのです。けしからんです」

少し激した口調であったが、冗談だと思って、

「よくなったら、早く帰ってきてくれ。みんな、いなくなってしまったからな」

安倍見習士官は、長中尉の鼻の先に顔を近づけて、

「お願いがあるんですが」

「なんだ」

「実は、武器がなんにもないんです。何か貸して下さい」

——後送の途中で、敵襲をうけた時に備えるつもりだろう、と思って、

「おれもピストルを一つ持っているだけだから貸すわけにはいかんよ」

「手榴弾をわけて下さいよ」

「手榴弾も二つしか持っていない」

「一つ下さい。お願いです」

安倍見習士官はからだをすり寄せるようにしてきた。その態度が、少ししつこすぎて、

異常な感じがしたが、

「それじゃ、あしたの朝まで貸すからな。向うへついたら、返せよ」

「ありがとうございます」

安倍見習士官は手榴弾をうけると、急にそそくさとした動作になった。

「失礼します。これで、インパールに行けます」

おかしなことをいうな、と思っているうちに、見習士官の黒い影は、やみのなかにかくれてしまった。

予定より一時間以上も遅れて、後送患者が集合を終った。

長中尉と小倉軍曹が先頭に立って出発した。長中尉は、自分の視力の衰えたのを知ってから、急に不安な動揺を感じていた。小倉軍曹に、それとなく注意した。

「よく警戒してくれ」

歩きはじめると、すぐに道ばたにしゃがみこむ者がある。重症の下痢患者である。現在、四十度の熱のある患者が、ふらふらとよろめきながら歩く。戦友につかまって行く両眼を失った兵隊。患者でないはずの長中尉と小倉軍曹と衛生兵にしても、実は病人にひとしい体力しかない。

それでも、歩ける患者はよかった。歩けない者は残して行くよりしかたがない。担架に乗せたくても、かつぐ兵がいない。残されれば死ぬだけだ。衛生隊では、残される者には、手榴弾を渡した。自決をさせるためであった。

この一団の行軍は、もはや行進ではなくて、夜のやみのなかを、うごめき、さまようにひとしい。傷つき、やせ衰え、あるいは、むくんでふくらみ、よごれ、うめきながら、少しずつ前に出る姿は、すでに、この世の人のものとは見えない。服もやぶけ、ぼろぼろになっていた。

百メートルと行かないうちに、隊列がのびる。立ちどまる。しゃがみこむ。それほどの凹凸もないのに、つまずく。つまずいて倒れると、自分の力では起きあがれない。百メートル以上、歩きつづけることはできない。百メートル行くと、それまでの時間の何倍かを、休まねばならない。

道はシルチャール道に出た。ふた月前、わずかな希望をもって越えた道を、今、傷つき破れた戦友をつれて、絶望の思いで、踏む。

月が出るらしく、雨雲の裏側が明るくなる。乱れ飛ぶ雲の動きが、急にあざやかになり、天地に無気味な影が動揺する。

五八四六高地が、黒々と浮き上っている。長中尉の視力の衰えた眼も、次第になれてきて、周囲の状況がわかった。おしゃべりの小倉軍曹も、口をきかない。一歩ずつ、英印軍の陣地森の高地が近づく。やがて、その哨戒線のなかにはいるだろう。

あわただしく明滅する月の光。道の先に、黒いかたまりがある。人間らしい。小倉軍曹が長中尉を押えて、指で示す。

――うずくまった人影。

無言のうちに警戒しながら、黒いかたまりに近づく。……月光が明滅する。……兵隊らしい。……日本の兵隊らしい。思いきって近づく。

「誰か！」

しかし、相手は答えない。うずくまっている兵隊は、がっくりと頭をたれている。手も、たれている。小倉軍曹が近づいて、肩に手をかけてゆすぶりながら、

「こら、お前はどこの兵隊か、――」

といったが、突き離すようにして手を引いた。

「こいつ、――死んでいる」

衛生兵が出てきて、死んでいる兵隊を調べる。

「これは、昨夜、後送した安の兵隊です。敵にやられたか、歩けなくなったか」

路傍にうずくまっている死体をどうすることもできない。そのままにして、前進をつづけた。

道は山陵の谷地にかかり、上り下りと、凹凸が激しくなる。たえかねて苦痛のうめき声をあげる。それを叱りつけたり、なだめたり、はげましたりする声。

斜面のかげに、また、黒く、うずくまっている人影。今度は馴れているので、すぐに近づいて、

「おい、どうしたか」

小倉軍曹が手をかけると、そのまま、崩れるように、倒れてしまった。

「落伍すると、こうなるぞ。みんな、がんばって歩け」

小倉軍曹が後続の患者をはげます。目の前に、悲惨な死にざまを見せられると、さすがに、患者の足が少し早くなる。

そしてまた、小休止。遅れた患者を待つために、ながい時間がたつ。——出発。

月の光が急にかげり、急に明るくなりして、時どき、雨がぱらぱらと降りかかる。谷の下から、なまぬるい風が吹きあげて、皮膚をしめらせて行く。また、うずくまっている人影。これも死んでいる、と、言葉をかけないで行こうとすると、這うようにして動き出した。

小倉軍曹がぎょっとして、足をとめて叫ぶ。

「誰か！」

兵隊は、地面を這いながら、小倉軍曹の足にしがみついて、わめき声をあげた。

「助けてんかあ。助けておくれやす。いっしょにつれてっておくれやす」

関西のなまりであった。いっしょにつれて行く、というと、足につかまって立ち上り、

「ありがとうございます、おおきに。助かります。もう、生きて帰れんと思うてました」

と、挙手の礼をする代りに、ぺこぺこと頭をさげた。

「わいらの部隊の奴ら、ひどい奴でして、少し遅れても、待ってくれんのです。歩けんものは、おいてく、いうて、とうとう、おいてかれましてン」

こうして、その兵隊は、一日、斜面のかげで、死を待って、うずくまっていた。

小倉軍曹が腹を立てて、

「安というとこはひどいもんじゃ。こんな奴を、みんなおいていきおって、それをわしらがつれて歩かにゃならんて、ほんまにかないまへんわ」

また、歩き出す。歩速が、いよいよおちる。細い道は谷におりて、崖の中腹を、迂回する。患者がつまずいて、谷底に落ちこむ。

「落ちた。落ちた」

と叫びかわす。だが、それだけである。隊列はいよいよのび、進行は遅くなるばかりである。

急に、さわがしい声が起る。長中尉が足をとめる。泣き叫ぶ声がする。

「苦しい。……歩けない」

とりかこんだ者が何かいっている。泣き声が高くなり、

「殺してくれ。お願いだ。ああ！　苦しい。殺して……」

けもののような叫び声である。

兵隊は、地面に倒れて、身もだえしていた。アメーバ赤痢の重患であった。服やからだについた糞便が悪臭を放っている。

「おいていってくれ。……苦しくて、もう、歩けない」

小倉軍曹が様子を見にきた。このような場合に、普通の方法では、どうにもならないことを、軍曹はよく知っている。軍曹はいきなり、えり首をつかんで、ひきずり起した。

——かわいそうだが、そうするより仕方がない。

小倉軍曹は声を荒くして、

「この、ばか野郎！　何をいっとるか！」

いうより早く、激しくなぐりつけた。

「ばか野郎、余計な手間をかけるな！　歩け！」

向う脛《ずね》を強く蹴とばした。アメーバ患者の恨めしそうな眼が、折から明るさをました月の光に青白く見えた。

小倉軍曹は、いたましさにやりきれなくなって、自分に腹を立てながら、先頭の位置にもどって行った。

急に黒い雲がかさなり、大粒の雨が降りかかってきた。たちまち滝のような勢いとなり、服も皮膚も、水中にあるようにぬれた。暗黒と豪雨が、とだえがちな隊列を、まったく寸断してしまった。

出発してから、すでに三時間以上たっている。それなのに、まだ一キロしか歩いていない。インオウロまで、あと一キロ。

突然、機関銃の音がした。英印軍の陣地から撃っている。地物のかげに身をかくして、じっと息をこらす。……雨の音。機銃の響き。遅れた兵隊がやられたかも知れない。だが、どうすることもできない。

機銃の音は、まもなくやんだが、雨はますます激しい。月は雨雲にかくされたが、時どき明るくなって、雨を太い白銀の線に描き出す。——一歩。——一歩。長中尉は数えながら歩く。

遠くで、かすかな声。

「苦しい！ おいていってくれ！」

それに、何か激しい声がまじって、風に吹き飛ばされて聞えてくる。小倉軍曹も、もう見に行こうとはしない。

雨は全身の皮膚を冷たく流れ、悪寒《おかん》が骨にしみる。四十度の熱のあるからだで歩いている兵隊には、どれほど苦痛であろうか。

急に、いなずまのような光が閃き、があん！ と爆発する音が響いた。

——手榴弾だ！

長中尉は、それが、敵襲でなくて、自殺だと直感した。すぐに、安倍見習士官のことが頭に浮んだ。もしや、という不安にかられて、長中尉はあとにもどった。ぐっしょりとぬれた服の下で、むくみ上った足が重く痛む。

雨のしぶきの下には、まだ、硝煙と血のにおいがただよっていた。不快な、内臓の悪臭が胸をつき上げる。片足の半分がころがっている。雨と泥にまみれて、飛び散った肉片は見えない。からだの大部分は、谷の下に吹き飛んだようであった。爆発の時には、近くには人がいなかったので、自殺者が誰であるか、わからなかった。

白く、しぶく雨……。

空の色が朝の薄明に変り、雨はやんだ。見おぼえのある丘陵の形が、インオウロの近いことを教える。

前方の斜面の下に、数名の兵隊の姿が見えた。——ようやく、日本軍の陣地にきた。そう思いながら、近づく。兵隊は、斜面にもたれて眠っていた。だが、彼らは、眠っているのではなかった。ぶざまに投げ出した足や、極端に折れまがった首は、生きている肉体ではできない形であった。

少し先のくぼ地には泥水がたまり、ごみの山をひたしていた。そこには、ぼろきれのような軍服と、戦闘帽と、帯剣がつみかさなっていた。よく見ると、兵隊の腐りかかった肉体が、土くれのようにかさなり合っていた。屍臭が厚く地を這ってくる。おびただしい死体の山であった。

その道の先に、また、一人。戦闘帽の下にある顔は、人間ではなかった。頭蓋骨に皮膚がこびりつき、干物《ひもの》のように硬くなっていた。

夜が明けた。霧に包まれているインオウロの丘と谷。長中尉は、ここで後送患者と別れて、さらに三キロの東南に行かねばならない。体温はまったくなくなり、歯がガチガチと鳴る。長中尉といっしょにきた患者は八名しかいなかった。

「自決したのは誰かわからないか」

竹の杖にすがって歩いてきた、大腿部貫通銃創の兵隊にきくと、

「患者は手榴弾を持っていないのですが。患者の分は、第一線にまわしましたから」

安倍見習士官のことを話すと、

「それじゃ、多分、間違いないでしょう。見習士官殿は、頭がすっかり狂ってしまいましてね。時どき、インパールに行くんだあ、とどなり出して、集合の号令をかけて、刀を抜いてあばれだすのです。刀は取りあげてしまいましたが、随分、手を焼かせました」

長中尉は、前夜の安倍見習士官の言葉を思い出す。

——失礼します。これで、インパールに行けます。

恐らく、疲労憔悴した肉体と、焦点を失った精神の上に、昨夜の豪雨が降りかかった時、マラリアの発作が起り、苦痛と混迷のうちに、思慮をなくしたに違いない。

患者が、ふたり、三人とたどりつく。はたして、何人の患者が到着することであろうか。そのうちに、衛生兵がきたので、長中尉は、別れて出発することにした。

霧は流れ、空は、灰色の雨雲に血をそそいだような朝焼けである。霧のまじった空気を吸いこむと、朝のさわやかなにおいがあった。

朝！——新しい生命。朝ごとに、いつも心に浮ぶ戦場の感慨が、この時、長中尉の若い感情をとらえた。

——ああ、おれは、きょうも生きている！

肉体の限界

一

五八四六高地から撤退してトッパクールに移った作間連隊長は、状況報告をするために、田中師団長に会いに行った。

師団の戦闘司令所は、トッパクールの東北五百メートルにあるコカダン部落の谷地に出ていた。笹原連隊本部の近くである。谷の稜線をへだてて、向う側は英印軍の陣地である。そこまでは、直距離にして百メートル余りしかなかった。このような接触点に師団長が出ているのは、戦力がつきて、士気の衰えた笹原連隊を督励するためであった。

谷のなかに、木の枝で偽装した、番小屋のような、小さな建物があった。

うす暗い部屋の中央に、大きな男が、弾薬箱の上に腰かけている。獣のように鋭い眼をして、じっと見ている。長くのばしたひげを、縄のようによじって、左右の耳にまきつけている。邪教の修験者《しゆげんじや》か、占師《うらないし》といった、古風で、奇怪な外貌である。加持祈禱《かじきとう》をして、怨敵調伏《おんてきちょうぶく》をやる、といってもおかしくない。

それが、はじめて会う新師団長であった。上着をぬいで、シャツを着ていた。シャツの胸に新しい中将の階級章が光っていた。六月二十七日に少将から中将に進級し、師団長心得から正式に師団長になって、まもないところであった。

作間連隊長は、悪い相手だ、と直感した。

——負けて帰ってくるとは何事だ！　と、どなりつけられるかも知れない。

作間連隊長は、師団長の正面に正しい位置と不動の姿勢をとって、経過を報告した。

師団長は、いのししのように鼻をならしながら、聞いていた。

直立している作間連隊長の皮膚の上を、むずむずした触感が這いまわる。——しらみ、壕のなかでは、衣服の付属物のようになり、時には退屈をまぎらしてくれた小動物であるが、かりそめにも儀礼的なこの場合には、少なからず当惑させられた。相手は師団長である。作間連隊長は、しらみが床に落ちないことを願い、這いまわる触感を押し殺す。

報告が終ると、田中師団長は鼻いきを一つして、

「ビシェンプールもとれんのに、インパール、インパールと先をいそぐから、兵隊をみんなむだ死にさせてしまう。ビシェンプールをとって、足場を固めにゃいかんじゃないか」

と軍の作戦計画を非難した。作間連隊長は、予想とは違う師団長の言葉に、緊張していた気持がほぐれた。

「作間も同じ考えであります。今度の失敗は、状況判断にも遺憾の点がありましたが、最大の原因は、事前の調査が不完全であったことにあります。トンザンを出発する時でさえも、この方面の状況は、まったく不明で、見当がつきませんでした」

「トンザンでは、えらい戦さをしたらしいな」

「作間としては、あんな激しい戦闘をしたことはありませんでした。場所は六千尺から八千尺の高地で、飛行機と砲と戦車で固めているなかに飛びこんだのですから、大変でした。このモロウにはいってからも、ひどい戦さでしたが、弓はチン山地が一番ひどかったのです。あすこで、作間の連隊が半分になり、笹原のところが三分の一になってしまいました」

「現在の戦力はどのくらいか」

「員数《いんずう》だけをいえば、四百六十名ありますが、実際、戦闘にたえるものは、その半数であります」

「四百六十、……消耗したなあ」

「今度の作戦開始前に持っておった員数の、ちょうど十分の一になりました」

作間連隊長の胸中には、新たなる感慨がわく。自分の部下となった四千人が、辛苦ののちに、戦死し、あるいはまったく消息不明となり、または傷病者として後退したのだ。

田中師団長は、また一つ鼻をならしたが、

「いや、ご苦労だった。よく、まあ、むりななかをやったものだ。わしもここへきてみて、こう、手をひろげすぎてはいかん、と思った。わずかな兵力で、戦線を拡大したって、どうもならんよ。兵力だけの問題ではない。わが軍のやり方は、まったく時代遅れだ。大陸でやった戦術をそのままくり返している。ところが、戦争の形はまったく変っているし、その上、連合軍は、一日一日と戦術を改良発展させている。大本営あたりでは、これを物量の差だときめこんでいるが、とんでもない。こりゃ、頭の違いだよ。民族の能力の差だ」

牟田口《むたぐち》軍司令官が、理智的な柳田師団長をきらって、作戦の困難な最中を冒してまで起用した人であるから、どのような勇猛ぶりを発揮するかも知れない、と思っていた作間連隊長の予想はまったく裏ぎられていた。かつては勇猛をもってうたわれたこの師団長も、連合軍の新しい戦術と優れた装備を眼の前に見て、大きな衝撃をうけ、自信を失ったように思えた。

「戦線を整理せにゃいかん。そして、ビシェンプールから押えていくことだ。わしはそのつもりでおるが、連隊長の意見はどうだ」

作間連隊長は、今こそ、ありのままをいうべき時だと思って、

「現在の戦力では、ビシェンプールをとるのはむりだと思います。ことに、この七月から八月は、雨季の一番激しい時です。今でも病人同様になっている兵隊を第一線に出しておいたら、戦闘する前に、病気でみんなだめになってしまいます。それよりは、トルブン隘路口までさがって、雨季あけを待ち、後方の補給が完全につくようになってから、

出なおした方がいいと思います」

田中師団長はしばらく無言でいた。やがて、

「隘路口までさがるか。弓だけのことを考えればそれも至当と思うが、作戦全般として軍がなんというかな。まあ、しばらく、トップクールで待機しておるさ」

田中師団長は青砥《あおと》副官を呼んだ。

「連隊長に酒をご馳走しろ。連隊長は非常な酒ずきだそうだが、久しく飲んでおらんじゃろう。まあ、その辺へかけて、いっしょにやろう」

田中師団長が酒を待ちかねる顔であった。作間連隊長は、しらみをおとすのを恐れて、そのままでいると、師団長は勝手にしゃべりつづけた。

「わしは長いこと満洲におって、あすこにきている日本人どものやることが情なくて、あいそをつかしておった。今度、南方にきたら、やはり、満洲にいたと同じ日本人が、同じように情ないことばかりしておる。これじゃ、戦さには勝てん。内地は内地で、まるで、だらしがなくなっておる。こうなると、大和民族だなどとうぬぼれておるが、まるっきりの野蛮人だ。この辺で、本当に考えなおさんと大変なことになるな」

作間連隊長の立っているのに気がついて、

「遠慮せんでいい。立ったままじゃどうにもならん」

「いや、実は、しらみがいっぱいたかっておりまして」

田中師団長は急に大きな声を出して笑った。

「しらみなら、わしの方がたくさん持っているかも知れん。今、当番がわしの上着のしらみをとっておるところじゃ」

二

烈の佐藤師団長は、部下をひきいて退却をつづけた。第十五軍が約束した地点の倉庫に、糧食が用意されていないことが再三となり、佐藤師団長は激怒して叫んだ。

「牟田口のばかもん。今度会ったら、叩っ斬ってやる」

そのすさまじい勢いに、倉庫を管理していた兵は、からだがふるえた。随行した将兵は、その叫びが、本心からの決意であると感じた。

第十五軍の久野村参謀長が説得に出てきたが、佐藤師団長は拒否し、その無能と無責任を怒って、なおも糧食を求めて退却をつづけた。佐藤師団長は独断で撤退を命じた時から、軍法会議を覚悟していた。その撤退は、単に抗命となるだけではない。敵前逃亡の罪にきまれば死刑をまぬかれなかった。だが、佐藤師団長は進んで軍法会議に出て所信をのべ、この無謀愚劣な作戦を強行した責任者、関係者を追及し、糾問しようと考えていた。

烈師団の撤退という予想外の大事件は、ビルマ方面軍の首脳に大きな衝撃を与えた。

その後、コヒマ＝インパール道を英印軍に打通された時、河辺方面軍司令官は、インパール作戦が惨敗に終ったと観念した。

河辺方面軍司令官は南方軍総司令部にこの戦況を報告した。南方軍では、これを大本営に伝えて、インパール作戦中止の許可を受けた。

七月二日。南方軍は河辺方面軍司令官に、インパール作戦中止の命令を打電した。

威作命甲第一〇一号

一　緬甸《ビルマ》方面軍司令官ハ自今「マニプール」方面ノ敵ニ対シ概《おおむ》ネ「チンドウィン」河畔以西地区ニ於テ持久ヲ策シツツ　怒江西岸地区及北緬甸ニ於テ　敵ノ印支地上連絡企図ヲ破摧《はさい》封殺スベシ

インパール作戦を中止することはきまったが、ビルマ方面軍と第十五軍は、それを即決しようとはしなかった。

七月三日。

ビルマ方面軍は第十五軍に対して《任務が変更されることになるだろう》という意味の予告を伝えた。そして、パレルの英印軍陣地攻略と、その後の確保ができるかどうかについて、第十五軍の率直な考えを要求した。それは方面軍の今後の計画に重大な関係があるから、ということであった。

七月五日。

ビルマ方面軍は第十五軍に対し、インパール作戦の中止を命じた。そして今後の方策の一つとして、第一線師団の後退と、その後の態勢立て直しの〝軸心とするため〟パレル方面を固めて防備することを命じた。第十五軍首脳部は、これらの命令からさまざまに考えて、予定通り、パレル陣地攻略を強行することに決定した。それがビルマ方面軍の意図にそうことである、と判断したのである。

七月六日。

第十五軍はパレル攻略に関する命令を下達した。退却中の烈に対しても、パレル正面の山本支隊長の指揮下にはいることを命じた。弓に対しては、次の命令が伝えられた。

《第三十三師団は歩兵三個大隊基幹の兵力をログタ湖の南側を経てパレル方面に派遣し、第十五軍主力の行うパレル攻略に策応せしむるとともに、師団主力はトンザン、ヤザジョウ地区に向い転進すべし》

パレル攻略の主力となる山本支隊は、四月の中旬には、パレルの手前で阻止され、壊滅の打撃をうけていた。今、その敗残部隊に攻撃を再開続行させようというのだ。

山本支隊にはインドの国民軍一個師団が配属されていた。インド独立を目ざした将兵も、飢えと豪雨とマラリアのために動けなくなっていた。戦況が困難になると、日本側から脱出して、英印軍に投降する者が続出した。はじめの計画では、雪だるまにふとらせるはずであった雪のかたまりは、雪のなかに消えてしまった。

祭師団では、部隊が壊滅しているだけではなかった。牟田口軍司令官の要請で、山内師団長が解任された。六月二十三日、第十五軍の後方主任参謀、薄井誠三郎少佐が山内師団長に手紙を届けた。それは久野村参謀長の手紙で、内容は、山内中将が六月十日付で参謀本部付を命ぜられたこと、後任は柴田卯一中将である旨が記してあった。

山内中将の病状は悪化して、指揮をとることは困難になっていた。しかし、山内中将を解任した直接の理由は、弓の柳田中将の場合と同じであった。

山内中将を解任したことは、祭の参謀長、岡田菊三郎少将をはじめ、師団の将兵を悲憤させた。

さらに七月五日には、烈の佐藤師団長に対しても、解任が発令された。牟田口軍司令官は佐藤中将の師団長職を奪ったばかりでなく、軍法会議にかけることを、ビルマ方面軍に要求した。

インパール作戦に参加した三人の師団長が解任された。これも、この作戦の特異な様相の一つとなった。三師団長解任の理由は、病弱とか、作戦指揮に不適当ということであった。しかし、根底には、敗戦の責任を三師団長に押しつけようとする意図があった。

山内中将はインパール作戦の始まる前、ビルマに行く途中、タイのバンコクで第五飛行師団の田副《たぞえ》師団長と宿舎をともにした。アメリカ滞在の同じ経験をもつふたりの師団長は、アメリカの恐るべきことを語り合った。山内中将は次のようなことを語った。

「満洲事変以来、軍の行動が調子よく進んだので、上の人がのぼせあがってしまった。ことに今度は、緒戦が想像した以上よくいったために、のぼせすぎて、神がかりになってしまった。そういう人に、アメリカの恐るべきことを説明しても、相手にしてくれない。あまりいうと、英米心酔者ということにされて、そのあげくが第一線に追い出されてしまう。インド国民軍をやらされている磯田機関長なども、そのひとりだ」

それは、山内師団長自身も同じ境遇にあることを言外に語るものであった。

牟田口軍司令官と三人の師団長とは、はじめから水と油の存在であった。


ともあれ、第一線部隊はパレルに向わねばならなかった。ことに弓師団は、ログタ湖の南の、困難で、しかも長距離の道を行くことになった。すでにログタ湖は氾濫し、盆地一帯が大湿地となっている。おりから七月にはいって、雨季は最盛期に達した。

このような状況のなかで、牟田口軍司令官はパレルの攻略と確保することを命じた。

牟田口軍司令官は『雨季の感作は我に対するよりも敵に及ぼすものが大なり』といっていた、という。この時期に、パレル攻略を計画し、命令した第十五軍幕僚と牟田口軍司令官は、豪雨の戦場を敵にとって不利と考えていたのだろうか。パレル攻略は、必要であるにしても、実行は不可能であった。その命令を決裁し強行しようとした牟田口軍司令官は、正常な判断を欠いていた。インパール作戦には、幾多の不合理や無謀が強行されたが、そのなかでも、最も血迷った命令であった。

だが、第一線部隊は、命令である限り、実行しなければならなかった。

弓の田中師団長は各部隊長を集合させて、新しい命令を伝えた。

《作間連隊長ハ二個大隊ヲモッテ、スミヤカニ「ログタ」湖ノ南ヲ通リ「パレル」

道ニ進出シ、山本支隊ト協力シテ「パレル」陣地ヲ攻略スベシ》

さすがに、作間連隊長には成算がなかった。しかし、命令のままに、パレルに行かなければならなかった。そして、文字通りの死力をつくして、四百余の生き残りとともに、パレルの山で死のう、と覚悟した。

七月六日の夜、作間連隊は新しい戦場に向って出発した。やみのなかを、豪雨が、インパール盆地を押し流すように降りそそいだ。

歩行困難な傷病者をあとに残したので、連隊は四百名にたりなかった。栄養失調と、脚気と、負傷の兵隊が、再び、幽霊のような行進を起した。兵隊の多くは、片手に銃を持ち、片手に杖を持った。すさまじい雨足が、兵隊の破れた服を洗い、泥と血を流し去った。雨の音は、号令の叫びを吹き飛ばし、隊列から起る痛ましいうめき声を押し殺した。

靴の代りに、布きれをまきつけた足が、よろめきながら、急流と変った丘の道を歩いて行った。

三

七月八日。トッパクールを出発して二日目。

作間連隊はインパール盆地を離れ、南道の四十マイル道標をすぎた。まもなく師団から、作間連隊長だけ引きかえしてくるようにいってきた。

三十八マイル道標の付近に、弓の師団司令部がさがってきていた。

作間連隊長は、そこで、パレルへの進撃路について、新しい指示を与えられた。――連隊は、南道にそってビルマ領にはいり、トンザンの手前でマニプール河を渡り、そこから北に向ってパレルに行け、という。

作間連隊長は、すでに、パレルに行く道をきめていた。四十マイル道標をすぎたら、まもなく、山間の最短距離をたどって、パレルに向って東進する計画であった。師団のいう通りに迂回すれば二百四十キロ以上を歩かねばならないが、連隊長の選んだ道は、六十五キロにみたない。

このような迂回をさせる理由は、作間連隊長の選んだ道を行けば、マニプール河が深くて渡河することが危険だというのであった。

――これは、おかしいと、作間連隊長は感じた。先の師団命令でも、『すみやかに前進せよ』といっている。パレルの戦況は、一刻を争う危急な状況にある。それなのに、なぜ、四倍以上の長距離を迂回させようとするのであろうか。衰弱しきった連隊の将兵が、四倍の長距離を歩くことは、労苦を四倍にするだけではすまない。行軍の途中で、多数の犠牲者が出ることを予想しなければならない。

恐らく師団は、時を待とうとしているに違いない。何か事情が変って、迂回して時をついやす必要が起ったのであろう。あるいは、パレルに行かなくても、すむようになるのではあるまいか。

ともあれ、作間連隊長は、四倍の長距離に向って前進をはじめる。

七月十日。師団の新しい命令が、前進している連隊を追いかけてきた。

《作間連隊ハ「トンザン」ノ渡河点ヲヘテ「パレル」ニ前進スベシ》

渡河の場所が、はっきりと指定された。連隊は、パレルに行くための最遠距離を歩くことにきまった。

作間連隊長は、末田大尉の第二大隊を先発させることにした。パレル攻撃に必要な糧食の補充を、トンザンの集積所に手配するためであった。

薄暮。谷を埋めた密林のなかから、兵隊が出てきて、街道の上に集合する。ここでも、昼の間は行軍できない。昼の間、街道の上にあるのは、ハリケーンやボウファイターなどの連合軍の戦闘機だけである。日本兵は、密林のなかにひそんで、食事をしたり眠ったりしている。

集合のあわただしい空気。その間、石井中尉は、夕やみの底に、膝を抱えて、うずくまっていた。中隊長らしく、立っていたいと思ったのだが、どうにも、がまんができなかった。二九二六高地から、奇蹟的に生還してから、下痢が激しくなった。そこへ、この数日来、マラリアに似た高熱に襲われていた。

毛布を頭からかぶって、からだを固くして、歯をくいしばっているのだが、悪寒《おかん》が電流のように衰弱した全身をふるわす。

——がんばれ！　がんばらなければ。

自分で自分をはげまそうとするのだが、意識と肉体が紙のように離れて行く。うすやみのなかにいるのに、目の先が明るくくるめいてくる。頭の方が重くなって、倒れそうになる。

「中隊長集合！」

大隊本部から伝令がくる。石井中尉の意識と肉体が別々に立ち上る。

——倒れるかも知れない。

がんばれ、と自分で叫んでみて、自分の耐久力のなくなったことに気がつく。それが病気のためばかりでなくて、四十を越えた年齢のもたらした衰えであることが、はっきりわかる。

末田大隊長の所に行くと、行軍についてのいろいろの注意が出る。とくに、——

連合軍は、日本軍の退却を予期して、インパール街道の要所を、爆撃で破壊した。橋は全部落されているし、山間の隘路や山の中腹をたどるような地点は、爆弾のために崩されている。また、道路上には時限爆弾を投下している。その数の多い所は、ほとんど、地雷原にひとしい状況であることを覚悟しなければならない。

石井中尉は中隊にもどって、注意事項を伝え終ると、また、しゃがみこんだ。熱がからだじゅうにうずいているのに、ただ一個所、腸のまんなかだけが、氷をつめたように痛む。

——長《ちよう》中尉はどうしているかな。

すがりたいほど気持が弱くなった。

——死ぬ時には、また、スケッチブックをあずけよう。

そんなことを考えながら、苦痛にたえていると、急にあたりがさわがしくなった。

「敵襲！」

動揺が波のように伝わる。さすがに、意識が急にはっきりする。石井中尉は、いそいで、十五名の中隊の兵に散開を命じ、いきを殺して状況をうかがう。

——空襲か？　砲撃か？

その時、にわかに、荒々しい物音が伝わってきた。山ぎわの方に当って、何かたくさんのものが、ひしめきあい、叫びあいながら、激しく駈けめぐるのであった。木の枝の折れる音や、奇怪な叫び声をまじえながら、旋風のように渦を巻いている。

——英印軍の歩兵部隊が、山の上から突撃してきたのかも知れない。それにしては、かん声も銃声もないのがおかしい。

突然、くらやみのなかに赤い炸裂の火が飛び散って、手榴弾が爆発した。

やった！　衝突した！

手榴弾が二、三発炸裂すると、奇怪な叫び声が激しくおこり、すさまじく、狂奔する動揺が伝わってきた。

「くるぞ！」

石井中尉は部下に注意を与える。

しかし、旋風の一団は、石井中尉の方には近づかないで、散乱しつつ、山の方にひろがり、遠ざかって行った。

伝令がきた。

「ただ今の物音は、山猫でありました。手榴弾で追いはらいました」

意外なものの出現であった。この地方にいる山猫は、羊より少し大きく、黄色の毛なみの上に、まだらな黒い縞《しま》があり、小さな醜怪な首を持っていた。

「山猫で逃げ出したら、とんだ平家の二の舞になるところだった」

兵隊は激しい緊張をといて笑い合ったが、敗北に絶望した気持が、すでに、おびえやすく、臆病になっていることを、まざまざと感じた。

石井中尉らの第二大隊が先発してから、一日遅れて、連隊本部と、第一第三の大隊を集成した森谷大隊が出発した。

長中尉は、先遣設営隊長となり、いくらか元気のある兵隊を十名つれて、一番先に歩いて行った。そのなかには、小倉軍曹も、当番の塩山一等兵もいた。

すべて夜間に限られた行軍。

やみのなかに、ほのかな白さを浮せている街道。――その片側に、マイル標識が立っている。一マイルごとにある、低い扁平な四角の標識が、今は何よりの希望であった。

そこには、インパールからのマイル道程の数字がきざみこまれている。それが、今は、インパールから遠ざかりつつある距離を教えてくれる。

長中尉の一隊が、八本目のマイル標識をすぎると、夜が明けた。

山深い所だった。朝霧のなかに、数軒の家が、ひっそりとしずまっている。

――ありがたい！　何か、食べ物もあるだろう。きょうの昼間はここで休もう。

家は、インド人の住いで、粗末な木造の建物が黒く傾いている。床が高く、入口についている木の古びた階段を上った所がヴェランダ風の外床になっている。

恐らく、住民は逃げ去ってしまったに違いない。そう思いながらも、緊張して歩いていた長中尉は、ふと、何かの物音を聞いた。

家の入口の床板の上に、横になっている黒い人の姿があった。

不快な悪臭が流れてきた。三人の兵隊が倒れていた。一人が首をあげる。死人が動いたようであった。追いすがるような眼つき。それには怒りもなく、悲しみもない。最後の力をふりしぼって、燃え立たせた恨みの思いが、青白く光っていた。

入口の上にあがる。悪臭が、ますます強く鼻に迫る。床板の上に、悪臭を発する流動物が流れている。――血便！　そのなかに、顔をうずめて、動けなくなっている！

異様なうめき声が、家のなかからもれる。

黒い入口には、戸がなく、柱が、明らかに傾いていた。なかから熱っぽい悪臭が流れてくる。長中尉はなかをのぞいて見たが、暗くて、よく見えなかった。

暗いすみの方から、力のない返事がする。眼がなれてきて、意外に多くの人間が床の上に横たわっていることがわかった。垢と汗と泥にまみれた兵隊のからだから出るにおいと、——血と膿と肉体のくさったにおいと、——血便や熱病者のにおいと、——そのような悪臭が一つになって、部屋のなかに充満している。

「どこの兵隊か」

「橋本部隊」

伍長であった。うめくような、弱りきった声である。

「どうして、ここにおるのか」

「……おいて行かれました」

「いつからおるのか」

「六日か、……七日になります」

「歩けないのか」

「はい」

「糧食はあるのか」

「みんな、とられました。倒れている奴はいらんだろう、いうて」

何も食べずに、ただ、死を待っていたのである。

「ここにいるのは、みんな安の兵隊か」

「はい」

「みんな生きているのか」

伍長は、急にしゃくりあげて泣き出した。

部屋のなかでは、からだを動かす気配がし、訴えるように、うめき出した。

「苦しい！　助けてください」

低い、とぎれとぎれの声である。だが、長中尉に、どうすることもできない。

「また、あとでくるからな、待っておれ」

長中尉が外に出ようとすると、伍長が悲鳴のようなわけのわからぬ叫び声をあげた。

「待ってください！　いっしょにつれていってください！」

泣きながら、必死に叫ぶ。

「ここにおれ。あとで、きっとくる」

長中尉が倒れている兵隊をまたいで、階段をおりると、部屋のなかで、大きな物音がした。

「助けてください！　いっしょにつれていって、……つれていって」

入口の柱につかまって、黒い人影が立ち上った。長中尉は、ふりむいて、

「あとでくるから、心配するな」

「お願いです。お願いです」

立ち上って叫んだ伍長は、床の上に音をたてて倒れた。

「こら、待っとれ、というに。わからん奴だ」

小倉軍曹が下からどなりつけた。

「お願いです！　助けてください！」

伍長は、ずるずると這い出してきた。床の上にころがっている兵隊の上をのりこえ、流れている血便の上に手をつき、——すべり、——のりこえようとした兵隊のからだの上から、ずり落ちる。そして、このような声を人間が出しうるとは想像もできない叫びをあげる。

「つれていって、……つれていって、……お願い！」

伍長は、もはや、長中尉や小倉軍曹のいう言葉を信じない。恐らくそのような言葉にあざむかれて、死の家に、おきざりにされたに違いない。彼の生命の本能は、今はただ、目の前の、ただ一筋の希望に、必死になってすがりつこうとする。

小倉軍曹が階段をあがって、伍長の首を押えつける。

「こら、わからん奴だな。おれたちは弓部隊だ。きょうは一日ここにおるんじゃ。今晩出発する時につれていってやるから、それまで、よく休んどれ。いいか。わかったな」

小倉軍曹が手を離すと、伍長はそのまま身動きもしなくなった。

「厄介な奴じゃ」

軍曹はぶつぶついいながら、長中尉とその家から離れて行った。

いくらも行かないうちに、うしろから叫び声が追いかけてきた。

「お願い！……助けて！」

長中尉がふりむいた時は、今、出てきた家の階段に、黒い兵隊のからだが、下のめり、にずり落ちる所であった。頭を地につけて足を床の上に残したまま、伍長はそれきり動かなくなってしまった。


道標にきざまれた数字が、もどかしい速度で、一字ずつ変って行く。インパールは一足ごとに遠ざかり、墓場となるべき最後の戦場が、それだけ近づく。

次の夜。夜明けに近くなったころ。

道標によりかかって、うずくまっている黒い人影があった。長中尉らは、すでに、見なれてしまった。動けなくなって息がたえているか、あるいは、もはや、軍装をつけた白骨にすぎない。長中尉が行きすぎたあとで、

「作間連隊ですか」

と、声がした。うずくまっていた兵隊が立ち上っている。

「長中尉殿はいませんか」

「長はここにいるぞ。なんだ」

兵隊は近づいてきて、

「自分は石井中隊長殿の当番でありますが、長中尉殿をお待ちしておりました」

石井中尉は末田大隊といっしょに先発したが、ここまできて、動くことができなくな

ってしまった。末田大隊は、トンザンに急ぐために、この近くで間道にはいった。石井中尉の苦痛を見かねた末田大隊長は、軍医の証明を与えて移動治療班のいる所に引きかえすようにさせた。軍医の診断はアメーバ赤痢であった。末田大隊長は、石井中尉のために、当番のほかに、一名の兵隊を残してくれた。

石井中尉は、今、道路から少しはいった密林のなかに寝ている、という。長中尉が街道をくだってくるのを予想して、当番を出して、待ちうけさせていた。

密林のなかは草が深く、植物の腐敗したにおいをふくんだ空気がなま温かかった。石井中尉は大きな木の根の間に、草をしいて横たわっていた。長中尉が行った時には、眠っていた。

兵隊が、マッチの火をつけた。くらやみのなかに浮き上ったのは、青黒い死人の顔だけであった。

「しっかりしてください」

石井中尉は、口を動かしたが、言葉が聞えなかった。長中尉が腰をおろして、顔を近づけると、石井中尉の眼に涙があふれ出て流れた。その時、マッチの火は消えて、何もかも、深いやみのなかにかくれた。

「よく、きてくれた。会いたかった」

長中尉は手を出して、石井中尉のからだにふれた。ぬれていた。手をさがして握った。つめたく、ひえきって、木の根のように荒れた手であった。

「しっかりしてください。じきに本部がきます。元気を出して、本部といっしょに行ってください」

「長、おれは、もう、だめだよ。きさまを待っていた。会えたから、もう、……いい」

石井中尉は苦しそうにあえいだ。

「そんな弱いことをいわないで、元気を出してください」

「……おれのスケッチブック、……あれを持っていってくれ。おれのかたみだ」

「ばかなことを。早く元気になって、もう一度、スケッチをしてください」

長中尉は、自分の言葉のむなしいのに気がつく。その機会は、再びこないだろう。

当番兵の、泣きじゃくる声がした。

「長、おれも、描きたいよ、もう一度。もう一度、出なおして、本気で仕事をしたかった」

長中尉は、石井中尉の手をゆすぶりながら、

「これからでもやれますよ」

「おれは生きたい。生きて、本当の仕事をしたい。未練、……人生への未練じゃない。絵が、……絵らしい絵を描けなかった未練さ」

濃いやみのなかで、石井中尉の荒い呼吸が聞えた。しばらくして、

「手遅ればかり、つづいたよ、……おれの一生は。何もかも、後手《ごて》になって」

急に、石井中尉の手の力が抜けた。あえぐような呼吸。石井中尉は深い眠りにおちた。

長中尉は当番兵に、移動治療班に行くようにいうと、石井中尉がそこへ行くことを承知しなかった理由を説明した。助かるみこみがないのに、移動治療班に行って、ひどい扱いをうけたくない、というのだ。移動治療班の天幕は、すでに傷病者を収容しきれなくなっている。動けなくなった兵隊が、密林のなかで、雨にさらされたままになっている。

やみのなかから、当番兵の声だけが聞えてくる。

「少しでも歩けるのは、どんどん追い出しているのです。手のひらに一杯の籾《もみ》を持たせて、行ける所まで行け、というのです。片手をなくした兵隊が、籾を握りしめて、泣きながら歩いていました。もっとひどいのは、まだ、息のある患者を、谷のなかに投げこんでいるのです」

長中尉は、歩いて行かなければならなかった。当番兵から、石井中尉のスケッチブックを受けとった。別れの言葉をかけようとすると、石井中尉は呼吸がたえていた。

それが、戦争のために、生涯の希望をみたす機会を失った、ひとりの芸術家の最期であった。

四

七月十五日。

長中尉の先遣隊は、インド＝ビルマの国境を越えて、ビルマ領内の部落チッカについた。トンザンの渡河点までの、ちょうど半分を歩いたのだ。

次の日には、連隊本部と森谷大隊の半数が到着した。遅れた兵隊を待ち、崩れた隊列を整理するために、二日間、休むことになった。

この時、師団から命令がきた。

《作間連隊ハ「ティディム」ニ至リ、後方ノ警備ト輸送ノ援助ニ任ズベシ》

ティディムは、トンザンの南四十八キロにある、チン山地の中心になる村である。作間連隊は、ティディムに行けと命じられたから、パレルに行かなくていいのだ。この命令の字句があらわしているものは、執拗なあがきをつづけていた第十五軍が、パレル攻撃をやめ、インパールから撤退する、ということだ。

さしもの牟田口軍司令官も、ついに、インパールを諦めたのだ。

だが。――作間連隊長の胸中には、わりきれないものが残る。なぜ、三十八マイル道標の地点で、田中師団長は、パレルに行くべき連隊に、トンザン付近まで迂回することを命じたのであろうか。もし、迂回しなかったら、今日の命令をうけとる前に、作間連隊はパレル要塞に突入していたであろう。

田中師団長は、すでに第十五軍の総退却を予測して、作間連隊を犠牲にしないために、遠距離を迂回させようとしたのであろうか。――それとも、軍司令部は退却の企図を秘匿するために、偽装の迂回前進を命じたのであろうか。

こうした疑問は、作間連隊長の胸中に長い間残っていた。戦争が終ってからも、まだ消えないでいた。それは作間連隊長ひとりの疑問ではなかった。

だが、その実情は、ビルマ方面軍が第十五軍に対して、パレル攻略を中止させたことにあった。これまで優柔不断をきわめた河辺方面軍司令官も、このパレル攻略計画は、あまりにも実情を無視した、牟田口軍司令官の狂気のさた、と見たのであった。田中師団長はそれを待っていたのだ。

しかし、このパレル攻略と中止との二重の命令のために、作間連隊の労苦も倍加した。すでに、末田大隊は、山中の難路を冒して、トンザンの渡河点に急行しているのではないか。機敏な末田大尉のことである。手配を早くしないと、マニプール河を渡って、パレルに向って北進してしまうだろう。

末田大隊に連絡をとれる有線電話も、無電もない。チッカからトンザンの渡河点までは、歩けば、どのように急いでも、四日はかかる。――それでは、間に合わない。

おりよく、チッカには、師団の輜重《しちょう》隊がきていた。河合副官が行って、トラックを借りてくる。トラックのガソリンはどうやらあったが、運転手の上等兵は、衰弱と空腹のために運転ができない、という。――これが、日本軍の持っていた最後の機動力であった。

トラックは、作間連隊長と河合副官、それに十名ほどの通信隊の兵隊が乗って出発した。

このようにして、退却がはじまった。

ティディムでは、柳田師団長に信頼された三浦参謀が、退却部隊の連絡、指導に当っていた。三浦参謀は将兵の犠牲を、ひとりでも少なくさせようと苦心して、第十五軍に無電を発した。

《各部隊残存者の生命を助けるために、戦車重火器など運搬に困難なものを放棄することを許されたし》

牟田口軍司令官から、折りかえし返電がきた。

《戦車重火器の放棄を許さず。各部隊は全力を尽して、これが後送に任ずべし》

戦車も火砲も、ほとんど使用できないほど、損傷していた。しかし、放棄して行くことは許されない。各部隊は生命にかえても、これを運んで行かなければならない。軍隊のものは、すべて〝天皇陛下から賜わったもの〟であるからだ。

のちに、この退却の途中、これらの重量のある廃物を運んでいたばかりに、三浦参謀の恐れていた犠牲が続出することになった。

作間連隊では、連隊長の不在間、本部の指揮は先任の串本中尉が当り、長中尉は副官代理となった。

連隊の象徴である軍旗は、部隊とともに行動するために、旗手の山根直資が持って行く。二十二歳の若い少尉の肉体は、マラリアの高熱にさいなまれていたが、彼の純粋な愛国の情熱が、重い軍旗を手から離すことを承知しない。

長中尉にしても、串本中尉にしても、新しい任務は、非常な重荷である。今でも、自分の肉体を、死の底から引き上げるだけで、最後の力をふりしぼっている。しかし、やらなければならない。このふたりがやらなければ、崩れたった連隊は散乱してしまうのだ。それは、もはや、軍隊の義務ではなくて、人間としての義務である。

ティディムへ。——道はヒマラヤ山脈につづくレタ山脈の尾根を伝い、幾多の山と谷を越えて、嶮難と寒冷のチン山地にはいるのである。行く手を見はるかせば、樹林に掩われた峻嶺が波濤《はとう》のようにかさなり、暗鬱とした雨雲とふれあっている。闊葉樹の密生する間を、ただ一筋、きり開かれた道。——かつてのインパールへの道が、今は死と生の境界線である。そこには、豪雨と、飢餓と、そして戦闘帽をかぶった白骨の愛国者が待っている。

五

シンゲルの部落は、雨もよいの夕やみに包まれていた。長中尉は食物をさがさねばならなかった。空腹のために歩く力もなくなっていた。小倉軍曹が部落の家にはいっては、食物をあさっていた。

住民は逃げ去っていなかった。住む人のいない家が、ひっそりとならんでいるのは、ぶきみだった。

小倉軍曹が家のなかから出てきた。

「今ごろきたんじゃ、手おくれっつうもんですわ」

飢えた兵隊が荒しつくしたあとであった。

「こんなもの、くさくって。残ってるはずですよ」

小型のかんに液体がはいっていた。長中尉はにおいをかいだ。ギーという油らしかった。

小倉軍曹は別の家にはいって行った。長中尉は、むらむらと、その油を飲みたくなった。もう久しく、油をとっていなかった。ギーはインド人が食用に使っているから、なまでも飲めると思った。

それを考えるよりさきに、かんを傾けて口にふくんだ。ぬるぬるとした異様な液体だったが、夢中だった。息もつかずに、飲みほしてしまった。胃のなかが重くなったが、急に生き返ったような気がした。

長中尉が歩いて行くと、やみのなかで小倉軍曹が何か話をしていた。

「いくらだ」

「百円でどうだす」

「百円だと」

「本物のぎゅうでっせ、高うはおまへんやろ」

急に、小倉軍曹がけんかごしになる。

「このばかやろう！ こんな臭い、くさった肉を持ってきやがって。それを百円で売る。

きさま、それでも兵隊か」

「そら、あんた、ただあげるいうわけにはいかん。あてらも、なんとかして、米も買わんならん、金もっていかにゃ売ってくれんさかい」

「何をいやがる。これぱかりの肉を百円だ。兵隊に売りつけてどうすっか」

「いらにゃ、売らん。あんたかて、のうて困るやろと思うたんや」

「このやろう」

小倉軍曹はいきなりなぐりつけた。兵隊は悲鳴をあげて逃げ去った。

「とんでもない兵隊だ。戦さをさせりゃあ、すぐ逃げるくせに、戦線にいても金もうけだけは忘れん奴だからな」

長中尉は家を見つけて、入口に近よると、なかからうめき声が聞えてきた。傷病患者の悪臭がただよっている。部屋にはいってみると、十数人の兵隊が寝ていた。みんな傷病患者であった。その奥の部屋を連隊本部にあてることにした。

そのころ。長中尉の当番兵塩山一等兵は、部落に近い道ばたで倒れていた。急に気がゆるんでしまったのだ。塩山一等兵は、次第に意識がうすれて行くのを、自分で、まざまざと感じていた。

――もう死んだ方がいい。楽になりたい。

しんしんと、地の底に引き込まれるようであった。

どれだけ時間がたったか、わからない。塩山は、自分の胸のあたりに、何かさわっているのに気がついた。自分のポケットから何か取り出したようであった。だが、からだを起す力も、物をいう気力もない。そのままになっていると、人の声が耳にはいった。

「何も持っておらへんやないか」

——自分のことかな、そうらしいな、と塩山一等兵は感じた。

「こいつ、まだ、死んでおらんがな。ぬくいがな」

「さよか。あすにしよか。早うやらんと、肉がくさるさかい」

塩山一等兵の意識が、急に、はっきりとした。なんだかわからないが、自分のからだに危険なことだと本能的に直感した。

塩山一等兵は必死になって立ち上った。

「助けてくれ」

彼は夢中になって叫び、やみくもに走り出した。必死になって走っていると、突然、何かに突き当り、はね飛ばされた。

「助けてくれ。助けてくれ」

「誰か」

連隊本部の兵隊であった。

「しっかりしろ。どうしたんだ」

塩山一等兵は再び気がゆるんで崩れこみ、言葉にならない声でうめいていたが、がっくりと意識を失ってしまった。

翌朝。

意識を回復した塩山一等兵は、その事情を長中尉に訴えた。ポケットの品物を奪われた上に、肉を切りとられそうになったというのだ。長中尉は、まさかと、思った。恐らく、意識がもうろうとした塩山一等兵の幻想であろうと思った。

そのあとで、長中尉は妙な兵隊を見かけた。兵隊は、隣の部屋に横たわっている傷病患者のひとりと話をしていた。相手は寝ながら何か渡したところであった。それは万年筆らしかった。すると、その兵隊は、抱えていた鉄かぶとのなかから、青い果実を四つ五つ、つかみ出して、寝ている兵隊のわきにおいた。いちじくの実である。

その兵隊は、からだを起した時に、長中尉が見ているのに気がついた。急にこそこそとした様子になって部屋の外に出て行った。それが、どうも気になるので、長中尉は部屋のなかにはいった。

「今の兵隊は何をしていたのか」

「はい。いちじくを売りにきたのです」

「買ったのか」

「はい。金がないというと、交換してやるといって、万年筆を持って行きました」

「お前らは、兵隊のなかまから物を買うのか」

「自分らは、ここに一週間以上いますが、食べる物はありませんし、さがしに行くこともできません。そのうち、今のような兵隊がきて、売ってくれるのですが、高いことをいって、金をみんな持って行かれてしまいました」

兵隊は、やつれた顔をくやしそうにゆがめる。

「近くに集積所はないのか」

「この先にありますが、何もくれんのです」

「集積所の長は将校か」

「はい応召の少尉ですが、ひどいおやじです」

わきに寝ていた負傷者が、すがりつくようにして、

「われわれに飯もくれんで、自分らは勝手にいろんな物を食って、昼寝ばかりしているんです」

別の患者が早口に叫んだ。

「お願いです。なんか、食べ物をもらってください。なにも食べていないんです。自分は、いちじくを売りにきた兵隊に、シャツを持っていかれました」

——この寒冷の山奥で！　若い長中尉の正義感が怒り出す。たえがたい不快さであった。作戦部隊が敗走しているという時に、なんという奴らであろうか。この、物売りとなった兵隊は、インパールに行く安の隊列から脱落し、潜伏し、逆行していたのである。なにも食べずにいる、といった兵隊は涙を流していた。長中尉は、食物を持っていれ

ば、わけてやりたかった。だが、彼自身も、きのうの昼から何も食べていないのだ。

「谷のジャングルのなかに、いちじくがあるそうです」

小倉軍曹が下士官らしい抜目なさを見せながら、長中尉を誘った。

ふたりは、朝の食事をさがすために、谷の下におりて行った。気持が、いつか、真剣というよりは、必死になっている。何かさがし出さなければ、飢えなければならない。からだが痛いほど重い。呼吸が荒くなる。眼だけが鋭く光る。ふたりは、もはや餌をさがし求める野獣でしかない。

木と木の間がひらいて、地肌があらわれた所がある。その一部が、水がたまったように、黒くなっている。波立つように、かすかに光り、ゆれている。近づくと、それは、ぬめぬめした、赤黒い、ひものような生物の集団であった。手の指ほどの太さで、頭も尾もない軟体動物が、からだをのびちぢみさせながら、からみあい、這いまわり、水をまいたようにひろがっていた。

密林に住むみみずか、山ひるのようである。見るからに醜怪な生物。悽惨なものには無感覚になったふたりの神経も、本能的な恐怖を感じた。

その少し先の草むらの上に、うつ伏せになった兵隊がいる。すぐに、死んでいることがわかった。しかし、その足の形が、いかにもおかしい。気になって、そばに近よる。不自然にゆがんだ形の足は、大腿のあたりの肉がなかった。明らかに、そこだけ、刃物でえぐりとったものであった。死体や傷口のすさまじさに見なれていたが、この時は、何か、肌寒いものを感じた。

「ひどいことをしやがる」

小倉軍曹は、青ぶくれの顔をひきしめて見ていたが、

「中尉殿、塩山のいったことは本当ですな」

「うん、まんざらの妄想とはいえないな」

「ゆうべ、肉を売りにきた奴がいて、自分がなぐり飛ばしてやりましたが、あいつ、——」

小倉軍曹は、急に、吐きそうな顔をした。

「あの肉は、——かも知れないぞ」

もう一度、うつ伏せの死体を見る。死体の胸から顔のあたりにかけて、指ほどの軟体動物が、重なりあい、のびたり、ちぢんだりしている。小倉軍曹は顔をそむけて、

「やれやれ、かわいそうなこっちゃ。のたれ死をしたあげくが、肉はとられる、メメズには食われる。なんというこっちゃ」

夕方になった。

長中尉が出発の準備をしていると、小倉軍曹がきて、

「厄介なことになったもんです。山根直資殿の熱発《ねっぱつ》がひどくなったし、串本中尉殿も腹

が痛くて動けんといってます」

長中尉が行くと、串本中尉は寝ていた。部屋の隅では、旗手の山根直資が眠っていたが、顔が赤く、時どきうめき声をあげた。

「とても歩けんのだよ、長中尉」

串本中尉はいかにも苦しそうに顔をしかめて、

「おれはだめだが、貴公、連隊をつれて先にいってくれ」

「歩けなけりゃ、やむをえんです。山根直資はどうか」

山根直資が眼をさまして、

「大丈夫ですよ」

と、むりに頭を起しかけた。

「歩けるか」

「歩けます」

山根直資はしばらく眼をつぶっていたが、手をついて立ち上ったが、ふらふらとよろめいて、頭から先に倒れこんで、激しい音をたてた。

串本中尉と山根直資は歩くことができない。しかし、連隊は出発しなければならない。ふたりを残して行くとしても、問題は軍旗である。——軍旗を誰が持って行くか。

ふたりを除いて、残っている連隊本部の将校は、長中尉ただひとりである。長中尉が持つとすれば、副官代理と、連隊旗手をかねることになる。そればかりでない。串本中尉が追及してくるまでは、連隊本部の指揮もとらなければならない。

辛うじて生きているというだけのひとりの肉体の上に、困難な責任が重なりあってきた。軍人を志望した者ならば、それも当然の仕事であろう。だが、長中尉は、画家になろうとして美術学校に通っていた。芸術家気どりのきゃしゃな青年にすぎない。戦場の生活にたえられるのが、すでにふしぎなほどであった。

長中尉は、新たな感慨をもって、軍旗を手にした。山根直資の前には、長中尉が旗手として持っていた軍旗である。

撤退がはじまってから、一番問題になったのは、軍旗の処理であった。天皇の軍隊であることを象徴する軍旗を、どのようにして、無事に後退させるか。万一の時には、断じて敵の手に渡さない方法が、いろいろ研究された。寸断して将校が分けて持ち、安全な場所に行ってから復元させるとか、あるいは、旗手少尉が腹にまいて行くとか、――どれも完全な方法ではなかった。最後に選ばれたのは、旗竿《きかん》に、黄色火薬をしかけておくことであった。危険におちいった時に、旗手は、マッチか手榴弾で、軍旗を一片も残さずに吹き飛ばすことができる。――そして、旗手自身の肉体も。

今、長中尉が握っている旗竿には、黄色火薬がしかけてある。

出発。――

大樹林のなかをつらぬいている赤土の道が、のぼりつづきになる。

空は暗い。今夜も、途中で豪雨が襲ってくるだろう。

小倉軍曹が、長中尉にこっそりささやく。

「串本中尉殿は、本当に病気だと思いますか」

「どうして」

「けさ、町にトラックがあるのを見つけたんです。それが、緊急輸送で出るというので、急に病気になったんです」

「こんな状況では、みんな病人だよ」

「しかしですねえ。ご自分が交渉に行きましたよ」

長中尉は、敗戦の腐蝕《ふしょく》が、すでに至る所にひろがっているのを感じる。どたん場にあらわれる人間のあさましさ。連隊の責任をもった将校が、自分だけの欲望をむき出しにしたことも悲しかったが、そのために、何もかもしょいこんでしまう自分自身のばか正直に腹が立ってきた。

長中尉は、無言で歩きつづけた。

激しく破壊され、掘り返され、荒廃した地表の上に出る。道の所在もわからなくなる。そこは、破壊された陣地のあとであり、激戦の行なわれた所である。

暮れて行く薄明の空の下に、戦場のあとが、墓のようにひろがっている。遠くの谷で、風がごうごうとすさまじく鳴りわたる。砲弾のために、すきまなく掘り返された土の上を、青白い雨雲が、からみつきながら、這い流れて行く。

どこまでもつづく、死の廃墟。このような縦深陣地が弓師団のインパール進撃をはばんだ。ことに、シンゲルのこの付近では、笹原連隊が苦戦して多くの犠牲を出した。くだかれた山肌。たたきつぶされた樹林。枯れ残って立っている焼けた幹。赤くさびついたまま、道ばたに崩れている戦車。砲弾の破片。雨に洗い出されて、散らばっている白骨。……

多くの兵隊が血を流し、死体を横たえた土の上を、今、敗軍の生き残りの兵隊が、軍旗をなかにして、よろめきながら、ばらばらに歩いて行く。とりかえしのつかない悔恨と、ばかげた徒労と犠牲。どこへも持って行きようのない、激しい憤怒。——それを、誰もが、全身に感じる。……

長中尉の背負い袋のなかには、石井中尉のスケッチブックがはいっている。石井中尉が密林のなかでいった言葉が、まだ耳のなかに残っている。

——おれは、生きたい。生きて、本当の仕事がしたい。

不幸だった石井中尉よ！　——そして、無数の石井中尉が、人生を、傷つけられ、あるいは永久に奪いとられた。なんのために！

長中尉は旗竿を持ちかえる。——それは、みな、この軍旗に、栄光を与えるためにすぎなかった。しかも、今は、敗走する軍旗に！

道は、ひたすらに、のぼりになる。標高千七百メートル以上の山脈の尾根つづきである。軍旗は八キログラムの重さがある。息がきれてくる。眼がくらんでくる。一歩。

……一歩。……もう倒れるかも知れない。肉体の生きうる限界！

——このようにしてまで、なぜ、軍旗を持って歩かねばならないのか。なぜ、兵隊の生命を犠牲にしても守らねばならないのか。軍旗とは、一体、なんであろうか。単なる布きれにすぎないのではないか。

長中尉は、ついに歩けなくなる。しゃがみこんで、荒い呼吸をつづける。全身に、つめたい脂汗が流れる。眼のさきが暗くなり、からだが浮き上って行く。

ながい時間がたった。山は深いやみにとざされた。だが、歩かねばならない。歩くことが、生きることだ。

長中尉は、歩き出す。軍旗を持っていることが、長中尉に、新しい気持をふるいたたせる。

——軍旗は捨ててはならない。それは、軍律のためでもなく、名誉のためでもない。それが、わずかに生き残った生命に、死の底から這いあがる力と希望を与える。個人と同じように、人間の集団には、よりどころが必要なのだ。……人間は、いつでも、何かの旗を求める。……旗のために生きたがる。……旗のために死にたがる。……旗のために。

次期作戦準備中

一

八月一日、作間連隊の残存部隊が、ともかくも、ティディムにたどりつくことができたのは、一つには、師団に先行して退却したからであった。

その後の師団の退却は惨烈を極めた。師団は追撃をうけ、遮断され、退却の途中をさんざんに攻撃された。トンザン＝ティディムの中間には、英印軍が先まわりして陣地をしいて待っていた。

笹原連隊は、防御しながら退却した。敗残の生き残りには、優勢な装備の英印軍を阻止する力はなかった。押しまくられてさがるたびに、師団の命令は激越な文字をつらねるようになった。『死守せよ』という命令が幾たびもつづいた。そのあとで、それ以上に苛烈な命令がきた。

《連隊長は、その地点において戦死すべし》

笹原連隊はトンザンで包囲された。この時、兵力は八十名、火砲は歩兵砲一門を残すにすぎなかった。大隊は、長以下十名となり、中隊は番号はあっても、一名の将兵のいないところもあった。

弓の退却したインパール南道には、動けなくなり、あるいはおきざりにされて死んだ将兵の死体がならんだ。それ以上に多くの死体が、烈、祭の退却路にならんだ。死体は、集まっていることが多かった。すでに白骨化した死体の近くに、ガスでふくらんだ死体が横たわっていた。その隣には、いきが絶えて、まだ間もない死体にウジがたかっていた。死ぬ時も、仲間を求めるらしかった。孤独にたえられない人間の悲しさであった。

ひとりで死んでいる者は、そこで力がつきて、仲間の所まで行けなかったのだ。

チンドウィンの渡河点には、退却してきた将兵が渡河の順番を待っていた。つぎつぎに河岸にたどりつき、雨にうたれ、ぬかるみのなかに寝ていた。次第に動けなくなり、そのまま死んで行った。渡河点には、生きている者と、動けない傷病患者と、腐りかかった死体が、いっしょに集まっていた。

八月二日、北ビルマの要衝ミッチナは完全に連合軍の手におちた。ミッチナは、五月十七日、連合軍の空挺部隊が降下してから、二カ月半の間、包囲され、孤立していた。ミッチナは、ビルマ中部の日本軍の根拠地マンダレーから、二百キロの距離にすぎない。しかも、二カ月半にわたる間、日本軍はミッチナを救援することができなかった。

日本軍の地上部隊が、ミッチナに行くことができなかったのは、マンダレーとミッチナの中間に、かの空挺部隊が、降下地帯に立体陣地を作っていたからである。また、ミッチナの上空には、毎日平均六十機以上のアメリカの戦爆および輸送の各機が飛んだ。

これに対し、わずかに高《たか》第五飛行師団が残存の戦力をすぐって、空挺降下地帯と、ミッチナの連合軍を攻撃した。弾薬を空中から補給もした。高飛行師団は、北ビルマの航空戦に死力をつくした。

ミッチナには、軍隊および一般居留民を合せて約五千名の日本人がいた。野戦病院の傷病患者も、陣地について銃をとった。居留民は、陣地の構築に、たき出しに、連絡に、協力した。慰安婦までが、白鉢巻をして竹槍を握った。

七月末、戦況はまったく絶望となった。重症患者は、すべて自決した。一部の軍隊は、玉砕の名のもとに、死の突撃をした。その他は、急造の青竹のいかだを作って、ただ一つの逃げ道であるイラワジ河から脱出した。

豪雨の水を集めたイラワジ河は洪水のような激流となっていた。その両岸には、日本のビルマ占領に反感をもったカチン族が、銃をかまえて待っていた。

ミッチナの全滅は、陸つづきにありながら、なお、多くの太平洋上の孤島における全滅よりも悲惨であった。これも、インパール作戦のための、側面の悲劇であった。

ミッチナが陥落すると、フーコン谷地を押し進んでいたレド公路建設部隊が、すぐ、ミッチナにはいってきた。ここまでくれば、中国雲南省昆明までは道は通じていた。かつてジンギスカンの軍隊がビルマに侵入し、あるいはマルコ・ポーロが歩いた道である。

それを軍用に改装するのは、それほど困難ではなかった。

このようにして、インドと中国を結ぶ千二百キロメートルの大輸送路と、それに平行した送油鉄管を敷設する遠大な計画は、ついに実現された。日本軍が、それを不可能とし、無謀として嘲笑した計画である。着工以来一年三カ月、昭和二十年一月二十三日には、レド公路は完全に打通して、中国大陸におびただしい軍需資材を送り出す。それは正に『東京への道』であった。

そして、そのころから、ビルマの日本軍の全部隊が壊滅し、敗走を始める。

ミッチナは、実にレド公路建設のための最も重要な、そして最後の関門であった。かの空挺部隊の主要な目的は、日本軍の後方をかき乱すことにあった。それによって、レド公路建設を支援し、インパール作戦の日本軍の後方補給を妨害した。

インパール作戦をかえりみて、最も興味のあるのは、この空挺作戦である。連合軍は、日本軍のインパール進攻を察知して、その直前の機会を狙《ねら》って空挺部隊を降下させた。連合軍は早くから、ビルマ領内に『V《ヴィ》フォース』と称する諜報工作部隊をさかんに活躍させていた。

いずれにしても、連合軍は、一年有余にわたって育成した空挺部隊を、最も有効な時機に起用して、成功をおさめた。

二鳥をねらう空挺部隊の一石が、北ビルマに投ぜられた時、牟田口《むたぐち》軍司令官は、その戦力を無視して、かかりあう必要はないと断じた。

そのころ、ヨーロッパ戦線では、日本軍と同じように、ドイツ軍が敗退をつづけていた。

六月、北フランスのノルマンディー海岸に上陸した連合軍は急速の進撃をして、ドイツ軍の占領しているフランスの首都パリに迫った。

八月二十九日、ドイツの大本営は《優勢なる連合軍に圧倒されるに至った》と、パリを奪回されたことを発表した。

すべてドイツを模倣し、ドイツをたのみとして戦争を進めてきた日本には、大きな衝撃となった。

日本軍の全戦線は、連合軍に押えられて、敗退をつづけていた。日本の大本営の、敗戦をひたかくしにする発表でさえも、七月中に来襲した連合軍の飛行機について、次のような数字をあげている。——確認したものの総計が三万六千五百機。最高はマリアナ方面の中部太平洋の一万五千機。次はニューギニアの七千二百機。そしてビルマ方面は第三位で五千五百機。

戦局は、とりかえしのつかないところにきていた。日本の敗戦は、インパールに敗れ、サイパンを失った昭和十九年七月に、すでに動かしがたいものになっていた。

インパール作戦の行なわれた五カ月間は、太平洋戦争の全体を通じ、また、第二次世界大戦の史上に、最も注目すべき期間である。

この期間に、アメリカは、実に、二つの大洋を越えて、しかも、有史以来の大規模な進攻作戦を実施していた。アメリカ本国をさる四千八百キロの北フランスにアイゼンハワー元帥が上陸すると、その九日の後にはC・W・ニミッツ大将のひきいる太平洋艦隊が、本国を九千六百キロ離れたマリアナ群島に上陸作戦を開始した。そして、そのいずれもが、数週間の後に大きな成功をおさめた。

このような二正面の大作戦を戦った民族は、人類の歴史にかつてなかった。

インパールの退却と時を同じくして、日本の大本営は、重大な事実を発表した。

《昭和十九年七月十八日十七時。

サイパン島の我が部隊は、七月七日早暁より、全力をあげて最後の攻撃に移り、敵に多大の損害を与え、十六日までに全員壮烈なる戦死をとげたるものと認む》

日本国民の多くは、〝三千年不敗の神国〟の歴史を信じていたが、この時、はじめて容易ならぬ事態に気がついた。

アメリカでは、すでに日本本土を爆撃するためにB29超重爆撃機が作られていた。サイパンは、B29のための必要な足場であった。サイパン＝東京間の距離は三千六百キロメートル。これを五時間で飛ぶB29が、のちに敗戦の日本のとどめを刺すことになった。

インパール作戦によって、国民の士気をあおりたてようとした東条内閣は、ビルマとサイパンと、同時に二つの致命的な敗戦を招いた。

その以前から、東条内閣に対する不信の声は高まっていた。首相兼陸相の東条大将が『別個の性格において』参謀総長を兼ねることには、陸軍部内でも非難と疑惑がひろまっていた。重臣（首相経歴者）の間では、東条の退陣を要求する意見が一致してきた。このため、東条内閣は総辞職することにきまった。七月十八日午前十時であった。

東条は去り、牟田口は敗れ、ふたりの間に描かれたインド征服の野望は、もろくも潰《つい》え去った。蘆溝橋の第一発を放った牟田口中将が、口ぐせのように『大東亜戦争は自分が収拾する責任を持つ』と語ったが、彼はその言葉を実現させた。――しかし、それは、勝利としてではなく、敗戦として、であった。

インパール作戦を中心として、昭和十九年一月から、無条件降伏する昭和二十年八月までのビルマ方面の日本軍総兵力は、地上部隊三十万三千五百一名、航空、船舶約三万名。生還したものは地上部隊十一万八千三百十二名、航空、船舶は一万五千名。

このほか作戦間に連合軍の俘虜《ふりょ》となったものが千九百名あった。そのうち三百名は現地で死亡し、残りは日本に送還された。

その後の作間、笹原両連隊はどうなったか。

ティディムにたどりついた作間連隊は、新しい任務を与えられた。それは、師団の補給を掩護することと、英印軍の追撃を阻止することであった。敗残の連隊には、困難な任務であった。

しばらくして、第十五軍は弓師団に、新しい兵力を増援させることにした。宇都宮の留守師団から送られてきた六百名と、すでに仏印に到着していた四百名である。

これがきてくれれば、と、作間連隊長は、切望していた。

やがて、宇都宮部隊として三十名、仏印部隊として二十四名がきた。仏印の方は戦場の経験者であったが、宇都宮の方は、ふた月前に召集されたばかりの、訓練も満足にうけていない者であった。

増援として到着したのは、それだけであった。九百名の人間が、どこかへ消えてしまった。このような人間の蒸発と消滅がしきりに起った。

九月十九日。笹原連隊長はトンザンを撤退しようとする時、連隊本部に集中した砲火のなかで戦死した。連隊は笹原大佐の戦死を部下にかくしたまま、夜にまぎれてトンザンを捨てて退却した。

笹原連隊と、これを追撃する英印軍は一つになって、ティディムの作間連隊の正面に移動してきた。十月十一日から一週間にわたって、ティディムを中心として、作間連隊は英印軍を迎え撃って、激戦をつづけた。

十月十七日夜、田中師団長はティディムを撤退することを命じた。

作間連隊が退却をする時、長中尉《ちょう》は今度は大隊長に任ぜられて、ティディムから南のファーラムに出る。作間連隊の後衛となって、その退却を掩護するためである。ファーラムでは、敗残のインド国民軍を収容して、これを合せて指揮することになる。作間連隊長のいったように『ひょろひょろした絵描きあがり』の青年が、敗軍の難局のなかに追いこまれて、専門的な教育をうけた職業軍人以上に、重大な任務をとらなければならなくなる。絵筆しか持たなかった手は、絵筆を持つことをさえぎられて、その代りに、軍旗と、大隊の指揮刀を握る。――戦争のもたらした運命の皮肉である。

やがて、長中尉は大隊とインド国民軍をつれて、イラワジ河畔のパコックに落ちる。パコックには、すでに英印軍の機械化部隊が待っていて、長大隊と衝突する。――この時の激戦で、長中尉は弾丸に首すじを撃たれるが、それにも屈せず、英印軍の包囲をのがれて、イラワジ河を渡って、ビルマ平野に出る。……

そして、インパール街道の死の地獄にも数倍する苦惨のうちに、敗走をつづけて、ビルマのモールメインで終戦の日を迎える。

しかし、これはすべて、後の物語である。

祭の師団長を解任された山内中将は、ビルマのメイミョウの兵站《へいたん》病院に入院中、病勢が悪化して死んだ。八月六日であった。

抗命撤退の佐藤中将に対しては、軍法会議にかけるための調査が行なわれた。だが、ビルマ方面軍司令部では、その波及するところが大きいのを恐れた。そのため、佐藤中将を精神錯乱ということにして、事件を納める処置をとった。

先の柳田中将と合せて、三人の師団長が解任されたこと、一個師団の独断撤退が行なわれたこと、いずれも、世界戦史に類例のない異常な事態であった。それの直接の原因を作った牟田口中将もまた、異常な人でなければならない。インパール作戦は、まれに見る異常な作戦となった。

インパールの敗戦部隊が、敗走をつづけている時、八月三十日付の命令で、牟田口中将は参謀本部付となって、内地に帰ることになった。

ビルマ方面軍司令部では、牟田口中将の労をねぎらうために、ラングーンの偕行社《かいこうしゃ》で、盛大な宴会を開いた。河辺軍司令官以下、幕僚、幹部の将校が多数出席した。話が、インパール作戦の結果にふれると、牟田口中将は、人々を押えていった。

「自分は、インパール作戦は、失敗したとは思っていない。インパールをやったからこそ、ビルマをとられずにすんでいる。自分がもし、むりをしてもやらなかったら、今ごろは大変なことになっておった」

将軍は胸をはり、悠々と白い扇を動かした。さすがの方面軍司令部も気をのまれて言葉をつぐ者がなく、一座は、にわかに、白け返ってしまった。

二

作間連隊がティディムにたどりついて一週間の後。――そのころの日本に行なわれていた、国家的祝典日である大詔奉戴日の八月八日。

新総理大臣小磯国昭大将は、ラジオを通じて、次のように『必勝の信念』を語った。それは、東条内閣崩壊のあとをうけて立った小磯内閣の、世界の視聴を集めた『中外への声明』であった。

「……天皇陛下はまた宇宙絶対の神に在《おわ》しますこと、今さら申すまでもなく、しかして天照大神より君民一如たることのみさとしを受けつぎたる私ども臣民は、天皇の大御業《おおみわざ》が絶対であることを信仰し奉りつつ、各自が与えられたるその職分を通して遂行すべき使命もまた絶対であることを信ずるものである。

この信念に立脚して億兆一心総力を発揮する時、その結果は宇宙を貫く絶対力となってあらわれ、よく天壌無窮の皇運を扶翼《ふよく》し奉り、戦に臨んでは完全に勝利を獲得して、皇国の前途を悠久磐石の安きに導き得るものと確信する。

即ち大詔のまにまに軍も、官も、民も、一切を天皇陛下に捧げ奉りて大和一致し、各々その本分使命の上に絶対力を発揮する時、ここに人類最高の道義は確立せられ、戦勝に必要なる物量も神助とあいまちて自《おの》ら《ずか》獲得せられ、敵をくじく雄渾果敢《ゆうこんかかん》なる作戦も自然にその力を増し、かくして初めて大東亜戦争の勝利把握を期待し得るものであって、これを私は必勝の信念の本体であると確信し、国民諸君に対しこの信念の把握を強力に提唱致すものである。……

今日の戦況は極めて熾烈《しれつ》であり、困難なる情景は戦線の随所に起っているが、これ、けだし神霊が我等国民をいよいよ強からしめんものとして、下し給う大試煉であると存ぜられる。

しかして私どもは必勝の信念を堅持しつつ、この試煉に打ち勝つ時に、初めて天佑《てんゆう》神助をかち得るものであると信ずる。即ち、天佑神助を得るまでは、塩をなめてでも、岩にかじりついてでも、この試煉に搏《う》ち勝たねばならぬ。……」

ああ！　天佑神助！　――十三世紀の日本民衆が抱いた『神風』の思想を、二十世紀の日本軍が、なお信じつづけている！　何よりの誤りは、東郷大将という優れた武将が、謙譲の気持を表わすために用いた『天佑神助』という言葉を、今や、信仰として確信し、切望していることである。

このような、神がかりの、しかも、作文としても文意の乱れた指導理論が『中外への声明』として、電波に乗っている時、ビルマでは、なおインパールの敗残兵が幽鬼のような姿でさまよい、行き倒れ、あるいは歩けなくなって自決していた。

数日ののち、日本の大本営は、総理大臣小磯陸軍大将の、悠久なる哲学的戦争論の宿題に対して、次のような、解答を発表した。

――それが、インパール作戦に関する、日本側の、最後の発表であった。

大本営発表（昭和十九年八月十二日十五時三十分）

ビルマ方面目下の戦況次の如し。

中部印緬国境方面。コヒマ及びインパール平地周辺に於て作戦中なりし我が部隊は、八月上旬、印緬国境付近に戦線を整理、次期作戦準備中なり。

戦記の中の真実——あとがきにかえて——

柳田師団長は、はたして臆病であったか。

一部の人々の間では、柳田師団長が作戦中止の意見具申をしたのは、戦場恐怖の心理が手伝ってのことだ、といわれている。私はこれを聞いて意外に思った。

しかし、私が柳田師団長と会った時の、短い時間の印象だけでは、その真偽をいうことはできない。柳田師団長が戦場で恐怖にかられていた、ということについては、本文に書いた以外にも、次のような事実がある。

柳田師団長はトンザンで意見具申をしたが、牟田口軍司令官に却下された。そのあとでは、柳田師団長はインパールに進撃することに同意して、マニプール河を越えて、ムアルカイの部落で前進の準備をした。その時、英軍機が襲撃してきた。柳田師団長は一番先に防空壕のなかに隠れた。壕は、自然の大きな横穴を利用して作ってあった。近くにいた中隊の兵も、その壕に飛びこんだ。すこしおくれて、三浦参謀がはいろうとすると、入口の兵隊がいった。

「師団長がふるえておられます」

三浦参謀は心配になって、なかの兵隊を押しわけてはいった。柳田師団長は壕の一番奥にかがんで、全身をふるわせていた。三浦参謀はその前にしゃがんで、小さな声でいった。

「うしろは大丈夫です。前は、私が死なない限り、閣下は安全です。こんな所に弾はきませんから」

しばらくして、柳田師団長はふるえなくなった。兵隊が見ているので、三浦参謀は、ばかばなしをしてまぎらわしていた。

このことが、臆病説の一つとしてあげられている。また、作戦中止の意見具申をした時、直接の動機には、次のようなこともあるという。トンザンの戦闘の時、師団司令部はカムザンの谷にあった。そこをトンザン＝ヤザジョウ道が通っていた。負傷者は、その道をさがってきた。血まみれの悲惨な姿が、おびただしくつづいた。柳田師団長はそれを見て顔色を変えた。その時のすさまじい印象におどろいたことも、気持を動揺させたのではないか、という。

しかし、空襲を恐れるのは、柳田師団長ばかりではなかった。牟田口軍司令官などは移動の途中、小休止する時でも、衛兵司令に個人壕を掘らせた。小休止の短い間のことだから、壕を掘り終らないうちに出発になるのが常であった。

上級指揮官で、それ以上にひどい例はほかにも多い。指揮官の心がけとして、空襲の時に、あたりを見て、兵隊がうまく壕にはいったか、どうかを見きわめてから飛びこむことのできる人は少ない。よほど、戦場経験をつまないと、空襲の時におちついた行動をとることはできない。

柳田師団長は、戦場を知らなかった。どんな兵隊でも、戦場に出ると、はじめのうちは、弾が飛んでくれば、頭をさげるし、地面にしがみついて動けなくなる。こういう本能的な動作のことを思い合せると、柳田師団長をいちがいに臆病とはいいきれない。また、神経のこまかい人だけに、作戦に対する苦悩と心労が大きかったろう。

意見具申の打電をした直接の動機は、笹原連隊からきた〃玉砕〃電報であった。この電文で、笹原連隊が玉砕したと解釈したためであるともいう。そうとすれば、全文を受信しなかった電報が原因を作ったともいえる。

だが、この未完電報のいきさつを追及することは、それほど必要なことではない。こうしたことは、すべて、柳田師団長を臆病者にするための道具立てではないかと思うからだ。

私が、このように推察するのは、もう一つの、柳田師団長に与えられた非難のためである。それは、意見具申後の柳田師団長がインパールへの前進を怠ったというのである。伊藤正徳氏の『帝国陸軍の最後——死闘篇』(文藝春秋刊)には、次のように記してある。

《師団の急前進を促すべく、軍の参謀藤原岩市少佐は兵団司令部に急行し、切々として柳田を説き、慎重居士の腰をあげさせようと努めた。が、柳田が漸く腰をあげたのは、それから一週間の後であった。この時機における一週間は、実に戦勢を支配する重大なる一週間であった。

柳田は漸く腰をあげたといっても、その進撃は、牟田口が要求した「急進」ではなくして「漸進」であった。軍の用語に「統制前進」というその進撃法であって、一部落を占領すればそこで休止し、偵察隊を派して前路を確かめてから次の部落に進むといった逐次前進法である。……

柳田軍がトルブンの隘路口に到達したのは、すでに四月十日であった。……

柳田は何という遅れ方であろう》

また、児島襄《こじまのぼる》氏の『太平洋戦争』（中央公論社刊）にも同様のことが記されている。恐らく資料を同じくしたものであろう。

《藤原岩市少佐も柳田師団長を訪れ、状況を説明して前進を懇請した。柳田師団長は三月三十一日、ようやく前進を再開したが、その進撃ぶりは一村をおとすたびに停止する「統制前進」で、四月十日、ようやくインパール盆地入口のトルブンに達した》

私にとっては、これらの所説は思いがけないことであった。私は、こうした問題のあることを知らなかった。私はその重大事に気がつかなかったことを恥じて、改めて、第三十三師団の関係者に事情を聞いた。

今、ここで、その詳細を記す余裕はない。結論を先にいえば、そうした事実は出てこなかった。トンザン、シンゲルの戦闘が終ったのは三月二十六日であり、師団の左突進隊、笹原連隊がインパールに向って前進を開始したのは三月二十九日。右突進隊、作間連隊が出発したのは、その二日後である。戦闘が終って、すぐに出発していないのは、前進を怠ったためではない。あれだけの激戦をつづけ、大きな損害を出したあとである。散乱した部隊を掌握し、おびただしい戦死傷者の処置もしなければならない。前進のための準備も必要である。作間連隊が、さらに二日おくれているのは、糧食の補給のためであった。

また、笹原連隊が三十八マイル地点に達したのは四月六日。途中で前進をしなかったのは、一日だけであった。これも、部隊の掌握と整備のためであって、とくに統制のためではなかった。

笹原連隊は南道上を直進したが、作間連隊は東方の山の中の、ほとんど道のない所を迂回した。この行軍は苦難を極めたが、三十八マイル地点には四月八日に到達した。柳田師団長もこの日、同じ地点に達し、すぐにトルブンの英印軍の攻撃に向った。

この前進中の速度にしても、アラカン山系を横断する難行軍としては、むしろ、早かったといえる。伊藤戦史のいう『柳田は何という遅れ方であろう』の非難はあたらない。これは当時の牟田口軍司令官の、そしてまた、第十五軍の幕僚の、あせり立った非難であったといえよう。

私が『インパール』の再刊のために、旧版の改訂に着手した昭和四十三年四月、防衛庁戦史室著『インパール作戦』が刊行された。この公刊戦史には、右の問題を次のように書いている。

《なお第十五軍では、第三十三師団が約十日間も追撃を躊躇していたと憤慨しているが、左突進隊は三月二十九日ごろには追撃を起しているので、全師団が十日間も前進を始めなかったということはあり得ない》

また、統制前進については、第三十三師団は《一気にインパール平地に突進するのは危険であり、まず隘路口を目標に慎重に前進》したとして、逐次躍進の用語をあてている。その時、牟田口軍司令官はインパールに突進することを要求していたから、柳田中将とは考え方の違いはあったといえる。

それにしても伊藤戦史が、どうして、統制前進をとりあげて、柳田師団長を非難する記述をしたのだろうか。統制前進の問題は、公刊戦史に記してあるように、第十五軍側だけが《憤慨している》ことである。とすれば、伊藤正徳氏にこの問題を資料として提供したのは、第十五軍の関係者であったということになろう。

このように考えて、私は非常な興味を感じた。それは、その資料提供者のことである。それが誰であるにしても、あのインパール作戦を弁護し、正しかったと信じている人がいるということだ。あるいは、正しいものにしようとしている、というべきだろうか。そのために、いわば、謀略の資料を提供したのだ。

その目的は、第十五軍と牟田口中将の体面を傷つけないようにするためばかりでなく、旧陸軍の名誉を保持しようとする意図ではなかろうか。そうしたことが必要になるほど、インパール作戦間には、醜悪で不名誉な事件が続発した。世界戦史にも例のないことである。インパール作戦は、まれに見る非道な戦争であった。

伊藤戦史が出版されたのは昭和三十五年である。その時期になって、なお、牟田口中将の言い分を戦史に残させようと企てた者があった。その執念とも、頑迷ともいうべきものの烈々として生きているのに、私はすさまじいものを感じた。

ことに、児島襄氏の『太平洋戦争』には、次のような記述がある。

《だが、軍律の面からいえば、牟田口中将の怒りはもっともであった。……

インパール作戦の成否はただ突進にかかっているというのに、肝心の第三十三師団があえて前進をしぶっている。軍司令官に不満があり、作戦に自信がなければ、作戦開始前に辞任すべきである。戦闘の最中にふてくされるのは、まさに統帥違反であり、友軍を無視した無責任な態度といわなければならないからである。はたして、柳田師団の〝漸進〟は戦局に重大な影響を及ぼしてしまった》

これも、第十五軍の、あるいは、牟田口中将の言い分そのままといってよい。ことに、この結びの字句の《柳田師団の〝漸進〟が重大な影響を及ぼし》たというのは、牟田口中将の柳田中将に対する責任転嫁の言い分である。あの作戦の推移を見て、そのようにいうことが正しいだろうか。

児島氏の著書が発行されたのは、昭和四十一年一月である。

しかし、このような見解は、伊藤、児島両氏のような研究家だけでなく、第十五軍の当事者の記述にも見られる。昭和三十一年一月発行の雑誌『別冊知性』の『太平洋戦争の全貌』号には、元第十五軍の情報主任参謀、藤原岩市氏の次の記述がある。

《本作戦の中核兵団長たる柳田中将のこの電報（意見具申の件）に接した牟田口軍司令官は驚愕、悲憤した。軍命令の服行を要求する厳しい電報が反覆された。師団長は約一週間休止した後、漸く北進を開始した。しかし、その前進部署は、敵の反撃を顧慮して、慎重な統制前進を選んだ。当初、軍（第十五軍）が企図したインパール平地への急襲突進企図は、ついに水泡に帰し、戦機は失われた。

敵は態勢を建て直し、増援を得て、インパール周辺の要線に陣地を占領する貴重な時を恵まれた。この問題をめぐって、師団司令部内でも、師団長と参謀長との間に、深刻な意見の対立がおきた。軍の主攻が、この方面から指向されていたら、この恨事は輝しい勝利の第一歩に変っていたろう。インパール作戦は、早くも重大な蹉跌《さてつ》にあい、統帥上にも由々しい問題をはらむこととなった》（『インド進攻の夢破る』より）

藤原氏は、意見具申電報のあとで、柳田師団長と会見し、説得にあたった。それだけに、この問題については、最も事情に精通している。また戦後は、弓第三十三師団と同じ宇都宮にある自衛隊の第十二師団長となった。その人が、このように書いているのに、私は疑問を感じた。

藤原氏と同じような文章は『大東亜戦争全史』にもある。この著者は元大本営作戦課長服部卓四郎氏だが、ビルマの部分は藤原氏が分担したという。

また、同様の記述は、田中信男元師団長の回想録にもある。同氏はこれを昭和三十七年に書いて、自衛隊で講演し、また戦史室に資料として提供した。

もし、これを正しいとするならば、柳田中将は軍の命令に違反し、統制前進をし、勝機をのがしたとの、汚辱の非難にあまんじなければならない。

だが、実際には、たとえ柳田中将が統制前進をしようとしても、できなかったのが実情ではなかろうか。というのは、そのころ、師団の実権は田中参謀長に移っていたからである。牟田口軍司令官は柳田中将を無視して、田中参謀長を直接動かし、田中参謀長もまた軍司令官の意図のままに従っていた。

柳田中将は意見具申をするにも、田中参謀長の不在の時に、自分で電文を書いて、直接に発信させた。それほどだから、柳田中将が統制前進をしようとしても、田中参謀長に阻止されたはずである。

それならば、柳田中将の統制前進説は、なんのためにいわれたのだろうか。牟田口中将にとって、あるいはまた、こんにちの第十五軍の代弁者にとって必要なのは、柳田中将を、リヒャルト・ヘンチュ中佐に仕立てあげることではなかろうか。

第一次世界大戦の時、ドイツ軍の参謀ヘンチュ中佐は、敗退の直接原因を作ったとして、不名誉の名を戦史に残した。ヘンチュ中佐はマルヌの会戦に際し、第二軍方面の戦況の不利なことに怖れをいだいた。その時、最右翼方面のフォン・クルック将軍が敵を包囲殲滅し、パリに迫ろうとしていた。ヘンチュ中佐はこの重要な動きを見ないで、不利な戦況を恐れるあまり、全軍を退却させることにした。

ヘンチュ中佐と同じように、柳田中将も敗退の原因を作ったと、牟田口中将と、一部の人びとは主張したいのではなかろうか。

柳田中将は、不幸なことには、その本心を明らかにする機会がなかった。――

柳田師団長の年譜を簡単に記せば。――

明治二十六年一月三日、長野県東筑摩郡片丘村に生れる。

昭和十七年十二月一日、中将に進級。

昭和十八年三月十日、第三十三師団長に親補される。

昭和十九年五月十六日、参謀本部付となる（師団長解任）。

昭和十九年六月二十二日、予備役編入。

昭和二十年四月五日、召集。関東軍警備司令官を命ぜられる。

昭和二十七年十月七日、ソ連、モスクワ、ブトイルカ病院において戦病死。

昭和三十二年五月二日、公報により伝達。

柳田中将は戦争が終ってからも、日本に帰ることなくして死んだ。インパール作戦当時の本当の考えや、ことの真相を、日本で明らかにする機会はなかった。今となっては、もはや、柳田中将が何をいいたいのかは、知ることができない。

結局、第十五軍の主張と弁解だけが、強く戦史、戦記に伝えられることになるのだ。

私は改めて、戦史、戦記というものの重要なこと、そしてまた、その恐しさを痛感した。公刊戦史『インパール作戦』の執筆者、元ビルマ方面軍作戦主任参謀不破博《ふわひろし》氏も、その〃執筆のことば〃のなかで、次のように述べている。

《インパール作戦については、すでに各種の刊行物が出ている。しかし、一般に最初から善玉、悪玉をきめて独善的な筆誅を加えんとする傾向のみえるのは残念である》

これは、柳田中将を非とし、牟田口軍司令官を弁護する戦史のたぐいのことであろうか。

太平洋戦争については、これからも研究がさかんに行なわれるだろう。今後の研究家は、戦争の実際を知らないし、確認の方法もなくなる。結局、今までの資料にたよるほかはない。その資料、刊行物には誤りが少なくない。軍人のかたよった見方で終始したものもある。軍隊にとって不名誉や、ぐあいの悪いことは、ことさらに避けたものもある。

私は誤りの多い旧著を改訂しなければならないと思った。正しいことを伝えるのは義務である。しかし、改訂には、出版することが必要だから、容易に実現できるものでなかった。

そのうち、機会に恵まれた。その計画をしたのは文藝春秋の上林吾郎《かんばやしごろう》氏である。上林氏との因縁は深い。昭和二十四年に旧著が刊行された時、一番最初に書評にとりあげてくれたのは、文藝春秋の雑誌「文學界」であった。書評の執筆者は、インパール作戦に報道班員として従軍した火野葦平氏であった。その時、編集長として、その企画をした上林氏は、今度は出版局長として、この改訂再刊の計画を進めた。また、私がインパール作戦について書いた著作を、文藝春秋の刊行書に加えた。これが『抗命』と『全滅』の二著である。上林氏が、それほど関心を持ったのは、上林氏自身がインパール作戦の時の戦場の一兵士であったからだ。その時の体験が、今なお、インパールの真相を明らかにし、伝え残そうとする意図となって燃えている。

インパールは、その時の戦場にいた人たちにとっては、忘れることはできないのだ。このほか、旧著は臼井吉見氏、入江徳郎氏その他のかたから、過分の推奨をいただいた。旧著は、よい支援者に恵まれた。

今度の改訂に当って、私は日時、人物、場所、その他、できるだけ事実に近づけた。戦史室の公刊戦史も参照させていただいた。だが、地名の呼称その他、資料によって違うことがあり、『抗命』『全滅』と合せると、不統一の個所ができた。これは他日、訂正したい。

本文のなかで、インパールの所在地をアッサム州マニプール土侯国としたのは、戦争当時の行政区分によった。正しくはアッサム県とすべきだという。土侯はラジャーの訳である。なお、一九五〇年以後は、マニプール直轄州となっている。インパールは、いずれの場合でも、首邑である。

私は、今度の改訂のために、当時の関係者を訪ね、新しい資料を集めた。しかし、すでに二十四年の歳月を経ては、人びとの記憶もうすれ、調査ははかどらなかった。

改訂をしたが、私なりの知識と判断から、ほかの戦史、記録と違う日時などを使っている所がある。ことに第五飛行師団長の田副《たぞえ》中将の行動については、私の記述が正しいと信じている。

人物の行動、性格についても、書きなおした。たとえば田中師団長である。作間連隊長は私に語った。

《田中師団長は豪傑という予想とは違っていた》

私はこの言葉を基本として、田中師団長の像を組み立てた。しかし、その後に集めた資料では、たしかに《予想とは違っていた》のだが、さらに別な人格が浮かんできた。今度の改訂版では、そのように書きかえた。

しかし、人物を書くことはむずかしかった。たとえば、田中師団長についても、側近の副官と、第一線の将兵とは、全く違った見方をしている。また、個々の印象で、その人物の全体のように書くことは危険が多いのは、いうまでもない。なるべく、多数の人々に共通する印象を求めた。旧版では、資料の不備から、実在の人物を誤った印象に書いて、迷惑をおよぼした所があった。再刊では、それを改訂したが、改めて、おわびをしておきたい。

また、旧版では、烈《れつ》の佐藤師団長の抗命撤退について、あらましのことを記した。その部分を、今度は全部削除した。それは、次の事情のためである。

師団長の命令で一個師団が戦場から退却したことも、また、その師団長を精神錯乱として、事実をごま化し去ろうとしたことも、類例のない異常重要な事件である。これは改めて、見なおされなければならない。そのように考えて、私はこの事件を主として、烈師団のインパール作戦を『抗命』として、一冊にまとめた。このため、詳細はこれに譲ることにした。

ビシェンプール総攻撃の時、作間連隊長は平地方面から進出することを信じ、待望した。だが、平地部隊の進出はなく、孤軍奮戦して敗れた作間連隊長は、男泣きに泣いて悲憤した。

その時、平地方面の戦車部隊はどうなっていたのか。私はこのことを調べて見て、その真相が意外であり、また惨烈なのにおどろいた。このことを、書いたのが、サンデー毎日に連載後、文藝春秋から刊行になった『全滅』である。

この次には、祭《まつり》師団を主として、インパール作戦を書きたいと考えている。祭は、インパール作戦軍のなかで、最も悽惨な戦闘をした、非運の部隊であるからだ。

公刊戦史『インパール作戦』には、次の記述がある。執筆者である不破博元参謀の偽りのない所感である。こうした反省のある態度をもって記述されたこの著書に、改めて敬意を表したい。

わたしは終戦後スリム元帥の回想録『敗北より勝利へ』を読んで愕然《がくぜん》とした。全く夢想だにしなかったことが書かれていたからである。第四軍団はインパール平地へ自主的に後退し、戦力を集結して、日本軍の進出を待ち構えていたというのである。わが第十五軍の主力は武装を最小限に制限し、約二十日分の糧食を携行し、三週間もアラカン山中を突進し続けた。そしてようやくインパール平地に近接した時、たちまちその出鼻を叩かれ、戦力の骨幹が破砕された。

前記の回想録で初めて敵の後退作戦を知った時、重い装備でアラカンの嶮峻を突進して行った当時の将兵の姿がわたしの胸中によみがえり、慚愧《ざんき》の思いに打たれた。

それにしても、こんな柔軟な作戦（作戦の適否は別として）を指導したスリム中将に対して、深い敬意を表した。そして果して過去の日本軍において、かかる作戦の実行が可能であったか否かについて、大いに反省させられたのである。

わたしはすぐ河辺大将を訪ねて以上のことを報告した。河辺将軍も初めてこのことを知り、憮然《ぶぜん》たる思いをされた。

この一節を通しても、日本国民は、戦争についてのよい教訓を得られるであろう。

昭和四十三年夏　　著　者

インパール作戦経過要図
ディマプール
ズブサ
コヒマ
セッサミ
イ
カラソム
レイシ
クキ
ソムラ
トンヘ
タマンティ
右突進隊
ン
ミッション
ウクルル
中突進隊
ド
サンシャック
カンラトンピ
ホマリン
烈第31師団
3月15日作戦発起
インパール
第23インド
師団
フミネ
左突進隊
ビ
本多挺進隊
ビシェンプール
右突進隊
至シルチャール
ライマナイ
モロウ
英第4軍団
レウ
祭第15師団
3月15日作戦発起
ミンタ
タウンダット
パレル
左突進隊
左側支隊
カバウ河谷
クンタン
ル
チュラチャンドプール
シュカヌ
パウンビン
モレー
第20インド
師団
タム
チンドウィン河
ジビュー山系
ピンレブ
ワヨンゴン
マニプール河
マ
右突進隊
後に山本支隊
林 第15軍
3月8日
インパール作戦発起
第17インド師団
モーレイ
シンゲル
トンザン
中突進隊
作間連隊
ヤザジョウ
弓第33師団
3月8日作戦発起
ティディム
正面突進隊
八木連隊
インダンジー
曙村
カレミョウ
ムアルベン
カレワ
左突進隊
笹原連隊
0
30km

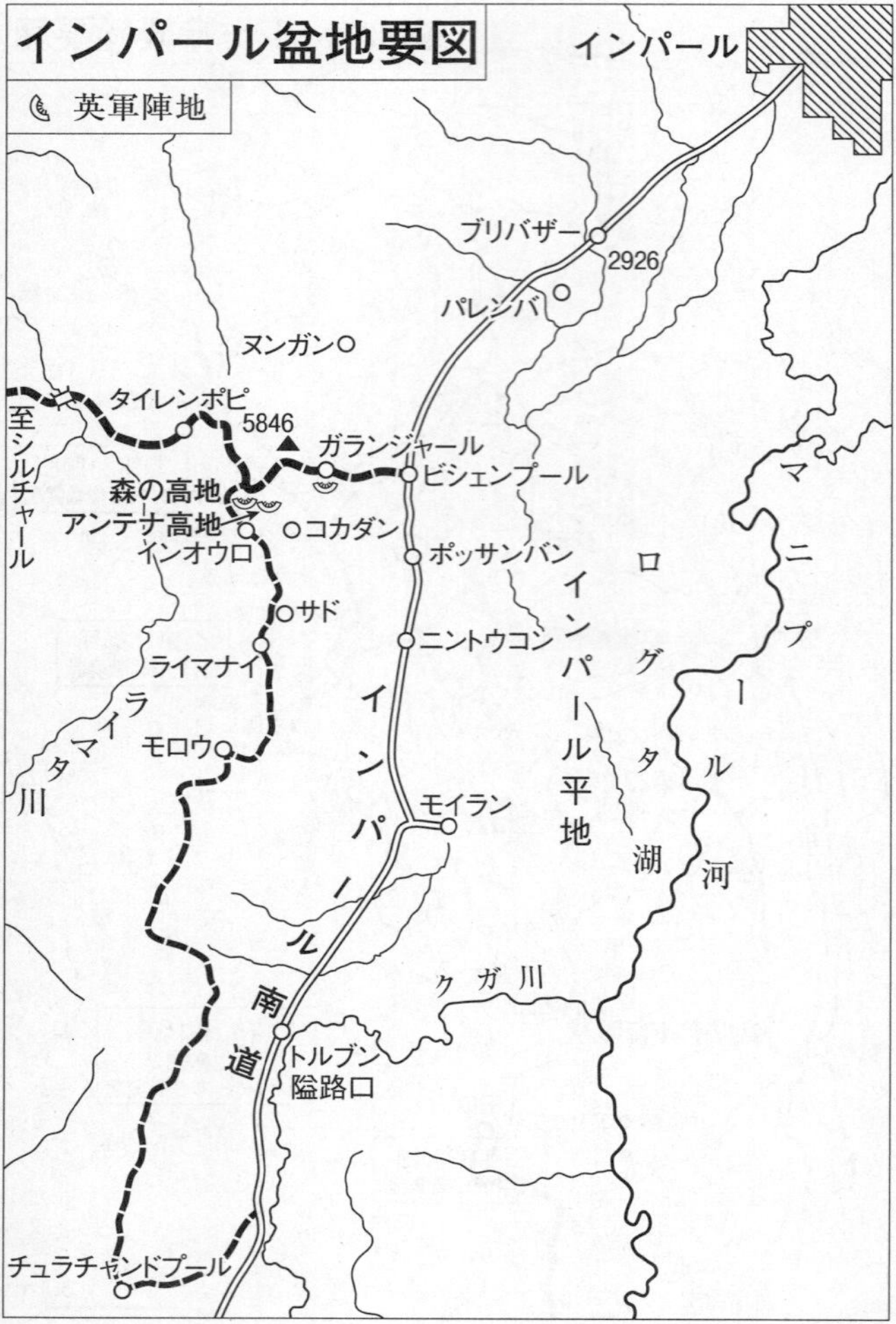
インパール盆地要図
英軍陣地
インパール
ブリバザー
2926
パレンバ
ヌンガン
タイレンポピ
5846
ガランジャール
ビシェンプール
森の高地
アンテナ高地
インオウロ
コカダン
ポッサンバン
サド
ニントウコン
ライマナイ
モロウ
モイラン
至シルチャール
タイマラ川
インパール平地
ログタ湖
マニプール河
インパール南道
クガ川
トルブン
隘路口
チュラチャンドプール

ビシェンプール周辺要図

インパール作戦 本文関係 部隊編成表

- **ビルマ方面軍（森）**
  - 司令官 河辺正三中将
  - 参謀長 中永太郎中将
  - 高級参謀 片倉衷大佐
- **第三航空軍（司）**
  - 司令官 木下敏中将
  - 参謀長 塚田理喜智少将
  - 高級参謀 佐藤直大佐
- **第十五軍（林）**
  - 司令官 牟田口廉也中将
  - 参謀長 久野村桃代中将
  - 高級参謀 木下秀明大佐
  - 防衛参謀 橋本洋中佐
  - 作戦参謀 平井文中佐
  - 情報参謀 藤原岩市少佐
  - 兵站参謀 薄井誠三郎少佐
  - 兵站参謀 高橋巌少佐
- **第五飛行師団（高）**
  - 司令官 田副登中将
  - 参謀長 鈴木京大佐
- **第十五師団（祭）**
  - 師団長 山内正文中将
  - 後任 柴田卯一中将
  - 参謀長 岡田菊三郎少将
- **第三十一師団（烈）**
  - 師団長 佐藤幸徳中将
  - 後任 河田槌太郎中将
  - 参謀長 加藤国治大佐
- **第三十三師団（弓）**
  - 師団長 柳田元三中将
  - 後任 田中信男中将
  - 参謀長 田中鉄次郎大佐
- **第三三歩兵団司令部**（右突進隊後に山本支隊）
  - 歩兵団長 山本募少将
- **歩兵第二一三連隊**（右突進隊）
  - 連隊長 温井親光大佐
  - **第一大隊** 長 久保正雄少佐
  - **第二大隊** 長 砂子田長太郎少佐
  - **第三大隊** 長 伊藤新作少佐
- **歩兵第二一四連隊**（中突進隊）
  - 連隊長 作間喬宜大佐
  - 副官 河合金一郎大尉
  - **第一大隊** 長 斎藤満大尉／後任 末田光大尉／後任 森谷勘十大尉
    - **第一中隊** 長 山守恭大尉
    - **第二中隊** 長 片桐栄中尉
    - **第三中隊** 長 松村昌直大尉
    - **第四中隊** 長 上田隆造中尉
    - **第一機関銃中隊** 長 池田正雄中尉
  - **第二大隊** 長 小川忠蔵少佐
    - **第五中隊** 長 矢吹大尉
    - **第六中隊** 長 佐藤秀男中尉
    - **第七中隊** 長 石井清夫中尉
    - **第八中隊** 長 加藤中尉

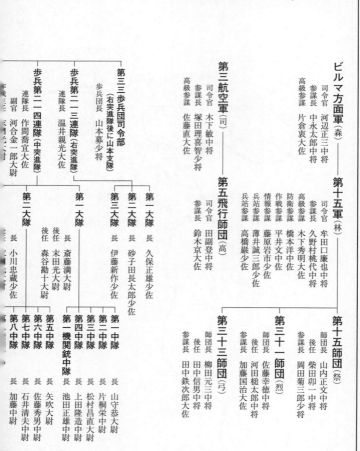

第三十三師団（弓）

- 師団長 柳田元三中将
- 後任 田中信男中将
- 参謀長 田中鉄次郎大佐
- 作戦参謀 堀場庫三中佐
- 情報参謀 岡本岩男少佐
- 後方参謀 三浦祐造少佐

情報主任 長一雄中尉

- **歩兵第二一五連隊**（左突進隊）
  - 連隊長 笹原政彦大佐
  - 作戦主任 片山亨大尉
  - 情報主任 増田良繁中尉
  - **第三大隊** 長 田中稔少佐　後任 星野伸大尉
    - **第一〇中隊** 長 星野伸大尉
    - **第一一中隊** 長 阿部孝雄中尉
    - **第一二中隊** 長 諸岡久二中尉
    - **第三機関銃中隊** 長 吉岡中尉
  - **歩兵砲隊** 長 遠藤立身少尉
  - **通信隊** 長 大串正一中尉
- **山砲第三三連隊**
  - 連隊長 福家政男大佐
  - **第一大隊** 長 入江増彦中佐　後任 岡本勝美大尉
  - **第二大隊** 長 中谷謙一少佐
  - **第三大隊** 長 末木栄少佐
- **工兵第三三連隊**
  - 連隊長 八木茂大佐
- **輜重兵第三三連隊**
  - 連隊長 松木熊吉中佐
- **通信隊**
- **衛生隊**

（配属部隊）

- **歩兵第一五一連隊**〔第五十三師団（安）所属〕
  - 連隊長 橋本熊五郎大佐
- **歩兵第六七連隊第一大隊**〔第十五師団（祭）所属〕
  - 大隊長 瀬古三郎大尉
- **歩兵第一五四連隊第二大隊**〔第五十四師団（兵）所属〕
  - 大隊長 岩崎勝治大尉
- **独立速射砲第一四大隊**
  - 大隊長 川道乙巳中佐
- **戦車第一四連隊**
  - 連隊長 上田信夫中佐
  - 後任 井瀬清助大佐
- **野砲兵第五四連隊第一中隊**
  - 中隊長 星子友宏大尉
- **野戦重砲兵第三連隊**
  - 連隊長 光井一雄大佐
- **野戦重砲兵第一八連隊**
  - 連隊長 真山勝大佐
- **独立工兵第四連隊**
  - 連隊長 田口音吉中佐

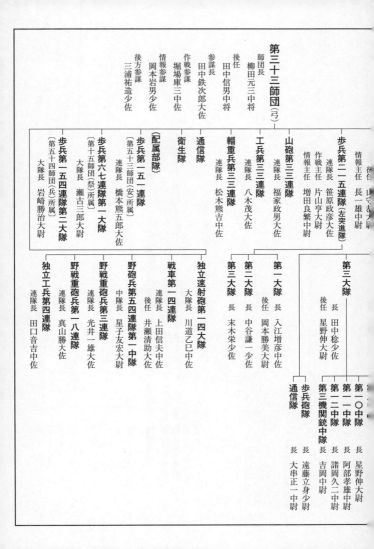

文庫　一九七五年七月　文春文庫刊
（本書は右文庫の新装版です）

＊本作品の中には、今日からすると差別的表現ないしは差別的表現ととられかねない箇所があります。しかし、それは歴史的事実の記述、表現であり、作者に差別を助長する意図がないことは明白です。読者諸賢の御理解をお願いいたします。

文春文庫編集部

文春文庫

インパール

定価はカバーに
表示してあります

2018年7月10日　新装版第1刷
2021年2月5日　第4刷

著者　高《たか》木《ぎ》俊《とし》朗《ろう》
発行者　花田朋子
発行所　株式会社文藝春秋

東京都千代田区紀尾井町 3-23　〒102-8008
TEL 03・3265・1211㈹
文藝春秋ホームページ　http://www.bunshun.co.jp

落丁、乱丁本は、お手数ですが小社製作部宛お送り下さい。送料小社負担でお取替致します。

印刷製本・凸版印刷

Printed in Japan
ISBN978-4-16-791113-3

（　）内は解説者。品切の節はご容赦下さい。

江藤 淳
閉された言語空間
占領軍の検閲と戦後日本
アメリカは日本の検閲をいかに準備し実行したか。眼に見える戦争は終ったが、アメリカの眼に見えない戦争、日本の思想と文化の殲滅戦が始った。一次史料による秘匿された検閲の全貌。
え-2-8

加藤陽子
とめられなかった戦争
なぜ戦争の拡大をとめることができなかったのか、なぜ一年早く戦争をやめることができなかったのか——繰り返された問いを、当代随一の歴史学者がわかりやすく読み解く。
か-74-1

小泉信三
海軍主計大尉小泉信吉
一九四二年南方洋上で戦死した長男を偲んで、戦時下とは思えぬ精神の自由さと強い愛国心とによって執筆された感動的な記録。ここに温かい家庭の父としての小泉信三の姿が見える。
こ-10-1

高木俊朗
インパール
太平洋戦争で最も無謀だったインパール作戦の実相とは。徒に死んでいった人間の無念。本書が、敗戦後、部下に責任転嫁、事実を歪曲した軍司令官・牟田口廉也批判の口火を切った。
た-2-11

高木俊朗
抗命
インパール2
コヒマ攻略を命じられた烈第三十一師団長・佐藤幸徳中将は、将兵の生命こそ至上であるとして、軍上層部の無謀な命令に従わず、師団長を解任される。「インパール」第二弾。
た-2-12

『特攻　最後の証言』制作委員会
特攻　最後の証言
太平洋戦争末期、特攻に志願した8人の生き残りにロング・インタビューを敢行。人間爆弾や人間魚雷と呼ばれた究極の兵器に身を預けた若者たちの真意とは。詳細な注、写真・図版付。
と-27-1

「特攻　最後のインタビュー」制作委員会
特攻　最後のインタビュー
多くの〝神話〟と〝誤解〟を生んだ特攻。特攻に生き残った者たちが証言するその真実とは。航空特攻から人間機雷、海上挺進特攻まで網羅する貴重な証言集。写真・図版多数。
と-27-2

（　）内は解説者。品切の節はご容赦下さい。

半藤一利
ノモンハンの夏
参謀本部作戦課、関東軍作戦課。このエリート集団が己を見失ったとき、悲劇は始まった。司馬遼太郎氏が果たせなかったテーマに、共に取材した歴史探偵が渾身の筆を揮う。（土門周平）
は-8-10

半藤一利
ソ連が満洲に侵攻した夏
日露戦争の復讐に燃えるスターリン、早くも戦後政略を画策する米英、中立条約にすがってソ満国境の危機に無策の日本軍首脳——百万邦人が見棄てられた悲劇の真相とは。（辺見じゅん）
は-8-11

半藤一利
[真珠湾]の日
昭和十六年十一月二十六日、米国は日本に「ハル・ノート」を通告、外交交渉は熾烈を極めたが、遂に十二月八日に至る。その時時刻々の変化を追いながら、日米開戦の真実に迫る。（今野　勉）
は-8-12

半藤一利
日本のいちばん長い日　決定版
昭和二十年八月十五日。あの日何が起き、何が起こらなかったのか？　十五日正午の終戦放送までの一日、日本政府のポツダム宣言受諾の動きと、反対する陸軍を活写するノンフィクション。

は-8-15

半藤一利
あの戦争と日本人
日露戦争が変えてしまったものとは何か。戦艦大和、特攻隊などを通して見据える日本人の本質。「昭和史」「幕末史」に続き、日本の大転換期を語りおろした〈戦争史〉決定版。

は-8-21

半藤一利・加藤陽子
昭和史裁判
太平洋戦争開戦から七十余年。広田弘毅、近衛文麿ら当時のリーダーたちはなにをどう判断し、どこで間違ったのか。半藤〝検事〟と加藤〝弁護人〟が失敗の本質を徹底討論！

は-8-22

半藤一利
聯合艦隊司令長官
山本五十六
昭和史の語り部半藤さんが郷里・長岡の先人であり、あの戦争の最大の英雄にして悲劇の人の真実について熱をこめて語り下ろした一冊。役所広司さんが五十六役となり、映画化された。

は-8-23